楊家將演義

紀振倫　撰
楊子堅　校注
葉經柱　校閱

三民書局

楊家將演義　總目

引言

楊子堅

楊家將故事在我國廣泛流傳，早已達到了家喻戶曉、婦孺皆知的地步。天波楊府，男女老少，個個是英雄，每個人都有一則富有傳奇色彩的故事，或悲壯，或英武，或神奇，或拙樸，都響徹著英雄主義和愛國主義的強音，激勵著世代炎黃子孫。可以說，楊家將故事也是一份優秀的文化遺產，一份影響著中華民族社會歷史和世道人心的文化遺產。

清代以來，有關楊家將的曲藝、評書和民間故事，大都取材於這部楊家將演義。書中熱情歌頌了楊繼業祖孫五代與入侵的遼和西夏人英勇戰鬥、前仆後繼的業績，故事生動，形象感人。例如，楊令公遭奸臣計算兵敗狼牙谷撞死在李陵碑、楊六郎繼承父志扼守三關、楊四郎遼國屈辱十八年終於立功而回、楊五郎遁入空門卻又屢次為國立功、楊宗保百戰百勝大破天門陣、楊文廣鶴髮童顏領兵西征等等。特別值得一提的是，書中還塑造了一系列楊門巾幗英雄群像，從楊令婆領兵、木桂英掛帥到十二寡婦征西、宣娘定計擒鬼王，可以這麼說，楊門出了一代又一代的男英雄，同時還出了一代又一代的女能人。她們好武善戰，藝蓋天下，奮勇殺敵，為國馳騁疆場，她們是我國古代小說裡有數的武勇豪壯的婦女典型。

書中楊家將的部屬孟良、焦贊等的形象也頗為感人。他們原先是占山為王的綠林好漢，以後跟隨楊延昭一心抗遼，建立了許多奇勛。孟良膽大心細、機智果敢；焦贊粗豪勇猛、嫉惡如仇。這兩人的性格和事跡，具有濃厚的民間傳奇的色彩，給後世的小說創作以很大影響。

書中還寫了宋朝內部的忠奸矛盾，以八王和寇準為首的忠直之臣，是國家的棟梁、邊關楊家將的堅強後盾；而以潘仁美、王欽若為代表的奸臣，是禍國殃民的蛀蟲、楊家將的災星。忠奸鬥爭為楊家將的英雄事跡提供了更為複雜、更為壯觀的背景。

書的意義還在於，它深沉地揭示出了宋朝重文抑武國策的悲劇。楊家經歷五代，而皇帝從宋太祖到宋神宗也是五世，這個時代正是北宋從建立到走上穩固發展的輝煌時期。北宋結束了五代十國長期分裂的局面，大興水利，發展農業、手工業；工商發達，大大促進了都市的繁榮。但是，在對外關係方面，宋朝又是最怯弱的一代。宋太祖片面吸取晚唐五代藩鎮割據、國家分裂的教訓，採取中央集權、「守內虛外」的政策。即大量削弱武官的權力，以文官充當正職，並加強防範制度。這樣的政策，削弱了國防力量，使社會呈現出「積弱」的景象，自然導致外族一次又一次地入侵。外族一旦入侵，這支「將不知兵，兵不知將」的軍隊，只有白白送死，即使打了勝仗，也會落得納幣求和的結果。所以，宋代的武將特別沮喪而窩囊，楊家五代的遭遇就十分形象地說明了這個問題。楊繼業死於陷害，楊七郎被自己人亂箭射死，楊六郎被逼害得東躲西藏，甚至楊文廣也差點全家抄斬。楊六郎沉痛地說：「朝廷養我，譬如一馬，出則乘我，以舒跋涉之勞；及至暇日，宰充庖廚。」結尾，楊懷玉殺死奸相舉家上太行時說：「朝廷聽信讒言，我屢屢被害，輔之何益？且佞臣何代無之，他每恃是文臣，欺凌我等武夫，受幾多嘔氣。」所以，楊家將的悲劇，有著深刻的社會歷史原因：它既有外族入侵的因素，又有內部奸人的作祟和國策失當的因素。——楊家將演義是一部反映社會歷史悲劇的小說，一部較早地不追求大團圓結局的英雄傳奇小說。

當然，楊家將演義作為四百年前封建時代的產物，不可避免地存在著一些思想糟粕，比如天命神授、鬼神迷信等等，這些，今天的讀者都不難分辨。但是，有個問題卻是值得思考、辨析的：前些時候，楊家將評書火爆一時，有人從遼和西夏後代的角度提出疑問：楊家將的愛國主義能不能叫做愛國主義？我們今天要不要宣揚這樣的愛國主義？因為，當年楊家將抵抗的遼和西夏，現在都是中華民族大家庭中的一個成員，相互之間應提倡的是友善與和睦相處，而不是「飢餐」、「渴飲」那樣的極端仇恨的關係。今天回首過去，那時的爭鬥和齟齬，不過是「兄弟鬩於牆」，是是非非，皆應模糊著看，否則對誰也沒有好處。愛國主義精神應是維繫整個國家和民族的精神紐帶，「五十六個民族、五十六朵花」嘛，不能說，愛國主義精神只維繫漢族而不維繫其他。更何況，當年的遼和西夏以及後來的金、元、清等民族國家，都是對中華民族的強盛作出過貢獻，創造過中國歷史的，過分強調那時的對立情緒，就會損傷另一些兄弟民族的思想感情，就不利於民族大團結。

這個問題的提出有一定的道理，提醒我們必須重新思考和對待。校注者認為，還是應該遵循歷史主義的原則：首先，我們應該承認那段歷史，楊家將的英雄主義、愛國主義有其反抗侵略、正義、壯烈的方面，確實是中華民族寶貴的精神財富；其次，我們也應看到由於時過境遷，歷史發生了很大變化，楊家將的英雄主義、愛國主義也有受時代局限，具有片面性的缺失。比如書中確有華尊夷卑的大漢族主義思想，一切壞事都歸於遼和西夏，甚至把他們說成是妖魔幻化的。所以，我們今天宣揚楊家將，不能過度，不能不分青紅皂白地反對遼和西夏，不能無美不歸楊家將，無惡不歸遼和西夏。

從寫作藝術上看，這部不足二十萬字的小說，敘述了一百多年的事，事件紛繁，「鏡頭」集中，情節的敘述有條不紊，有些地方人物形象突出，敘述生動傳神，這些正是這部小說的優點。例如孟良盜骨一節，就寫得很感人。楊六郎令孟良去幽州望鄉臺上盜楊令公之骨，焦贊聽到了這個消息，也去爭功：

卻說孟良星夜行到幽州，當日將近申時，扮作番人，竟到臺邊。只見有五六個守軍，喝曰：「汝是何人，來此亂走？」良曰：「前日太子歸國，我等護送未曾遣回，故來此各處消洒，何謂亂走？」守軍信之，遂不提防。及至一更，悄悄上臺，果見一香木匣，盛著一副骸骨。孟良遂解下包袱，將木匣裹了。正背起來，不想焦贊躲在背後，一手拖住包袱，厲聲曰：「誰在臺上勾當？」孟良慌張，只道是捕緝之人，抽出利斧望空劈去，正中焦贊腦門，嘿然氣絕。孟良背了包袱，走下臺來，並未見些動靜，自思：「捕緝豈止一人，才聞聲音卻似焦贊一般。」遂復上臺，撥轉屍看，大驚曰：「果是焦贊！」乃仰天嘆曰：「今為本官幹事，而傷本官幹事之人。縱得骸骨歸去，亦難贖此罪矣。」

以後，他安排一巡警送去楊令公骸骨，自己卻——

忙忙回到望鄉臺上，背著焦贊屍首，出了城坳，乃拔所佩之劍，連叫數聲：「焦贊，焦贊！是我害汝性命！不須怨恨，我今相從汝於地下矣。」遂自刎而亡。可惜三關壯士，雙亡番北城坳。

於此可見全書藝術描寫的簡潔生動，孟良的膽大心細和義重如山，焦贊的粗鹵天真也得到了很好的反映。

全書主要以情節取勝，細節描寫不多，它的故事和人物卻是較好的毛坯，為戲曲的進一步加工提供了良好基礎。清代以後，以楊家將故事為題材的京劇和地方戲劇目不下百種，它們大都是根據楊家將演義改編的。比如京劇有李陵碑、五台山、孟良盜馬、三岔口、四郎探母、洪羊洞等等，秦腔有千秋廟、狀元媒，豫劇有木桂英掛帥、楊八姐遊春等等，至於楊門女將的劇目，幾乎為所有地方劇種改編。這就出現中國文學史上的一個很有趣的現象：本來是戲劇舞臺上楊家將故事的繁盛，促使作家把它改編成一部首尾完整的小說，而小說的情節更反轉來為戲劇舞臺提供了素材，促進了舞臺上的再創造。中國小說和戲劇就是這樣相互生發、相互影響的。

謹以上述的看法作為引言，還不知說清楚了沒有。

楊家將演義考證

楊子堅

北宋初年，楊家將英勇抗遼，是實有其事，見諸正史的。宋史卷二百七十二載楊業傳，並附其子楊延昭、其孫楊文廣傳。楊業，并州太原人，一名繼業，原為北漢名將，「屢立戰功，所向克捷，國人號為無敵」。北漢亡，歸宋，為右領軍衛大將軍、鄭州防禦使，遷知代州。曾親領數千軍在雁門北口，重創契丹軍。「自是契丹望見業旌旗，即引去」。雍熙三年（西元九八六年）大軍北征，皇帝以潘美為雲、應路行營都部署，楊業為副。曾連拔雲、應、寰、朔四州，師次桑乾河。會曹彬之師不利，諸路班師。不久，詔潘美、楊業等護遷四州之民於內地，遇契丹國母蕭氏之大軍。楊業建議設伏固守以保全民眾，監軍等不從，迫令出戰。楊業雖自知眾寡不敵，猶奮勇力戰至暮。後退至陳家谷，潘美等不守約，不來支援，業「拊膺大慟，再率帳下士力戰，身被數十創，士卒殆盡，業猶手刃數十百人，馬重傷不能進，遂為契丹所擒，其子廷玉亦沒焉。業因太息曰：『上遇我厚，期討賊捍邊以報，而反為奸臣所迫，至王師敗績，何面目求活耶？』乃不食三日死。」

楊延昭是楊業的第六子，本名延朗。太平興國中以蔭補供奉官。父死後，他繼承父志，防守邊關，歷任保州緣邊都巡檢使、寧邊軍部署等職，屢敗契丹。以後，官至英州防禦使，終年五十七。「延昭智勇善戰，所得奉賜悉犒軍，未嘗問家事。出入騎從如小校，號令嚴明，與士卒共甘苦。遇敵必身先，行陣克捷，推功於下，故人樂為之用。在邊防二十餘年，契丹憚之，目為楊六郎」。楊文廣是楊業之孫，楊延昭之子。范仲淹宣撫陝西，置麾下，後為廣西鈐轄，知宜、邕二州。治平中，任龍神衛四廂都指揮使。熙寧元年（西元一〇六八年）築篳篥城（今甘肅武山甘谷），擊退西夏騎兵，斬獲甚眾。歷官定州路副都總管，遷步兵都虞候。「遼人爭代州地界，文廣獻陣圖，并取幽燕策，未報而卒，贈同州觀察使」。

楊家將的史實，近代學人余嘉錫考索甚周密，寫有楊家將故事考信錄的文章。在文章末尾，他贊嘆道：「楊業與契丹角勝三十餘年，卒之慷慨捐軀，以身殉國。子延朗于澶淵之役，請飭諸軍扼其歸路，襲取幽、易等州。孫文廣，亦獻策取幽燕。雖功皆不成，而祖孫三世，敵愾同仇，以忠勇傳家，誠將帥中所稀有。由是楊家將之名，遂為人所盛稱，可謂豹死留皮，歿而不朽者歟？愛國之心，人所固有，後之人何樂而不為也！」

大約在明朝萬曆年間，標名為楊家將演義的小說終於出現。小說演述了楊家將的史跡，卻更多地敘述了許多虛構的事件和人物。比如，正史上是楊業－楊延昭－楊文廣祖孫三代，而這本書裡卻是楊繼業－楊延昭－楊宗保－楊文廣－楊懷玉祖孫五代。正史上楊業重傷被擒，絕食而死；而這本書裡卻是他在狼牙谷被困，頭撞李陵碑而亡。楊四郎流落遼邦娶瓊娥公主的事、楊五郎五台山出家的事，均於史無徵。木桂英掛帥、十二寡婦征西，看來純係群眾的口頭創造；至於楊文廣化鶴、宣娘煉出鬼王丹，更是子虛烏有的小說家言。小說家的這些創造，說明這部書是一部典型的英雄傳奇小說，而不是歷史演義。明代中後期，在水滸傳的影響下，出現了英雄傳奇小說創作繁榮的局面。英雄傳奇小說也是以演述歷史英雄人物業績為題材的小說，但它比起歷史演義來，人物更集中，傳奇性更強，往往不受真人真事的局限，虛構的成分較大，吸取的民間口頭傳聞較多，因而故事更為生動有趣，深受讀者喜愛。此時出現的英雄傳奇小說，主要有隋史遺文、大宋中興通俗演義、北宋志傳和這部楊家將演義。

當然，楊家將故事的增飾和流傳不自這部小說始，早在北宋文學家歐陽修生活的時期就廣為傳頌了。歐陽修記述：「（楊業）父子皆為名將，其智勇號稱無敵，至今天下之士，至于里兒野豎，皆能道之。」（歐陽永叔集供備庫副使楊君墓誌銘）歐陽修寫此文時，距離楊業死難不過五六十年。宋代說話盛行，楊家將故事自然成為說話藝術的極好題材。據醉翁談錄記載，南宋小說話本中有楊令公、五郎為僧兩本。可惜本子已經散佚，原文無法見到了。楊家將故事在宋元以後的戲劇舞臺上也很流行，金院本劇目中有打王樞密（楊六郎識破王欽若奸細面貌的故事）。元雜劇中則有昊天塔孟良盜骨、謝金吾詐訴清風府兩本。元明時期的雜劇還有八大王開詔救忠、焦光贊活捉蕭天佑、楊六郎調兵破天陣三本，這三本收於孤本元明雜劇一書中，估計是明初人所作，故事都相當曲折複雜。明代傳奇寫楊家將的有三關記、祥麟現兩種，情節大致與楊家將演義相似。總起來說，在明代戲劇舞臺上，楊家將的故事已經相當生動豐富。而此時長篇小說這種樣式正逐漸繁盛，把片段的戲劇故事彙成一編，就勢所必然了。明代萬曆年間小說終於出世。今天我們所能見到的最早的本子有兩種：一種叫北宋志傳，一種就是這部楊家將演義。孫楷第等學人認為，這兩種都是根據一本名為楊家府的本子改編的。但是，原書已經不存，文獻中更找不出明確的佐證，我們只好將信將疑、姑妄聽之了。

北宋志傳是南北兩宋志傳的後半部，今存最早刻本為唐氏世德堂刊行的萬曆二十一年（西元一五九三年）的本子。有十卷五十回，前十五回寫呼延贊的故事，第十六回以後才是楊家將的故事。原書不題撰人，有人考證，它是一家書坊主人叫熊大木的在嘉靖年間編纂的。這部書雖然現存刻本較楊家將演義為早，但是從回目和文字看，卻像是從楊家將演義改編的。再有北宋志傳只寫到楊宗保平定西夏，沒有楊文廣征南蠻、楊宣娘掛帥和最後的楊懷玉舉家上太行，故事情節顯然不及楊家將演義齊全、豐富。所以，我們沒有選取北宋志傳作為校注的底本。

那麼，楊家將演義的情況又是怎樣的？楊家將演義現存最早刻本為萬曆三十四年（西元一六〇六年）刊本，內封面寫「秦淮墨客編輯・楊家將演義・臥松閣藏版」，全書共八卷五十八則，正文前有「萬曆丙午長至日秦淮墨客書」（旁有鈐印兩方）的「序」一篇，序前題「楊家府通俗演義序」，目錄前題「新編全像楊家府世代忠勇通俗演義目錄」，正文前題「出像楊家府世代忠勇演義志傳一卷」，下署「秦淮墨客校閱・烟波釣叟參訂」。版心有「楊家府演義」字樣。從上述題署的情況中，我們就可以了解到此書的全稱、異名和作者。關於書名，封面為「楊家將演義」，書前題署和版心又作「楊家府演義」，序前為「楊家通俗演義」，可見三者是通用的。因為群眾對「楊家將」的名字更為熟悉，所以，我們這本書就取「楊家將演義」的名字。

此書作者為誰？歷來有不同說法。有人根據正文前的題署，認為秦淮墨客僅僅是校閱，不能算著作。我認為，秦淮墨客就是作者，他或是根據舊本敷演的，或是根據戲曲、傳說彙集編纂的。理由如下：一、書的內封面明確標題為「編緝」，那就是編纂的意思，後面正文前的所謂「校閱」，或則是說他同時做了校閱的工作，或則是「編輯」的含混說法。二、這種題署方式是明代小說作者慣用的。明代文人對小說創作不很重視，甚至有點輕視。文人編纂了小說，往往隱匿真實的姓名，或者不明確稱編著，而題以較為含混的詞彙。例如，三國演義題：「明後學羅本貫中編次」，水滸傳題「施耐庵的本，羅貫中編次」，或「施耐庵集撰，羅貫中纂修」。這些還算有個姓名，有的就只出筆名而不出真實姓名，如西遊記題作「華陽洞天主人校，金陵世德堂梓行」。所用詞彙，除上述外，還有的作「詳訂」、「校鍥」、「口述」、「刊本」等等。有的乾脆不題撰人。筆者所見，沒有一本是正經題上「編著」或「撰述」的。序言中觸及作者問題，往往諱莫如深，使人摸不著頭腦。例如金瓶梅的欣欣子序言中說，此書是「蘭陵笑笑生」所作，而「蘭陵笑笑生」又是誰？這就留下了千古疑案，至今聚訟紛紜。楊家將演義的秦淮墨客序言中，只是贊頌楊氏業績，末尾一句：「剞劂告成，敬綴俚語於簡首，以遺世之博古者。」——隻字未提書之來歷和作者問題。因為在內封面和正文前已有題署，序言中不提作者問題是很自然的——是寫自序的口吻。如若另有所本，或者是代別人寫序，序言中焉能不作解釋？比起明代其他小說，這部書的作者問題還算是明白的。三、「秦淮墨客」的別號與當時一些寓居於南京的小說人的題署頗為一致，是作者慣用的署名方式。明代，南京是文學創作的中心，戲曲、說書特別興盛，長篇說部的刊刻出版也十分興盛。現今三山街、內橋一帶為書坊聚集區。私家書坊著名的就有世德堂、繼志齋、富春堂等，三國演義、西遊記等名著多為它們所刊刻。一些文人也多寓居於此，進行長篇說部的編纂創作。他們的別號喜愛與南京地域相聯繫，例如，有叫鍾山逸叟的（封神演義題「鍾山逸叟許仲琳編輯」），有叫鍾山居士的（西漢演義題「鍾山居士建業甄偉演義」），有叫金陵薛居士的（唐書志傳通俗演義題「金陵薛居士的本」），有叫金陵虛舟生的（海剛峰先生居官公案傳作者為金陵虛舟生）。秦淮墨客當是其中之一，而且他們的題署方式並不十分認真，有故意隱匿的意味，例如封神演義的題署放在卷二，卷一缺如；墨客、薜居士、虛舟生等的真實姓名又是什麼，這就很費參詳。

那麼，秦淮墨客究竟是誰？這是金陵人紀振倫的別號。首先考證出真實姓名的是學者王重民，他的根據就是臥松閣版楊家將演義。他在中國善本書提要「子部小說類」楊家將演義條目下云：「卷端有秦淮墨客序，下鈐『紀氏振倫』、『春華』兩印記，則為墨客之名與號也。」（第四〇二頁右）——原來真實姓名藏於鈐印裡。紀振倫是明代中後期的戲曲家，生卒年不詳，萬曆三十四年（西元一六〇六年）在世，字春華，號秦淮墨客。他編寫、修改的戲曲很多，今存傳奇三桂記、七勝記、折桂記、紅梅記、雙杯記、西湖記等，均題為「秦淮墨客校正」，或「校」。另據曲海總目提要記載：羅帕記由他「重校」，葵花記一說是他「校正」。他還編輯了叢書綠窗女史、小說續英烈傳。因為他是戲曲作家，熟悉雜劇、傳奇，而楊家將故事又首先是在戲劇舞臺上成熟的，所以，由他編纂楊家將演義，順理成章。

我們這裡校注的本子是，明萬曆三十四年（西元一六〇六年）初刊，清嘉慶十四年（西元一八〇九年）書業堂重刊本。拿它與浙江南潯嘉業堂藏萬曆刻本和清復明刊天德堂刻本相對照，我們覺得這個本子錯訛缺漏較少、較接近原著。校注過程中，我們注意尊重原著，不任意改字。書中有好多處，看起來不合後世的語言習慣，可改；深究，就覺得原書是有道理的，改了就失去了原書的面貌，而就原書作出恰當的解釋正是校注者的任務之一。例如第十二回中有「焦贊接聲而吟五韻」，這裡的「五韻」看起來不通，改成「四韻」或「七律」似乎就通了。其實，原文是對的，不必改。五言律詩第一句多數是不押韻的，而七律的第一句多數是押韻的，宋代已成為有意識的時尚，所謂「五韻」即「七律」。

校注者改動的地方，只一處：第一回「李維勳」，改作了「李繼勳」，因為此書從第二回起，此人就寫作「李繼勳」。

另外，這本書裡還出現了三個尚未收入字書辭典的字，錄在下面，提供給編輯字書辭典者參考。它們是䨺（第三回）、饄（第四回）、㿜（第四十九回）。

校注、評述是否得當，敬請讀者指正。

原序

嘗讀將傳，三代尚矣❶。秦、漢來，其間負百戰之勇，以驅戎馬於疆埸、請長纓於闕下❷者，蓋如雲如雨。第全軀者，為身不為君；保妻子者，為家不為國。求忠肝義膽，爭光日月而震動乾坤，不啻麟角鳳毛❸也。蓋非勇之難，忠而勇者實難。宋起鼎沸❹之後，一時韜鈐介胄之士❺，師師濟濟❻，忠勇如楊令公者，蓋舉世不一見云。令公投矢降太宗，公爾忘私，業以許國。狼牙一戰，憤不顧身，英風勁氣，真足寒其心而褫之魄❼。使其將相調和，中外合應，豈不足樹威華夏？奈何三捷未效，而掣肘於宵

❶ 三代尚矣：夏、商、周久遠了。三代，夏、商、周合稱。尚，久遠。

❷ 請長纓於闕下：意思是，請求出征於朝廷。請長纓，自請從軍報國，漢書終軍傳：「軍自請，願受長纓，必羈南越王而致之闕下。」闕下，帝王宮闕之下，借指朝廷。

❸ 不啻麟角鳳毛：無異於極珍貴的麒麟角、鳳凰毛。不啻，無異於。啻，音ㄔˋ。

❹ 鼎沸：喻形勢動亂不安定。

❺ 韜鈐介胄之士：謀臣和武將。韜鈐，古代兵書六韜和玉鈐篇的合稱，引申為兵法戰略。介胄，穿戴甲胄的武士。

❻ 師師濟濟：端莊整肅、人才眾多。師師，端莊嚴肅的樣子。濟濟，眾盛的樣子。

❼ 寒其心而褫之魄：意思是，使敵人心寒膽顫、失魂落魄。褫之魄，喪失其魂魄。褫，音ㄔˇ，奪去。

人之中制❽，竟使生還玉關❾之身，徒為死報陛下之血，良可惜哉，良可惜哉！雖然，公亦足自慰也：丈夫泯泯而生❿，不若烈烈而死⓫，故不憂其身之死，而憂其後之無人。自令公以忠勇傳家，嗣是而子繼子，孫繼孫，如六郎之兩下三擒，文廣之東除西蕩，即婦人女子之流，無不摧強鋒勁敵，以敵愾沙漠⓬，懷赤心白意⓭，以報效天子，雲仍奕葉⓮，世世相承。噫！則令公於是乎為不死。彼全軀保妻子者，生無補於君，死無開於子孫。千載而下，直令仁人義士筆誅其魂，手刃其魄，是與草木同朽腐者耳，安能凜凜生氣榮施⓯之若此哉！故君子觀於太行之上，謂懷玉之知機勇退，富貴浮雲，而亦傷宋事之日非矣。嗟嗟！賢才出處⓰，關國運盛衰，不佞⓱於斯傳不三致慨⓲云。剞劂⓳告成，敬綴俚語於簡首⓴，

---

❽ 掣肘於宵人之中制：意思是，受小人的牽制和中傷。掣肘，喻阻撓他人行事。宵人，小人。中制，中傷、抑制。

❾ 玉關：玉門關，這裡借指邊關。

❿ 泯泯而生：昏亂地活著。泯，同泯。泯泯，昏亂貌。

⓫ 烈烈而死：威武地死去。烈烈，威武貌。

⓬ 敵愾沙漠：意思是，在疆場同仇敵愾的氣勢。敵愾，共同禦敵的憤怒情緒。沙漠，這裡借指北方疆場。

⓭ 懷赤心白意：意思是，懷著忠誠的心，胸懷坦蕩。赤心，忠誠報國之心。白意，謂心中淡然無所沾滯也。劉向說苑臣術：「虛心白意，進善通道。」

⓮ 雲仍奕葉：累世子孫。雲仍，雲孫仍孫，泛指遠孫。奕葉，累世。

⓯ 榮施：施惠於人的美稱。

⓰ 賢才出處：才德兼備的賢人出世做官和退隱閒居。

⓱ 不佞：無才，自謙詞。佞，音ㄋㄧㄥ，有才智。

以遺㉑世之博古者㉒。時萬曆丙午長至日㉓，秦淮墨客書。

⓲ 不三致慨：再三表示感慨。不，助詞，用來加強語氣。

⓳ 剞劂：音ㄐㄧ ㄐㄩㄝˊ，書籍雕板。

⓴ 簡首：書首。

㉑ 遺：音ㄨㄟˋ，贈。

㉒ 博古者：雅好通曉古事者。

㉓ 萬曆丙午長至日：萬曆丙午，宋神宗萬曆三十四年（西元一六〇六年）。長至日，夏至。

回目

第一回　宋太祖受禪登基

詩曰：

楊氏麏興翊宋深❶，風聞將落盡寒心。
青衿❷叱咤風雲迅，綠鬢❸揮揚劍戟新。
暗地有蠅污白璧，明廷無象鑄黃金。
英雄跳出樊籠外，坐對江山慨古今。

宋太祖姓趙，名匡胤，涿郡人。父名弘殷，為周朝檢校司徒、岳州防禦使❹。母杜氏，安喜❺人，

❶ 楊氏麏興翊宋深：這句話的意思是，楊氏群起輔佐宋室，為宋室立下了深重的功勞。麏，同麇，音ㄐㄩㄣ。原文作麕，誤。麏興，麏起也。見劉勰文心雕龍：「漢飲博士，而雉集于堂；晉策秀才，而麏興于前，無他怪也，選失之異也。」

❷ 青衿：指少年。衿，音ㄐㄧㄣ，衣襟。

❸ 綠鬢：烏黑亮麗的鬢髮。這裡借指楊門女將。

❹ 周朝檢校司徒岳州防禦使：後周的監察尚書，掌管岳州軍事防務的官員。岳州，今湖南岳陽。

❺ 安喜：即安喜縣，今河北定縣。

生匡胤於洛陽夾馬營中，赤光滿室，異香經宿不散，人號為香孩兒。一兄名匡濟，三弟曰光義，曰光美，曰匡贊。弘殷既逝，杜氏孀居，治家勤儉嚴肅。時匡濟、匡贊亦卒。匡胤、光義、光美俱命學於陳拊之門。拊乃華山處士陳摶❻兄也，壯年勵志苦學，屢科不第，遂隱教授，循循誘人。有詩為證：

落落人間數十年，隨身鐵硯一青氈。
丹墀未對三千字，碧海空騰尺五天。
賈誼長沙❼淹歲月，杜陵夔府❽老風煙。
倚闌讀罷歸來賦❾，腸斷青山落照邊。

是時陳拊見三子卓犖❿，屬情訓導，文傳孔孟，武授孫吳。學業既成，一日呼三子趨前，言曰：「某今老矣，不復能為若輩之師。我有一友，鎮州⓫人，姓趙名學究，曾遇異人傳授。汝等當往求教可也。」

---

❻ 陳摶：五代、北宋間道士。後唐末舉進士不第，隱居武當山，服氣避穀，後移居華山。傳說常一睡百餘日不醒，自號扶搖子，宋太宗賜號希夷先生。

❼ 賈誼長沙：這是借指不得志的才子。賈誼，西漢時政論家、辭賦家。十八歲時以文章出名，漢文帝召為博士，越級升遷為太中大夫。因受妒忌外放長沙王太傅，後因事憂傷而死，世稱賈長沙。

❽ 杜陵夔府：這是借指窮愁潦倒的文人。杜甫曾自稱杜陵布衣、少陵野老，他還曾在夔州漂泊兩年，寫了好多詩作，所以後人有這樣的稱呼。

❾ 歸來賦：這是指東晉詩人陶淵明寫的歸去來兮辭。

❿ 卓犖：超越出眾。犖，音ㄌㄨㄛˋ，明顯。

匡胤等遂辭別，竟往鎮州師學究焉。後匡胤仕周世宗，補為東西班行首，尋陞殿前都指揮使，掌軍政務，隨世宗征伐，屢建大功，眾心歸附。時世宗於文書篋中得木簡，長尺許，有字一行曰：「殿前點檢⑫作天子。」次日，世宗將殿前點檢張永德斬之，乃命匡胤領其職。世宗崩，子宗訓立，加匡胤為檢校太尉，領歸德節度使。會逢大遼與北漢⑬連兵五十萬，自土門⑭東下，侵犯中原。朝廷倉卒會議，遣匡胤率禁兵禦之。是日，領兵出屯陳橋⑮，同行指揮使苗訓善觀天文，見日下復有一日，黑光摩盪者久之，乃指示楚昭輔曰：「此非天命乎？」是夕，殿前都指揮使石守信、侍衛親軍都指揮使高懷德、殿前都檢討張令鐸、殿前都虞候王審琦、虎健右廂都虞候張光翰、龍健左廂都虞候趙彥徽，相與語曰：「主上幼弱，我輩出力死戰，誰則知之？今不如先立趙點檢為天子，然後北伐。」眾將商議已定。次日黎明，軍士披甲執戈，直逼匡胤寢所，大呼曰：「今我等無主，願策太尉為天子！」匡胤醉臥未醒，因眾喧呼，遂起披衣，將欲問之。諸將扶擁出廳，黃袍已加身矣。眾皆羅拜，呼萬歲畢，扶上馬，擁還汴京。匡胤攬轡誓諸將曰：「汝等自貪富貴，立我為天子。能從我命則可，不然，莫能為若輩主矣。」眾皆曰：「惟命是從。」匡胤曰：「太后、主上，我所北面事者，勿得驚犯；公卿皆我比肩，勿得欺凌；市中貨物、府

⑪ 鎮州：今河北正定縣。

⑫ 殿前點檢：後周世宗置殿前司，以都點檢為長官，統率親軍，負責儀仗警衛，實權很大。

⑬ 大遼與北漢：當時的兩小國。大遼，即契丹族所建遼國，五代晉時定都上京，宋時為金人所滅。北漢，五代時十國之一，都太原，地狹民困，以遼人為援，後為宋所滅。

⑭ 土門：即井陘口，在今河北獲鹿縣西南。

⑮ 陳橋：即陳橋驛，在今河南開封陳橋鎮，五代時為河北大名之首途驛站。

庫寶器，不得搶奪；不許妄殺一人。聽命者重賞，不用命者族誅於市。」諸軍士諾諾應聲，肅隊而行。既入城，擁匡胤直進崇元殿，召百官朝賀。匡胤曰：「未有禪詔⑯，何敢遽升殿？」言罷，翰林承旨⑰陶穀，遂從袖中取出詔書，讀云：

朕茲沖齡⑱，未諳國政，弗勝大位。惟爾太尉練達治體，宜攬乾綱。今卜之於天，天心默順；稽之於民，民情協和。朕乃效放勳之遺風⑲，揭神器⑳而授之賢卿，當步重華㉑之芳躅㉒，膺帝籙而敬其事㉓，無上負彼蒼眷顧，下失斯民仰望可也。

匡胤乃就殿前拜受畢，遂升殿，服袞冕㉔，即皇帝位。百官朝賀畢。於是奉周主為鄭王，符太后為

⑯禪詔：帝王禪讓帝位的詔書。
⑰翰林承旨：五代時掌管承宣旨命的文官。
⑱沖齡：幼少不諳事的年齡。沖，幼少在位曰沖。
⑲放勳之遺風：帝堯禪讓的遺風。放勳，古帝堯名。
⑳神器：神聖之物，這裡指帝位。
㉑重華：虞舜名。
㉒芳躅：前賢的足跡。躅，音ㄓㄨㄛˊ，足跡。
㉓膺帝籙而敬其事：意思是，希望你接受象徵帝王瑞應的圖籙而敬重其事。膺帝籙，指接受象徵瑞應的圖籙，應運而興。籙，符命。
㉔袞冕：音ㄍㄨㄣˇ ㄇㄧㄢˇ，古禮服，帝王的衣服和冠冕。

周太后，遷之西宮。大赦天下。國號大宋，改年號建隆元年。封三代為皇帝，封母杜氏為皇太后，封妻王氏為皇后，封子德昭為皇太子、德芳為梁王。封兄子德崇為燕王，乳名大哥，人遂稱為八大王，最有才能，人皆敬服。封弟光義為晉王，光美為秦王。文武百官，各陞一級。遣使遍告郡國。有詩為證：

勅旨頒行去路賒㉕，繡衣分彩照江花。
星披驛樹人千里，為報乾坤屬宋家。

時華山處士陳摶延攬英雄，亦有覬覦㉖神器之意，每遣人往汴京探聽消息。是時跨著一驢，遊於官道之上，忽手下來報曰：「今趙點檢受禪登基，遣使遍告天下。」陳摶聽罷，驚慌墜地，乃曰：「鹿之逸奔，高材疾足者得之。」又復曰：「英雄回首作神仙，以聲勢虛譽論，彼固赫奕㉗於我；以身心實益論，我又舒泰於彼：彼此各有一得，又何必拘拘於君人為耶！」太祖屢徵不就，親幸華山訪之。陳摶接入庵堂，拜罷。太祖曰：「子之高臥，其奈天下蒼生何？如肯隨朝就列，任擇其職，朕毋吝焉。」陳摶曰：「陛下開誠心，布公道，以理天下，則天下幸甚，微臣幸甚！即終日立朝，亦不過此敷陳而已。荷陛下厚愛，臣他不願，但乞陛下將此華山周圍地土，寫賣契一紙付臣，臣得千秋霑恩，且不沒一時相須之殷㉘，而又顯聖主待隱逸之優也。」言罷，太祖欣然索紙筆寫之。陳摶謝恩訖，太祖命排駕回京而去。

㉕ 賒：音ㄕㄜ，長遠。
㉖ 覬覦：音ㄐㄧˋ ㄩˊ，非分希望或企圖。
㉗ 赫奕：光彩昭明的樣子。

陳摶嘆曰：「天下自此定矣。」有詩為證：〔一說賣華山事在太祖未登基時，備錄之。〕

紛紛五代亂離間，一旦雲開復見天。
草木百年新雨露，車書萬里舊山川。
尋常巷陌多簪紱㉙，取次樓臺列管絃。
人樂太平無士馬，鶯花無限日高眠。

宋太祖既登帝位，石守信等奏曰：「遼、漢犯邊，乞御駕親征，軍士始用命也。」太祖乃命李繼勳㉚為先鋒，王全斌為統軍都督指揮使，石守信為護駕大將軍。即日三軍起行，望太原進發。不日到了董澤㉛，與北營對壘下寨。次日，太祖升帳，言曰：「朕不知太原地理，今欲窺其虛實，誰敢輔朕一行？」曹彬曰：「何勞陛下親往，遣兩人前去足矣。」太祖曰：「卿言固是，但不似目覩之為真也。」思忖良久，謂王彥昇、遵訓曰：「汝二人選良馬二匹，扮作西夏賣馬客人，竟入太原觀看地理，將周圍形勢畫成一圖，帶回與朕觀之。」言罷，二人領命去訖。

卻說北漢主姓劉名鈞，一妹配薛釗。釗一日醉甚，欲誅其妻，其妻奪衣得脫。釗至次日酒醒，恐漢

㉘ 相須之殷：相待的殷切盛情。
㉙ 簪紱：音ㄗㄢ ㄈㄨˊ，比喻顯榮富貴。簪，插定髮髻或冠的長針。紱，絲製的帽帶。兩者皆古時官吏的佩飾。
㉚ 李繼勳：原本作「李維勳」，第二回即作「李繼勳」，現改。另天德堂、嘉業堂本均作「繼」。
㉛ 董澤：古地名，在今山西聞喜縣東北。

王辱之，遂自刎而死。釗生一子，名繼恩。鈞無子，乃養繼恩為己子。其妹復適何元業，生二子：長繼元，次繼業。鈞又養為己子。至是漢王鈞殂，繼恩即漢王位，與周甚仇，稱子於遼，乞遼助兵侵周。遼乃遣耶律于越領兵三十萬，由嶺南而出。漢主命繼元為元帥，繼業為先鋒。繼業娶佘氏，生七子：淵平、延廣、延慶、延朗、延德、延昭、延嗣；又生二女：琪八娘、瑛九妹，俱善騎射，精通韜略。繼元領兵二十萬，至白坂河下寨。是時，見宋兵於對壘董澤下寨，即遣延廣下戰書，約次日交兵。時宋兵已到董澤五日，太祖升帳，正在思憶王、遵二人，忽報漢主遣人下戰書。太祖召入，呈上書。覽罷，與延廣，笑曰：「量太原彈丸之地，有甚難破。歸語汝主，早降不失侯封。倘負固不服，指日擒捉，求生難矣。」遂許明日會兵。延廣得命，將出轅門，王、遵入見，呈上地理圖。太祖展開看罷，言曰：「太原在吾目中矣。」遂喚虎將桑錦，今夜領兵三千，直抵白坂河左側地名大汀淵埋伏，候明日午時望白坂殺來。又喚米輪領兵三千，直抵白坂河右側，地名鷄籠山埋伏，候明日未時望白坂殺來。米輪曰：「臣後桑錦殺進，只恐有失。」太祖曰：「地有遠近故耳，不必多憂。」二將至晚領兵埋伏去訖。太祖又命高懷德明日引兵三千，往大汀淵接應桑錦；張令鐸引兵三千，往雞籠山接應米輪。又命王守貞、李繼仁明日領兵一萬，抄出白坂河後殺進。曹剛領兵五千，接應守貞等。太祖分遣已定，諸將領計去訖。

第二回　漢繼業調兵拒宋

卻說北漢主升帳，謂諸將曰：「南兵此來決非昔比，必用奇計方可勝之。」言罷，報延廣回。入帳告曰：「小將觀宋君英勇雄壯，非尋常類也。」漢主曰：「曾有何言？」延廣曰：「說汝主來降，不失侯封。否則，明日決戰。」漢主曰：「汝觀彼營有可搗之處否？」延廣曰：「無有其釁❶。但出轅門之時，見兩人入去，卻似前日在此賣馬之人。臣沿途思忖，此必細作來窺地之形勝❷者也。」言罷，繼業奏曰：「臣已知之矣。乞主上調兵禦之，彼必成擒。」漢主曰：「卿知其何為？」繼業曰：「左側大汀淵，右側雞籠山，兩處可以埋伏。宋人既窺地形，彼必遣兵埋伏於此。急調兵往中途截住，使他不能進攻可也。」漢主曰：「卿既知之，早遣軍士防禦，孤何禁焉！」繼業得旨退出，軍中喚過淵平、永吉：「明日五鼓，汝二人各領兵一千，同去左側十五里路上俟候，但聽信砲一響，一人殺往大汀淵，一人殺回。」又喚延惠、張德：「明日五鼓，亦各領兵一千，同去右側十里路上俟候，信砲一響，一人殺往雞籠山去，一人殺回，勿得有誤。」又遣妻佘氏，打白令字旗，領兵一千，往白坂河後接戰。分撥已定，延惠、淵平等各整頓去訖。

---

❶ 釁：音ㄒㄧㄣˋ，縫隙，破綻。

❷ 形勝：地勢險要。

卻說太祖次日臨陣，頭戴一頂雙龍升天黃金盔，身穿一件雙龍升天繡龍袍，頭上蓋著一柄七簷繡龍黃羅傘，跨著一匹騰雲赤龍駒；左手列著王全斌、張光翰、潘仁美等一十八員大將，右手列著李繼勳、石守信、趙彥徽等一十八員大將，一字兒擺開於南。北漢主頭戴一頂嵌金日月鳳翅盔，身穿一件灑花滾龍衣，頭上蓋著一柄珍珠黃羅傘，跨著一匹鐵蹄碧玉驄；上手有繼元、耶律休材、張知鎮等一十五人，下手有繼業、不花顏兒等一十五人，一字擺開於北。太祖傳令，兩軍休放冷箭，兩主親出打話。有詩為證：

旗拂西風劍吐虹，陳師列旅兩爭雄。
山河自古歸真主，枉向軍前鼓舌鋒。

太祖馬上問曰：「漢主何在？」漢主答曰：「孤在此，有何話說？」太祖曰：「汝竊據太原，稱孤道寡，偷生一隅亦已足矣，奈何謀逆不軌？朕茲來削平禍亂，救生民於水火之中，定一天下。汝若上識天時，下窮人事，倒戈棄甲，束手歸命，猶不廟絕血食❸；苟如執迷抗師，決不輕恕。汝降與否，速自裁之。」漢主曰：「自三代❹以下，惟漢高祖提三尺劍誅無道秦，得天下最正，後世誰敢議其非？豈似汝欺人孤兒寡婦❺，以竊神器乎？孤高皇❻之後，職此一方，亦守先人舊土耳。使高皇在天之靈，佑孤

❸ 血食：指宗廟享受牲牢等物的祭祀，殺牲時有血，故名。
❹ 三代：指夏、商、周三代。
❺ 欺人孤兒寡婦：指趙匡胤從後周恭帝和太后手中篡奪了政權。

征討諸鎮，復一區宇，分所宜然，未為過也。汝今但當以竊據自責，而可以責孤耶！」言罷，太祖怒曰：「誰為朕擒此賊？」右手李繼勳、左手王全斌應聲而出。北陣上繼元、繼業兩騎齊出接戰。四將交戰數十合，不分勝負。太祖急令放信炮，親自出戰。繼業自思：「捉得太祖，勝斬百將。」遂奮勇搶過陣來戰太祖。太祖亦抖擻精神，迎敵三四十合，只望埋伏之兵殺來。繼業知其意，乃詐敗而走。太祖趕去。繼業拈弓搭箭，當太祖胸前射去。那馬忽昂頭跳起，將箭啣著，遂把太祖掀落於地。繼業正欲近前砍之，忽潘仁美殺到，大喝：「逆賊敢傷吾主！」挺鎗直取繼業。太祖遂跳上了馬。繼業將標鎗標中仁美之馬，仁美落馬。繼業拋之，只去追趕太祖。太祖見仁美落地，繼業又打紅令字旗來追趕，乃暗暗叫苦。

忽二將殺至救駕，乃李繼勳、王全斌也。先時，李、王二將殺入北陣，追趕漢主，只聽得北兵一片喊叫：「先鋒射死宋主！」聲如鼎沸。李、王二將大驚，急勒馬殺回來救太祖。太祖慌叫曰：「仁美馬中此賊之鎗，今墜於地，先鋒快去救之。」李繼勳聞言，拍馬去救，只見北軍圍住了仁美，將鎗亂刺。仁美在地上左跳右跳，將鎗東遮西隔，恰似灑拳❼一般，望見繼勳大叫：「先鋒救我！」繼勳將北軍殺散，奪其馬匹與仁美騎之，並轡殺出北陣。繼業在南陣中左衝右突，如入無人之境；又令從軍高聲大叫，要捉宋主。北漢主被李、王二將追趕，走得心疼，既而不趕，恐己身有不測之災，遂鳴金收軍。太祖亦鳴金收軍回營。見仁美身被數十餘鎗，乃曰：「卿遭重傷，朕心何忍？」遂命回汴梁養病。又問曰：「三路軍兵不見一人殺到，何也？」言罷，三路敗軍回報：「左側，淵平、永吉領兵伏於中途，信砲一響，

❻ 高皇：指後漢高祖劉暠。

❼ 灑拳：四散打拳。

一人迎戰桑錦，一人回戰高懷德；右側，延惠、張德領兵伏於中途，信砲一響，一人迎戰米輪，一人回戰張令鐸。王守貞、李繼仁被一女子打著白令字旗接戰，勇不可當。王守貞險被那女將殺了，但幸李繼仁將畫戟砍去，那女子才抛了守貞。繼仁與守貞兩個夾戰，那女將全無半毫懼怯。後復有二將殺到，王守貞、李繼仁敗走回陣。」言罷，太祖驚曰：「朕初欺其無謀，今觀此人，行兵不亞孫、吳，使朕曉夜不安，但不知其為誰？」有詩為證：

太原繼業獨鍾靈❽，卓犖胸藏萬甲兵。
摧敵破圍風解凍，宋君驚訝詢威名。

卻說太祖問罷北漢行兵之人，遂查點軍士，傷折一萬。太祖哀悼至甚。曹彬等奏曰：「敵人量我軍殺敗，必不準備，趁今夜去劫他寨，不知陛下以為可否？」太祖曰：「朕亦有是意。但今日行兵之人謀略甚高，恐此謀難出其料，去徒損軍。」曹彬曰：「無妨。臣領幾千敢死軍虛去劫寨，彼軍埋伏於外者畢竟殺來。乞陛下復率大隊掩之。彼雖有智謀，安測度到此？」太祖遂命曹彬、石守信領五千敢死軍去劫漢寨，又命王審琦、王彥昇、李繼勳等領三萬健軍掩之。分撥已定，只待三更始去。

卻說繼業回營，見漢主曰：「臣正要捉宋主，因何收軍？」漢主曰：「孤心陡痛，恐有不測，是以收軍。」繼業曰：「宋兵雖敗，未損大將，今夜必來劫寨。三軍必要出寨，留下空營，不必交兵。彼放信炮，汝等亦放信炮，虛張聲勢，待天明看動靜交兵。」漢主曰：「彼來劫寨，趁黑地殺之，何故令不

❽ 鍾靈：即鍾靈毓秀，指天地靈氣會聚所孕育出的優秀人物。

交兵？」繼業曰：「宋主行兵，曹瞞❾無貳，彼必令敢死軍先入，其鋒難當。只放炮吶喊，誑他大隊軍兵殺進；在內之軍奮勇殺出，兩下自相殺戮，豈不勝於交兵？」言罷，漢主大悅。三軍領計去訖。

卻說曹彬、石守信領敢死軍殺入北營，放起信炮。只聽得北營亦放炮吶喊。曹彬等只道有軍殺來，隨即殺出。王審琦等亦只道北兵殺出，一徑殺進，俱不覺是自己之兵，鬧了一晚。及天色微明，方認得是自己之兵。正欲收軍，繼業驅兵殺出，砍傷甚眾。太祖大慟，言曰：「二陣折傷軍士如此，將奈彼何？」又問曰：「彼是何人主謀？朕必定計擒之。」石守信奏曰：「聞巡邏之兵回說，是令公。」太祖曰：「名喚令公？」守信曰：「非也，名喚繼業。」太祖曰：「緣何又喚令公？」守信曰：「繼業出戰，打著紅令字旗，其妻出戰，打著白令字旗，因此號為令公、令婆。」太祖曰：「朕亦聞此人有勇善戰，北方稱為無敵將軍，不想又有玄妙之智術也。朕若得此人歸順，何愁四方征討？」遂命軍士休息。復取太原地理圖看之，即喚何繼筠、王彥昇領兵五千，徑過石嶺關，直抵鎮定關下寨。「但逢遼之兵到，令彥昇拒之，汝於嶺下引兵佯為截其歸路之狀，彼兵必退，不敢前進。」又喚王全斌、桑錦領兵三千，埋伏於莫勝坡。「但有太原兵來，即出截之。」太祖分撥已完，四將領兵去訖。

❾曹瞞：指三國魏武帝曹操，曹操小字阿瞞。

第三回　繼業夜觀天象

卻說繼業收軍，是夜仰觀天象。次日，進漢主御帳奏曰：「臣昨夜仰觀星象，見畢舍月宿❶，主有久雨。」漢主曰：「將如之何？」繼業曰：「傳令軍士出砍柴薪。軍分三停❷：一停擂鼓吶喊，一停執炮箭待敵，一停砍柴。臨回之際，齊吶喊幾聲，燒盡南蠻。」漢主曰：「此主何意？」繼業曰：「惑亂彼心，使不識吾之所為。」又喚張得、永吉領兵三千，往鎮定關迎接遼兵。漢主曰：「孤望彼軍來救，緣何反遣兵去接他？」繼業曰：「日前觀宋行兵深知地理，彼必發兵往鎮定關拒截遼兵，臣所以調兵迎之。」乃囑二將曰：「路途必有埋伏，須謹提防。」二將領兵去訖。

卻說宋軍見北軍吶喊砍柴，次日進帳奏知太祖，北軍如此如此。太祖莫解其意，憂疑不定。是夜，天清氣朗，太祖與諸將出帳觀星，乃曰：「漢主氣數雖微，然亦一時不絕。」言罷，回顧皓月，大驚頓足，連聲叫苦。諸將曰：「有何故也？」太祖曰：「朕日憂折軍士，未觀天象。今見月離於畢❸，大雨

---

❶ 畢舍月宿：意思是，畢宿與月亮分離。畢宿，二十八星宿之一。古代認為畢宿星能興風雨，它與月亮分離，即將有風雨。

❷ 三停：分成三部分。

❸ 月離於畢：即❶畢舍月宿之意。語出詩經小雅漸漸之石：「月離于畢，俾滂沱矣。」

不止。」諸將曰：「明日亦令軍士出砍柴薪。」太祖曰：「明日不過午未時❹，滂沱降矣。」次日，令軍士砍柴。至午，天果大雨，北漢主曰：「南蠻只有半日柴薪，能勾❺幾何？」有詩為證：

宋主傷軍未睹星，薪蒸❻未備苦難禁。
滂沱子夜傾如注，悶損沙場戍客❼心。

太祖因雨悶坐中軍，忽報何承睿回營。太祖曰：「天雖大雨，今得承睿回來獻捷，朕懷少慰，又足以懾服繼業。自今以後，不敢輕視吾軍矣。」諸將猶未準信。既而承睿入帳，奏曰：「大遼遣耶律于越領兵至鎮定關前，臣父子依聖上計策，于越果怯退三十里下寨，不敢入救。臣回至中途，又遇王全斌手下游卒，說漢主命張得、永吉領兵去接遼兵，二將驕傲，說在本境之內怕甚埋伏。及至莫勝坡夜宿其地，眾軍暢飲，酩酊大醉。王全斌引軍圍著，盡皆殺之，並未逃走一人。」太祖曰：「惜夫天雨，不然，大事濟矣！」承睿曰：「臣父乞陛下再遣兵防禦，恐遼知兵少，驅大隊殺來，難以抵敵。」太祖曰：「無妨。天有久雨，俟晴，破了太原，遼兵聞風自遁，不必益兵。」復曰：「繼業天文地理盡知，真神人也！」承睿曰：「臣於彼地聞人云：交兵若遇紅白令，生死由他不由命。其名如轟雷貫耳。」有詩為證：

---

❹ 午未時：舊俗上午十一時至下午一時為午時，下午一時至三時為未時。
❺ 勾：俗借作夠。
❻ 薪蒸：木柴。粗者曰薪，細者曰蒸。
❼ 戍客：離鄉戍守邊疆的人。

戰鬥夫能婦亦能，威聲⿱雨虢⿱雨虢❽若雷轟。
令旗紅白飄揚到，十將逢之九不生。

太祖因承睿之言，乃曰：「朕設計，屢被破之，此人果非虛聲。」諸將曰：「因何張、永二將，又被全斌砍之？」太祖曰：「非繼業之罪，乃二將不用命也。設繼業親行，必無是禍矣。看此人智略，過朕遠焉。欲取太原，必先獲繼業；繼業一得，太原不足取也。」是時風風雨雨，將近一月。才晴兩日，太祖即遣兵搦戰❾，如是者數次。漢主召繼業進帳，問曰：「南兵一晴即出挑戰，大遼救兵又不見至，將奈之何？」繼業曰：「南兵搦戰，此不足懼。但遼兵，以臣計之，久當至矣。今不見來，必路途有甚阻滯。」言罷，令軍士擺香案，卜一卦，看其吉凶。遂卜得歸妹卦❿，乃曰：「阻隔之神得令，然亦無凶。」漢主曰：「已遣張、永二人去接，有甚阻隔，必有回卒來報。」繼業曰：「待卜張、永二人吉凶如何。」遂卜得師卦三爻發動⓫，乃斷曰：「六三：師或輿尸，凶。」大驚曰：「張、永二將休矣！」

言罷，只聽得宋兵吶喊搦戰。漢主曰：「不如寫書誑宋退兵，孤上太行山去，彼奈我何哉！」繼業

---

❽ ⿱雨虢⿱雨虢：可能是象聲詞。⿱雨虢，或讀ㄍㄨㄛˊ，字書未收。

❾ 搦戰：挑戰。搦，音ㄋㄨㄛˋ，挑、惹之意。

❿ 歸妹卦：易經卦名。此卦卦辭：「征凶，無攸利。」意思是，前往有凶，無所利。所以後文楊繼業說：「阻隔之神得令。」

⓫ 師卦三爻發動：師卦三爻，即易經師卦第三爻。後文的「斷曰：『六三：師或輿尸，凶。』」即是說卦的象徵：有出師的中途，或者有用輿車裝載屍體的現象，是凶的。六三，即師卦第三爻。

曰：「寫書言降，縱得脫難，示弱甚矣，決不可為。」漢主曰：「宋君新受周禪，伐蜀討越，無往不利。想天意有在，我若逆之，戕害生靈，獲罪於天，必難逃活。且將天下地輿論之，宋得十之九矣。以此相較，孤本弱小之國，以小事大，以弱事強，識事勢者為之。故太王、句踐⑫當時行之，始以圖存，終以強大。卿謂孤示弱，彼太王、句踐所為亦非歟？」繼業曰：「主上所論極是。若要如此而行，須出奇兵大殺一陣，使宋不得遂志，方肯從請。不然，彼必不肯退兵。」漢主曰：「卿宜斟酌行之。」繼業曰：「主上亦不必寫詐降書，只陳利害，令其退兵可也。」言罷，遂喚延廣領三千鐵石弓兵，今夜前去埋伏於董澤右側山下，俟明日信炮一響，驅兵齊出射之。延廣領計訖。次日天晴，太祖又遣兵搦戰。將至午，天忽黑暗，太祖收軍。繼業乘勢驅兵突出趕殺，直逼宋營。延廣聞信炮響，催軍齊發弓弩，射死宋兵不計其數，奪得馬匹槍旗甚多。漢主收軍，謂繼業曰：「卿之神見，彷彿周尚父⑬也。」不在話下。

卻說太祖被繼業大殺一陣，折軍數萬，傷慼不已。忽轅門外報，北漢主遣人下書。宣人呈上，太祖覽其書云：

北漢主致書於大宋皇帝麾下：孤今出師雪恨，為周也，非為宋也。詎意陛下承乾⑭，乃遘其會⑮。

⑫ 太王句踐：古代兩個發憤圖強的君王。太王，周先主古公亶父，原居豳，因戎、狄族侵逼，遷於岐山下，建築城郭，發展生產，使周逐漸強盛，周人追稱為太王。句踐，春秋末年越國國君，曾被吳王夫差打敗，殘兵退守會稽，向吳屈服求和，後臥薪嘗膽，任用賢人，整頓國政，終於一舉破滅吳國，大會諸侯，號稱霸王。

⑬ 周尚父：周武王對呂尚的尊稱。呂尚，即輔佐武王滅紂的姜子牙。

⑭ 承乾：承掌乾坤。

第周宗既滅，冤仇已絕，孤復何憾？實欲罷兵，休養生靈，不知陛下亦肯父母斯民⑯否也？然太原，劉氏廟貌在焉，縱欲百計圖之，孤必百計防之，以盡世守之義⑰，而存劉氏之血食耳，惟陛下憐之、諒之。北漢主端肅⑱謹書。

太祖覽罷，以示諸將。諸將知太祖有退兵意，乃叩頭願盡死力，急先攻擊。太祖曰：「汝曹皆朕訓練，無不一以當百者，所以備肘腋⑲而同休戚者也。朕寧不得太原，肯驅汝輩冒鋒刃，以蹈於必死之地乎？」眾皆感泣。時天久雨，軍士多疾，太常博士李光贊奏曰：「蕞爾晉陽⑳，聖上親討，糧餉浩繁，取怨黔黎㉑。陛下肯回鑾駕，命一大將屯上黨㉒：夏取其麥，秋取其禾，糧草充足，軍士有資。且寬力役之征，使勞者得息，此非蕩平之策㉓乎？」太祖從之，命先鋒李繼勳屯兵上黨，又遣人撤回何繼筠等。遂令趙普曉諭諸將，解圍而還。漢主亦上太行山而去。

---

⑮ 乃遘其會：意思是，才有這場衝突。遘，音ㄍㄡˋ，遭遇。

⑯ 父母斯民：意思是，像國君那樣對待這一方百姓。古稱國君或州縣長官為父母。

⑰ 以盡世守之義：意思是，以盡世代守土的死節。國有患，君死社稷謂之義。

⑱ 端肅：書信所用的敬詞。

⑲ 備肘腋：意思是，充當手膀子，喻近臣。肘腋，胳膊肘和胳肢窩。

⑳ 蕞爾晉陽：意思是，小小的太原。蕞爾，音ㄗㄨㄟˋ ㄦˇ，微小的樣子。晉陽，太原。

㉑ 黔黎：黔首和黎民，指庶民、百姓。

㉒ 上黨：在今山西長治市。

㉓ 蕩平之策：平定之策。

後乾德七年，太祖遣人馳書於漢主，其書云：

太原土宇非遠，而苗裔正朔不加者㉔，此乃朕輦轂之下㉕，難令外氏據而有之。譬之臥榻之上，可容他人鼾睡耶？子今恃強，虎踞此土，若果有勇，早下太行，決一雌雄，庶幾家國事定。否則，干戈擾攘，歲無虛日，汝欲寧居巢穴，難之難也！

漢主看罷，以示繼元、繼業。繼業曰：「主上不必回書，聽其兵來，臣自有退之之策。」後至開寶九年秋八月，太祖命党進、潘仁美、楊光美、牛思進、米文義五路進兵，攻打太原。漢主慌與群臣商議退兵之策。繼業曰：「須遣人求救於遼。」遼乃命耶律領兵三十萬救之。繼業設計，將五路之兵，盡皆殺敗而回。耶律亦引兵回遼去訖。

㉔ 苗裔正朔不加者：意思是，這裡尚未改朝換代。苗裔，後代子孫。正朔不加，沒有改朝換代。正朔，代表新紀元的開始，新王即位，即改正朔。正，一年的開始。朔，一月的開始。

㉕ 輦轂之下：意思是，距離京城很近的地方。輦轂下，原指京城。

第四回　太祖傳位與太宗

卻說開寶九年❶冬十月，太祖有疾，晉王入問安。太祖謂之曰：「汝龍行虎步，他日當為太平天子。然必得賢宰執相輔佐也。朕幸西都，有一儒生姓李名齊賢，學問淵源，因其狂妄，朕彼時怒之，未及取用，至今猶悔。汝可擢為宰輔❷。有文臣必要有武將，朕征太原，有一將名繼業，人號為令公。此人天文地理、六韜三略❸，無不精通，行兵列陣，玄妙莫測，乃智勇兼全之士。朕恨未獲用之。他日汝破太原，獲其人，當以兵柄授之。」又曰：「朕因太后昔疾，曾許五台山降香❹。朕想此疾難瘳❺，倘謝塵❻之後，卿當代往酬焉。且太后遺命深刻於心，此天位必傳於卿；卿宜恪遵朕命，無負所託可也。」晉王

❶開寶九年：西元九七六年。開寶，宋太祖年號。

❷擢為宰輔：選拔為宰相。擢，音ㄓㄨㄛˊ，選拔。宰輔，宰相、三公等輔政大臣。

❸六韜三略：古代兩部兵書。六韜，舊題為周太公呂望所著，共有六卷，分為文、武、龍、虎、豹、犬六韜。三略，舊題黃石公撰，書分上、中、下三略。黃石公即秦漢時授張良兵書的圯上老人。

❹曾許五台山降香：曾經許願到五台山進香祭拜。五台山，在山西五台縣東北，為中國佛教四大名山之一，佛寺魏、齊、隋、唐都有修建。降香，到寺廟燒香祭拜。

❺瘳：音ㄔㄡ，病愈。

❻謝塵：辭別塵世，即逝世。

曰：「願陛下萬萬春秋，臣安敢受之？」太祖曰：「卿且退，來日定奪。」晉王遂退。是夜疾重，復召晉王、趙普入內，囑咐後事。太祖謂趙普曰：「卿今為證，朕謹遵太后立長之命，將位傳與晉王。日後亦當輪次傳之，無負朕之心也。」言罷，命立盟書，置之金縢匱❼中。復命趙普及左右遠避，召晉王至臥榻之前，囑咐後事。左右皆不聞聲，但遙見燭影之下，晉王時或離席，若有遜避之狀。復後太祖引斧戳❽地，大聲謂晉王曰：「好為之！」俄而帝崩。時已漏下四更矣。王皇后見晉王愕然，遽呼曰：「吾母子之命，皆託賴於官家。」晉王曰：「共保富貴，無憂也。」有詩為證：

太祖之心卻似堯，皇綱授弟棄如毛。
早知身後違盟誓，何似當初不與高。

太祖既崩，太宗即位。文武朝賀畢，奉王皇后為開寶皇后，遷之西宮。大赦天下。改元太平興國元年。封弟光美為齊王，封德昭為武功郡王，封德芳為山南西道節度使、同平章事❾，封八王為殿前都虞候指揮使兼南北招討大將軍，封子元侃為七王。文武大小，各陞一級。太宗既登大位，乃謂群臣曰：「先帝有遺旨，命取太原、五台山降香二事，卿等說以何者為先？」曹彬曰：「今國家甲兵精銳，驅之以剪❿

❼ 金縢匱：謂以金屬帶封緘而藏置祕籍之櫃也。縢，音ㄊㄥˊ，約束。匱，同櫃。語出尚書金縢。
❽ 戳：音ㄓㄨㄛˊ，刺也，斫也。
❾ 同平章事：官名，為宰相之職。唐代中葉以後，凡實際任宰相之職者，必在其本官外加同平章事的官銜，始能行使宰相之權。

太原孤壘，猶摧枯拉朽耳。太原一破，乘勢往五台山降香，甚為便也。」太宗曰：「恐去意不專，神弗鑒⓫也。」曹彬曰：「五台山在太原之北，今往降香，大遼戰其前，北漢襲其後，進之不能，退之不能，非自罹於虎穽⓬乎？且取太原者，即所以取往五台山之路也，神安得不鑒其誠？」帝意遂決。乃命潘仁美為北路都招討使，統領崔俊彥、李漢瓊、劉遇春、曹翰、米信、田重進分道征討北漢；命党進為先鋒。又遣郭進領兵三萬，往白馬嶺以截大遼救兵。遂封郭進為太原石嶺關都部署。郭進領兵去訖。

卻說大遼蕭太后遣撻馬⓭長壽來問曰：「宋何名遣兵伐漢？」太宗曰：「太原乃朕地土，彼今據之，屢為遺患，殊為逆理，所以興兵問罪。汝歸告主，若不發兵相救，和約如故。苟或護之，無他說，惟有戰而已矣。」長壽歸奏蕭太后，太后曰：「南朝出言如此不遜，欺先帝之沒故也。」（大遼主賢卒。子梁王隆緒立，生有腳疾；尊母蕭氏為太后，參決國事。）至是遂遣南府宰相耶律沙為統軍大元帥，冀王敵烈為監軍，領兵二十萬救漢。太宗兵屯絳陽，北漢主兵屯柳都。兩軍相對月餘。

太宗一日升帳，仍將太原地理圖看之。既畢，遣崔彥俊、石守信各領兵五千，埋伏於太行山下，俟漢主敗回，即殺出，截其歸路。又遣李漢瓊、劉遇春各領兵五千，埋伏於陰丘，俟漢主敗走至此，即出兵截住，勿使其走入大遼。又遣曹翰、王全斌領兵三萬，明日從東殺入柳都。遣桑錦、米信領兵二萬，

⓾ 剪：同翦，殲滅。

⓫ 鑒：視察。

⓬ 虎穽：獵虎的陷阱。穽，音ㄐㄧㄥˇ，掘地如井，用來陷捕野獸。

⓭ 撻馬：快使，急使。撻，疾速。

明日從西殺入柳都。又遣先鋒党進、李繼勳領鐵騎一萬，明日從中路殺進。又遣潘仁美領兵十萬，攻打太原城。又命曹彬、張光翰為左右救護，各領鐵騎五千。崔彥俊等領計去訖。次日，北漢探馬忙報漢主曰：「大宋兵分三路殺來。」漢主曰：「昔日宋兵侵害，被繼業殺得不敢正視吾軍。今日不幸業病，誰復為孤破敵？」言罷，潸然淚下。忽一人厲聲曰：「主上何效兒女子所為！彼雖有攻城之策，俺亦有守城之謀。臣請為主上破之。」眾視之，乃宰相郭無為也。漢主曰：「卿有何策？」郭無為曰：「乞主上命臣調遣諸軍將，臣自有破敵之策。」漢主曰：「大宋兵臨寨外，甚為危迫，孤今命宰相退之。但有諸軍將不用命者，不必奏聞，即以此劍誅之！」無為跪受畢，即喚繼喁、李勳領兵三千，從左殺出迎敵。又喚楚材、薛陀佳領兵三千，從右殺出迎敵。又喚淵平、方伯、任牛領兵一萬，輔駕從中殺出。又喚張明為先鋒，領兵三千，先出迎敵。又喚延惠、繼芳領軍一萬，為左右救護。諸將領兵去訖。

卻說宋兵三路，大隊小隊殺到。宋党進一馬當先，恰遇漢先鋒張明，交馬數合，被党進一刀斬於馬下。漢兵見斬了先鋒，盡皆棄甲奔走。宋兵一湧而來。漢主走回太原，見宋兵圍著其城，遂不敢入，直走回太行山去。將至山下，忽一聲炮響，萬弩齊鳴，箭如飛蝗。漢主馬上泣曰：「不想此處有兵阻隔歸路，孤無棲身所矣！且諸將為孤受苦，此心何忍？」遂拔劍欲自刎。諸將苦勸曰：「莫若奔走白馬嶺，投於大遼，再作區處。」漢主從之。走至陰丘，忽見宋將李漢瓊截住去路。又聽得背後喊聲大震，北漢君臣在馬上嚇得面如土色，魂不附體。漢主曰：「命合休矣！」後軍漸近，眾視之，乃佘氏令婆領兵殺來。眾方心定。令婆既到，即問曰：「太原城何如？」漢主曰：「太原城被宋兵圍住，孤不敢入。」令婆曰：「既太原未失，妾當殺條血路，保駕入城，以待遼之救兵。」漢主允之。於是令婆打白令字旗，當先衝殺。宋兵望見，紛紛逃竄。殺到城邊，趙文度見是漢兵，慌開門迎接入城。漢主坐定，謂文度曰：「此城賴卿守護，待退敵之日，孤有重賞。」又問令婆曰：「汝何知孤之遭難？」令婆曰：「夫病少愈，夜觀天象，知主上殺敗受困，令妾今日領家兵救護。方下山來，一軍攔路，被妾殺敗，復捉得一卒問之，說主上往白馬嶺去了，故徑趕來救護。」漢主曰：「設使繼業在軍，豈容南蠻如此橫行？」嘆罷，又問群臣曰：「大遼救兵不至，何也？」

忽一卒稟曰：「日前殺敗。小卒詐作宋軍混入宋營，聽得宋主遣上將郭進領雄兵三萬屯於白馬嶺阻截遼兵。遼遣耶律沙、敵烈領兵二十萬，至白馬嶺，耶律沙謂敵烈曰：『白馬嶺下有一大澗，待軍兵齊到設計渡之。不然，倘吾軍半渡，宋人出擊，吾等皆休矣！』敵烈曰：『宋人緣何就知軍未全至？駐劄⓮於此，彼謂吾怯。且兵貴神速，渡之無妨。』及渡澗登岸，未擺成陣，郭進驅軍一齊殺至。遼兵紛紛投澗，死者甚眾，敵烈被宋亂兵砍死。耶律斜軫正引軍巡邏，聞遼、宋交兵，急驅軍至，只救得耶律沙數十人而已。」漢主聽罷，曰：「天何生我受宋之荼毒如此耶！」言罷，又報潘仁美引兵來索戰。令婆曰：「待妾出馬，砍宋人幾顆頭來，彼始不敢逼城。」漢主曰：「汝固勇矣，爭奈彼眾我寡，何可輕動？」令婆曰：「主上勿憂。」遂披掛出城，與仁美交鋒。只一合，令婆佯敗，拈弓抽箭，扭身回射仁美。仁美左股中箭，落於馬下，令婆驟馬向前來砍。仁美部將洪先急救，乃與令婆交戰三合，被令婆一刀砍於馬下。洪後見斬其兄，大怒出馬，罵曰：「潑婦！焉敢如此無禮？」遂與令婆交馬數合，亦被令婆斬之。党進在西門攻打，聽得南門被令婆斬了洪先兄弟，遂直殺來救護，乃與令婆交戰數十合，不分勝負。令

⓮ 駐劄：即駐扎。劄，同扎。

婆乃將絆馬索帶住党進馬腳，用力一扯，党進人馬俱皆跌倒。令婆正欲向前擒之，忽聽鳴金收軍。令婆入城，乃問漢主曰：「主上何為收軍？可惜不曾砍得党進。」漢主曰：「孤見曹翰一軍殺到，又見王全斌、米信、桑錦、曹彬四面烏聚雲屯殺到，恐汝有失，故此收軍。」不在話下。

卻說太宗聞知潘仁美中箭，斬了洪先兄弟，絆倒党進，心中大怒曰：「捉此狗婦，砍為肉泥，朕心始休！」乃督三軍攻打。又令築長連城以圍太原。城上矢石交下如雨，宋兵亦不敢逼近。漢主城中饋餉⑮將絕，外面又無救兵，城中大懼。太宗親督軍士攻打嚴急，見其城無完堞，恐城破盡傷人民，乃寫手詔諭之速降。使者至城下，不放入去。太宗怒命諸將盡穿重甲，列陣城下射之，箭如蝟毛⑯，城中危急。太宗復詔諭之曰：「漢主速降，當保始終富貴。」漢主於是夜遣李勳奉表乞降，太宗許之。次日，太宗入城登於城臺，張樂筵宴諸將。漢主率官屬縞衣素帽，待罪臺下。太宗賜襲衣玉帶與漢主，召其升臺。漢主升臺叩頭謝罪。太宗釋之，遂授檢校太師、右衛上將軍，封彭城郡公，賚賞⑰甚厚。漢主謝恩畢，太宗乃命劉保勳知太原府事⑱。保勳受命不題。

---

⑮ 饋餉：根據上下文義，此詞即糧餉。糧餉，軍糧。饋，字書未收。

⑯ 蝟毛：如蝟之毛，比喻眾多。蝟，音ㄨㄟˋ，又作猬，俗稱刺猬。

⑰ 賚賞：賞賜。賚，音ㄌㄞˋ，賜予。

⑱ 知太原府事：即任太原知府。這裡的知是主持、掌管的意思。

第五回　太宗招降令公

太宗既封漢主，遂問之曰：「卿之繼業不見臨陣，何也？」漢主曰：「患病在太行山也。」太宗曰：「不知愈否？」漢主曰：「病已稍瘳。」太宗曰：「朕今特賜詔，拜為代州刺史。卿遣一心腹，同使臣賚去❶。」漢主遂遣令婆偕行。使臣既到太行山，令婆與使臣言曰：「夫君性極剛烈，待妾先回告之，大人隨後而來。」是時繼業病已全愈，正欲起兵下山，忽見令婆回來，遂問曰：「主人與宋人交戰，勝負何如？」令婆曰：「今獻城降矣。」繼業驚曰：「何不驅兵死戰？戰不勝，寧死社稷，見先君於地下，庶幾無愧。奈何甘心屈膝，北面事人，以受萬世之唾罵乎？」令婆曰：「宋君遣使臣賚詔，來封夫主為代州刺史，妾特先來相告。」令公曰：「使者來送死耳。待我親手刃之，然後起兵殺下太行，救回主上，恢復太原疆境。」令婆急諫曰：「不可作此滅戶之事。吾觀宋主龍行虎步，乃真命天子。」令公不聽。及使臣至，令公持刀去殺，令婆急抱住。不期患病新愈，又聞漢主降宋，怒氣攻發舊病，大叫一聲，昏悶倒地。眾人扶起，默默無言。令婆急令使臣下山。使臣回到太原，進奏曰：「繼業不肯歸降，且欲殺臣，幸令婆遮攔。不知何故，大叫一聲，昏悶倒地，臣即脫逃走回。此人抗命，乞發兵問罪可也。」太宗曰：「忠義士也！朕甚愛之。」復遣党進賚詔去，特加督同上將軍。党進領詔去訖。

❶ 賚去：送去。賚，音ㄐㄧ，送東西給人。

卻說繼業養病，一日遂愈，是夜出觀天象，見宋主之星炯炯臨於幽薊❷，乃嘆曰：「此天命也，非人所能為也！吾之病作，不能行兵護主，皆天意所在。」令婆曰：「幸昨未斬來使，尚有可歸之路。」令公曰：「說甚話，國破臣亡，此正理也。豈可苟且貪生，以圖富貴，而作不忠不義之事乎？」言罷，吟詩一首：

奮中蒙恥事堪嗟，回首何方是故家？
悽愴太原城上月，照人情淚落胡笳。

次日，党進賫詔至，繼業不受。忽郭無為又至，言曰：「主上傳言，事已定矣，抗拒枉然。」繼業曰：「誓死九泉，決無受職之理！」漢主又遣一嬖臣❸至，言曰：「主上專諭將軍來降，假若主死於此，臣當殉之。今日不來，即反臣矣。」繼業曰：「本全臣節，反以悖逆責我？」遂曰：「既要我降，煩党將軍回奏宋主請從三事，則下太行。不然，此頭可斷，此膝難屈。」党進曰：「是那三事？」繼業曰：「一者，惟居漢主部下，不受大宋之職。二者，惟聽宋君調遣，不聽宣召。三者，我所統屬，斬殺不行請旨。」言罷，党進竟回太原，奏曰：「繼業說要聖上依他三事，方來歸降。」太宗曰：「那三事？」党進曰如此如此。太宗曰：「不受宋職這件，怎生依得？既不為臣，要他何用？」漢主奏曰：「陛下且姑順之，待他既降，厚恩以結其心，不愁不受職也。」太宗然之，遂命党進復去太行山招之。党進領旨

❷ 幽薊：幽州、薊州，即今遼寧、河北一帶。
❸ 嬖臣：得寵的近臣。嬖，音ㄅㄧˋ，親幸。

復到太行山，與繼業言曰：「前三事聖上允之，請將軍收拾下山。」繼業遂命家兵載了輜重，同党進來見太宗。

太宗見令公表表威儀，昂昂意氣，恰似猛虎形狀，乃大喜曰：「朕得太原，何如得令公也！」遂賜姓楊。是日命排筵宴犒賞令公，令婆、七子二女，俱與其席。酒至半酣，太宗曰：「朕受先帝遺旨，命往五台山降香，不知程途還有多少，將軍肯保一往否？」繼業初見太宗賜姓筵宴，亦不甚以為意。及在筵中見太宗情詞欵曲❹，歡若平生，心下思忖，太宗之局量❺，真帝王也，傾心悅服。因太宗之問，遂對曰：「蒙萬歲厚恩，臣願保駕。」太宗大喜。即日下命，著党進、李漢瓊、潘仁美引大軍望五台山進發。軍士在途，旌旗隊隊，劍戟稜稜。既到太行山，只見那山峰巒峭壁，石壘嵯峨❻，高哉幾千仞❼也。有詩為證：

一上坡兮復一坡，群峰豈敢並嵯峨。
人間平地遠如許，頭上青天高不多。
折桂手堪扳月窟❽，吟詩筆可蘸銀河。

❹ 欵曲：即款曲，傾吐衷情。
❺ 局量：器度，度量。
❻ 嵯峨：音ㄘㄨㄛˊ ㄜˊ，山嶺高峻的樣子。
❼ 幾千仞：幾千丈之意。古代八尺（一說七尺）為一仞。
❽ 折桂手堪扳月窟：描寫太行山的高聳入雲，折桂枝之手，就可以攀上月宮。傳說月中有桂樹。月窟，月中。

此間便是神仙境，比那蓬萊❾更若何。

當日，過了太行山。不數日到了五台山，太宗駕至山門，果好一個寺院，但見：

四圍有千丈青松，明晃晃一輪明月上映龍鱗；萬竿茂竹，滑剌剌❿一陣清風來搖鳳尾。內創立五方佛殿，霞光閃閃，常住半空中；兩廊僧舍，香篆氤氳⓫，翠盤方丈內。古的白怪⓬、咭叮骨都太湖山⓭，七長八大、如來釋迦牟尼佛。前創三門十二架，後起法堂五百間。敲動木魚驚地獄，撞來鐘鼓震天關。地不愛道，活活生下一座五台山；人修善願，巍巍立起大雄⓮成勝景。

太宗正欲進寺，只見五百僧人齊來跪下迎駕。太宗入寺，盥手降香畢，親步遍山游玩，乃吟詩一首：

扶笻登絕巘⓯，好景邁平川。
潭印禪心靜，松邀野鶴還。

❾蓬萊：古代方士傳說仙人居住之處。
❿滑剌剌：狀聲詞。
⓫香篆氤氳：意思是，香煙瀰漫繚繞。香篆，焚香時煙縷曲折似篆文。氤氳，音ㄧㄣ ㄩㄣ，煙霧瀰漫的樣子。
⓬古的白怪：古怪異樣的。
⓭咭叮骨都太湖山：凹凸不平、疙疙疸疸的太湖石山。咭叮，即吉丁，宋元語言有「吉丁疙疸」的說法。骨都，即骨朵，圓形突起物。太湖山，太湖石造就的假山。太湖所產之石多坳坎，園林名勝多用作假山。
⓮大雄：即大雄寶殿。大雄，佛家語，釋尊的德號，佛陀擁有大智力，能伏魔軍，所以名大雄。
⓯扶笻登絕巘：拄著手杖登上了高峻的山峰。笻，音ㄑㄩㄥˊ，手杖。絕巘，極其高峻的山峰。巘，音ㄧㄢˇ。

紅雲瞻漢闕，寶閣接諸天。
歸路斜陽裏，鐘聲起暮煙。

太宗吟罷，長老迎歸方丈歇息。次日，太宗問長老曰：「天下寺宇景致，還有勝於此者？」長老奏曰：「此寺非民間財物創立，乃唐朝則天娘娘⑯所建，天下寺院無有勝於此者。」太宗曰：「誠哉是也！使非朝廷錢糧，不能有此等大規模也。」忽潘仁美奏曰：「聞有個昊天寺⑰，賽過五台。」太宗曰：「昊天寺在何處？卿既知之，輔朕游玩一番，有何不可？」八大王忙奏曰：「昊天寺在幽州，與蕭后接壤境界。倘遼人知之，發兵劫駕，豈非自貽伊戚⑱？乞陛下休聽仁美之言，即日班師回汴，乃萬全之策。」太宗不聽，乃曰：「卿放心，遼人知朕取太原如折枝然，心膽寒矣，尚敢興兵來相犯耶？」大遼細作賀君弼見太宗駕往昊天，星夜差人奏知蕭太后。后聞之大喜，遣使會同五國番王，急發兵來圍困宋之君臣，不在話下。

卻說太宗離了五台，駕到遼東連界之所，前軍報曰：「北遼有兵殺到。」太宗曰：「何人迎敵？」淵平滾鞍下馬，應聲曰：「小將願往。」太宗曰：「有虎父即有虎子！」遂命領兵三千迎敵。淵平出馬，與遼將麻里慶忌交戰十餘合，慶忌大敗，逃遁去了。淵平收軍，保駕入幽州去訖。

⑯ 唐朝則天娘娘：即武則天。

⑰ 昊天寺：在今陝西府谷縣孤山堡城北一公里處，又叫昊天宮、七星廟、無梁殿。此處至今流傳著楊業和佘金花的故事。

⑱ 自貽伊戚：意思是自招憂患，自惹災禍。詩經小雅小明：「心之憂矣，自詒伊戚。」貽，通詒。

第六回　太宗駕幸昊天寺

太宗次日出城，往昊天寺玩景。有詩為證：

乘輿迢遞❶訪名山，遙望西天咫尺間。
對月談經諸天❷靜，向陽補衲老僧閑。
雲浮瑞氣蒼龍起，松引風清白鶴還。
到此一塵渾不染，更於何處覓禪關❸？

太宗遊玩既畢，駕回幽州歇息。是夜三更，城北喊聲震天，及天明，遼兵將幽州城圍了。太宗曰：「朕一時遊玩心勝，未可八大王之奏，今日果有此難。」言罷，楊令公奏曰：「此去雄州❹甚近，陛下

❶ 迢遞：綿邈長遠。遞，音ㄉㄧˋ，遙遠的樣子。
❷ 諸天：佛家語，佛經上說欲界有六天，色界的四禪有十八天，無色界的四處有四天，其他有日天、月天、韋馱天等天神，總稱為諸天。
❸ 禪關：佛家語，禪的法門。
❹ 雄州：今河北雄縣。

速遣人召魏直、楊雄引軍急來救護。」太宗曰：「番將圍得甚緊，怎生出去？」淵平曰：「小將願往。」太宗曰：「卿去宜謹慎。」淵平辭帝上馬，領軍殺出南門。土金秀、土金寅引兵攔路，與淵平交戰數合敗走。淵平不趕，直望雄州而去。既到雄州，魏直接至衙內，看了手詔，即與牙將楊文虎、楊清等引軍十萬，竟到幽州。離城十里之外，淵平乃與魏直商曰：「將軍暫駐於此，小將單騎殺進城去通信，做個裏應外合。」魏直曰：「此言正合我意。」淵平遂驟馬殺入城中，奏知太宗。太宗曰：「救兵既至，傳令明日裏應，勿得有誤。」

令公奏曰：「臣還有一計，才保陛下無危。」太宗曰：「卿有何計？」令公曰：「赦臣四子延朗死罪，命他假裝陛下出北門城降❺，臣保陛下出南門，方可脫得此虎穽也。」太宗依其計而行。令公遣六郎保駕，五郎保八大王，二郎、三郎為左右救應，七郎為先鋒，倘有遲慢不遵令者，處斬。忽階下一人言曰：「臣亦有活捉蕭后之計。」進奏此人是誰？乃王殷也。太宗曰：「卿試言之。」王殷曰：「令公父子保駕出城，留小臣在城上擂鼓吶喊助威，待陛下離了幽州，然後獻城詐降，蕭后必任用。待萬歲他日發兵來討，臣於內傳遞消息，定要活捉蕭后。」太宗可之。

次日，令公保駕出城。太宗曰：「卿為朕揉碎肝腸。」令公曰：「雖肝腦塗地，亦職分當然。陛下何為出是言歟？」太宗於是將降書遣人送與蕭后。蕭后亦不深信，著人打探消息，說北門大開，推出一輛逍遙車輦來，車上端坐宋主，頭帶沖天冠，身穿赭黃袍，蓋著一把黃羅傘。大遼軍士俱來看宋主出降。不想令公留王殷守城，父子五人併諸將保駕出南門去了；惟遣河東三百敢死軍，與淵平護四郎擺駕出北

---

❺ 城降：舉城投降。

門詐降。遼將天慶王接見車輦，言曰：「請大宋皇帝下車相見。」四郎不答。天慶王又曰：「宋主無禮，既來歸降，何不下車？」不防淵平在後拈弓搭箭，將天慶王射死，四郎催軍急出。既到護城之外，又遇遼將韓得讓。得讓不知淵平射死天慶王，亦在馬上欠身施禮。四郎不答，目視執傘者。傘柄是條長鎗，執傘者會四郎之意，將傘柄向四郎。四郎即抽出鎗來，望韓得讓項下一刺，得讓落馬而死。四郎跳上馬，與三百敢死軍望南殺去。蕭后聽知宋主詐降，又殺了韓得讓、天慶王，心中大怒，催軍望南掩殺不題。

卻說令公等保著太宗出城，走至五十里路外，太宗問曰：「不知四郎何如？」令公曰：「陛下不必罣他，只保重前進可也。」正行間，韓延壽引一軍攔路。太宗大驚，手足慌亂。六郎曰：「陛下勿驚，小將砍此賊來。」言罷，出馬殺退延壽，保駕走至烏泥坵。太宗下馬坐定，查點軍士，不見令公、七郎，乃曰：「為朕之故，父子兄弟離散，情實堪悲！」又謂六郎曰：「卿何忍心，不去救汝父兄？」六郎曰：「臣保聖上，父兄難顧，非心忍也。」太宗起身瞭望，只聞一處吶喊甚急，與六郎言曰：「此吶喊之處，汝父必在其內，卿既盡忠保朕離難，又當盡孝去救汝父。」六郎曰：「去則誰保陛下？」太宗曰：「朕自有計策，汝當速去！」六郎遂上馬，殺奔吶喊之所而去。太宗既遣六郎去了，乃與諸將入高州城。未及一餉時，遼兵湧至，將城圍了。太宗上城，只見城下遼將耶律仲光大叫：「宋君早降，免受萬刀之苦。」太宗曰：「六郎去了，誰破此圍？」言罷，忽城北三騎飛到，將遼兵殺散入城，乃令公、六郎、七郎也。不在話下。

卻說蕭后大獲全勝，王殷開城投降。蕭后入城，遂與群臣商議，立國於幽州。蕭后設朝，與諸將言曰：「宋主用詐降走了，但不知生擒幾人？」眾將曰：「生擒十人，俱是宋名將。」太后曰：「名將成擒，喪盡宋人膽矣。」遂命擁出擒將來看。須臾，番人推十將於堦下，延朗挺立不屈。太后罵曰：「蠻狗不跪，將欲何為？」延朗厲聲應曰：「誤遭賊奴之手，惟有一死，又何為哉！」后怒，命推出一齊斬之。延朗全無懼色，亦怒曰：「砍了萬事便休，怒之何為！」言罷，延頸待砍。太后見其慷慨激烈，神采超群，心甚愛之，謂蕭天佐曰：「意欲將瓊娥公主招贅此人，卿言何如？」天佐曰：「納叛釋降，王者為也。娘娘所見極是。」后曰：「但見此人剛毅之甚，今恐不從；即使肯從，後來或生變患，不如不招之為愈也。」天佐曰：「深恩厚德以御之，何慮不服？」后曰：「卿為良媒，試與言之，看有何詞。」天佐領旨，遂與延朗言之。延朗忖道：「君父尚在，何為輕生而死，莫若且姑順之，留此窺其釁隙，以圖報復，勝於一死。」沈吟良久之間，遂曰：「蒙娘娘免死幸矣，何敢過望婚配？」天佐曰：「憐君狀貌魁梧，故有是舉。不然，何由得生？君勿固辭。」延朗遂首肯之。天佐以允情奏后。后命釋之，乃問曰：「汝姓甚名誰？」延朗心下思忖：若說實名，必不相容。遂以楊字拆開，妄對曰：「臣姓木，名易。」后曰：「汝居宋何職？」延朗曰：「臣為代州教練使。」后喜，命備衣冠，擇日與瓊娥公主成親，不題。

卻說太宗回到汴梁，宣楊業於便殿，撫慰之曰：「朕離陷穽，賴卿父子之力。但淵平等生死不知何如？」業曰：「淵平性頗強梗，生必不保。」言罷，侍臣奏曰：「逃回軍士說，蕭后怒淵平射死遼帥天慶王，驅軍重重圍定，淵平與河東三百敢死軍俱皆遇害，並未走脫一人。二郎延廣被遼兵射落馬下，眾軍蹂踏而死。三郎延慶被一陣短劍軍亂砍而死。四郎延朗被遼兵絆倒其馬，活捉而去。延德不知下落。」太宗聞奏，驚曰：「數子盡遭誅戮，寡人過也。」哽咽哀悼之甚。業曰：「蒙聖上深恩，誓以死報。今數子沒於王事，得其所矣。陛下哀之，不亦過乎？」太宗曰：「噫，是何言也，此難非數子力敵，朕一命休矣！當特贈以報其死。」言罷，令公辭帝而出，不題。

第七回 太宗勅建無佞府

次日，太宗下命，封胡〔又云呼〕延贊御禁太尉、滄州橫海郡❶節度使，楊令公左領軍衛大將軍、歸命無佞侯、三營總管、中正軍雄州節度使，楊延昭倉典使、迎州防禦使、三千里界河❷南北招討使，楊延嗣三關❸排陣使、潞州天黨郡節度使。又以淵平等死於王事，俱追贈為侯，立廟以祀之。以六郎之名犯武功郡王之諱，勅賜名景；又將金花柴郡主❹賜配，以彰獨力救朕殊勛。六郎謝恩畢。太宗復下命於天波門外金水河邊，建立無佞府一所，與令公居住。又賜金錢五百萬，與令公蓋一座清風無佞天波滴水樓以旌表❺之。有詩為證：

忠義全家為國謀，捐生保駕出幽州。
九重寵異殊勳績，特立清風無佞樓。

❶ 滄州橫海郡：今河北滄州市。
❷ 界河：當時宋遼邊境分界之河，在今河北保定之南。
❸ 三關：這裡的三關指宋遼邊境上的瓦橋關、益津關、高陽關，分別在今河北雄縣、霸縣、高陽縣。
❹ 柴郡主：宋代封諸王的女兒為郡主，後周王室柴姓封為鄭王，故亦稱郡主。
❺ 旌表：對於忠貞孝義之人，官府建坊懸匾表揚。旌，音ㄐㄧㄥ，表彰。

太宗封賞畢，楊令公等謝恩出，至無佞府安置家眷住下，竟往雄州任所去訖。

卻說大遼耶律休哥等，聽得耶律吶在汾陽戰勝宋兵，遣人奏蕭后進兵，以取汴京。后設朝與群臣商議南下。右相蕭撻懶奏曰：「小臣願領兵二萬，前去與❻宋取金明池、飲馬井、太原城。如大宋肯還此三處，則暫屯兵於隘，俟其釁隙；不然，則起傾國之兵，攻其土門。」撻懶得旨，即日與大將韓延壽、耶律斜軫引兵從瓜洲南下。聲息傳入汴京，近臣奏知太宗。太宗怒曰：「賊騎屢寇邊廷，朕今親征，以雪幽州之恥。」寇準奏曰：「陛下車駕雖出，輕褻萬乘之尊❼，而無威望震服天下，使北番渺視，不以為意。依臣之見，命一大將征之足矣，何勞聖駕親出？」太宗曰：「誰可領兵前去？」寇準曰：「潘仁美邊情諳熟，命統軍征之。」太宗允奏，即降旨授仁美招討使、統軍都元帥，領兵征剿北遼。仁美領旨回府，憂形於面。其子潘章問曰：「聞大人領兵北伐，威權極矣，何為不樂？」仁美曰：「缺少先鋒，故懷憂也。」章曰：「大人何忘之，楊業可矣。向日之仇，由此不可以報乎？」仁美一聞章言，喜不自勝。次早進奏曰：「乞陛下授楊業父子為先鋒，同進征遼，則賊不足破矣。」太宗允奏，遣使往雄州調遣楊業。

詔曰：北番入寇，朝野征忪❽。今命仁美為行營招討使，爾業父子三人為先鋒，征勦遼賊。詔命

❻ 與：介詞，表示趨向，相當於向、對。孟子公孫丑下：「齊人無以仁義與王言者。」嘉業堂本作「向」。

❼ 萬乘之尊：帝王。周朝的帝王擁有兵車一萬輛，後世因稱帝王為萬乘之尊。

❽ 征忪：音ㄓㄥ ㄓㄨㄥ，驚惶失措貌。文選王褒四子講德論：「百姓征忪，無所措其手足。」嘉業堂、天德堂本作「怔忪」。

到日，即赴代州❾行營聽用，毋違。

使臣賫詔既去，寇萊公❿赴八大王府中言曰：「仁美怨恨令公深入骨髓，今舉為先鋒，只恐害之，誤國大事。」八王聞說大驚，即入奏曰：「令公昔射仁美，今舉為先鋒，恐仁美挾仇肆虐，於軍不利。」仁美即趨前奏曰：「今共王事，即係一家，豈有家人而害家人之理乎？臣決不效小人之所為也！」太宗心亦持疑，遂命胡延贊為救應使。潘仁美等領兵十萬，離了汴京，不日至代州。代州傅昭亮率眾迎接，仁美入公館坐定。昭亮參畢，仁美問曰：「汝知某處可以下寨？」昭亮曰：「此去西北，地名鴉嶺，可以下寨。」仁美遂引軍至鴉嶺。剛立營寨，軍士報韓延壽領兵搦戰。仁美大怒，披掛上馬。韓延壽殺到，仁美令劉均期出戰，交馬一合，均期中鞭負痛走回。又令賀懷出戰，交馬二十合，賀懷中箭敗回本陣。仁美見二將俱敗，親自奮勇殺出，交馬十合，亦敗而回。次日，仁美升帳，言曰：「此賊本領甚好，急難破之，將奈之何？」王侁曰：「此賊惟楊先鋒可以抵當，在他人則不能矣。」仁美曰：「楊家父子因何不到？」言罷，軍士報楊令公參見。父子三人下馬入見，仁美怒曰：「軍令刻期不到處斬。今汝為先鋒，猶為吃緊⓫。今既違法，當得何罪？」遂喚刀斧手推出轅門，斬首示眾。有詩為證：

一作先鋒是禍胎，讒邪懷忿害英才。

❾ 代州：今山西代縣。
❿ 寇萊公：寇準。他於天禧初年復相，封萊國公，故稱。
⓫ 吃緊：緊張，急切，此處與吃重義近，很重要之意。

堪嗟繼業無先見，何事遲遲不早來？

六郎向前告曰：「遼發三路軍兵殺至三關，小將父子戰退方來，是以違了限期。乞太師寬恕罪名。」胡延贊在旁勸曰：「乞元帥姑免其罪，待明日出陣立功贖之。」仁美依勸，遂放了令公父子三人。仁美暗想延贊在軍監守，難以謀害令公，遂心生一計，乃調延贊曰：「軍中缺少弓箭等件，汝往代州取來應用。」延贊辭別仁美，竟往代州去訖。令公辭仁美退至本寨，至夜仰觀天象大驚，見太白星引著尾宿入於鬼宿之中⓬，乃曰：「老漢數難逃矣！」次日，令公參見仁美，言曰：「彥嗣引軍擄掠，蔚、朔⓭二城空虛，可令吾兒六郎領兵埋伏於二城連境之所，以邀截其接應之兵；業領一軍襲蔚、朔二州山後，則大遼九州唾手可得矣。」仁美曰：「老匹夫你倒是好，你父子遠去避鋒，令我於此處當敵。」令公曰：「無妨。著胡延贊保元帥，深溝高壘，以拒延壽。不旬日，業領得勝之兵回來破之，有何難哉！」仁美曰：「捨近取遠，倘若不勝，反傷銳氣。」言罷，忽報遼兵索戰。仁美著令公出馬。令公曰：「今日日辰不利。北人不知書義，故無所忌；我南方知書，每事擇日，故有所忌諱。且賊勢甚盛，姑避其鋒，待他軍兵少懈，驅兵殺出，必獲全勝。」仁美曰：「周以甲子日興，紂以甲子日亡⓮，擇甚吉日？今汝為

⓬ 太白星引著尾宿入於鬼宿之中：這是古代星相家說法，太白星即金星，一名長庚，主殺伐，常用以比喻兵戎之事。鬼宿有微弱的星四顆，「冊方似木櫃，中央白者積屍氣」（通志天文略一）。太白入於鬼宿，乃不祥之兆。

⓭ 蔚朔：蔚州、朔州，今河北蔚縣、山西朔縣。

⓮ 周以甲子日興二句：意思是，同一日子有人興旺，有人敗亡，何必去擇什麼良辰吉日。周武王於十一年二月甲子日打敗商紂，而做天子，所以叫甲子日興。

先鋒，千推萬託，懼怯如此，何以激勵諸軍！速披掛出馬，再勿饒舌！」護軍王侁言曰：「將軍素號無敵，今見敵推託不戰，得非有他志乎？」令公曰：「業非畏死，時有未利，徒傷其生，不能立功。業乃太原降卒，其分當死，荷蒙聖上不殺，授以兵柄，今遇敵豈敢縱之？不擊，蓋欲伺其便，以立尺寸之功，以報聖上之恩耳。然諸君責業有異志，不肯死戰，尚敢以自愛乎？當為諸君先行。但陳家谷山勢險峻，諸君幸於此處張設步馬強弩以相救也。不然，無遺類⑮矣！」言罷，上馬領兵出寨，言曰：「元帥只要設謀報復私仇，不想誤國大事。」忽抬頭望見遼之旗幟，大驚。揮淚言曰：「哀哉！痛哉！今生已矣！」六郎曰：「大人何出此不利之言？」令公以手指曰：「那裏不是傷生之兆⑯？」六郎定睛望之，只見遼兵旗上前畫一羊，後畫一虎撲之。六郎曰：「凶吉此何足憑，仗天子洪福，自足以勝之矣。」有詩為證：

遙見番旗虎撲羊，令公兩眼淚恓惶。
聖朝福縱如山重，難保英雄不喪亡！

---

⑮ 無遺類：沒有殘存之人。
⑯ 傷生之兆：傷害性命的兆頭。

第八回　令公狼牙谷死節

大遼元帥斜軫聞楊業出戰，復遣都部署蕭撻懶伏兵於路，又遣土金秀出戰。令公命六郎出馬，交戰四十合，土金秀敗走。父子三人引兵趕殺而去。卻說仁美心欲害令公，因其臨去埋伏之言，亦假意與王侁等列陣陳家谷❶。自寅至午，不得業之消息，使人登托邏臺❷望之，又無所見。皆以為遼兵敗走，欲爭其功，即一齊離谷口，沿交河南進。行二十里，聞業戰敗，仁美暗喜，引諸軍退回鴉嶺去了。令公與蕭撻懶且戰且走，走至陳家谷，見無一卒，撫胸大慟，罵曰：「仁美老賊，生陷我也。」大遼韓延壽領兵如蜂集，重重圍定令公父子。七郎曰：「哥哥保著父親在此寧耐❸，弟單騎殺回，取兵來救。」令公哭曰：「兒去小心，老父今生恐難見汝矣。」七郎上馬撞陣，遼兵不防單騎殺來，被七郎走出谷口去了，直至鴉嶺大寨下馬。時九月重陽，仁美與諸將賞菊作樂飲酒。有詩為證：

月下搗衣何處聲？四星帶戶❹夜沈沈。

❶ 陳家谷：在今山西朔縣南。史載：北宋雍熙三年（西元九八六年），潘美與遼兵戰於此。

❷ 托邏臺：高處的哨站。

❸ 寧耐：安心，忍耐。宋元語言，張協狀元二十四齣：「娘子寧耐！」

❹ 四星帶戶：四星呈現於戶。四星，又名后句四星，是中宮北極天區的四顆星。帶，呈現。

籬邊黃菊幾年夢，天畔白雲千里心。
酒興那知風落帽，笳聲偏惹淚盈襟。
狼烽不息貂裘敝，忍聽晴空隻鴈吟。

七郎到寨下馬，叫軍士快稟元帥，楊延嗣回取救兵。眾人曰：「元帥正在飲酒，汝慌怎的？」七郎大怒，拔劍出鞘，喝退眾人，直至帳前言曰：「稟元帥得知，小將父兄被遼將圍於陳家谷口，乞元帥早發軍士相救。」仁美曰：「無敵者汝父子之素號也，今何亦被人圍？」七郎曰：「非小將父子不能戰鬥之罪，乃明公不聽吾父之言，不肯伏兵谷口，遂遭此難。」仁美怒曰：「這畜生倒指下我的過來。今日仗劍入帳，越分淩上❺，殊為可恨！」喝令軍士推出斬之，以正軍法。劉均期等勸曰：「七郎雖有罪，且看昔日保駕之功，饒他也罷。」仁美遂將七郎放了。是夜，叫軍士將酒灌醉七郎，縛於樹上，亂箭射之，胸前攢聚七十二箭。七郎既死，仁美令陳林、柴敢抬屍丟於桑乾河❻內。

陳、柴二人次早抬向河邊，一丟下去，其屍倒漂上岸。二人大驚曰：「神哉！神哉！英雄屈死，魂靈不散如此。且七郎乃保駕功臣，朝廷他日究出根由，其禍不小。咱兩人莫若假做抬病軍，竟往南府告知八大王，方才杜絕我你後患。」柴敢思忖良久，言曰：「一則雁門❼難過；二則咱等非親骨肉，難代

---

❺ 越分淩上：超越本分，侵犯上官。
❻ 桑乾河：在山西、河北北部，為永定河上游，源出山西桑乾山。
❼ 雁門：雁門關。在山西代縣西北雁門山上，為山西北出要道，冬天堅冰塞途，車馬難行，自古為長城戍守重地。

他們伸冤。」說罷，只見北方一騎馬來，二人視之，乃六郎也。六郎曰：「吾弟回取救兵，你二人知否？」二人乃將前情告之。六郎聽罷，放聲大哭。陳林曰：「將軍休哭，急往汴京進奏，我二人作證。」六郎曰：「父今圍困谷中，危在旦夕，怎生去得？」躊躇半晌，乃曰：「我去問潘招討取救兵又是送死，煩汝二人請胡將軍出來商議。」陳林曰：「胡將軍取軍器還未回營。」六郎曰：「既未回來，我往代州要之於路。汝二人回寨，切莫說我回取救兵。」言罷，辭別上馬而去。二人將七郎屍首埋之回寨，正稟復仁美，忽一卒進報：「六郎單馬回來不入本寨，竟往南方去了。」仁美曰：「誰去擒之？」陳林、柴敢應聲曰：「某二人願往。」仁美遂命領兵三千趕之。

卻說六郎迎見胡延贊於路，泣曰：「叔父救我！」延贊曰：「有何苦情？」六郎將其事一一訴之。延贊曰：「且去救了汝父，後奏朝廷與七郎伸冤。」忽陳林、柴敢領兵趕到，訴說仁美如此如此。六郎曰：「汝二人將欲何為？」陳林曰：「某恐他人領兵傷害將軍，故仁美問罷，某二人即應聲願領兵追趕。天幸仁美依隨。今某引此軍，同去破圍救老將軍也。」六郎稱謝，遂與延贊等望陳家谷而進。

卻說令公見二子不至，恐軍士餓死谷中，乃引兵出戰，恰遇土金秀。交馬數合，金秀詐敗。令公戰昏，錯認路徑，只道是出路，一直殺去，不見了土金秀。抬頭一看，只見兩山交牙❽，樹木茂密，竟不知是何處，心下十分慌張，遂著小卒問鄉民。須臾，小卒回報：「鄉民說是狼牙谷。」令公大驚，暗忖羊遭狼牙，安得復活？遂引眾奮勇殺出，砍死遼兵百餘人。再策馬前進，其馬疲瘖❾，不能馳驟，令公

---

❽ 交牙：如鋸齒狀交錯。

❾ 疲瘖：疲弱困乏。瘖，音ㄧㄣ，啞。

遂匿深林之中。耶律奚底望林中袍影射之，遂射中令公左臂。令公怒，復趕殺出林，遼兵四散走了。令公遙見前山一廟宇，乃引眾軍往視之，卻是李陵❿之廟，遂下馬題詩一首於壁間云：

君是漢之將，我亦宋之臣。
一般遭陷害，怨恨幾時伸？

題罷，命眾軍士屯止於廟。耶律奚底喚軍士不必逼近被其所傷，只在谷口困之，俟其糧絕餓死，往梟⓫首級。眾軍得令，盡退守谷口。

卻說令公見遼兵不來索戰，遂絕食，三日不死，乃與眾人言曰：「聖上遇我甚厚，實期捍邊討賊以仰答之，不意為奸臣所逼，而致王師敗績，我尚有何面目求活？」時麾下尚有百餘人，又謂之曰：「汝等俱有父母妻子，與我俱死無益，可走歸報天子，代我達情。」眾皆感激言曰：「願與將軍同盡。」令公忖道：「外無救援，遼兵重圍，畢竟難脫此厄。且我素稱無敵，若被遼人生擒，受他恥辱，不如趁今早死之為愈⓬也。」主意已定，乃望南拜曰：「太宗主人善保龍體，老臣今生不能還朝再面龍顏矣！」言訖，取下紫金盔，撞李陵之碑而死，年凡五十九歲。眾軍士見令公既死，遂奮激殺出谷來，盡被遼兵

---

❿ 李陵：李廣孫，於漢武帝天漢二年，帶領騎兵五千，深入胡地，與匈奴力戰，矢盡援絕而降。遭陷害事，是因為李廣利不發援兵而致困，這與楊令公相類似，所以令公下馬題詩。

⓫ 梟：音ㄒㄧㄠ，斬，懸頭示眾。

⓬ 愈：好。

砍死，止逃走二三人而已。後靜軒先生⓭有詩歎云：

力盡鋒銷馬罷隤⓮，堪悲良士不生回。
陵碑千古斜陽裏，一度⓯人看一度哀。

後人又有詩讚其守節：

鐵石肝腸斷斷兮⓰，甘心就死李陵碑。
稜稜正氣⓱彌天地，烈日秋霜四海知。

⓭ 靜軒先生：宋蔡權，字仲平，聰明英毅，嘗主廬峰書院，教授生徒，講明義理，學者稱靜軒先生。

⓮ 罷隤：音ㄆㄧˊ ㄊㄨㄟˊ，疲頹。

⓯ 度：回，次。

⓰ 鐵石肝腸斷斷兮：意思是，意志堅強如鐵石的英雄，肝腸寸斷。斷斷兮，即肝腸寸斷，極度悲傷之意。

⓱ 稜稜正氣：正氣威嚴的樣子。稜稜，音ㄌㄥˊ ㄌㄥˊ，威嚴貌。新唐書崔融傳：「從為人嚴偉，立朝稜稜有風望。」

第九回　楊六郎怒斬野龍

卻說胡延贊等徑往陳家谷救令公，忽路逢一番將，六郎問曰：「來者何將？」曰：「我野龍也。」六郎曰：「汝知吾父在何處？」野龍曰：「汝父迷失出路，殺進狼牙谷去，被我等圍住不能得出，遂撞李陵之碑而死。首級被土金秀梟了，送往幽州獻娘娘去了。只有金刀吾得在此，汝敢來奪耶？」六郎聽罷大怒，縱馬直取野龍。野龍亦奮勇交戰，三合，被六郎斬於馬下。六郎下馬，取了金刀，大慟昏倒於地。胡延贊勸曰：「汝今哭死也是枉然，莫若入京辨冤。我等助汝救父，命令不自仁美老賊，亦難回寨，只得去落草。待汝的消息，方可來與汝作一證見。」言罷，相別而去。

六郎一人一騎出谷，正遇遼將黑嗒，交戰數合。忽山後一騎殺來，手持一斧，劈死黑嗒，殺散眾兵。六郎視之，乃兄延德也。兄弟下馬，相抱而哭。延德曰：「此遼賊巢穴，不可久停，且隨我入山相訴衷曲。」六郎跟五郎到五台山方丈坐定，六郎曰：「當時與哥哥戰敗，離散之後，杳無音信，卻緣何到此出家？」延德曰：「當時鏖戰遼兵，勢甚危迫，料難脫身，遂削髮為僧，直至五台山來。日前人道遼、宋交兵，又望見陳家谷口殺氣騰騰，心下十分驚跳，特下山來。只見吾弟受敵，但不知父親安在？」六郎將父弟遭害訴說一遍。五郎大哭曰：「父弟之仇，不共戴天，何得不報！」六郎曰：「小弟今回汴京，奏帝報此冤仇。」五郎曰：「不必京去。今我起五百僧，殺到仁美營中，將老賊碎屍萬段，豈不勝於奏朝廷乎？」有詩為證：

覺海❶澄清已數年，風波一旦起滔天。
只因奸宄戕根本❷，恨不須臾雪卻冤。

六郎曰：「不可。仁美聖上所勑命者，如此殺他，是反朝廷矣。不是伸冤，倒去結冤。」五郎曰：「這等說，我將父弟追荐❸，你快去京奏帝。代拜母親，今生不得圖家慶❹，承顏膝下❺，以盡子道也。」六郎遂拜別回京，行至黃河，乃去與把守官索路引❻。及見那把守官，大驚。那官不是別人，乃仁美之姪潘容也。仁美恐六郎逃回，先著潘容在此把渡。六郎見之，竟往東北走了。潘容見是六郎，遂跳上馬加鞭追之。至一灣內，六郎見無船隻，乃沿河而走。忽見蘆葦內有一隻漁船，坐著兩人。有詩為證：

一葉扁舟碧水灣，往來人事不相關。

---

❶覺海：指佛教，佛以覺悟為宗，海喻教義的深廣。這裡是指五郎入佛教。
❷奸宄戕根本：意思是壞人殺害了父親。奸宄，音ㄐㄧㄢ ㄍㄨㄟˇ，壞人。戕，音ㄑㄧㄤˊ，殺害。根本，事物的本源、根基，喻楊業。
❸追荐：誦經拜懺以超度死者。
❹家慶：歸家謁親。
❺承顏膝下：在父母膝下親承父母的歡顏。
❻路引：通行證。

網收煙渚微茫❼外，釣下寒潭遠近間。
沽酒每同明月飲，忘機❽常伴白鷗閑。
澤梁況復❾官無奈，撫髀❿長歌任往還。

六郎正在慌間，見漁船叫曰：「渡我過去，送汝船錢。」那船上老者問曰：「你那裏去？有甚公幹？」六郎曰：「小生汴梁人氏，母病危篤⓫，回家看覷。」那老人認是六郎，橫舟接上。潘容在後叫曰：「那人是賊，你休渡他過去！」艄子不聽。潘容拈弓正欲發矢，不防蘆葦中走出一漢，將潘容一棍打落馬下，連人帶馬攛入河內丟了。那船又近岸，接著那漢子上船。過了河，三人引六郎直至一莊。入於堂上，三人納頭便拜。六郎亦拜，乃曰：「蒙君救命，恩莫大焉，又何為禮拜？」那後生又曰：「郡馬⓬，你何忘了？小人原居太原。母死無錢安葬，夜入郡馬府中盜些財物，被令公拿住詢問，遂憐憫小人賜錢葬母。後因家貧來此，捕魚過活。偶逢恩人遭難，特相報也。」六郎曰：「尊姓貴名？」那人曰：「小人喚做郎千。此老的是我父親，此小的是吾弟郎萬也。」六郎聽罷相謝，即辭別欲行。郎千曰：「屈

❼煙渚微茫：水中洲渚雲煙瀰漫，影約模糊。渚，水中小塊陸地。
❽忘機：忘卻計較或巧詐之心，指自甘恬淡，與世無爭。
❾澤梁況復：意思是，在河澤中往來打魚。澤梁，在沼澤河流中攔水捕魚的設備。況復，往復的意思。
❿撫髀：以手拍大腿表示概嘆的情態。
⓫危篤：音ㄨㄟˊ ㄉㄨˇ，病重瀕於死亡。李卓吾評本琵琶記：「我公公的病症十分危篤。」
⓬郡馬：郡主的丈夫，即駙馬。

留一宵，少伸薄意。」六郎入宿其莊。次日辭別，郎千言曰：「郡馬別後，吾等亦他往矣。」六郎相別，行至汴京城外，腹中飢餓，下馬入店，買飯充飢。只聽得市中人三三兩兩說：「楊家父子反了，潘元帥表奏朝廷。太宗聞奏大怒，將楊家府家屬盡皆拿赴法曹⓭。幸得八大王奏過，暫囚天牢，待遣人邊庭體訪，果真反了，斬猶未遲。」六郎聽得大驚，思忖父死狼牙，母因牢獄，致使我有家難奔，冤屈如此。遂悄悄入城，不敢入無佞府去，只在酒館安歇。不在話下。

卻說蕭撻懶屢奏蕭后發兵，取宋基業。蕭后遂欲出旨遣將南下，忽賀驢兒曰：「大宋國中，武臣策士車載斗量，豈一戰得捷，便謂中國可圖？臣竊料之，殆有不可，但臣有一計，能使娘娘駕坐汴梁，而宋人無術可救。」蕭后曰：「卿是那條計策，若此之妙？」賀驢兒曰：「臣假扮南人投入汴京，憑著一生學力，定要進身侍立宋君之側。俟其國中略有釁隙可攻，即傳信來報。然後娘娘興兵南下，始保萬全無失，而中原唾手可得。」蕭后喜曰：「倘若功成，我定裂土分茅⓮。但恐後難認汝。」於是心生一計，遂向左腳心刺「賀驢兒」三個硃砂紅字為記。又問曰：「卿去改換甚名？」賀驢兒曰：「改名王欽，字招吉。」太后遂親賜酒三盃。驢兒飲罷拜辭，即日起行，望雄州而進。〔賀驢兒乃左賢王賀魯達嫡子也。〕

卻說六郎悶悶無聊，縱步閑行，嘯口⓯歌曰：

⓭ 法曹：司法官署。此處作法場講。

⓮ 裂土分茅：分封王侯。古代分封王侯時用白茅裹著泥土授予被封者，象徵授予土地和權力，稱為授茅土。後來即稱分封王侯為裂土分茅。

⓯ 嘯口：撮口出聲吟詠。

仰觀天蒼蒼，俯察地茫茫。天地亦何極，人命如朝霜。靈椿⑯狼牙殞，萱花縲絏傷⑰。慈烏反哺心⑱，悲思結衷腸。夜夜吐哀音，涕淚沾我裳。圓蟾⑲淡無光，浮雲慘不揚。奸賊肆毒害，吁嗟痛悽惶。誰走告天子，為我作主張。佞頭歆上方⑳，黃泉耿幽光㉑。

歌罷，見前面一人亦在吟詩云：

昂昂挾策向京畿㉒，準擬高車耀閈閭㉓。

剝落文章空滿腹㉔，漂零何日是歸期？

---

⑯ 靈椿：喻父親。本為傳說中樹木名，樹齡很長，後世因稱父親為靈椿。

⑰ 萱花縲絏傷：這句的意思是，母親又遭受了牢獄之災。萱花，本指金針花，後世用為母親的代稱。縲絏，音ㄌㄟˊ ㄒㄧㄝˋ，牢獄。

⑱ 慈烏反哺心：意思是，像慈烏一樣具有反哺其母的心意。慈烏，相傳胸部白色的烏鴉極有孝心，能反哺其母。白居易慈烏夜啼詩：「慈烏失其母，啞啞吐哀音。……聲中如告訴，未盡反哺心。」

⑲ 圓蟾：音ㄩㄢˊ ㄔㄢˊ，月亮。相傳月中有蟾蜍，故稱月為圓蟾。

⑳ 佞頭歆上方：意思是，居上位的佞幸之人被尚方寶劍殺死。佞頭，佞幸之人居上頭。歆，被，受。上方，同尚方，尚方寶劍。

㉑ 黃泉耿幽光：意思是葬身黃泉的人發著幽暗的光芒。黃泉，葬身黃泉之人。耿光，光芒，光輝。

㉒ 挾策向京畿：意思是倚仗著謀術走向京城。京畿，音ㄐㄧㄥ ㄐㄧ，帝王所建都會及其附近地方。

㉓ 閈閭：音ㄏㄢˋ ㄌㄩˊ，里門，即鄉里。

㉔ 剝落文章空滿腹：意思是文章滿腹而屢次落第。剝落，落第，沒選上。

六郎見其人生得十分俊雅，頭戴儒巾，身穿羅衣，腰繫絲縧。六郎揖而問曰：「先生何處人氏？有甚愁思行歌於市？」其人答曰：「小生雄州人氏，姓王，名欽，賤字招吉。比因不第，在此閑步散悶。」言罷，遂問曰：「足下大名？」六郎不隱，將父弟苦死情由一一訴說。招吉聽罷，不勝憤激，乃曰：「將軍何不奏知天子，卻來背地怨恨，枉自悲傷？」六郎曰：「某欲去奏，奈心上惱悶得慌，幾番提筆寫疏，不覺淚下如注，濕透紙箋，故此遲留尚未申奏。」招吉曰：「此事何難？小生不才，願代將軍寫之。」六郎曰：「君肯垂念，誠三生有幸。」遂邀招吉於歇處，治酒欵待，盡訴生平勞苦。招吉動容，嘆息良久，又問曰：「疏上將何人為首？」六郎曰：「潘仁美為謀之首，護軍王侁，部下劉均期、賀懷俱難恕饒。」招吉一筆寫出，遞與六郎。六郎看罷，乃曰：「先生才高班馬㉕，取青紫如拾芥然㉖，有何難哉？特時未至耳。」遂復治酒致謝。六郎曰：「容某進奏，到尊寓專謝。」招吉辭別而去。六郎正進到午門，陡遇七王㉗出朝，暗忖聖上今被讒言昏惑，莫若啟壽王代奏，猶易分辨。遂向前攔駕，大叫伸冤。壽王見是六郎，命帶到府中勘問。七王回府坐定，問曰：「潘仁美奏汝父子反了，真偽何如？」六郎跪下，對曰：「正為此事來辨。」即遞上奏疏與七王看之：

迎州防禦使臣楊景，為訴挾仇謀害、陷沒全軍、虛捏反情、冒奏誤國欺君事。臣太原降卒，荷陛

㉕ 才高班馬：意思是才學淵博如班固、司馬遷。班，指漢書作者班固。馬，指史記作者司馬遷。

㉖ 取青紫如拾芥然：意思是，取得高官是很容易的。青紫，官印上的青綬、紫綬，比喻高官。漢書夏侯勝傳：「經術苟明，其取青紫如俛拾地芥耳。」芥，地芥，地上的小草。

㉗ 七王：據後面的情節交代，這七王就是宋真宗。

下不殺，復授以職，至德深恩，昊天罔極㉘。曩者邊塵腥穢㉙，天地神人共怒。皇威丕振㉚，命潘為帥，臣父子為先鋒，同出征剿。臣父子思圖報效，欲將醜敵草薙而禽獮之㉛。奈何仁美與王侁等挾昔日之仇，肆莫大之禍，待臣父子進至狼牙村刃接兵交，招討坐觀成敗，不發半騎相應。及敗回陳家谷，矢盡力疲，番兵蟻聚蜂屯㉜，遂致全軍皆沒。臣父困乏行糧，撞李陵封碑之下而死；臣弟回取救兵，遭仁美萬箭之傷而亡。陷沒全軍於遼疆，伸冤無地；復捏反情而冒奏，情慘黑天。臣零丁逃命，孤苦無依，只得具疏申聞，懇乞宸衷明斷㉝，父弟九原啣恩瞑目。臣甘誅戮，雖萬斧不辭。某年某月某日，臣景誠惶誠恐，稽首頓首具疏㉞，不勝戰慄死罪之至。

七王看罷，問曰：「疏詞絕佳，出自胸中，誰代為之？」六郎曰：「乃雄州一儒生，姓王名欽，字招吉，代臣寫作。」七王曰：「郡馬知在何處？」六郎曰：「寄居東閣門龍津驛。」七王遂命人召之。

㉘ 昊天罔極：喻皇恩浩蕩。昊天，遼闊廣大的天空。罔極，無窮。詩經小雅蓼莪：「欲報之德，昊天罔極。」

㉙ 曩者邊塵腥穢：意思是，從前邊境發生戰爭。

㉚ 丕振：大振。

㉛ 草薙而禽獮之：意思是，像野草那樣芟除、像禽獸那樣獵殺。薙，音ㄊㄧˋ，除去野草。獮，音ㄒㄧㄢˇ，古代指秋天打獵。

㉜ 蟻聚蜂屯：意思是，像螞蟻、蜜蜂那樣屯聚。

㉝ 宸衷明斷：意思是，皇上聖明斷決。宸衷，帝王的心意。宸，音ㄔㄣˊ，借指帝王。

㉞ 稽首頓首具疏：意思是，叩首呈上奏疏。稽首頓首，古代敬拜禮節。稽首，叩頭到地。頓首，頭叩地。

頃刻間，召至府中，七王與語，對答如流。七王大悅，乃謂六郎曰：「郡馬可去擊登聞鼓㉟，分理更易。且當急往，毋被奸黨知覺。」六郎接疏拜別，竟往闕外擊鼓，被守者捉見太宗。六郎將疏遞呈御案，太宗展開覽之云。

㉟ 登聞鼓：古時帝王為防臣民有冤抑不得伸雪，特懸鼓於朝堂外面，准許擊鼓上達，叫做登聞鼓。

第十回　寇準勘問潘仁美

卻說太宗看罷六郎之疏，大怒罵曰：「欺君奸賊！反奏楊家父子反了。誰去拿此賊來問罪？」忽堦下一人進奏願往。其人是誰？乃朔州馬邑縣党進，現居殿前太尉之職是也。八大王又奏曰：「党進拿回潘仁美來，元帥之任，非小可關係，必須命人代之。」太宗曰：「誰人堪代此職？」八王曰：「楊靜稱職。」太宗降旨，宣至拜畢。靜奏曰：「臣恐仁美抗旨，不付帥印，將奈之何？」党進曰：「如此如此，便可得印。」太宗大喜。

二人辭帝出城，至雁門關，党進謂楊靜曰：「下官先入寨去，明公❶少停片時而來。」党進匹馬先入寨去。潘仁美正與劉、賀等議事，忽左右報曰：「朝廷遣使臣到來。」仁美等迎接党進入帳。相見禮畢，坐定，党進言曰：「太師前奏楊令公父子反情，聖上將楊府滿門拿囚天牢，候太師回日決處。不期有奸細來京，奏太師結好蕭后，不發救兵，陷沒楊家父子；又說太師之印，已獻蕭后。聖上大怒，即下詔來宣太師回京，與奸細對證。某向御前奏曰：『邊庭隔遠，事難準信。待臣先往觀看，如印在此，係誣陷，不必取太師回京。』太師可把印來某看。」仁美曰：「世寧有是理耶？」即拿出印來，遞與党進看之。党進接印在手，遂曰：「跪聽聖旨。」宣讀：

❶明公：對尊貴者的敬稱。

詔曰：朕委楊靜為帥禦邊，復遣党進竟拿潘仁美、劉、賀、王侁等，監禁太原聽旨。違命處斬。

党進讀罷，潘仁美曰：「我得何罪，聖上拿問？」党進怒曰：「你自己所為的事情，還佯不知？奏汝者，楊郡馬也。」仁美曰：「他父子反悖❷朝廷，如今倒來排陷我等。」党進曰：「汝往京去與他分辨，不必在此多說。」道罷，小卒報新元帥到。眾軍迎接入帳，參拜畢，將印付與楊靜。楊接了印，乃問仁美曰：「胡延贊何在？」仁美曰：「自楊家父子反後，竟不知其去向。」党進曰：「元帥早將他們一干人鎖解太原，不必究問。」楊靜喝左右鎖了仁美等，與党進押赴太原。不日到了太原，太原府判黃進迎接党進入公館。參拜畢，党進曰：「聖旨著落仁美等四人，各另安置。」黃進得命，遂送仁美於皈依寺，送劉、賀二人於太醫院，送王侁於申明閣。党進乃回京復命去訖。潘仁美亦遣人入京，啟請潘妃進奏太宗分辨。當日在寺中閑游，偶見雪雲長老領眾僧出寺去了，半日方回。仁美問雪雲長老曰：「適間領眾僧往何處而來？」雪雲曰：「迎接新任府尹爺爺。」仁美曰：「汝知其姓名否？」雪雲曰：「左丞相寇準爺爺是也。」仁美驚問曰：「為著甚事，貶到此間？」雪雲曰：「聞朝廷惱他，貶到此間歇馬。」仁美暗忖道：「這老兒是我舊日僚友，待我整酒請來相敘舊情，探問朝廷事情，豈不妙哉！」於是次日置酒，著雪雲去請寇準。長老持書入府，當堂跪下，稟曰：「潘太師爺爺特遣貧僧來請爺爺飲酒。」寇準怒曰：「我此來，敬為勘問老賊事情。汝好大膽，敢來代他請我！」喝左右拿下，重責四十。長老告曰：「只因府判爺爺著令好生伏侍太師，貧僧實不知有此情，乞爺爺恕饒貧僧。」寇準曰：「汝

❷ 反悖：違背，叛逆。悖，音ㄅㄟˋ，違背。

既不知，權饒罪名。但我有一計，悄悄代行，否則將汝這個禿驢活活打死。」長老曰：「願領爺爺之計而行。」寇準曰：「汝要如此如此。」吩咐畢，遂命先回：「稟上太師，說我就到。」長老諾諾連聲，竟回寺中告知仁美，說道：「寇爺拜上，隨後就來。」言罷，報寇爺到。仁美出寺接入法堂，坐定，傳盃數次。仁美問曰：「楊景那廝擊登聞鼓，說下官害他父子，有此事否？」寇準曰：「那小畜生果是擊來，後幸潘娘娘保奏太師。但八大王力助楊景，進奏主上，著太師在此安置。下官不肯，亦保奏太師。八王遂劾下官黨惡❸，帝乃允奏，貶此歇馬。原天子意思，實聽潘娘娘之言，日後太師無甚重罪。但下官有一事，甚怨太師幹得不妥。」仁美曰：「老夫與丞相舊日同寅❹，未嘗得罪，何怨之有？」寇準曰：「不是他事，怨不殺卻楊景，致有今日之禍。當時一併除之，剷盡根苗，尚有何人來復冤仇？」仁美曰：「丞相說得甚是。當日亦著人捕捉，不知緣何被他逃回京來。」寇準曰：「下官聞得令公被太師算計得好，此處卻無閑人，試說與下官聽之。」仁美不防寇準來套他口詞，又飲酒將醉，遂曰：「量丞相平日交情，言之亦無妨礙。當日令公被我把反情生逼得出兵，他叫我埋伏弓弩於陳家谷，老夫一卒不遣。及彼殺敗回來，見無伏兵，遂走入狼牙谷，撞死李陵碑下。七郎回取救兵，被老夫將酒灌醉，綁於樹上，令眾軍亂箭射死。」寇準曰：「豈有是理，太師莫把假話來誑我也！」仁美曰：「丞相處纔說此話，若在他人，老夫決不吐露矣。」寇準大怒，罵曰：「老賊陷害忠良，欺君誤國，冒奏朝廷，說楊家父子反了，大傷天理！」喝左右拿下。胡必顯❺應聲而入，當筵拿下仁美，喝令供狀。仁美曰：「這老子怎發

---

❸ 黨惡：結黨營私。

❹ 同寅：同官，同僚。

起酒狂來，叫我供狀？」寇準喚雪雲何在，長老從窗外轉入，遞上口詞曰：「領爺爺鈞旨，太師說一句，貧僧寫一句，並無差錯。」寇準曰：「你不供招，復有何待？」潘仁美嘆曰：「誤被寇老兒賺我口詞，怎生是好？」有詩為證：

城狐險惡立機深，舊好相逢盡吐詞。
早識媲前謄口吻，樽前詞話惜惺惺❻。

卻說雪雲長老將口詞遞上，寇準看畢，復命長老讀與仁美聽之。讀畢，仁美曰：「醉人口中之詞，何足為據？」寇準曰：「酒後道真言。」仁美曰：「你太原府尹，敢斷我的事情？」寇準曰：「老匹夫！敢如此抗拒！」遂喚黃進取過詔來，宣與老賊聽著：

詔曰：朕委參政寇準知太原府，勘問潘仁美一千詐奏楊家父子反情的實，取招申聞。

寇準曰：「你這老賊！我為府尹，實來勘問汝等奸偽之事。」仁美曰：「今無楊家親人對理，緣何問得這場事情？」寇準遂喚一聲：「楊郡馬何在？」忽六郎自外入而言曰：「仁美老賊，你將吾父陷死狼牙谷，又射死吾弟，今日緣何不認？」仁美曰：「小匹夫，你潛回取家屬，見囚繫於獄不能得去，遂向御前冒奏我等陷你。奸賊，當得何罪？」六郎曰：「這老賊，事情彰彰於人耳目至此等田地，猶亂說

❺ 胡必顯：又叫呼必顯，戲曲中，他是呼延贊之子。
❻ 惜惺惺：欠清醒之意。惺惺，音ㄒㄧㄥ ㄒㄧㄥ，清醒，機靈。

話。」寇準曰：「此非勘問之所，帶到府堂將刑具拷打一番，彼方肯供狀。」遂命送到府中禁獄之內。

次日，寇準升堂，喚左右取出仁美，綁於堦下。又喚黃進曰：「汝假去請得劉、賀等來，只說酒席齊備，太師已去多時。速去速來，勿得走漏消息。」黃進領命，先到申明閣會同王侁，至太醫院見劉、賀言曰：「府尹爺爺相召，太師已去，立候三位將軍。」三人遂隨黃進到府，直入堂上，只見仁美綁縛在地，嚇得魂不附體。寇準喝令拿下。三人趨前言曰：「相公拿下某等，不知為著甚事？」寇準曰：「我亦不曉何事，試聽讀詔便知。」遂命黃進取詔讀之。讀詔既罷，三人默然，垂首伏地。寇準曰：「害人適以自害，天道昭彰❼，豈可昧乎？汝等早早供招，免受刑具。」仁美曰：「喚楊景來，我與對理。」六郎在廡下❽聽得這話，號泣而出。言曰：「你挾昔日射汝之仇，陷沒吾父子全軍，誤國大事，怎生硬抵不認？」仁美曰：「你休胡說，我有證人在此。」六郎曰：「要甚證人？我自己在此，你還亂說。」仁美喚過數十軍士，吩咐曰：「你將楊家父子反情，告於寇爺知道。」那幾個軍人跪下，言曰：「告爺爺得知，元帥委係不曾陷害楊家父子。他反朝廷是實，如太師虛情捏奏，小的願受誅戮。」寇準曰：「誰問你來？這些囚奴都是老賊心腹，故來妄證。」喝左右將每人重打五十。六郎曰：「老賊不說起證人，我亦忘之。當時仁美射死吾弟，著陳林、柴敢丟屍於河。得此二人來證，彼方緘口無詞❾。」寇準聽罷，將仁美監禁於獄，遣人往鴉嶺營中查訪二人消息。去人回報，鴉嶺營中並無二人。寇準

❼ 天道昭彰：宇宙的法則是報應不爽、善惡無所掩藏的。
❽ 廡下：廳堂周圍的走廊。
❾ 緘口無詞：說不出話來，無話可說。緘，音ㄐㄧㄢ，閉。

遂張掛榜文於外，但有人知七郎之屍埋於何處者，賞金百兩。張掛數日，眾人看榜，紛紛私相論曰：「若有知者，一場好生意也。」忽後面三人來看，向前揭了榜文。恰遇六郎，三人便揖。三人乃胡延贊、陳林、柴敢也，聞知勘問仁美，要七郎屍首為證消息，特徑來揭榜。六郎引入府，見了寇準。寇準曰：「你二人將七郎屍埋於何處？」陳林曰：「埋在桑乾河西南一株樹下。」寇準即差數十人，同陳林、柴敢去取七郎屍首。二人領眾人到桑乾河掘屍不見。那眾人道：「你二人幹事，好不誤人。若無屍首，怎去回話？」二人心下甚慌，乃泣曰：「不如尋個自盡。」言罷，正來撞樹，忽東北樹杪⑩有一青臉人言曰：「仁美聞汝等來掘屍為證，先遣人將屍掘起，埋於此株樹下。」言訖，其人忽不見。眾人遂去那株樹下掘之，果得七郎屍首。不數日，眾人抬到太原，報與寇準知道。寇準押定一干人同去驗屍，只見七郎滿身是箭，七十二枝攢簇心窩。寇準大哭曰：「英雄良將，天胡不憖⑪，遭此慘禍也！」後人看至此，有詩嘆息：

世事炎涼幾變更，歷推無限淚交傾。
天荒地老⑫形猶在，虎鬥龍爭血尚腥。
金谷有名煙漠漠，玉堂無主草青青。

---

⑩ 樹杪：樹梢。杪，音ㄇㄧㄠˇ，木末。

⑪ 天胡不憖：意思是，老天為何不問。憖，音ㄧㄣˋ，問也。說文心部：「憖，問也。」

⑫ 天荒地老：極言歷時久遠。

英雄豪傑歸何處，慨想何如一夢醒！

寇準驗罷屍，遂喚仁美曰：「七郎何為而死？今復有何辭？」仁美曰：「非我也，乃王侁設謀以害之也。」寇準令刀斧手推出王侁斬之。寇準又曰：「設謀者王侁，行之在汝。且揑詞誣奏楊家父子反了，此欺君也，當得何罪？」仁美低頭不語。寇準喝令推出斬之。正欲來斬，忽使臣到，下馬開詔宣讀。詔曰：

勘問潘仁美既得其情實，監押赴闕擬罪。毋違。

使臣讀詔既畢，寇準遂將仁美等解赴汴京。六郎曰：「此賊赴京，定行寬宥。冤仇難伸，怎生是好？」寇準曰：「欺君誤國之罪，卻難恕饒，郡馬放心。」既至於京，次日，寇準具仁美口詞并七郎箭傷身死，一一申奏於帝前云。

第十一回　八王設計斬仁美

太宗看罷口詞，怒曰：「老賊如此欺罔，罪該擬死。但念潘妃情分，姑免一死。」遂追還仁美等官，各杖一百，俱貶於雷州❶。封贈令公為衛國公，七郎為殿前指揮使、醴泉侯。胡延贊不合擅離軍伍，降三級。楊景不合私離軍伍，充徒❷鄭州一年。陳林、柴敢不合領眾落草，各杖八十，徒❸二年。斷畢，文武皆散。

六郎出於午門外，放聲大哭，謂八大王曰：「臣父子見屈如此，何用命為？」遂欲撞死於午門。八王急止之，邀入府中坐定，忽報潘娘娘到。八王令六郎入後堂，親出府接入。茶畢，潘妃曰：「老父年邁，路途磨滅，難保殘喘。今日特來相告，望殿下垂念，安置於京。」八王曰：「娘娘請回，即入進奏聖上。」潘妃辭去。八王乃與六郎言如此如此，此冤即雪。六郎領計去了。八王入奏帝曰：「臣夜夢景不祥，必主有橫禍，乞陛下放獨角赦❹與臣領去，以防後患。」太宗即書赦賜之。八王謝恩而退。忽近

---

❶ 雷州：今廣東海康縣。

❷ 充徒：充軍服役。

❸ 徒：服徭役。

❹ 獨角赦：即獨角赦書，宋元語言，單一封的免罪書（只赦一人之罪的赦書）。霍光鬼諫三折：「這一紙獨角赦

臣奏曰：「楊景將潘仁美三人殺了，今提頭在午門外伺候。」太宗聽得大怒，命拿六郎，押赴法曹，梟首示眾。八王曰：「陛下適行獨角赦，赦除景之罪惡。」太宗曰：「斬仁美等，卻原來八大王之計策也。」太宗遂宣六郎入殿，言曰：「念卿保駕功大，此罪悉行赦除。」六郎謝恩畢，竟往鄭州去訖。

時太宗未立儲君❺，馮拯上疏，乞立皇儲❻，太宗怒貶於嶺南，於後廷臣無有敢進奏者。七王見不立己，乃與王欽議曰：「帝年已邁，齊王等又謝塵埃❼。日前馮拯諫立東宮，遂遭貶竄❽。莫非為立長之故，欲以天下傳八王耶？」欽曰：「畢竟是這意思，不然何以不立殿下？聖上以遺言為重，若不早圖，後悔何及？」七王曰：「汝有何謀，可以得立？」欽曰：「以臣計之，若不謀死八王，皇位決不可得。」七王曰：「此謀不可！八王帝甚寵愛，其謀不密，禍反及身。」欽曰：「臣有一計甚密。」七王曰：「汝試陳於我聽。」欽曰：「殿下可命人往街坊上尋一個極巧銀匠，打造鴛鴦壺一隻，一邊盛藥酒，一邊放好酒。趁此春日去請八王來賞花，即將其壺斟上一盃藥酒於八殿下前，又斟上一盃好酒於我殿下前，一齊舉盃飲之。八王飲了藥酒，立地即死，雖跟從之人，只道中風，那曉是藥死？」七王曰：「此計甚妙。」遂遣人往街坊上尋好銀匠。尋至城西，有一胡銀匠極其精巧，乃喚入府中打造其壺。既打畢，獻

把老臣搭救，我便一似護身符懷內牢收。」

---

❺ 儲君：指定為君位的繼承者，多指太子。

❻ 皇儲：同❺。

❼ 謝塵埃：謝世，過世。

❽ 貶竄：降職流放。

上七王。七王看罷，謂王欽曰：「何日去請八王？」王欽曰：「先將銀匠結果，以滅其跡。」七王允之。王欽命人將好酒灌醉胡銀匠，令左右埋於後花園中。畢，王欽謂七王曰：「殿下可遣人持書請八王，明日後園中賞花。」七王遂遣內豎❾賫書，竟往南府八大王前呈遞。八王拆開看云：

門外春光無限好，明媚花共柳。值此宦裏有餘閑，不樂虛過了。敬邀哥王明日一敘契闊情❿，共把金樽倒⓫。尚冀春風一惠臨，字第生榮耀。

八王看畢，著內使回話，明日准來。內使歸見七王道：「八殿下允諾。」次日，八王車駕報到，七王親出府門迎接。進府坐定，茶罷，七王邀入後苑花亭之上坐下。只見花開如錦，春光堪稱，有詩為證：

陽和充塞海天涯，無處江山不物華。
綠偃午風生麥浪⓬，緋紅曉日絢桃霞。
燕拋玉剪裁春色⓭，鶯擲金梭織柳斜⓮。

❾內豎：宦官。
❿契闊情：久別情。
⓫金樽倒：飲酒。金樽，金製的酒杯。
⓬綠偃午風生麥浪：意思是，綠色的堤堰在春風中泛起層層麥浪。偃，同堰，堤堰。午，同舞。
⓭燕拋玉剪裁春色：意思是，燕子飛穿於新枝嫩葉中，就像一把玉剪裁出了春光中的景象。
⓮鶯擲金梭織柳斜：意思是，黃鶯飛穿於柳樹叢中，就像金梭織布一樣。

滿眼韶光偏得趣，抽黃對白競天葩。

七王曰：「弟與哥王雖是兄弟，然情甚疎曠⑮，此心歉歉⑯。故當此春光明媚，特請一會，少盡衷曲。詩有云：『戚戚兄弟，莫遠具爾⑰。』小弟今日此舉，亦欲效古人之所為也。」八王曰：「這幾日賤軀頗欠調和，酒卻難飲，少敘片時可也。苟非兄弟之情，愚兄必卻而不來矣。」七王曰：「哥王身體不快，正要痛飲，方才舒暢。」遂令侍從先酌一盃藥酒於八王面前。八王未甚愈，一聞藥酒之氣，慌忙將袖掩鼻。忽一陣狂風吹倒金盃，其藥傾潑於地，紅光迸起，左右皆驚懼戰慄。八王即辭別回府。七王見謀未遂，又恐八王知覺，甚是懊悔。王欽曰：「殿下休憂。諒八殿下不知情由，必不見咎。俟後再圖，未為不可。」不在話下。

卻說太宗忽一日得疾，危篤之甚，寇準、八王等入內問安。太宗見群臣至，謂之曰：「先帝遵太后立長之言，傳位與朕。不期朕忽疾作，恐難總理政事。今齊王等已殞，惟八王差長，朕乃遵太后之教，將位傳與八王。」八王奏曰：「皇太子青春已富，人心歸順，滿朝誰生異論？願陛下保重龍體，萬萬千秋。他日縱欲歸政，亦當與太子也。倘陛下欲效先帝將位與臣，臣必披髮入山林矣。」太宗曰：「卿不受，將奈之何？」思忖良久，乃問寇準曰：「八王堅意不受，卿言朕諸子孰可以居大位？」寇準對曰：「擇君以

---

⑮ 疎曠：疏遠耽誤。疎，同疏。
⑯ 歉歉：抱恨，不安。
⑰ 戚戚兄弟莫遠具爾：見於詩經大雅行葦，意思是，親近的兄弟，不分遠近。

主天下，不可以婦女謀，不可以中官近臣謀，惟陛下以行與事，見其可以翕服萬姓者⑱，以位傳之，庶乎可矣。」太宗又宣趙普獨近臥榻之前，屏左右問曰：「朕欲傳位八王，八王不受，卿言何如？」趙普曰：「先帝已誤，陛下豈容再誤？」太宗之意遂決，復召寇準，言曰：「朕本意欲以神器付八王，爭奈八王不受。欲付元侃⑲，卿言何如？」準拜賀曰：「萬歲，萬歲！臣為天下得君慶矣。願陛下不必再問外人，須早立之。」太宗又謂八王曰：「朕歿之後，卿宜丹心啟迪汝弟。今賜鐵券⑳免死牌十二道，若遇亂臣賊子，卿即打死，毋得縱容。朕徧觀諸將，楊景忠貞，可付兵權，後當重用，不可妄加斥逐。」八王拜受畢。須臾帝崩。壽五十九歲。時改元至道三年三月某日也。在位二十餘年。有詩為證：

太宗經世政惟勤，二十餘年德及民。
可惜乾符私授子，至今人道悖君親。

太宗既崩，眾文武奉七王元侃即皇帝位，是為真宗。群臣朝賀畢，尊母李氏為皇太后，封王欽為東廳樞密使㉑，謝金吾為樞密副使，進八王爵為誠意王，其餘文武各陞有差。自是朝廷軍政，皆決於王欽之手矣。

---

⑱ 翕服萬姓者：意思是，使萬民和順的人。翕，音ㄒㄧˋ，和好。
⑲ 元侃：七王的名字，即宋真宗趙恆。
⑳ 鐵券：古代帝王頒賜功臣授以世代享受的某種特權的券契。分左右二者，左頒功臣，右藏內府。
㉑ 樞密使：宋代以樞密使為樞密院長官，與中書省長官同平章事合稱宰執，共掌軍國要政。

卻說八王出朝，忽一人攔駕告狀，大叫伸冤。八王問曰：「有何冤枉？」其人哭曰：「小的是胡銀匠之子。日前新君欲謀千歲，召小的父親入府打造鴛鴦壺。其壺打畢，被王欽謀死於府中。有此冤屈無處伸訴，只得告乞千歲爺爺作主。」八王聽罷，怒曰：「那日我見其酒傾地，火焰騰騰，心亦疑之。王欽果在筵中調度，這賊子好狠心腸！」遂接了狀，命左右取銀一錠，賞胡銀匠之子。復回駕，入到偏殿，只見王欽正與真宗議事。八王向前奏曰：「臣適出朝門，偶有胡銀匠之子告王欽謀死他父。臣接得此狀，來與陛下看之。」真宗驚曰：「王欽未嘗離朕左右，那有是為？兄王休聽小人言也。」八王曰：「為謀臣故而及於胡銀匠，冤屈此人性命。但臣今事陛下丹心耿耿，何聽讒佞謀害忠良？且臣要居帝位，尚待今日？」王欽奏曰：「八殿下惡臣與陛下議事，恃為皇兄故，妄捏虛情來奏，欺壓小臣。臣既謀死了人，往日宜告先帝，何待陛下登位始來相告？且世間那有這等膽大之人，敢向午門毀謗天子？」真宗未答。八王大怒，抽出金簡，望王欽臉上一打，打著鼻準，鮮血長流，遶柱而走。八王亦遶柱趕之。真宗急救曰：「看朕情分，兄王饒他這次。」八王止步，指王欽罵曰：「若再為奸宄壞我國家，活活打死你這畜生！」言罷，憤怒奏曰：「陛下休罪微臣。臣荷先帝囑咐，今秉公除奸，實為陛下社稷計，非私情也。」真宗深寬慰之。

八王既出，王欽跪於帝前大哭。真宗曰：「八王顧命之臣㉒，彼所言者皆是實事，汝不應造言折辨。朕尚不肯忤之，況於汝乎？今後當避之可也。」王欽叩謝歸府，跌腳搥胸，惱恨八王，思報其仇。遂修書遣人星夜送往幽州，奏知蕭后，說太宗已崩，新君幼弱，朝廷空虛，趁此動兵侵伐，則中原可得矣。

㉒ 顧命之臣：受先帝臨終遺命之臣。

蕭后得書，與群臣商議。蕭天佑奏曰：「雲川㉓耶律休哥屢奏伐宋，今再乘其喪隙發兵，無有不克。」土金秀奏曰：「宋太宗知人善任，守禦邊庭之士，必是智勇兼全者也。今若因王欽一書即便伐宋，恐難取勝，虛費錢糧。臣思忖必先探其兵之強弱，才不誤事。」后曰：「卿言將何以探之？」秀曰：「麻哩招吉之鎗法，麻哩慶吉之刀法，與臣之箭法，極精無右。臣等願舉兵於河東界上，娘娘遣人賫書，約宋君臣與臣等觀兵。宋人若能抵敵，則遲遲進兵。否則，即舉兵伐之矣。」蕭后大喜，遂修書遣人賫往汴京。遼使至汴，近臣引奏，真宗展書看之：

大遼太后蕭致書於大宋皇帝陛下：茲聞有喪，關河阻隔，賵賻未施㉔，奈何，奈何！近締盟好，千載盛事。今不觀兵㉕，徒為虛文。故遣駕下三臣駐劄晉陽，期與會獵㉖一番。庶乎兩國之情相通，而四夷聞風懾服。謹此訂約，照鑒。

㉓雲川：今山西雲左縣。

㉔賵賻未施：意思是，助葬的車馬束帛等祭品還未贈送。賵，音ㄈㄥˋ，助葬的車馬束帛。賻，音ㄈㄨˋ，助葬的財物。

㉕觀兵：檢閱軍隊。

㉖會獵：會同打獵，多引申為相約作戰的隱語。

第十二回　兄妹晉陽比試

真宗覽罷遼書，以示群臣。寇準奏曰：「北方刀箭是尚❶，彼來書期與觀兵，臣料只是比試刀箭。乞陛下精選有能者與之一會，以消其窺覦之心❷。」真宗曰：「朕觀朝中無甚良將，惟有楊郡馬一人。今在鄭州，亦未知其何如？」準曰：「陛下快遣使往鄭州調回。」真宗允奏，即遣使往鄭州徵之。使者既到鄭州訪問，鄭州太守言：「楊郡馬徒限已滿，發放回京多日矣。」使臣回奏真宗，真宗即遣人往無佞府徵召。使臣到府，令婆接了旨，對使臣言曰：「吾兒自往鄭州去後，並無音信回來。」使臣以令婆之言回奏。真宗聞奏，悶悶不悅，乃宣八王問曰：「楊郡馬已回，隱匿不出，其奈彼何？」八王奏曰：「臣往無佞府中打探消息何如？」真宗曰：「事關緊要，卿宜用心訪問。」八王辭出，竟往無佞府見令婆與太郡❸，詰問六郎事情。令婆曰：「吾兒在鄭州久無音信，今日殿下下臨，老妾敢相隱耶？」八王曰：「新天子即位，今有勑旨徵召，趁此與國家分憂，豈不妙哉！隱匿何為？」太郡曰：「姑容數時，待遣人往鄭州訪之。」八王遂回奏不知下落，真宗憂形於面。晉陽守臣表奏：遼兵擄掠財物，殺傷百姓，

---

❶ 北方刀箭是尚：意思是，北方人崇尚演武。

❷ 窺覦之心：伺機而動之心。窺覦，音ㄎㄨㄟ ㄩˊ，伺機而動。

❸ 太郡：郡主。

甚為荼毒，乞早發兵防禦。真宗將表看罷，問曰：「誰人能退遼兵？」準曰：「賈能藝精，可以退之。」帝遂命寇準為正統軍，賈能為副使，領兵三萬，同往晉陽會獵。準等得旨，領兵望河東進發。

令婆聞寇、賈領兵會獵，乃與六郎言曰：「賈能何人，能退遼兵？吾兒當速往，以救國難。」六郎曰：「兒意欲去，奈無一兩人同行。」道罷，八娘、九妹言曰：「我姊妹與哥哥偕行若何？」六郎曰：「汝女流家怎麼去得？」八娘曰：「假扮跟隨士卒，人豈知覺？」六郎允之，辭別令婆，攜二妹赴晉陽去訖。卻說遼將土金秀兵屯河東界上，劫掠無厭。忽報宋兵到，即與麻哩招吉等議曰：「今楊家之兵盡皆凋謝，其餘誰敢與吾等比試？雖然，君輩亦宜竭力，不可使敵人得志，以喪我遼軍威。」招吉曰：「謹領尊命。」金秀次日下令，立起紅心把子，擺開陣勢，以候南兵。

忽南方旌旗蔽日而來。宋兵既到，即於南方列陣。北遼土金秀全身披掛立於陣中間，麻哩招吉居右，麻哩慶吉居左，一字擺開於北。南陣上，寇準、賈能兩馬齊出。寇準曰：「華夷之分，已非一日，屢次兵相侵犯，擾我邊境，此果何故？」土金秀曰：「俺娘娘以宋君新立，欲與會獵而訂息兵盟好，今新天子何不自來？」寇準曰：「吾新皇帝即位，與諸宰執❹論道經邦，尚且不遑，而暇❺與汝會獵，親習爾等之陋俗乎？」土金秀未答，麻哩招吉大聲言曰：「吾等不會論道，只會奪旗斬將，以定天下。汝陣有智勇之將，請出陣前與吾比試，徒事口角浮談何為？」道罷，賈能舞鎗縱馬向前，喝聲曰：「臊奴！好欺人，吾今與汝比試！」兩下金鼓齊鳴。麻哩招吉與賈能交馬十合，不分勝負。招吉佯敗而走，賈能追

❹ 宰執：宋代以同平章事為宰相，副使則稱執政官，二者合稱為宰執。

❺ 暇：空閒。此處作有空閒講。

之。招吉扭身回馬一刺，賈能落馬。招吉衝過陣來。宋軍中忽一騎青驄❻馳來，一女將如風驟出，接戰三合，被女將將紅綿套索一拋，招吉遂被絆落馬下，活擒而來。寇準大喜曰：「汝姓甚名誰？」八娘答曰：「妾乃楊令公長女八娘也。」準曰：「將門女子，亦勁敵❼也。」遂命記其名，錄其功。土金秀見拿去招吉，大怒，欲出馬交戰。麻哩慶吉拍馬出陣，罵曰：「南蠻！好好放出吾兄，饒汝殘生！」遂掄刀直殺過來。宋陣上趙彥見了，亦舞刀接戰，兩合，趙彥不能抵當，撥馬走回本陣。慶吉趕來，宋陣中又走出一女將，舞刀迎敵，數合，被九妹斜揮一刀，砍慶吉於馬下，提頭來見寇準。準問曰：「汝是誰？」九妹曰：「妾亦楊令公次女九妹是也。」準曰：「汝等武勇出眾，真乃皇上之福德所致也。」亦令錄其名與功焉。

土金秀見砍了慶吉，大怒，躍馬出陣，言曰：「宋人有能者，快出陣來比箭。」宋牙將楊文虎出馬，言曰：「我與汝比之。」土金秀拈弓搭箭，走馬連發三矢，皆中紅心。眾軍一齊喝采。文虎亦走馬射三矢，止中一箭。金秀曰：「汝箭輸矣，當還我招吉。」文虎曰：「偶爾箭輸，若比鎗則不輸矣。汝敢來乎？」金秀怒曰：「匹夫，好誇口！」即綽鎗出馬，交戰數合，文虎被鎗刺傷，敗走回陣。金秀衝突過來，六郎望見，出馬迎敵。金秀抵當不過，回馬叫曰：「宋將且休比鎗，請射紅心。」六郎停鎗笑曰：「汝射無甚妙處，敢向軍前驕矜逞能！」言罷，遂向胯後取出硬弓，走馬一連三箭，俱中紅心。南北軍士盡皆嘖嘖稱羨。六郎曰：「汝自誇箭高，我將此弓與汝射之，看射得中否？」著軍士遞弓與土金秀開

❻ 青驄：青黑色和白色間雜的馬。

❼ 勁敵：強敵。此處作強勁對手講。

之。金秀接弓開之，半毫不動，心下大驚，暗忖道：「此乃神人降生！」正欲撥馬回走，寇準出陣，言曰：「吾今以所擒之將還汝。汝歸告太后，自後毋得生事擾邊。若再如此，決不恕饒，屠戮汝類殆盡。」遂將招吉剝去衣服，赤身裸體放回。北營士金秀羞慚滿面，回軍去訖。

楊六郎入軍中見準，準曰：「設將軍等今日不來，吾輩血染沙場早矣。郡馬回朝見帝，老夫力保，奏封重職。」郡馬相謝。準遂拔營回汴，入奏真宗。真宗聞奏，即宣郡馬升殿，慰勞之曰：「卿日前匿而不出，朕寢食俱廢。今一聞郡馬退遼，使朕喜而不寐。」六郎叩頭拜謝。真宗問準曰：「今當以何職授郡馬？」準曰：「宜授節使之職。」真宗乃下命楊郡馬為高州❽節度使。郡馬聞命，入朝辭謝，奏曰：「臣昔敗兵，其罪至重，荷陛下再造之恩，嘗欲報復無由。今略建微功，敢受節使之職？」真宗曰：「汝父子忠勤王事，先帝稱念不已，欲重封贈，不期升遐❾，未遂其意。且今又有退遼之功，此職宜授，何為固辭？」六郎奏曰：「荷陛下知遇之恩，欲授臣職，但佳山寨巡檢❿可也。他職臣不敢領。」真宗曰：「辭尊居卑，此何見也？」六郎曰：「臣為巡檢，卻有三事：一者，臣本徒流，私到邊廷，略立微功，遂授節使之職，是開倖進⓫之端，而啟人越分侵職⓬也。二者，佳山與幽州相近，臣欲俟便直搗賊穴，

---

❽高州：在今廣東陽江西。

❾升遐：音ㄕㄥ ㄒㄧㄚˊ，升天，即逝世。

❿巡檢：宋代始置的官名，設於關隘要地，掌管治安。

⓫倖進：不該升而升。

⓬越分侵職：超過本分，侵犯別人的職權。

收其地土，以絕萬世邊患。三者，聞彼地有幾個草寇甚有勇力，臣欲擒之，使其棄邪歸正，以除民之害也。」真宗曰：「卿憂國憂民，真社稷臣也。」遂可其奏，乃下命王欽撥軍五千，與楊郡馬領去鎮守佳山。王欽領旨，到府查點軍士，凡是老弱疲病不堪征戰者，俱撥跟隨郡馬。六郎一見軍士，怒曰：「佳山何等地方，此等無用軍人，如何迎敵？」

隨行一軍人姓岳名勝，因王欽盡撥老弱疲病之軍跟隨郡馬，心下思忖：「此處難以立功，莫若跟楊郡馬往佳山寨，以圖進身更易。」遂生一計，將薑黃水⑬搽臉。「待王樞密來查點，只說是個病軍，必定撥我跟楊郡馬也。」岳勝，濟州人，生得面若凝脂，神清氣朗，掄動大刀，萬夫莫敵，人號為「花刀岳勝」。卻說王欽一見岳勝臉黃，果然只道是個病軍，乃撥跟隨六郎。岳勝見六郎說軍無用，遂出軍前叫曰：「汝生將門，自謂無倫。我今願與汝比試一番何如？」六郎曰：「可。」遂綽鎗上馬，交戰數十餘合。六郎驚曰：「刺擊之法，此人盡通。必用計擒之，以服其心。」佯敗而走。忽馬陷前蹄，掀落於地。岳勝驟馬近前砍之，只見六郎頭上一個白額虎現出，張牙來噬岳勝，嚇得岳勝慌忙下馬，扶起六郎，言曰：「小人得罪，有眼不識本官，望乞恕饒。」六郎曰：「汝當竭力助我鎮守佳山，吾自保奏朝廷授汝之職。」岳勝謝而言曰：「小人來意，本欲跟將軍以立功績，幸得提攜，犬馬相報。」六郎又得岳勝為部下，無限欣忭，遂回無佞府中辭令婆。令婆曰：「汝為巡檢，豈不貽羞於汝父乎？」六郎曰：「佳山與遼相近，此處最好立功，他鎮則不能矣。凡職只要立功績，何論其崇卑哉！」令婆遂備酒餞行。飲罷，

⑬ 薑黃水：以薑黃搗成泥狀和水而成。薑黃，多年生草本植物。其根莖為塊狀，有香味如薑，可以入藥，並可做黃色顏料。

領軍望佳山寨進發。

時值二月，路途好景，有詩為證：

遲遲麗日布韶光，春到人間景異常。
雨後江山增秀麗，風前花柳競芬芳。
尋香戲蝶輕翻拍，求友嬌鶯巧奏簧。
景物撩人無限好，不妨收拾入征囊。

六郎行不數日，到了佳山寨，原守軍士迎接入廳。拜畢，六郎言曰：「遼人屢為邊患，此地尤甚，故天子遣我鎮守。汝等各宜恪遵號令，不然軍法施行。」眾人諾諾而退。

次日，岳勝出寨游耍，遙見迎面高山樹木茂密，乃問舊日軍士曰：「那一座山叫做甚麼山？」軍士曰：「說起那裏，驚破人膽。」岳勝曰：「敢有狼虎居其中乎？」軍士曰：「過於狼虎。」乃以手指道：「轉那山去，地名胡村澗。進一二里路去，傍著山麓，名為可樂洞。洞中有一草頭王，姓孟名良，鄧州⑭人，力大如山，無人敢敵。聚集強徒數百，劫掠為生，官兵不敢捕捉。如今誰敢正視其山？」岳勝聽罷，竟進寨來告知六郎。六郎曰：「我知其人久矣。若得他來歸順，實壯軍威。」岳勝曰：「小人輕騎往探，看是何如？」六郎曰：「此人勇猛，須謹防之。」岳勝遂到可樂洞，只見孟良部下劉超、張蓋等與眾嘍囉俱在洞前鬥寶。岳勝下馬，抽出利刀一徑入洞，喝聲：「賊徒休走！」劉、張等只道是官軍捕捉，各

⑭ 鄧州：今河南鄧縣，唐代曾為南陽郡。

自逃生。岳勝趕向前去，砍死幾個嘍囉，血流滿洞。岳勝思忖還要寫字為記，使其來佳山寨廝殺，方好拿他，即以血書四句於壁云：

嘍囉劍下亡，寄語休悲傷。
若問人何是？佳山楊六郎。

岳勝寫罷上馬，竟望佳山而來，不在話下。

第十三回　六郎三擒孟良

卻說孟良回洞，只見殺死嘍囉在地，乃大驚問曰：「是誰到此殺死眾人？」嘍囉對曰：「適一壯士甚是勇猛，眾人只道官兵來捕，俱各逃走，被他走入洞中殺死眾人。又以血書字於壁，請大王看之，便知端的。」孟良抬頭看罷，言曰：「乃楊景那廝殺吾部下，卻好大膽。此仇不報，亦枉為人。」

卻說岳勝歸見六郎，道知殺死嘍囉一事。六郎曰：「孟良回來看見，必定來此報仇。汝等須準備廝殺。」道罷，忽聞寨外吶喊。六郎與岳勝出寨視之，只見是孟良，其人生得濃眉環眼，面如噀血❶，狀貌雄偉。六郎迎而謂曰：「觀汝之貌甚是奇異，何乃棄理滅義，甘心為賊？自我言之，莫若歸順朝廷，立功顯姓，垂芳後世，勝於落草萬萬矣。」孟良曰：「自汝言之，汝以拜官受爵為榮矣。自我言之，我以居職享祿為辱矣。何言之？汝父子投降於宋，不得正命而死，手足異處若禽獸然，有甚好處？我居此山，斬殺自由，何等尊貴？與汝較我，不啻霄壤隔也。此等閑事，且姑置之。我問汝來，素昔與汝無仇，殺我部下何為？」言罷，揮斧直取六郎。六郎挺鎗迎敵。交戰十合，不分勝負。六郎佯敗而走，孟良拍馬追之。岳勝從後喝聲：「休趕！」孟良遂回馬來戰岳勝。六郎拈弓搭箭，射中其馬，拖孟良掀落於地。軍士向前生擒孟良歸寨，綁縛於堦下。六郎曰：「汝自逞英雄無敵，今何被擒？汝服我否？」孟良笑曰：

❶ 噀血：音ㄒㄩㄣˋ ㄒㄧㄝˇ，噴血。這裡作面色極紅，好像是沁出血來一樣。

「暗箭射馬，詭計算我，非大丈夫所為，如何肯服？」六郎笑曰：「放你去如何？」良曰：「汝肯釋放我回去，整兵再來與汝交戰。不設暗計，明明白白，有手段平空拿我，旋即拜降。」六郎曰：「汝要明白，平空拿你，此有何難？」遂放孟良而去。

岳勝曰：「孟良凶賊，為民之害。今既擒之，可用則收留之，不可用則砍之，與民除害，何為放他？」六郎曰：「孟良，一人傑也，心頗愛之。當今英雄有幾？吾欲收此人為部下，必服其心，是以放之。汝等試看明日再戰，吾又擒之。」岳勝曰：「將軍用何計策擒之？」六郎曰：「孟良有勇無謀。離此山南五里之地，有一深谷，峭壁石崖，進去便無出路。汝引騎軍一千，伏於谷口。吾與交戰，引他從山左傍而進，吾復從山右傍而出。待我一出，汝即殺來截住，不放他出，吾自有計擒之。」岳勝領軍去訖。六郎復喚健軍六七人，吩咐曰：「汝往那山絕頂之上，扮作砍柴樵夫，賡歌酬和❷。孟良問路，汝等如此如此應之。」軍人領計去訖。六郎分遣已完，乃報孟良在寨外搦戰。六郎出馬，言曰：「今番仔細交戰，若再被擒，卻難縱放。」孟良曰：「汝好大話。昨誤成擒，今定報之。」言罷，縱斧直取六郎。六郎約與交戰數合，佯敗徑望山南而走。孟良趕上言曰：「汝又欲以暗箭來算計於我？」六郎不戰，直走入谷，孟良亦趕入谷。六郎遂撥回馬，從山右傍而出，孟良亦從右傍趕來。忽岳勝殺出截住谷口，良驚曰：「又中奸賊之計！」遂回馬直進谷去，只見無有去路，四面壁立。遙見崖上有幾個樵夫歌唱，乃叫曰：「吾被楊景賺入谷來，汝等救我出去，多將金銀相謝。」樵夫遂將一條麻繩垂下，言曰：「我等救大王，大王莫失信，要把金銀與我。」孟良曰：「我生平是個有信之人，但救得出，決不食言！」眾

---

❷ 賡歌酬和：對歌應和。

樵夫曰：「大王可把此繩緊繫腰間，待我眾人扯拽上來。」孟良曰：「你等須仔細，用心扯上去。」言罷，將繩緊緊縛於腰間。眾人乃扯拽至半崖，停止不扯。良曰：「何故又不扯上去？」眾人曰：「大王身體甚重，吾等力盡，待再叫幾個人來同扯，纔得上來。」須臾，六郎、岳勝俱到崖上。六郎曰：「今番明白平空拿你，孟良你肯服否？」孟良曰：「不是這等說。汝與我交戰，從地下平空拿我，方見手段。」六郎曰：「要從地空中❸拿你，亦不為難。今番又放汝去，敢再來戰？」孟良曰：「今番亦非我戰之罪。但肯放還，再整兵出戰，如拿得我，傾心投降。」六郎曰：「這個使得。但再放汝回去，若從地空中拿住，卻毋得含羞又亂說話。」言罷，令軍士弔上釋之。

六郎回至寨中，言曰：「設計擒良二次，彼決不明出交戰，惟夜來劫吾之寨，定須以計擒之。」岳勝曰：「孟良已遭二次之辱，今尚肯來自投羅網？」六郎曰：「今晚準來。」乃令眾人於帳前掘一陷坑，將木浮搭於上，用土鋪蓋。又令軍士遠遠埋伏，只留數十健軍伏於帳前，伺良落坑，即出縛之。眾人領計去訖。是夕，六郎獨坐帳中，剔燭觀書。將近二更，孟良探邏之卒回報，佳山寨中，軍士俱各安寢，寂然無備。孟良喜曰：「這一次，將前二次之辱盡伸雪矣。」乃乘輕騎，直至佳山寨，只見六郎一人在帳觀書，昂昂然傍若無人之狀。孟良舉斧，拍馬走入帳前，喝聲：「匹夫休走！」喝聲未罷，連人帶馬跌落陷坑之中。帳外健軍一齊而出，用索遶良之身，綑縛扯將上來。良所引來部下三千餘人，被埋伏軍士四下圍裹而來。眾嘍囉見孟良落於陷坑，料難走脫，盡皆投降。健軍押孟良於帳下，六郎謂之曰：「我今放汝，再整軍士來戰何如？」孟良曰：「羞惡之心，人皆有之。某雖為盜，良心豈盡喪乎？將軍天神

---

❸ 地空中：即上文之地下平空。天德堂本作地下平空。

也，蒙放之至再，已不勝羞慚矣，尚敢復求去耶？願傾心以事將軍。將軍肯容，感恩無任。」六郎大喜曰：「君肯投降，是吾之大幸也。」次日天明，孟良稟了六郎回洞，召集劉超、張蓋、陳雄、謝勇、姚鐵旗、董鐵鼓、郎千、郎萬、管伯、關均、王琪（號王扁擔）、孟得（號夜丫黑鬼）、林鐵鎗、宋鐵棒、丘珍、丘謙，共一十六員頭目，俱引來拜見六郎。

六郎大設筵宴。飲酒將闌，六郎曰：「方今北遼屢次犯邊，我宋受害，不能除之，蓋由將佐不得其人故耳。今此地猶為吃緊去所，吾自恨兵微將寡，常恐不能鎮守，有負朝廷顧託之意。若汝等耳聞目見有好名士，吾不惜千金聘來同鎮此地。」孟良對曰：「此去六十里外，有山名芭蕉山，山勢險惡，內聚強人數百。為首者姓焦名贊，生得面若丹朱，眼似銅鈴，兩顴突出，有萬夫不當之勇。若要禦遼，此等之人不可不得。」六郎聽罷大悅，言曰：「我親齎禮物去招他來。」孟良曰：「此人性好食人，極其凶惡。將軍即領部眾同去，猶不能招之而來。」六郎曰：「吾推誠置腹，何愁不賓服❹？」孟良曰：「雖是誠能動物，依小人說，將軍且休去，小人素與相善，待我去招來。」是日酒散。

次日，孟良辭卻六郎，竟往芭蕉山招焦贊。焦贊正在寨外閒耍，一見孟良乃曰：「孟哥哥何來？」孟良曰：「我今投降楊六郎處矣。吾觀六郎智勇兼全，盡堪為倚。且想落草終無成就，故同他鎮守佳山，倘後能立功，生享爵祿，死載簡書，大丈夫志願酬矣。吾今特來邀哥哥同去助他。」焦贊不答，直進洞去，披掛出寨，言曰：「我認得你，手中鐵鎚卻不能認汝。」孟良見他來得凶狠，跳上馬徑回佳山，入帳告六郎曰：「此人頑梗，招之不來。明日將軍領兵與之交戰，眾嘍囉必定跟他出陣，巢穴空虛。又令

❹ 賓服：歸順，臣服。

岳將軍領兵五百，悄地直到洞前埋伏，待他一出交戰，旋即攻打其寨。小人領數十健軍，從芭蕉山後攀藤附葛而上，直入寨中放火，復從裏面殺出。將軍外面殺進，兩下夾攻，定要拿他。」六郎依其言。次日，六郎領軍直到芭蕉山寨前喊叫。焦贊引眾嘍囉出馬迎敵數合，六郎佯敗而走。焦贊拍馬趕來。六郎復回馬交戰數合，又詐敗而走，直誘得焦贊離山十里外來了。岳勝見他去遠，逕到洞前吶喊。四圍把守嘍囉恐被岳勝攻破，具赴寨前防禦。不期孟良引數十健軍，從山後攀附而上，直入寨中放火。火焰騰騰，嚇得眾嘍囉俱各奔走逃生。

卻說六郎遙見火焰沖天，又回馬與焦贊交戰數合，見焦贊只管奮力迎敵，六郎揮鞭指而笑曰：「克明❺全不知事，你的山寨已被孟良燒了，尚在此苦苦貪戰。」焦贊回頭一看，只見煙焰迷空，乃大驚，撥馬走回寨。六郎復從後追趕殺來，岳勝、孟良從山寨殺出。焦贊料敵不過，遂棄了馬走上山坡。那半山是淙水石，又生苔蘚，六郎步軍見焦贊走上山坡，一齊趕上山坡。焦贊被趕得慌，爬到半坡被苔蘚滑跌下來，眾軍捉倒，捆縛回佳山寨中。六郎升帳，眾推焦贊於堦下。六郎親釋其縛，謂焦贊曰：「有驚英雄，慎勿見罪。目今大遼侵犯邊境，足下肯同征討，即奏朝廷加封官職。尊意以為何如？」焦贊思忖：「天下有這般好人？若我拿得人來，只一刀，肯相釋放？」聽罷六郎之言，遂納頭便拜，言曰：「願居帳下，幸乞收錄。」六郎大喜，乃置酒設宴。有詩為證：

❺ 克明：從上下文的意思看，克明是焦贊的字。贊，也有明的意思。

英雄濟濟萃三關，萬里霜威不可攀。
心熟豹韜❻知變合❼，折衝❽卻敵笑談間。

❻豹韜：六韜中的一篇。
❼變合：變化分合。
❽折衝：禦敵、退敵。

第十四回　六郎三關宴諸將

卻說楊六郎既得諸將，遣人賚表進奏朝廷，請授諸將之職，同鎮三關，以防大遼。真宗覽奏，乃與群臣商議。寇準曰：「楊景收服群凶，甚有益於朝廷。陛下當從所請，以安其下。且張大威聲，震恐遼人，不敢南侵。」帝允奏，遣使賚勅，加楊景為鎮撫三關都指揮使，岳勝、孟良、焦贊三人為指揮副使，劉超等一十六人並授都總部頭。勅命既下，使臣便賚往佳山寨宣讀。楊六郎接旨，與眾人望闕謝恩，乃欵待使臣。使臣既回，六郎又遣人往勝山寨招取陳林、柴敢。不日到了，自是三關之上，扯起楊家金字旗號，威震幽州。遼人畏懼，邊患少息。

時值八月中秋佳節，六郎與眾將飲酒賞月。六郎謂岳勝等曰：「當此良宵，我欲吟詩消遣情懷，諸君幸勿見笑。」岳勝曰：「將軍賜教，銘刻五内❶，奈何云笑？」六郎又曰：「諸君能吟，亦聯數句陶情，無負此月華❷也。」岳勝等曰：「請將軍佳製示下，小將當謹依命。」於是六郎口占一律：

月下敲砧❸響夜寒，征人不寐憶長安。

---

❶ 五内：五臟。這裡是內心的意思。

❷ 月華：月光，月亮。

霧迷北塞遊魂泣，草沒中原戰骨酸。

直望明河臨象國❹，誰將甘露捧金盤❺？

何年卸甲天河洗❻？酩酊❼征歌歲月寬。

岳勝等曰：「妙哉！將軍之詩，雖李、杜更生，亦勿能過。」六郎曰：「是何言也！」乃請岳勝等之句。岳勝又請孟良、焦贊先道。焦贊曰：「岳哥哥先陳，次者孟良哥哥，次者贊，依序而來，勿得推遜。」岳勝曰：「二位僭道❽了。」遂口誦一律：

去年今日始離家，久戍邊關倍可嗟。

別話想來深似海，歸心動處亂如麻。

時維八月征衫薄，節近中秋酒興賒❾。

遙憶濟州城上月，清光依舊照琵琶。

---

❸ 砧：音ㄓㄣ，擣衣石。

❹ 直望明河臨象國：意思是，向南彌望，天河似乎垂臨南國。明河，天河。象國，南方之國。

❺ 金盤：承露盤。漢武帝於神明臺上作承露盤，立銅仙人舒掌以接露水，以為飲之可以延年益壽。

❻ 天河洗：意思是，擊退遼兵，國家安定，不再用兵。語出杜甫洗兵馬：「安得壯士挽天河，淨洗甲兵長不用。」

❼ 酩酊：音ㄇㄧㄥˇ ㄉㄧㄥˇ，大醉的樣子。

❽ 僭道：音ㄐㄧㄢˋ ㄉㄠˋ，歉詞，踰越位分說話。

❾ 賒：多，濃。

岳勝吟罷，孟良亦陳八句：

天上旌旗捲暮雲，人間鼓角送悲酸。
瑤池❿落日回青鳥⓫，月殿浮雲掩素鸞⓬。
楊柳漸稀風瑟瑟，芙蓉⓭已老露漫漫。
蛩聲迭送佳山戍，寂寞愁懷強自歡。

孟良吟罷，焦贊接聲而吟五韻⓮：

綠煙散盡碧空晶，滌海冰輪⓯漸漸昇。
人事此時知好尚，天心今夜見分明。
風波搖碎山河影，兔臼春殘桂子馨⓰。

---

❿ 瑤池：古代神話中西王母所居之地。
⓫ 青鳥：古代神話中西王母所使之鳥。
⓬ 素鸞：白鳳凰。語出傅若金秋興詩：「瑤池落日迴青鳥，月殿浮雲掩素鸞。」
⓭ 芙蓉：荷花。
⓮ 五韻：即七律。五律詩的第一句多數是不押韻的，而七律詩的第一句多數是押韻的，這在宋代已成為有意識的時尚，故稱。
⓯ 滌海冰輪：月亮從海中升起。冰輪，比喻月亮。

世界大千歸玉燭⑰，劍光相與並玄精⑱。

焦贊吟罷，六郎驚曰：「初意子特一鹵夫耳，今觀此作彷彿曹林，佳哉，佳哉！今夜獨奪其趣矣。然當刮目相看，不敢以武弁⑲概論子也。」焦贊稱謝不敢當。岳勝等又問曰：「將軍二聯，似有餘憾在焉。」六郎曰：「然。吾父子八人歸宋，遭逢遼賊謀逆，吾父為先鋒討之，被仁美陷於狼牙谷，撞死李陵碑下。後打聽蕭后將先父屍首埋於胡原谷，每欲取回葬於先陵⑳，奈無機密能幹之人代為此事，心懷悵悵，不知何時遂也。故今晚吟詠之間，不覺真情暴露。」岳勝曰：「將軍念念在親，乃大孝也。蒼天感格，畢竟默佑，後日必定取回，不必憂慮。但當徐徐為之。」六郎曰：「誠然，非目前可以取之也。」是夕酒散，孟良因六郎言無人代取父骸，尋思：「我不如今夜乘著月色，悄悄偷出營寨，密往胡原谷，取得令公骸骨回來，少報三次不殺之恩。」於是收拾打扮停當，竟望胡原谷而去。次日天明，寨中軍士來報六郎，不見了孟良。六郎大驚曰：「昨宵席上歡飲賡歌，因何今早不見？」岳勝曰：「彼乃賊流，在此受制，難以自由，遂逃去了。」六郎曰：「此人性氣剛烈，決不逃走效鼠輩所為也。」眾人亦持疑不定。六郎悶悶不樂。

---

⑯ 兔臼春殘桂子馨：古代神話月中有白兔在春藥，還有桂樹，所以此處如此說。馨，音ㄒㄧㄣ，散布很遠的香氣。

⑰ 玉燭：四季氣候調和。這是說人君德美如玉，可致四時和氣之祥。

⑱ 玄精：指人體的元氣。

⑲ 武弁：武夫。

⑳ 先陵：先人陵墓地。

卻說孟良逕到胡原谷尋訪令公骸骨，全無人知。忽路逢一遞送公文者，孟良思忖這樣人或知消息，遂用番話問曰：「楊令公骸骨原埋此處，今何不見了？」那人曰：「向者太后不知因甚事，令人掘起，埋于紅羊洞中去了。」孟良聽罷，思忖道：「我敬為㉑此事而來，若不得骸骨回去，徒爾勞苦，不如入幽州看景㉒圖謀。」遂望幽州之路進行。將近城隅，逢一漁父，乃問曰：「汝今日入城去否？」漁父曰：「明早要去獻魚，如何不入城去？」孟良曰：「獻魚何為？」漁父曰：「明日是娘娘聖壽，遞年㉓要進貢鮮魚慶賀，不敢違誤。」孟良暗喜道：「遂我之謀矣！」乃曰：「我養馬者，亦要進城，與公同趕進城去。」漁父在前，孟良在後，轉過城南幽僻去所，孟良抽出短刀，將漁父殺死，剝了衣服，穿著起來，戴著牙牌㉔，提魚入城。守門者盤詰，孟良曰：「我黃河漁父，進魚上娘娘之壽，現有牙牌在此。」守門者見有牙牌，遂放孟良進城。次早太后設朝，文武賀畢，侍臣奏曰：「黃河漁父進魚上壽，現在午門之外，不敢擅入。」太后召入，孟良獻上其魚。太后曰：「明日來受賞賜。」孟良拜謝而退。蕭后令有司㉕大排筵宴，文武盡歡而飲。有詩為證：

輝煌宮禁壽筵開，竹葉香浮琥珀杯㉖。

㉑ 敬為：慎重地。玉篇苟部：「敬，慎也。」

㉒ 看景：看情況。景，情況。漢書梅福傳：「陰盛陽微，金鐵為飛，此何景也？」景，像也。

㉓ 遞年：年年。

㉔ 牙牌：進出宮門的憑證。歐陽修早朝感事詩：「玉勒爭門隨仗入，牙牌當殿報班齊。」

㉕ 有司：官吏。職有專司，故稱有司。

深感主人情意渥㉗，醉餘不覺玉山頹㉘。

文武飲至漏下二更乃散。

次日，文武入朝謝宴畢，忽近臣奏曰：「西羊國㉙進貢大宋一匹驌驦良驥㉚，路經幽州，被守關軍人奪來。」蕭后命牽入來看，只見碧眼青鬃，紅毛捲紋，高六七尺。太后看罷大喜，命有司看養。孟良聞知此事，密往視之，果見好匹良馬。遂尋思先取骸骨，然後計較此馬，抽身竟往紅羊洞去。只見令公骸骨，將一石匣盛著在內，孟良取包袱出來，將骸骨裹了。走到洞口，被番人捉倒，喝曰：「汝何人也？想必是個奸細！」孟良曰：「小人是黃河漁父之子，日前獻魚上娘娘之壽，蒙賞父子酒食。吾父被酒醉死，欲帶血屍回去，路途又遙，只得將屍來此焚化，包取骸骨歸葬。」言罷大哭。番人見其哀慟情狀，遂深信之，放出洞來。

孟良既脫，亟歸下處，將骸骨藏了。次日，往藥舖買了兩個天南星㉛，回下處舂搗成末，帶入廄去。只見番人正在煮豆，孟良乃近槽邊，撒下其藥，竟回去了。那馬去吃槽，被藥麻倒。及待餵馬，軍人將豆

㉖琥珀杯：琥珀製成的酒杯。琥珀，音ㄏㄨˇ ㄆㄛˋ，松柏樹脂的化石，黃褐或紅褐色，燃燒時有香氣。
㉗渥：音ㄨㄛˋ，濃厚，豐厚。廣雅釋詁三：「渥，厚也。」
㉘玉山頹：形容飲酒醉倒的樣子。書言故事酒類：「言醉，云玉山頹。」
㉙西羊國：嘉業堂本作「西涼國」，天德堂本作「西羊國」。
㉚驌驦良驥：驌驦好馬。驌驦，音ㄙㄨˋ ㄕㄨㄤ，良馬名。
㉛天南星：多年生草名，又名虎掌，根可入藥，有毒。

來餵，那馬不食。軍人慌報司官，司官急奏太后。太后曰：「馬之不食，莫非汝等失調理也？」司官奏曰：「非臣等失調理。但異鄉之馬來此不服水草，乞娘娘出下榜文，招取能醫馬者，來看何如？」太后允奏，即出榜文，張掛於外。孟良竟往揭之，守軍引見太后。太后見是漁父，乃問曰：「汝又能治馬？」孟良曰：「臣祖專門治馬，故小人亦粗知其一二。」太后曰：「此馬我甚愛之，汝能治療平復如初，即封汝職。」孟良拜謝畢，同司官至廄中，假意看馬。良久之間，乃曰：「馬初到此不服水土，食豆太多，肚腹膨脹，故不食也。」因令軍人將馬捆倒，拿冷水洗其口，復把甘草末調水灌了幾碗，遂放起來把草料與食，那馬復食如故。次早，司官進奏太后。太后聞奏大喜，即宣孟良升殿，言曰：「卿醫好此馬，今授汝燕州總管㉜之職，以彰醫馬之功。」孟良叩頭謝恩，自思我為此馬而為此計，非為官職，遂復奏曰：「今蒙娘娘授職，感恩無地。但此馬雖愈，病根還未盡除，若不調理，後恐再發，難以醫治。臣願帶任所馳騁幾日，治療斷其病根，方保無虞㉝。」太后曰：「卿言有理。」遂令孟良帶往燕州而去。孟良得旨，叩頭謝恩，退到下處，取了令公骸骨，辭了店主，跳上驌驦良驥，不去燕州，竟往佳山寨而走。有詩為證：

隻身取卻令公骸，慨想誰如彼壯哉。
槁木遼人㉞機術巧，又將良驥帶將來。

㉜ 總管：地方官名，宋代掌管本區兵馬。

㉝ 無虞：無憂。虞，音ㄩˊ，憂慮。

㉞ 槁木遼人：視遼人如槁木之意。槁木，音ㄍㄠˇ ㄇㄨˋ，枯死的樹木。

第十五回　孟良帶馬回三關

卻說孟良跑馬，不去燕州，逕望三關而走。邏卒飛報幽州總督，總督急奏蕭后。后大驚，隨遣蕭天佑率輕騎五千追之。天佑領旨，引軍逕追孟良。孟良跑到半途，忽回頭一顧，只見後面塵頭滾起，自想必是太后發兵追趕，拍馬奔走至於三關地界。早有哨軍遙望孟良跑馬而來，忙報六郎。六郎急令岳勝等出馬，看是甚麼緣故。岳勝得令，披掛出馬瞭望，只見孟良高聲叫曰：「遼人追趕甚緊，快來接戰！」岳勝曰：「汝上關歇息，我等迎接遼兵。」孟良入寨去了。岳勝擺開隊伍。霎時蕭天佑橫刀驟馬而到，厲聲罵曰：「賊徒！盜我驌驦良驥。好好獻還，饒汝等殘喘。不然，踏平三關，方始回軍。」岳勝怒曰：「好賊奴！敢如此大言！」舞刀躍馬，直取天佑。交戰十數餘合，焦贊從傍殺出，六郎又驅軍從後掩殺。蕭天佑望見，撥馬走回。岳勝等眾乘勢追殺，北兵大敗，直趕至澶州❶界上，乃收軍而回。蕭天佑止剩下十餘騎回去。

卻說六郎到寨中，乃問孟良曰：「何為一人獨往幽州而去？」孟良備道其情由，六郎曰：「負累汝矣。」遂遣人送骸骨歸葬先陵，又將驌驦良驥獻上朝廷。使人到了汴京，近臣引奏真宗。真宗見馬大悅，謂群臣曰：「此馬本來獻朕，被遼攘奪而去，今又奪得回來，可見中國有人。卿等言，將何以待楊郡馬

❶ 澶州：今河南濮陽縣西。澶，音ㄔㄢˊ，澶州又名澶淵。北宋景德初，宋遼會盟於此，史稱澶淵之盟。

也?」八王曰:「當遣酒帛之類,犒賞其眾可也。」帝允奏,正欲遣人賫緞疋羊酒,賞犒佳山寨三軍,忽近臣奏:「澶州守臣表奏遼兵進寇甚急,乞朝廷發兵禦之。」真宗看罷表章,問群臣曰:「遼兵侵犯澶州,當令誰人領兵討之?」八大王曰:「佳山寨與遼相去不遠,可勅令楊郡馬領兵伐之。」帝允奏,遂遣使臣領旨併賞犒之物,賫往三關而去。使臣不日到寨,六郎等叩頭領旨畢,乃將朝廷緞疋俵散諸將❷。六郎言曰:「今遼寇澶州,皇上命我禦之。汝等誰肯領兵先行?」孟良曰:「禍自小將生出來的,願先往迎敵。」六郎曰:「天佑遼之名將,汝引兵先行,須用計迎敵。」孟良曰:「馬到擒來。」六郎曰:「汝亦緊防之,不可造次亂動。吾即引眾從後殺來。」孟良領兵五千去了。又喚岳勝曰:「汝引兵三千,埋伏於澶州之後,待敵人戰到半酣,可出擊之。」岳勝領計去訖。六郎自統步軍三千,隨後救應。

遼卒飛報天佑,天佑與耶律第曰:「拐我娘娘良驥,今訪得是三關劇盜孟良也。聞彼引軍來與我接戰,汝等助我削平三關,取得馬回,定奏娘娘重加旌賞❸。」耶律第曰:「諒此盜馬小賊,有何難敵,我等定要擒之,以慰主帥之心。」言罷,天佑下令擺開陣勢,只見宋兵如風驟到,孟良全身披掛,綽斧出馬,立於陣前言曰:「賊奴!不速來送死耶?」天佑大怒,罵曰:「偷馬之賊亦來出戰,誠可羞也。」舉鎗直取孟良。孟良迎戰數十合,不分勝負。番將耶律第縱騎助戰,忽岳勝一軍從山後殺出,與耶律第交馬。遼、宋兩軍鏖戰良久,天佑勒馬佯走。孟良驟馬趕上,輪斧劈面砍去,只見金光燦爛,不能傷之。〔傳說蕭天佑銅身鐵骨,乃逆龍降世也。〕孟良見砍不入,大驚,撥回馬走。遼兵趕來,宋兵四下奔走。天佑

---

❷ 俵散諸將:分發給諸將。俵散,音ㄅㄧㄠˇ ㄙㄢˋ,分發。

❸ 旌賞:表彰賞賜。

趕了一程，見前面殺氣連天，恐有埋伏，收軍回營。孟良回寨見六郎，道知砍蕭天佑之事。六郎曰：「世間有此奇怪之人，待吾明日出陣，看是何如。」次日，六郎命陳林、柴敢守寨，令岳勝引劉超、張蓋先戰，又令孟良、焦贊引王琪、孟得、丘珍、郎千分左右而出。眾將得令而去。

卻說蕭天佑與部下言曰：「孟良、岳勝英勇難敵，且部下皆是強徒，俱能廝殺。若但死戰，徒勞無功，不如設計勝之。」耶律第曰：「元帥有何計策？」天佑曰：「南去一谷，名曰雙龍，內中只有一條小路可透❹雁嶺。但先得一人引騎軍三千，埋伏谷口，待我賺宋人入谷，即出兵截住谷口。倘宋人衝突而出，多設弓弩射之，不消半月，宋人皆餓死於谷中矣。」耶律第應聲曰：「小將願往。」天佑曰：「得汝去，尤為妙也。」耶律第領計，引軍去訖。又喚黃威顯謂之曰：「汝引步軍三千，屯於雁嶺之上，待我引軍一出，汝即滾石下來，塞斷其下之路。又要多張旗幟，使敵人不敢登山越嶺。」黃威顯領軍去訖。天佑分撥已畢，忽報宋將寨外搦戰。天佑披掛上馬，擺開陣腳。岳勝舞刀先出，大罵：「砍不死的囚奴，尚敢出戰！」天佑大怒，挺鎗直取岳勝。岳勝與戰數合，孟良、焦贊左右衝出。天佑力戰三將。六郎從旁挺鎗刺之，只見金光迸起，刺之不入。六郎思忖：「此非人也，必是個妖物，須定計擒之。」只見岳勝等亂刺天佑，天佑敗走。三人追之不捨。六郎恐三人有失，亦隨後追之，被天佑直賺入谷去。

六郎見山勢險峭，樹木茂盛，急鳴金收軍。忽谷口金鼓齊鳴，喊聲大振。孟良等拚死衝突而出。只見萬弩齊發，宋兵被射傷者甚眾。孟良等遂退入谷中，六郎曰：「汝等恃血氣之勇，只管趕殺，不思被他賺入谷來，無計得出，將奈之何？」孟良曰：「那頭有條小路，可通雁嶺。彼走入此來，畢竟亦從那

---

❹透：通，過。蘇軾少年遊潤州代人寄遠：「風露透窗紗。」

裏出去。彼欺我等不知路徑，我等亦趁此趕殺，從那裏出去。」六郎曰：「既有小路，快殺出去。」及至雁嶺，只見遼兵紛紛俱在嶺頭，擂木滾石塞斷其路，又見漫山遍嶺樹立旗幟，焦贊曰：「此處難出，莫若還從谷口衝殺出去。」六郎曰：「不可，徒傷生也。遼賊銳氣正盛，難以衝突。不如少停此中，俟其疲倦，方可殺出。」岳勝曰：「設若久居其中，內絕糧草，外無救援，遼兵乘虛殺進，那時人困馬隤，何以為敵？豈不是坐以待斃？還依焦贊之言，奮力殺出是也。」六郎曰：「救兵倒有，只是無人去取。」孟良曰：「何處有之？小將願去取來。」六郎曰：「此去五台山三十里之遙，吾兄楊五郎在彼寺為僧。若請他來，此困立解。」孟良曰：「將軍等在此忍耐，待小將偷出谷去，逕到五台山請得他來。」六郎曰：「汝既肯去，甚好。若見吾兄，請他火速相救。」孟良應諾，遂打扮與番人無異，辭別六郎，星夜偷出雁嶺。陡遇番兵夜巡，被孟良砍之，取了軍人之鈴，遶營搖之，高聲叫曰：「牢牢把之，莫教走了楊郡馬！牢牢守之，莫教走了宋蠻狗！」時遼營並無人知之，隨著孟良過嶺而去。

孟良既走過了嶺，星夜到了五台山。逕進寺門，見一行者，孟良問之曰：「楊五郎師父在寺中否？」行者曰：「君是何人？問楊師父有甚事？」孟良曰：「某非他人，乃楊六郎將軍差遣來的，煩為通報。」行者聞是五郎家中之人，即引入方丈稟知五郎。五郎出來，相見畢。五郎問曰：「汝名誰？來此何事？」孟良曰：「小將孟良是也。近因楊將軍招歸帳下，同鎮三關。今遼兵侵犯澶州，朝廷命楊將軍討之，不意被遼人賺入雙龍谷中，伏兵截住谷口，不能得出。今糧餉已絕，救兵又無，故楊將軍特遣小將來請師父解此一厄。」五郎曰：「何不表奏朝廷，發兵相救？」孟良曰：「救兵如救火，待奏朝廷發兵，楊將軍等皆餓死於谷中矣。特因師父這裏相去甚近，故來拜請，乞師父念手足之情，暫屈一往，救出眾軍士，九原不忘。」五郎又曰：「我出家之人，誓戒殺生，豈可復臨陣乎？且戎伍未親，鎗騎頓忘，去亦無益。」孟良哭訴曰：「乞師父以慈悲為本，此行救活眾軍，陰功❺浩大，勝念千聲佛也。幸勿推辭。」五郎曰：「出家多年，已無戰馬，教我怎麼與人迎敵？」孟良曰：「但師父肯去，要馬不難，小將即回佳山寨取得馬來。」五郎曰：「微軀頗重，尋常之馬難以乘載，惟八大王所乘的千里風、萬里雲，兩騎得一，纔可下山去救汝等之危。」孟良曰：「此二馬師父苦苦要之，沒奈何，小將只得星夜往八大王府中借之。」五郎曰：「若有此馬，我即下山，決不推辭。」孟良別了，竟望汴京而行。

❺ 陰功：猶言陰德。

第十六回　孟良計賺萬里雲

不一日，孟良到了京中，直進八大王府中拜見八王，以借馬解圍之事一一告之。八王曰：「楊郡馬有書來否？」孟良曰：「郡馬圍困雙龍谷中，小將今在❶五台山來，未有書信。」八大王曰：「既無郡馬之書，馬卻難借汝。」孟良哀告曰：「小將非為私也，亦為朝廷禍患，捨死忘生，竭力接戰，故有此難。乞千歲垂念朝廷分上，借我去罷。」八王曰：「汝既要馬，速去討得郡馬書來。」孟良曰：「再去討書，往回卻要許多日子，豈不餓死楊將軍乎？」八王曰：「這賊！叫汝去討書又不肯去，卻思量飄空❷來拐騙我之馬也。」孟良曰：「安敢這等膽大，來騙千歲之馬？」八王曰：「我素不認汝，今只據汝口詞就把馬借去，決無是理。快走，快走，再勿多言！汝再抵死不去，我將汝做賊拿送法司，定行問罪！」孟良見八王發怒，只得退往無佞府去見令婆。既見令婆，孟良告曰：「楊郡馬被困雙龍谷中，遣小將往五台山求五郎師父相救。師父要八大王之馬方下山來，小將只得來京與八王借之。那曉八王見無郡馬之書，堅執不與。今小將無奈，只得來見太太商議，作個區處。」令婆聽罷哭曰：「吾夫與諸子降宋，皆沒疆埸，惟存此子。今又被困，倘有不測，使老身倚靠於誰？」九妹言曰：「母親勿憂。哥哥遭困，待

---

❶ 今在：即今從的意思。

❷ 飄空：即憑空的意思。飄，同縹，隱約，若有若無貌。

我與孟良同去救之。」令婆曰：「汝念手足，去救極好。但到彼地須宜斟酌行事，勿得有誤。」九妹領諾。孟良曰：「既肯同去，請先出城外四十里驛館等待。小將今夜往八王府中偷了馬來，趕上同行。」九妹歸房收拾，辭母，逕往驛館等候去訖。

卻說孟良悄地跳入八王後花園中，將近黃昏，抽身竟向勅書閣邊放火。一霎時火焰漲天，軍校急報八王。八王大驚，急令人救之。守廏之人俱往救火去了。孟良乘其擾攘之際，走進馬廏，偷取千里風，牽向後花園，開了角門，竟跑出城。及救滅了火，看馬之人來拴弔千里風，卻不見了。看馬者急報八王，八王怒曰：「被此賊徒算計，盜去了馬。」喚人快牽萬里雲過來。八王跳上，揮鞭追趕。時已二更，孟良得馬走出了城，心下甚喜。正行之際，忽聽得後面馬鈴聲響，如風驟一般，須臾間趕到。只見八王罵道：「賊徒！快將馬留下，饒汝之罪！」孟良大驚曰：「何來恁快！」遂生一計，推千里風陷於淤泥中，躲避林間瞭望。八大王趕到，見馬陷於泥澤，乃笑曰：「此賊計較千般，偷得馬去，又推落澤中，以阻拒我趕殺他也。且待軍校來抬他起來。」心下又怕陷壞了馬，乃跳下萬里雲，徑向前視之。孟良覷見八王下馬，忙跑出林來，跳上萬里雲，叫聲：「殿下！休怪借此馬去，退了遼兵即送來還。」言罷，揚鞭勒馬而去。八王跌足懊悔。須臾，軍校到來，抬起了馬。告知眾人：「被孟良如此如此賺去了萬里雲，怎生是好？」軍校曰：「爺爺勿憂，想他畢竟是真去救楊郡馬也。不然，有甚要緊，拚命來盜此馬？他若救出郡馬，敢不送還！」八王聽眾軍勸解，乃乘著千里風回府去訖。

次日平明，孟良會見九妹，說知盜馬前後事情。九妹喜曰：「汝好機變，果好匹馬。當速往五台山付與五哥，請他快來救應。我往澶州寨中等候。」孟良單馬往五台山見五郎，道知借馬本末與九妹同來救應之事。五郎曰：「看汝之心，可謂忠勤報主矣。」遂點起頭陀❸五六百人，扯起楊家旗號，竟往澶州而去。不日到了寨中，與九妹相見。九妹曰：「六哥受困谷中，想他坐若針氈。今夜即殺入遼營，以解其圍好否？」五郎曰：「遼勢浩大，不可輕犯其鋒。待探信息，方可出兵。」

卻說大遼游騎知五郎救兵至，急報蕭天佑。天佑與諸將言曰：「楊五郎驍勇莫敵。吾有一計，令彼自退，定要困死六郎等於谷中矣。」耶律第曰：「請元帥陳其妙計。」天佑曰：「今捉得大宋之民，揀選面目似六郎者，梟其首級，懸於高竿，令軍士聲言：『六郎等皆餓於谷中，不能動作，昨被吾軍殺入，盡行誅戮。』彼若見了首級，必自退去。」耶律第曰：「此計妙甚。」天佑喚過所捉之民，揀一貌似六郎者，梟了其頭，令軍人懸之於竿，傳說六郎被擒，梟首號令。邊關哨軍聽得，慌報五郎。五郎大驚曰：「吾弟困久，遼人乘虛殺入擒之，理可信也。」乃令九妹往觀首級。九妹披掛出馬，著人通知遼帥：「將首級來看，果是六郎，即便退兵。」天佑聽知這話，即令人挑出寨外與宋人看之。九妹見面貌甚似，揮淚罵曰：「臊臭瘟奴！不報殺兄之仇，誓不回軍！」遂回營告知五郎。五郎曰：「楊門抑何不幸！此子又被梟首，吾今亦徒爾下山。」惟孟良不信，乃曰：「此是假事。楊將軍困於谷中，部下岳勝、焦贊俱是虎將，怎不竭力救護，單單著他砍了本官一顆首級？且殺得這等乾淨，便無一卒逃回？」五郎亦然其言。

是夜天氣清明，星斗燦爛。五郎步出帳外仰觀，只見將星朗朗，照著雙龍谷中，乃曰：「六郎不曾遇害。」次日，謂九妹曰：「夜來觀星，六郎定還在。但通不得一個信息，叫他從裏殺出。」孟良曰：

❸ 頭陀：梵語稱僧人為頭陀。

「小將願往。」五郎曰：「必須汝去，吾始放心。」孟良辭別而去。九妹曰：「兵者詭道也❹。彼今誑我，我欲往探以破其謀。」五郎曰：「汝不可去，倘有疎危，是自罹於禍穽。」九妹曰：「不必罣心，自有方略。」言罷，辭別五郎，扮作獵夫，游至天馬山，深入其中，不識去路。沿山麓而走，恰遇遼兵數十來到，九妹抽身向山後而走。忽見一小庵，九妹即入其庵。庵主問曰：「汝是何人？來此山中何幹？」九妹曰：「吾乃楊令公之女九妹是也。因吾兄被遼人困於雙龍谷，吾今來探消息，不知路徑。忽遇遼兵追趕，無處躲避，特投貴庵，望師父救我一命，結草相報❺。」庵主曰：「汝好膽大！何為孤身深入此來？吾今不救，性命怎逃？」言罷，令卸下弓箭，取出道衣穿起已畢，番兵趕到，捉住九妹。庵主曰：「汝等有何緣故，捉吾弟子？」番兵曰：「既是汝之弟子，緣何身帶軍器？」庵主笑曰：「此山狼虎極多，出則必帶弓箭，防其所傷。適我往雁嶺庵回，著令他往山後施主家去約會，明日同往雁嶺庵赴佛會❻，故叫他帶弓箭防身。」番兵聽得這話，遂放了九妹，言曰：「汝弟子能射，必知拳棒。我要與他比試，若還不肯比試，定要拿見娘娘。」庵主曰：「吾弟子昔日無仇，今日苦苦相逼，何也？」番兵曰：「近因遼、宋交兵，娘娘傳下令旨，各處關隘俱要嚴加巡視，防備宋人打探消息。我等故疑此人

❹ 兵者詭道也：意思是，打仗是可以用詐偽不正的方法的。

❺ 結草相報：死後報恩之意。語本左傳宣公十五年，春秋晉大夫魏武子，臨死命其子魏顆以妾殉葬。顆不從命而嫁妾。後顆與秦杜回戰，見一老人結草繩使回仆地，遂獲之。顆夜夢老人曰：「余，而所嫁婦人之父也。」後世用作報恩之典。

❻ 佛會：指誦經、拜懺等法會。

是個奸細，故要比試。」九妹曰：「師父不必憂慮，憑他比試便了。」言罷，即出庵前相鬥拳棒，數十番兵無一抵敵得過。番兵遂回去訖。九妹亦辭庵主而行。庵主曰：「汝來此艱難之甚，必探訪得實落回去，亦不枉受這番危險。姑待數日，我與汝訪之何如？」九妹領諾，遂止於庵，不題。

第十七回　張華遣人召九妹

卻說張華家丁❶與九妹比試不過，沿途嗟嘆不已。及回到府中，見張華丞相稟曰：「小的偶往天馬山打獵，逢一修行之人武藝嫻熟，我等數十人無一能敵之者。」丞相曰：「既有此等勇士，我即遣人召來見娘娘，封他官職，協同伐宋，豈不妙哉！」遂遣人賚勅，竟往天馬庵來。使人到庵，見了庵主，道知張丞相來召之事。庵主問九妹曰：「張丞相遣人召汝，怎生是好？」九妹曰：「既丞相來召，當往應命。」庵主愕然，乃點首招九妹於庵後，言曰：「汝是宋人，倘人認得，一命休矣，緣何輒許赴召？」九妹曰：「蒙君相待至於如此，足感盛情。但此一行，自有斟酌。且這個機會，亦足以探吾兄消息。」庵主曰：「此等機會，實危險可懼。日後遭禍，毋怨我也。」言罷，九妹遂辭庵主，同使人竟往幽州而去。不日到了幽州，番卒引進張華府中。參見畢，張華問曰：「汝姓甚名何？生於某處？」九妹曰：「小人姓胡名元，祖籍太原。幼年習文，屢試不第。後又習武，亦不能就，遂棄家庭，修行雲游。昨承命召，不敢違迕，特來拜見。」張華見九妹聲音清亮，言語激烈，丰神俊秀，喜不自勝，乃命九妹居於書房。九妹稱謝。張華入後堂見夫人，言曰：「月英長成，亦當婚配，未得其人。昨在天馬山招一壯士，文武全才，吾愛之重之，欲將月英配他，夫人意下何如？」夫人曰：「公相既允，妾復何辭？」張華大喜。

❶ 卻說張華家丁：按即上回的那數十番兵。

次日，命人將招贅之事告知胡元。胡元曰：「此事我深願也。但俟殺退宋兵，回來成親。」其人將胡元之言回答張華，張華曰：「若能如此，老夫門楣❷愈有光矣。」即以胡元退宋之言入奏蕭后。后大喜，下命封胡元破宋驃騎大將軍，領兵三千，前往蕭天佑軍營助戰。胡元得旨，謝恩退出，辭別張華，領兵竟到澶州，向西扎一寨。正欲參見蕭天佑，忽報楊五郎索戰。胡元單騎直跑出陣，大叫：「宋將速退，免受其殃！」五郎見是九妹，大驚曰：「賢妹如何領遼之兵出戰？」九妹曰：「閑話不敘，但乞五哥佯敗。」五郎與戰數合，佯敗走回本陣。九妹亦不追趕，收軍回營。番卒報知天佑，天佑大悅，遣人請入帳中，商議退敵之計。番營有認之者，密告天佑曰：「日前來看楊六郎首級就是此人，元帥須提防之。」天佑大驚，遂喝眾軍擒下胡元。胡元乃曰：「元帥拿我，我有甚罪？」天佑曰：「日前汝來看六郎首級，今日敢來詐降以欺我耶？」言罷，喝令左右將陷車❸囚於營中。次日，遣軍校解回幽州，見蕭后。后聞奏，即宣張華問曰：「卿日前所荐之人，乃楊家之將。苟非軍士認得，幾敗乃事。卿何用人如此不實？」張華曰：「臣實不知，乞娘娘恕罪。」蕭后遂將九妹發下天牢，候再擒宋人，牽出一齊梟首示眾。有詩為證：

為兄失策困雙龍，喬扮修行密訪蹤。
本欲破圍全骨肉，誰知先自受牢籠。

---

❷ 門楣：即門第。門楣，原為門上橫梁，後轉為門第。

❸ 陷車：解送囚犯之車，即囚車。

卻說五郎探知九妹消息，即與陳林等商議曰：「六郎天幸無恙。但聞九妹被擒，囚於幽州獄中，吾當先往救之。」陳林曰：「將軍何策可以破之？」五郎曰：「西番陀羅，遼之與國。吾今詐作陀羅國，舉兵相助，蕭后必信。那時軍入幽州，攻破牢獄以救之也。」陳林曰：「將軍有此神算，畢竟成功。小將亦引軍接應。」五郎遂引軍悄地遶澶州界外入幽州，扯起西番陀羅國旗幟，遣人報蕭后。后得報，命侍臣宣陀羅國統軍主帥入見。楊五郎承命，進於闕下。稱呼畢，蕭后曰：「途路風霜，勞頓元帥殊甚。」五郎曰：「吾主聞娘娘與宋兵交戰，未決雌雄，特遣臣領兵助戰。此君命所在，敢云勞苦？」蕭后大喜，設宴相待，親自舉觴奉酒，賜賞甚厚。五郎酒至半酣，起身告曰：「蒙娘娘厚賜，明日即出兵以擒宋人。」蕭后曰：「軍士遠涉疲勞，姑休息數日而行。」五郎稱謝。酒筵既罷，五郎遂辭太后而出，屯兵於城南。乃暗傳令軍士俱要準備，乘番人不知，今夜殺入牢獄以救九妹。

卻說獄官章奴，知九妹是楊家府之子，隆禮相待，每欲放九妹，未會其便。是時九妹在獄卜課，遂謂章奴曰：「適卜課大吉，主今夜當離此獄。蒙君相待甚厚，不敢隱諱。」章奴曰：「我欲釋君久矣。但恐君去，我受其殃。」九妹曰：「君隨我走入南朝，即奏朝廷高封君職，以相報也。」章奴曰：「君肯帶我同去，今夜即越獄而出，不宜再遲。」九妹整頓齊備，將近黃昏，只聽得外面炮響連天，五郎引五百頭陀，從城南殺入獄邊而來。近臣急奏蕭后：「反了陀羅國軍民！」蕭后聞奏大驚，急令緊閉午門。五郎一馬當先，殺入獄中，忽遇九妹正與章奴從獄中殺出。番人不敢抵敵。五郎、九妹在城中左衝右突，殺死番人不勝其數。復各處放火，嚷鬧一晚，然後引軍殺奔澶州而來。

天佑不曉是甚緣故，兵從幽州殺來，卻未準備，部下大亂，被五郎、九妹殺進營中亂砍。耶律第出馬迎敵，五郎與之交戰兩合，被五郎一刀砍於馬下。陳林、柴敢聽知吶喊，想是五郎兵到，引軍殺出。只見蕭天佑見宋兵聲勢昌熾❹，拍馬逃走。五郎驟馬追之。天佑回戰數十餘合，被五郎揮刀劈面砍去。只見金光燦起，五郎忖道：「吾師父曾說遼有兩將，乃逆龍精降生，刀斧莫傷，不想就是此人。當時師父曾授我降龍呪一篇，若交戰遇之，誦起此呪，無有不勝。」五郎即誦之，只見狂風大作，飛沙走石，半空中忽一金甲神人飛下，手執降魔杵一條，大叫：「孽畜！好好回去，饒汝之罪！」只見天佑滾落馬下。五郎提起大斧，用盡平生力氣砍之，忽一道火光沖天而去。五郎遂揮兵殺進雙龍谷中。

六郎聽得谷口喊聲不絕，知是救兵到了，驅軍殺出。孟良一馬當先，恰遇黃威顯，交馬一合，被孟良砍於馬下。六郎與五郎合軍一處，殺得番軍屍橫遍野，血流成河，奪得無數馬匹軍器。六郎收軍還佳山寨與五郎相見，乃曰：「倘若哥哥不救，小弟等必餓死於谷中矣。」五郎曰：「九妹為訪賢弟消息，被蕭后囚於獄中。我昨詐為西番陀羅國舉兵相助，彼不知覺，被我殺入獄中救出九妹。不然，九妹亦休矣。後復乘機殺到澶州，天佑不知其由。吾兵驟至，彼無準備，部下大亂。吾軍殺入，遂獲全勝，救出賢弟等也。」九妹曰：「小妹在獄，有一獄官名章奴者，蒙彼相待甚厚，昨日放妹出獄，同持戟殺退番兵，不意被番兵所傷。此人之恩，痛惜無由報答。」六郎乃問被囚情由。九妹將庵主相待及往幽州張華招贅之事本末，俱道一遍。五郎曰：「此亦是個賢人，當遣些禮物謝之。」六郎依言，遣人送金銀各五十兩往謝之。六郎於是設筵賞犒諸將。飲酒已闌❺，五郎曰：「賢弟與列位當竭力防禦遼人，藩衛王室。

---

❹ 昌熾：昌盛。

❺ 已闌：已盡。闌，殘，盡。

老母在堂，九妹回奉甘旨❻。愚兄告別，仍往五台山去也。」言罷，兄妹遂辭別而行。六郎送出寨外作別。有詩為證：

同枝深幸脫災歸，聚首須臾又別離。
風急雁行輕拆散，孤飛形影各東西。

卻說六郎回寨，寫了退遼表章，遣人申奏朝廷，并萬里雲送還八王。使人既去，復令軍士嚴整戎伍，招募英雄，以防大遼侵犯。時蕭后被楊家之兵大鬧了幽州，又蕭天佑等戰沒於陣，心甚不樂。乃勅耶律休哥等緊守關隘，不得妄動，以免宋師侵害。自是邊禍少息，三關之威震動幽州。

卻說真宗看罷六郎破敵之表，乃與八王議曰：「楊郡馬殺退遼人之功，當陞其職耶？當賞其眾耶？」八王曰：「陛下姑賜其金帛以犒賞軍眾。俟後再立功績，則陞其職。」帝允奏，遂遣人賫金一千兩，緞疋十車，前往三關犒軍。使臣領旨賫物去訖。

是日朝散，王欽歸府自思：「楊家英勇如此，吾即老死於汴，不能遂吾之志。吾想朝廷之上，惟謝金吾聲勢表裏不小❼，請他來商議設個計策，謀死楊六郎，方好行事。」頃刻間，差人請得謝金吾到。王欽出府接入，坐定。茶罷，謝副使問曰：「下官今日蒙王大人見召，不知為著甚事？」王欽曰：「聖上寵厚下官，雖生死難報，大人所知之也。奈八王嫉妒，深入骨髓。日前公出到天波滴水樓前經過，未

❻ 甘旨：美味。後來多用作奉養父母之詞。白居易奏陳情狀：「甘旨或虧，無以為養。」
❼ 表裏不小：內外都不可輕視。表裏，指內外。小，輕視。左傳昭公十八年：「國之不可小，有備故也。」

曾下馬，被楊府家奴辱罵一番，惶恐難當。待奏聖上，又恐八王來做對頭，思想起來，無如之何。只得辭官去採樵於山，釣魚於水，杜門不出，免人欺凌而絕恥辱也。」謝金吾曰：「大人何自損銳氣？今聖上所親厚者，止有我二人而已。八王權勢雖尊，朝政不屬於彼，此亦何懼之有？若論楊府，惟存六郎一人，其餘皆死於非命。且先帝特立無佞府天波樓，不過使其捨死以禦敵人。當今聖上何嘗將此罣心？下官明日試往過之，無甚說話則亦已矣；若有一毫少及於我，即令手下拆之。」王欽暗喜，乃曰：「謝大人休要惹禍，若拆其樓，令婆肯與汝干休？必來進奏。聖上重念其功，為之作主，反受其殃矣。」金吾曰：「王大人放心，吾自生支節❽以奏聖上，定要拆之。」王欽假意勸之至再，復留飲酒至晚。謝金吾辭謝，王欽送出府門外而別。

❽ 支節：即枝節，旁出的事情。支，枝條。

第十八回　楊六郎私下三關

卻說謝金吾次日擺隊，往無佞府前而去。將近天波樓，手下稟曰：「凡大小官員在此經過，俱要下馬，請老爺下馬過之。」謝金吾曰：「此非禁門，何下馬之有？」喝令敲金鳴鼓而過。楊令婆正與柴太郡在廳前閑敘，忽聞府外金鼓喧騰，令人出府覷看。回報：「謝金吾端坐馬上，喝令左右大張響器而過。」令婆怒曰：「極品公侯在此經過下馬，恭敬不敢輕慢。謝金吾職非極品，何敢如此欺凌？」言罷，遂喚丫頭拿出朝服整頓，入朝進奏。侍臣引見真宗。真宗賜坐於側，乃問曰：「夫人今日親造於朝，為著那件事情？」令婆跪下奏曰：「先帝垂念夫君諸子死於王事，特建無佞府天波樓以旌獎焉。又著令官員人等經過，俱要下馬。今日謝金吾喝令左右響張金鼓，端坐馬上而過。觀此誇揚勢耀，非欺老妾，乃欺朝廷也。」真宗聽罷，再三慰之。令婆退回府去。

真宗即宣謝金吾升殿，責之曰：「先帝遺旨，汝何敢違？令婆適劾汝經過天波樓前不下馬來，此係忤逆聖旨，擬罪當斬。」金吾奏曰：「小臣何敢逆旨？但因日前勅命使臣賫金帛犒賞楊郡馬，使臣領旨在身，從天波樓前經過要下馬來。小臣見之，說道不便。然天波樓前之路，實南北往來要道。凡朝賀聖節特為陛下而來，又從此處下馬，此樓更尊於陛下矣。且此是前朝使愚使貪之計，有何所重？臣欲會同朝臣進奏此事，想令婆知臣有此舉，故先以欺朝廷進奏，以箝臣之口也。但臣荷陛下重恩，凡有不便朝廷之事，雖刀斧加身亦必諍之。乞陛下先將臣誅戮，然後降旨毀拆天波樓，以便南北往來而尊朝廷也。」真宗聞奏不語。王欽乘機奏曰：「謝金吾之奏，甚切時議，乞陛下為准理之。」真宗曰：「卿言固是，亦須再詳，又得來說。」謝金吾既出，王欽暗地辯論諄諄❶。真宗遂下令，著謝金吾毀拆天波樓。

敕命既下，楊府家兵聞知消息，急報令婆。令婆與柴夫人言曰：「今朝廷輕信謝金吾、王欽之言，毀拆天波樓。倘被拆之，貽羞於夫君多矣。」柴郡主曰：「此事必哀懇八王轉達天廷，才能止之。」令婆曰：「須速往告之可也。」柴郡主即往八王府中，與八王相見畢，柴郡主曰：「謝金吾妄生事端，無故進奏聖上毀拆天波樓，不期聖上准之。妾今特哀告殿下，轉奏聖上止息不拆，則楊門不獨生者啣恩，死者亦感德矣。」八王曰：「郡主不來說，我亦欲去奏之。但聞王欽私贊其事，今聖上所信者此二賊子，彼謂此樓不便天下往來，故聖上深以為然。我今度之，雖去進奏，亦難挽回。謝金吾小丈夫也，郡主急歸與令婆商議，將金寶賂之，買其寬宥❷數時，等我遇便奏帝，或者可保其不拆。」郡主領命，歸告令婆。令婆曰：「若保全此樓，無限榮耀，雖罄❸家藏亦甘心焉耳。只愁金吾不受買囑。」郡主曰：「聞得金吾與劉憲最心腹，遣人送禮浼❹他遞進，彼必然接受。」令婆即密遣人浼劉憲，送謝金吾玉帶一條，黃金百兩。劉憲領物送入謝府。

---

❶ 諄諄：音ㄓㄨㄣ ㄓㄨㄣ，教誨不倦的樣子。

❷ 寬宥：寬恕。

❸ 罄：盡，空。

❹ 浼：音ㄇㄟˇ，請託，央求。水滸傳：「吳用答道：『有些小事，特來相浼二郎。』」

金吾見楊府送禮，自矜曰：「楊府恃功驕傲，滿朝文武無敢與抗衡者。非我今日設此計策，豈識我謝某耶？」劉憲曰：「楊府今既帖服，大人可與之方便。且此事亦無甚緊要，朝廷畢竟不究，緩緩延捱，留之不拆，則落得楊府相敬重矣。」金吾聽劉憲之言，遂受了禮物，令來人以不拆回覆令婆。令婆大喜，遣人告知八王。不想金吾所受賄賂之物，王欽早已知之。王欽復密奏真宗亟行毀拆。真宗聞奏，勑金吾火速毀拆。金吾不得已，引軍校往拆之。八王聽知，遣人報令婆：「聖意難回，可著人星夜往三關召回六郎，商議計策。」令婆聞知，悶悶不悅，寢食俱廢。八娘曰：「此事必須令人請回六哥，才可止得。不然，日後又生計策來拆無佞府也。」令婆曰：「未有詔命，六郎怎敢擅離三關？」八娘曰：「六郎兵印權付部下代掌幾日，悄地回來，事定即去，有何不可？」令婆曰：「此事全要機密之人行之，吅我遣著誰去？」九妹曰：「小女曾到三關，願往去來。」令婆曰：「汝去極好，但要快回。」九妹遂辭母，望三關而行。

不日到了，入寨見六郎曰：「謝金吾冒奏聖上，毀拆天波樓。母親遣小妹來請兄長，星夜回汴商議。」六郎曰：「滿朝眾臣不救，八王亦忍心而弗救耶？」九妹曰：「八王言諫不得，他著人來說，要請哥哥快回商議。」六郎不勝憤激，屏退左右，低聲與九妹言曰：「朝廷今無詔命，我敢擅離此地？」九妹曰：「母親亦曾慮及於此，八姊說道無妨，請哥哥把印與部下掌著，事定就來。」六郎聽罷，即喚岳勝吩咐曰：「母親有緊急事著舍妹來召，我回一看即來。汝與孟良等謹防北遼奸細，遵依吾之號令。待焦贊回來問我，只說打獵去了，不可令他知之。」遂將印付岳勝。岳勝領受而退。六郎同九妹悄悄離了佳山寨，望汴而回。有詩為證：

權臣平地起奸謀，奏毀天波滴水樓。
郡馬戴星歸去急，怕來慈母不禁愁。

六郎與九妹星夜回至半途，忽焦贊從林中跳出，叫曰：「將軍何為吩咐莫與焦贊知之？小將在此等候多時矣。」六郎驚曰：「冤家到了。」乃責之曰：「汝何私逃至此，該甚麼罪？」焦贊笑曰：「將軍亦私離至此，又該甚罪？小將聞京中最是繁華去所，平生未見，今日要跟將軍同去看之，始慰吾之心願。」六郎曰：「真好惱也！我此來怕人知覺。且汝之性甚不良善，若到京師，畢竟生禍。汝聽吾言可歸三關，我回當獨加重賞。」焦贊曰：「小將不要賞，只要去看景致。若不許去，小將先往京中，傳揚將軍私離三關。」六郎怒曰：「這畜生如此無禮！你去有甚勾當？」九妹曰：「只他一人，哥哥帶去有何妨礙，但叮嚀囑咐勿使生事便罷。」六郎遂依其言，帶焦贊同來汴京，歸到無佞府，見了令婆，拜畢。令婆一見六郎，兩淚汪汪言曰：「汝父子八人盡喪，止有汝一人。老母今日一見，忽覺疼上心來，擱不住腮邊淚也。叫汝回來別無話說，當日先帝因汝父子有保駕之功，勅建天波樓以旌獎焉。今謝金吾恃寵欺我楊門，冒奏此樓不便天下往來，聖上聽信，下命毀拆。若不能止之，日後無佞府亦難保也。」六郎跪下言曰：「母親休憂傷神，待兒與八王言之。我父子俱死國難，料聖上畢竟垂念而不毀拆。」柴太郡曰：「若得八王竭力維持，何愁金吾小輩。」六郎即與家眷俱相見畢，乃安置焦贊後面書房歇息，著軍校伏事防守，勿令出府生事。

時焦贊路途辛苦，到府兩日亦不覺得，連住了幾日，拘禁得慌，與軍校言曰：「我跟本官來京，止望遍城遊玩景致。早曉這等監守，何似當初不來。汝等肯引我入城觀看一番，多買酒食相謝。」軍校曰：「放汝出去，只恐你生事，那時連累我等，怎生了得？」焦贊曰：「好哥哥，帶我出去，三生不忘。且我不生事便罷。」於是軍校暗開後門，瞞著六郎，引焦贊入城遊玩。果見一座好城，有詩為證：

虎踞龍蟠地有靈，長安自古帝王城。
紅雲日擁黃金闕，紫氣春融白玉京。
孔雀徐開金扇迥，麒麟高噴御香清。
皇圖❺鞏固齊天地，四海黎元❻樂太平。

又後人歎息汴梁，作詩一首：

三百餘年宋祚遐❼，平原千里挹嵩華❽。
黃袍昔照陳橋柳，翠袖今埋故苑花。
南渡一龍❾能立國，北行雙馬❿不還家。

❺皇圖：天子所統治的版圖。
❻黎元：庶民。
❼宋祚遐：意思是，宋室皇位（國運）長遠。
❽挹嵩華：意思是，援引著嵩山、華山。
❾南渡一龍：係指宋康王趙構（宋高宗）在金人入侵後，南渡在臨安建立南宋朝廷。

傷心漫寫興亡恨，汴水東流日夜斜。

❿北行雙馬：係指宋徽宗趙佶、宋欽宗趙桓。靖康二年（西元一一二七年）他們被金人擄走，後來客死北方。

第十九回 焦贊夜殺謝金吾

焦贊與軍校進了仁和門，只見人如蟻聚，貨似山積。焦贊言曰：「若非老哥放出時節，怎麼見得這般熱鬧去所？」軍校驚曰：「汝好大膽！倘人聽見盤詰，究出是三關逃軍，拿去問罪，卻不連累本官？」贊笑曰：「道這一聲，便有何害？」忽行到酒館面前，聞得作樂歌唱，殽饌❶馨香，贊曰：「可進裏面沽飲三盃而去。」軍校曰：「這裏鬧紛紛的，我等難以從容飲酒。當往城東望高樓偏僻去處，飲之可也。」焦贊聞他這話，遂邀軍校逕往望高樓飲酒。飲至日色將闌，軍校催趲❷回府。贊曰：「此地難得再到，望老哥多飲兩杯。今晚只在此店歇宿，明日回去也罷。」軍校曰：「明日本官見責，我等怎生分理？」贊曰：「無妨。我自分解，不致罪加汝等。」軍校見其性急，恐嚷鬧被人知覺，只得依隨，直飲酒至更盡方罷。

焦贊不肯歇息，邀軍校乘著月色東蕩西游。游到謝副使門首，聽得裏面大吹細擂，作樂飲酒，焦贊曰：「這個人戶好快活也。」軍校笑曰：「你不消說他，此正謝金吾之家，是汝本官對頭。乃當朝第一倖臣❸，最有威勢，今領著旨來拆滴水天波樓。汝本官回來，為著這些事情。」焦贊先未知謝金吾之家

---

❶ 殽饌：音一ㄠˊ ㄓㄨㄢˋ，菜肴食品。

❷ 催趲：催促進行。趲，音ㄗㄢˇ，催趕行走。

也自罷了，此時一知，殺心頓生，謂軍校曰：「汝二人在此等著，待我進去結果了這賊出來。」軍校嚇得戰戰兢兢，渾身痲了，言曰：「汝生事出來，連累我等。可速轉店安歇，明早回去，本官還不知覺。不然，我先回去，報知本官，定行重責。」焦贊怒曰：「汝二人要去只管去，我今定要這般行也。」二人拖焦贊轉至後面牆角邊，焦贊說聲「撒手」，踴身一躍，跳過其牆——裏面乃後花園也。悄地進到廚房。家人俱在堂上伏事飲酒，止有一個丫頭在廚房整備酒殽。焦贊抽出短刀，向前殺了，提頭走出堂中。只見金吾居中坐著，樂工歌童列于兩傍，焦贊將那顆頭照金吾臉上打去。金吾大驚，撲得滿面是血，大叫：「有賊！眾人快拿！」焦贊走向前罵曰：「奸佞賊！你認得焦爺麼？」言罷，望金吾項下一刀，砍落其頭。眾人見了，各自逃生。焦贊恨怒不息，一門不分老幼，盡皆殺之，並未走脫一人。有詩為證：

> 靜中察天道，天道好循環❹。
> 妄意將人害，全家一劍飡❺。

時夜三更，焦贊將筵中美酒佳殽飽恣一飡，臨行思忖：「謝金吾一家被我殺了，他乃朝廷寵臣，豈肯干休？罷了，畢竟貽累街坊受禍，不如留下數句與人猜詳，庶不貽害他人也。」即將血大書四句於壁。詩曰：

❸ 倖臣：受國君寵幸的臣子。

❹ 天道好循環：天道有因果報應。「天道好還」，語本老子第三十章，後來多作為惡有惡報的同義語。

❺ 飡：音ㄘㄢ，同湌、餐。紅樓夢第六十六回：「曉行夜住，渴飲飢飡。」

四水星連家下流❻，二仙並立背峰頭❼。
明明寫出真名姓，仔細參詳莫浪求。

題罷，復從後園跳出，去尋軍校不見，乃躲於城坳過了一晚，次日清晨逃回楊府去了。

卻說巡更軍卒夜聞謝副使府中被盜，亟報王樞密知之。王欽逕往謝府視之，只見老幼一十三口俱皆殺死，壁上大書血字四句，乃是凶身名姓，命人抄寫進奏真宗。真宗大驚，下命王樞密體訪是事。王欽奏曰：「臣緝訪得殺死謝金吾者，乃楊六郎新招賊徒焦贊是也。」真宗曰：「楊郡馬鎮守三關之地，那裏有部將來此殺人？」王欽曰：「日前私下三關，帶得焦贊同來。乞陛下遣兵圍住楊府搜捉，便知端的。」真宗允奏，勅令禁軍捕捉楊景與凶身焦贊。旨命既下，禁軍百十餘人領旨而行。

時六郎正與令婆計議天波樓之事，忽左右報夜來焦贊入城，越牆入謝金吾府中，殺死老幼一十三口，今朝廷差禁軍圍府捕捉。六郎曰：「這個狂徒，敗吾家門。」道罷，禁軍一齊搶入捉拿六郎。焦贊聽得這個消息，手執利刀，一直殺入。禁軍見其凶惡，放了六郎，不敢近前捕捉。六郎喝聲曰：「汝生出這大禍，尚敢相拒朝廷捕耶？好好自縛，去見朝廷請死！」焦贊曰：「殺人是我本等的事，這一生也不知殺了多少，稀罕砍這一十三口而已？我今把這些狗奴殺了，待與將軍回轉佳山寨，看有甚人來奈何我？」六郎怒曰：「汝做出逆天大罪，又說這等不法之話，今若不聽吾言，先斬汝首去獻。」焦贊乃放下利刀，

❻ 四水星連家下流：這句隱喻焦字。家是佳的諧音。
❼ 二仙並立背峰頭：這句隱喻贊字。仙是先的諧音，背是貝的諧音。

唯唯而退。禁軍復欲來捉。六郎曰：「不必汝等動手，吾自縛見天子。」六郎、焦贊俱自綁縛，隨著禁軍人見真宗。真宗問曰：「朕未有召命宣卿，卿何私離三關？帶領部將殺死謝金吾一家，應得何罪？」六郎奏曰：「臣該萬死，乞陛下寬宥一時，伸訴冤苦：臣父子荷朝廷厚恩，雖九泉不忘。近因主命毀拆天波樓一事，臣母憂慮遽成一疾，危在旦夕，惟恐死去，不得面見，而飲終天之恨；又因三關此時略安，偷暇來家視省即去，雖帶焦贊同來，監守在家；謝金吾全家殺死，黑夜難明，未必便是焦贊，乞陛下再行體訪；如果是的，將臣等誅於藁街❽，以正朝廷憲典，敢求生乎？」

真宗聞奏，持疑良久。王欽奏曰：「殺謝金吾者的是焦贊，即其自將血書名姓，又可為證。乞陛下將楊景、焦贊押赴法曹，庶後人知警而不妄為。」真宗猶豫不決。八王奏曰：「事亦可疑。豈有自殺其人，而又肯自書其名姓乎？但六郎、焦贊不應私離三關，其罪甚重。特念鎮守三關功績，免其一死，別行發落。」真宗允奏，勅令法司擬楊景等之罪。六郎既退，王欽即遣人於法司處說，著令發配六郎等於邊遠苦惡地方。時掌法司正堂黃玉，與王欽最相善，依其來命，遂將楊景發配汝州❾監造官酒，遞年進獻三百埕❿，三年完滿，聽調別用。焦贊發配鄧州充軍。黃玉擬定，申奏真宗。真宗依擬，勅令楊景、焦贊即日起行，又命王欽安葬謝金吾全家屍首。王欽領旨去訖。

卻說六郎聞此消息，不勝悲悼，歸辭令婆。令婆哭曰：「家門何大不幸，遂致如此。倘老身有甚吉

---

❽ 藁街：音ㄍㄠˇ ㄐㄧㄝ，漢代長安街名，是蠻夷館所在，也是罪犯懸首示眾所在。
❾ 汝州：在今河南臨汝縣。
❿ 埕：音ㄔㄥˊ，酒一罈為一埕。

凶，誰為收歛骸骨？」六郎曰：「兒去三年便回，乞母親休憂。且天波樓一事，兒與八王計議已定，他必保全不拆。焦贊殺了金吾，亦為朝廷除卻一害。多感八王相救，不然性命難保，此又不幸中之幸也。」道罷，焦贊入見六郎，言曰：「聞朝廷發配將軍於汝州，又問小將為鄧州軍，今特來請將軍回三關寨，不必汝州去也。我一生好殺的是人，今日殺了謝金吾，卻不是冤枉了他。此等奸佞之徒，我為朝廷除之，且不感戴，反把我來充軍。然我所曉者，只是臨陣擒軍斬將而已，那曉得做甚軍？」六郎曰：「誰敢違逆聖旨？汝且小心往鄧州而去，到於彼地，伺候赦書赦除罪名，即有回三關之時。若再玩法得罪，則望生還三關，必不可得。」言罷，王欽差解軍四十餘人來趲六郎等起行。六郎先遣焦贊與解軍起身去，乃辭別令婆，望汝州而行。八娘、九妹直送至十里長亭而別。焦贊在半途俟候六郎。六郎既到，贊曰：「我此去，不日即歸三關，報與岳勝哥哥等知之，立地興兵來取將軍也。」六郎曰：「休得胡為。我今不至於死，何消如此？汝當忍耐三年兩載，即便相會，再休妄生事端。好聽吾言，謹記謹記。」焦贊笑曰：「貽累將軍前途，休要埋怨。小將相報，除死便了。」言罷分別，與解軍投鄧州去訖。六郎與隨行軍人望汝州而進，正值三秋之候。六郎途中口占八句：

淺水芙蓉花滿枝，園林木落葉初稀。
何人疎懶堪為侶，到處風塵解化衣⓫。
傍晚笛聲江上起，欲寒天氣雁南歸。

⓫ 解化衣：意思是，破損、消蝕了衣衫。

秋來不盡生愁處，翹望孤雲片片飛。

六郎吟罷，投店而宿。次日，早到汝州。公人將解文投進府中，呈與太守張濟看之。張濟看罷，批了回文，著落軍人回去。即邀六郎入後堂問之曰：「聞將軍鎮守三關，威震遼邦。吾等私謂將軍非封國公，必授侯爵，今緣何又得發配之罪？」六郎遂將焦贊殺死謝金吾之事告之。張濟甚加嘆息，乃曰：「將軍寧耐。此去城西萬安驛，極好監造官酒，便以解京。多則一年，少則半載，朝廷必取回矣。」六郎稱謝，辭別張濟，竟到萬安驛造酒去訖。

卻說王欽遣人打聽六郎已到汝州，乃請黃玉到府。坐定，王欽言曰：「日前問楊景於汝州，好了他些。」黃玉曰：「何謂好了他？」欽曰：「彼罪應死，聖上不欲顯加其罪，而實欲暗置之於死也。」黃玉曰：「此處是險地，監造官酒關係最重，朝廷動用的物，微有差池，死罪難逃。明日大人可上一本，劾他私賣官酒。主上必怒，即賜死矣，無再可以得生之路。」王欽大喜曰：「高見，高見。若大人不言，下官何由得知？」於是黃玉辭別，不題。

第二十回　朝臣設計救六郎

卻說王欽次日入朝劾奏：「楊景在汝州監造官酒，未經一月，將酒私鬻，積聚金銀，欲逃反也。乞陛下梟其首級，以絕後患。」真宗聞奏，大怒曰：「彼縱焦贊殺死金吾一家，亦該死罪。朕念其功，姑配汝州。今又私賣官酒，是欺朕也，難以再恕。」即下命團練使胡延贊，賫旨前往汝州，取六郎首級而回。旨意忽下，廷臣愕然。八王奏曰：「楊景忠貞，必無是為。陛下休聽狂夫之言，而枉屈損壞忠良之將。」真宗曰：「楊景為惡，卿屢保之，故彼有所恃而輕藐國法，恣肆無忌。日前殺朕愛臣謝金吾一家，罪已不容誅矣，何況今日又盜賣官酒乎？再勿多言。」八王語塞而退。

是日朝散，寇準、柴駙馬等俱集於闕下商議其事。八王曰：「朝廷若誅了六郎，他日將奈遼人侵害何？我等當竭力救之。」言罷，於是遍求計於眾人。寇準曰：「老臣有一計策，不知殿下以為可否？」八王曰：「先生有何計策？」寇準遂屏左右隨從之人，言曰：「領聖旨者幸是延贊。可囑咐他見汝州太守密與計議，揀選獄中罪人貌似郡馬者，梟取首級來獻聖上。著六郎逃走他處，日後遇有國難，我等保奏出征，將功贖罪。此計可否？」八王曰：「妙哉此計！」遂悄地以計告延贊。延贊曰：「小將自當方便，不必殿下囑咐。」言罷，即辭眾官，賫旨竟赴汝州見太守張濟，道知斬六郎之故。張濟驚曰：「冤屈陷人，罪業如山。楊將軍到此未有幾日，那裡有這等事故？主上何不察如此？」延贊曰：「此乃王欽賊徒設計劾奏，聖上憤怒之甚，八王力保不允。」言罷，遂附濟耳低聲言曰：「今廷臣計議，著太守如此如此行事。」張濟喜曰：「此計正合下官之意。值今國家多難之秋，若此人一斬，北番乘釁來寇，其奈之何？」言罷，令人請楊將軍來府會話。須臾，六郎到府。禮畢，張濟道知朝廷來取首級之事。六郎曰：「小將赤心報國，惟天可表。今本無此事，君王聽信讒言，下命賜死，吾豈敢辭？當砍吾首級，回報朝廷便了。」有詩為證：

關塞功勞數十秋，非災頓起實堪憂。
風雷逐地乾坤暗，霜雪漫空草木愁。
自許忠寒天子膽，誰將刀斷佞臣頭？
當年脫使英雄死，魏府❶何人破虜酋？

張濟曰：「將軍勿憂。適纔計議如此如此，以救君也。」六郎曰：「若大人肯如此垂救，異日當效犬馬之報。」張濟曰：「將軍何言？但得無禍，朝廷之福。」遂藏六郎於內室。是日，張濟即喚獄官伍榮商議。榮曰：「獄中有蔡權者，擬定當決。其人面貌儼似楊將軍也，斬之獻上，無有不信者。」濟令取出視之，果與六郎無異。遂吩咐伍榮多與酒食灌醉，令夜梟其首級，密包裹了送入後衙來。伍榮依計，暮夜梟權之頭見濟。濟遂令人請胡延贊領著首級，星夜回汴去了。張濟請出六郎，謂曰：「將軍可改換衣裝逃避遠方，以俟他年之赦可也。」六郎拜謝。時將五鼓，張濟開了後園角門，六郎將平人衣帽穿著

❶魏府：地名，在今河北大名縣。原為戰國魏武侯別都，故名。

了，辭別張濟，竟回無佞府中去訖。

卻說胡延贊回到汴京，真宗正設早朝，延贊獻上六郎首級。帝視之，並不猜疑。群臣無不感傷。八王奏曰：「今楊景既誅，乞將首級送於無佞府中安葬，亦見陛下厚待功臣之意。」八王恐人知覺，故欲斂其跡而有是奏也。帝允奏，著禁軍送首級與楊府安葬。令婆舉家哀慟至極，將首級安葬訖。

卻說佳山寨岳勝等聞知六郎被誅，滿寨大哭，聲震原野。孟良曰：「今本官遇禍，我等守此無益，不如各散去罷。」岳勝曰：「汝言甚有理。」即令劉超、張蓋創立一廟於山，中塑六郎之像，傍塑一十八員指揮使之像，遞年春秋祭祀。分遣已定，又將寨中所積之物盡數均分，遂毀拆三關之寨。是日，眾人拜別而散。陳林、柴敢領本部人馬，仍往勝山寨去了。岳勝邀孟良反上太行山，稱為草頭天子，部將封為丞相等職，依舊劫掠為生。是時焦贊在鄧州聽知六郎遭戮，亦逃走了。

卻說王欽見六郎已斬，喜不自勝，乃曰：「三關無此人鎮守，遼兵可以長驅而進，我亦不虛拘此也。」乃修書一封，密遣人星夜送往幽州。使人既到幽州，侍臣引奏蕭后，拆書視之：

> 臣違數年，欲報生成之德❷，每恨無由。入宋苟庇，職居樞密，宋君寵任，廷臣無兩，言無不順，謀無不從。略施一計，楊景成誅。此將已死，中原士卒俱木偶耳。娘娘興師南下，取宋社稷，猶反掌❸矣。逆寄孤臣敬此申奏，伺後有機，馳書再報。

---

❷ 生成之德：生育成長之恩德。

❸ 反掌：即易如反掌。

蕭后看罷大悅，以示群臣。蕭天佐曰：「楊景既誅，他將誠木偶人也。曩者土金秀等會獵河東，設非楊景，北兵直驅中原，誰復為敵？乞娘娘興兵伐之。」師蓋奏曰：「此機固不可失，然未必便勝宋也。」太后問曰：「卿何以知不勝？」師蓋曰：「宋統中原城池千百座之多，生齒數千萬之眾，豈無勇力智謀兼全如楊景者哉？恐一景死，而又有一景出也。十室之邑亦產英雄❹，何況中原戶籍如許之多乎！依臣愚見，當用計賺之。」太后曰：「卿有何計？」師蓋曰：「魏府銅臺❺，佳山勝景，天下第一。娘娘可令人廣造美酒，夜間傾於彼地池塘。又令人將八寶冰糖黏綴彼地樹葉之上，十日一次，如此行事。復命本國軍民人等，三三兩兩，互相傳揚天降瓊漿於樹，甘露於池，聲息畢竟傳入汴梁。今將此計通知王欽，令他愚弄宋君，引誘來此玩景。然後出兵擒之，大宋天下唾手可得矣。」蕭后聞奏大喜，即修書付來使，通知王欽。下命師蓋引軍三千，造酒黏糖，密為其事。又命蕭天佐整頓軍兵，以待征戰。

不數旬，消息傳入汴京，王欽私謂僚屬曰：「下官聞魏府天降瓊漿甘露，列位大人聞否？」僚屬曰：「聞人傳說已久，但未知的否？」王欽曰：「果的有之。且聖君在御，則有此等瑞事，列位當表奏稱賀可也。」於是次日賀表紛紛，言：「池水成醪❻，樹貯瓊漿，若飲食之，則能白日飛昇。」真宗看罷表章，問群臣曰：「今魏府之地有此奇瑞，卿等探訪果真，再得來說。」惟寇準、柴駙馬、八王不信。寇準奏曰：「魏府銅臺與遼相近，臣恐是遼之詭計。天既降瑞，何獨此處有之？陛下不可深信。」帝未語，

❹ 十室之邑亦產英雄：意思是，到處有英雄。這裡是套用「十室之邑，必有忠信」的成語。

❺ 銅臺：即銅雀臺，故址今屬臨漳縣。

❻ 醪：音ㄌㄠˊ，與滓相混的醇酒。

王欽奏曰：「此等之事天下皆然，何足稱瑞？是蓋聖君至德感召所致，始有此等祥瑞。以臣愚見，千載奇逢，陛下當整六師親往視之。一者，巡撫邊民。二者，揚威以震北番，令他不敢正視中原。」真宗大悅，乃曰：「卿見高出尋常❼萬萬矣。」即下詔巡狩❽魏府。八王諫曰：「陛下龍駕若去，倘蕭后知之興兵圍困，再調戰將攻打澶州，陛下江山能保不危乎？乞以社稷為念，勿輕信此等虛誕之事也。」真宗曰：「朕命柴駙馬、寇丞相領禁軍守汴，何危之有？」八王見諫不從，怏怏而出。次早降旨，勅令胡延贊為保駕大將軍，光州❾節度使王全節、鄭州❿節度使李明，各引部下為前後輔從。延贊等得旨，準備起行。越數日，真宗車駕離了汴京，八王以下文武大小官員隨行。有詩為證：

鳳輦飄颻出禁城，旌旗拂曙壯行程。
尋常山岳俱搖動，鼎沸奔騰萬馬聲。

時冬十一月，朔風凜烈，天寒地凍，大軍游游蕩蕩，不數日到了魏府，車駕竟入歇息。次日，真宗與群臣遊玩，見林中樹葉之上有白顆子，取下食之，即八寶冰糖；池塘之水，皆是米酒。八王奏曰：「陛下輕信狂夫之言，來此觀看祥瑞，馳驅車駕，百姓供給，勞苦何堪？今至於此遍觀景物，何祥瑞之有？

❼尋常：即尋常之人。
❽巡狩：即巡守，天子外出巡行。
❾光州：在今河南潢川縣。
❿鄭州：在今河南鄭州市。

此必番人之計，賺陛下來此欲相謀害。若不早回，定落其圈套也。」真宗亦疑，因下命回汴。北番已知消息，蕭天佐、土金秀引馬步軍兵十五萬，霎時間將魏府團團圍定。侍臣急奏真宗，真宗大驚曰：「早不聽八王之言，致有今日之禍。然將何計以脫此難？」八王曰：「番兵蟻聚蜂屯，其氣焰烈烈，急難與爭鋒。但號令嚴守各門，差人星夜回汴，取得救兵來到，始可破此關也。」真宗允奏，下令嚴守各門，毋得妄動。於是胡延贊等閉門而守。

時宋軍在敵樓之上，望見番兵圍得水泄不通，聲勢震天，眾有懼色。延贊按劍言曰：「凡軍之比敵⓫，在謀之臧否⓬，不在兵之多寡。今番兵雖眾，利在急戰。明日待我設一計策，定要殺退臊奴。汝眾不可畏怯退後。」眾軍得令。次日請旨出戰，乃定下計策：使光州節度使王全節引一軍居左，鄭州節度使李明引一軍居右，「待吾交馬戰至半酣，汝等一齊殺出，定獲全勝。」調遣已畢，出城列陣。只見遼將土金秀跑出陣前，指而言曰：「汝等見淺，已落彀中⓭，早早納降，庶幾免死。不然，盡作無頭鬼矣。」延贊曰：「臊狗亟走⓮，尚留殘喘。若凶頑邀駕⓯，攻破幽州，寸草不留！」言罷，輪刀拍馬，直取金秀。金秀舉鎗，交鋒數合，金秀力怯，撥回馬走，延贊趕去。金秀拈弓搭箭，射中其馬，把延贊

⓫ 比敵：與敵較量。

⓬ 臧否：音ㄗㄤ ㄆㄧˇ，得失，善惡。

⓭ 彀中：音ㄍㄡˋ ㄓㄨㄥ，弓矢射程所及的範圍，引申為進入掌握之中。

⓮ 亟走：音ㄐㄧˊ ㄗㄡˇ，快走。

⓯ 邀駕：截駕。

掀落於地，被番兵活捉而去。王全節、李明見延贊擒去，不敢追趕，退入城去。宋兵潰亂，被番兵殺死不計其數。全節入見真宗，奏知捉去延贊：「番兵強盛難敵，今臣等敗歸本陣。」真宗聞奏大驚，手足慌亂。八王曰：「陛下休憂傷龍體，可作急寫詔，遣人賫往附近各處節鎮，火速發兵相救。」帝允奏，即寫手詔，遣使臣賫去訖。

第二十一回　真宗出赦尋六郎

卻說天佐、金秀捉得延贊，用檻車囚了，商議再擒幾人，一齊解往幽州獻功。自是蕭天佐、土金秀、耶律慶分門攻擊愈急，宋軍惶惶股慄。八王曰：「楊六郎，番人素所懼也。今陛下可效漢高祖解白登城故事❶，選軍中精壯者，假裝六郎等一十八員指揮使，扯起楊家旗號，令他俱在城上往來。番人見之，必然退去，我軍乘勢殺出，即脫此難。」帝依奏，下令軍士並依三關人馬一樣裝束。次日平明，扯起楊家旗號。番人見城上金鼓齊鳴，炮響震天，焦贊、孟良、岳勝等於城上往來馳驟，卻不知是假的，俱齊叫：「快走！此是六郎詐死埋名，賺我們之計也。」蕭天佐等俱拆營而走。王全節、李明一見，開門乘勢追擊。番兵奔走，自相踐踏，死者無數。宋兵直追數里而回。

王欽見番兵退走，怒曰：「此輩懦夫，一似黃口孺子，心裡恁地無膽，懼怕六郎如此。」遂密遣人亟報番將。蕭天佐等得報，嘆曰：「假者尚且懼之，設使逢著真的，豈不驚破膽耶！」遂復回軍圍城。侍臣見之，急奏真宗。真宗問八王曰：「番賊參破此計，卿另有別策可以退之否？」八王曰：「臣無計也。沿邊救兵不至，京師又未知音，只此疲敗之兵，那個敢去出戰？如今無了六郎，北番猖狂，如此莫

---

❶ 漢高祖解白登城故事：事見史記，漢七年匈奴冒頓圍漢高祖於白登（今山西大同市東），圍困了七天，高祖採用陳平之計，以木偶迷惑敵人解圍。

敵。」真宗曰：「噬臍❷已無及矣。朕今率眾親出交戰，突圍而出，此謀何如？」八王曰：「彼眾我寡，如何為敵？陛下親陣，徒損軍士。不可得出，只緊守此城，以待救兵來到。」番兵圍了魏府二十餘日，城中洶洶❸，危急之甚。眾擁真宗登城瞭望，只見番人在城下走馬，勢甚雄壯。八王曰：「陛下要離此穽，除非楊六郎來到。」帝曰：「悔當時憤怒，誤斬此人。設使他在，豈容醜虜橫逆如此？」八王曰：「陛下可出赦書，普天下尋之，恐或有六郎也。」真宗目視八王而不語，徐退到御帳中。自思八王何為有此言也，乃與侍臣論之。侍臣齊奏曰：「既八王有此口詞，畢竟知得六郎還在。乞陛下准其奏，遣人賫赦往各處尋之。」次日，真宗問：「誰肯賫赦往汝州尋究六郎根由？」王全節曰：「小將願往。」帝付赦文與之，乃令李明先開門殺出，正遇番將耶律慶交戰。律慶大敗，全節乘勢殺出重圍，竟投汝州而去。李明退入，堅守不出。

卻說全節既到汝州，入府見太守張濟，道知：「聖上被困魏府，軍兵戰敗，延贊被擒，故眾官保奏赦除楊六郎前罪，著令領兵救駕。小將特賫赦文至此，望大人作急究之。」張濟曰：「楊將軍已被胡將軍梟其首級進獻聖上，豈復有個生者在乎？今著下官從何處究問？請將軍速回，別召名將解圍。」全節聽罷，悵悵不悅，乃曰：「既無六郎，聖上之危似難擺脫，小將怎生復命？」張濟曰：「若論為臣，當竭力匡濟君父之難。將軍必欲尋究楊將軍，當往楊府體訪何如？下官敝治實無有也。」全節不得已，辭別張濟，逕往楊府參見令婆道：「聖上遭難，今行赦文命小將賫來，赦除令郎前罪，著他火速領兵救

❷ 噬臍：音ㄕˋ ㄑㄧˊ，以口咬破腹臍，比喻不可及。今人用作後悔不及的意思。

❸ 洶洶：音ㄒㄩㄥ ㄒㄩㄥ，比喻動蕩不安的樣子。三國志魏志曹爽傳：「天下洶洶，人懷危懼。」

駕。」令婆曰：「那日蒙聖上發下吾兒首級來家葬埋，今已化成塵矣，那裡再討一個生的？軍情緊急，將軍可速去奏帝知之。」全節無奈，次日單騎奔到魏府，殺開血路，直至東門。李明望見，急開門接入。全節進奏真宗：「汝州並無六郎消息。復到楊府究問，令婆說道：當時梟首眾人共覩，今日何得復在？」真宗聽罷，長嘆曰：「朕當日少思，枉殺英雄。今日遇難，堂堂中國，更無一人如六郎，能提兵調將，救護朕也。」言罷，問計於群臣。群臣奏曰：「似此等威勢，雖諸葛❹復出，子牙❺更生，亦無如之何也。」真宗淚流滿面，寢食俱忘。八王曰：「事勢至此，亦已極矣。臣只得往楊府追究六郎。如果不在，即召藩鎮興兵來救。陛下與眾將堅守此城，毋得妄動。」真宗曰：「卿當念手足之情，作急取兵來救，勿得有誤。朕今困此，度日如年。」言罷，復命李明、王全節開門殺透重圍，保助八王出去。八王既出，二將復殺入城去訖。

八王賫敕徑往無佞府中，見了令婆說道：「聖上今受危困，正六郎展翅之秋，可令出來，商議興兵救駕。」令婆曰：「日前王節使來到寒舍，老妾實隱匿不令彼知。今殿下親到，尚敢相瞞？」遂喚僕人往後園地窖中，喚六郎出到堂上，拜見八王。八王一見，執著六郎之手，且悲且喜，言曰：「妙計，妙計！若非昔日，何有今日？郡馬不在，聖駕誰能救之？」六郎謝曰：「殿下此恩此德，再生難報。」八王曰：「主上受困已久。今我領著敕郡馬旨意一道來到，汝當趁此出力相救，以顯報國之赤心也。」六郎曰：「聞佳山軍士皆已離散去矣，一時恐難聚集。須待臣前往彼地招之，方可去救。」八王曰：「事

❹ 諸葛：指興蜀的諸葛亮。
❺ 子牙：指興周的姜子牙。

勢甚急，汝速往招之。我亦去召集各處藩鎮軍兵往魏府，伺候郡馬一同夾攻。」六郎領諾。八王辭別去訖。

六郎謂令婆曰：「朝廷養我，譬如一馬，出則乘我，以舒跋涉之勞；及至暇日，宰充庖廚。兒欲拜別母親雲遊天下，付理亂❻於不聞也。」令婆曰：「雖朝廷寡恩，八殿下相待甚厚，亦當思念。汝今如此，非獨負八王，乃祖乃宗令聞家聲被汝墮盡矣。汝若不去，氣殺我也。」六郎是個行孝的人，見母吃惱，遂安慰令婆，拜別前往三關去尋舊日部眾。有詩為證：

負劍獨徒行，三關集舊兵。
一心援主難，忘卻舊冤情。

六郎一人途行數日，思忖莫若先往鄧州訪問焦贊消息。既到鄧州，訪問並無下落。遂行至錦江口，只見一夥僧人唧唧噥噥而來。六郎問曰：「汝等要往何處，作甚公幹，這等嗟怨？」僧人曰：「君不知其情由。此間有個顛漢，怒發之時要殺人吃，官軍無奈他何。每常說他有個本官被朝廷冤枉誅了，各寺拿僧誦經超度。如有不去，放火焚寺，屠戮僧人。昨日來叫我等去作功果，追荐其主，我們只得前去。不然，一寺不得聊生。」六郎聽罷，自思此必是焦贊，復問曰：「此人今在何處？」僧人曰：「居於鄧州城西泗州堂內。」六郎曰：「汝等引我同去看之。」僧人引六郎到泗州堂，只見焦贊臥於神案之上，鼾睡聲息如雷。六郎近前視之，果是焦贊，伸手搖之。焦贊爬將起來，睜開一雙環眼，大聲喝道：「那

❻ 理亂：治和亂。

一個不怕死的狗奴，這等膽大，卻來惹著老爺！」六郎喝曰：「焦贊不得無禮，我今在此，來召取汝也。」焦贊聽罷大驚，慌忙向前抱住，言曰：「本官是人耶鬼耶？想必是焦贊超度多次，今日顯出靈聖來矣。」六郎笑曰：「那有這般異事，白日鬼出相見？你且不必閑話，但隨我到幽曠處一敘衷曲。」焦贊放手叩頭，眾僧掩笑而散。六郎直引焦贊至城西橋邊，道知：「聖上遇難，今八殿下領赦來召我等領兵救駕。故我先來尋汝同往三關，招集眾兄弟前往魏府救駕。」焦贊聽罷，人喜曰：「我道將軍被朝廷所誅，撇得我眾人好不恓惶。那曉今日又得相會，真個快活殺我。」次日，經過汝州，入府拜見張濟，道知八王領赦來取救駕之事。張濟大喜，亦以王全節來由告知六郎。六郎曰：「小將今往三關招集眾人進兵，在此經過，不敢不進相謝昔日救命之恩。即請告辭。」張濟言曰：「動勞將軍過念。」遂送出城而別。六郎與焦贊望三關進行，在途各訴其始終根由。不覺到了王家渡，日正當午，遙望白浪滔天，兩岸並無船隻。俟候良久，全無一人往來。有詩為證：

途窮野渡邊，雪浪拍遙天。
兩岸蘆花裡，無舟一濟川。

六郎停久，謂焦贊曰：「汝往上流去看有船否？」焦贊領命而去，行至上流，見有船隻，遂問船夫曰：「汝把船來渡我過去，與汝渡錢。」船夫曰：「此船不是我的，乃楊太保之船，我敢私渡人過？你若要渡，須向前面亭子上見太保借之，方敢渡你過去。」焦贊聽罷，徑往亭子上去。只見一夥人在那裡賭賽，焦贊近前言曰：「你那船隻可借我渡過河去？船錢隨即相奉。」眾人抬頭，見焦贊生得形狀古怪，又不小心稱呼一聲，皆不答之。焦贊復曰：「把船渡我過去，即送船錢。我又不白騙你的，如何不答？」那眾人罵曰：「瘟奴儕❼，說甚麼白騙！」焦贊大怒，伸出兩拳打得眾人亂竄。正欲向前打那太保，太保直走向後去了。焦贊回見六郎，怒氣未息。六郎曰：「你又去惹下禍來。」焦贊曰：「今番被那些狗儕欺我，明明有渡不肯假借，且出言辱罵，惱發我的性子，被我亂打一番，眾人俱各四散走了。」

六郎正在憂悶，只見眾人紛紛執著長鎗短棍趕來。焦贊曰：「將軍少待，讓我殺了這些賊徒，與民除卻大害。」遂提刀殺去。那眾人不能抵當，走開去了。楊太保提刀從後走出，與焦贊連鬥數合，不分勝負。六郎叫曰：「壯士且休角力，願通名姓。」楊太保停住利刀，立於壠上。焦贊亦罷，不與之鬥。太保曰：「我鄧州人，姓楊名繼宗，小號太保。汝何人也？要過此渡，著令手下強奪，是何理也？」六郎曰：「某非別人，乃令公之子楊六郎也。今聖上被困魏府，某要往佳山招集部眾去救聖駕，特來借船過河。有犯尊威，恕罪，恕罪！」太保聽罷，拋了寶刀，近前拜曰：「大名久聞，無由拜瞻。今日幸親，平生之願慰矣。」六郎扶起，太保曰：「請將軍敝莊一飯。如不棄，願領部下隨往救駕何如？」六郎曰：「固所願也。但待我招集眾將，遣人來請可也。」太保領諾。是夕留六郎宿於莊上，不題。

---

❼ 瘟奴儕：罵人的話。意思是遭瘟的奴輩們。儕，音ㄔㄞˊ，同輩，同類的人。

第二十二回　六郎毀拆賽會廟

卻說楊太保次日將船送六郎過河，太保同行登岸。六郎辭別楊太保，與焦贊望三關而行。時四月天氣，途中日暖風和，有詞為證：

翠葆參差竹徑新，綠荷跳雨濺珠傾。彎曲徑，小荷亭，風約簾衣歸燕急，水搖蒲影戲魚驚，柳梢殘日弄微晴。

二人不數日行近三關之地，焦贊曰：「行得好疲倦，將軍姑停於此，待小將往前面沽一酌來解渴。」六郎允之。焦贊直往前去，並無酒店。自思命生好苦，要些酒兒吃也沒得。正行間，只見一起人挑著幾擔物件而來。焦贊近前看之，只見是酒肉，遂問曰：「汝酒肉肯賣否？」那人曰：「你好不知事。一個祭神的酒肉，賣與人吃？」焦贊曰：「祭甚麼神？遠方行路之人委實不曉，請明明說與我知。」眾人曰：「前面立有楊六郎將軍神廟，甚是顯聖。我這鄉村託賴福庇，四時八節並無災難。且凡有祈禱者，無不遂意。今日是賽會之辰，特往酬願。」焦贊聽罷，回見六郎，將其事一一告之。六郎笑曰：「豈有是理！」焦贊曰：「非小將弔謊❶，是那些人這般說。待與將軍前去看之，便見端的。」六郎依其言，逕

❶ 弔謊：說謊。即掉謊。西湖二集二九：「念吳堪一生至誠老實，不會弔謊。」

與焦贊同往看之。

行不數里，果是一座好廟宇，高大威嚴。六郎徐步進廟看之，只見中間一座塑著本身之像，兩傍塑著一十八員指揮使之像。燈火朗朗明亮，堦前焚化紙灰，堆積如山。六郎指焦贊之像，謂之曰：「此汝之像，真無異也。」焦贊笑道：「將軍更塑得相似。小將在鄧州要殺人吃，原來這裡如此供養，使得我這等發顛❷。」言罷，遂一手推倒本身之像。復跳上中間神座上去，把六郎之像一連推了幾下不倒，乃用力一撐，崩聲大振。賽願者❸見之，各各奔走。崇奉香火神祝❹，忙將銅鑼敲動，霎時間，劉超、張蓋帶領二百餘人來到廟前。六郎一見喝曰：「汝眾人做得好事！」劉、張大驚，納頭便拜曰：「眾人只道將軍遇害，今日緣何又到此來？」六郎將詐死之事告畢，乃曰：「今有赦書來取我等去救駕，今日來招集汝等。」劉、張喜曰：「既朝廷復有是舉，請將軍且到寨中商議。」六郎遂令人毀拆廟宇，推倒神像，同眾人到虎山寨去。六郎坐定，劉、張參拜畢，設酒欵待。六郎問曰：「岳勝、孟良今在何處？」劉、張曰：「岳勝與孟良引部眾反上太行，稱王稱帝，大為民蠹❺。」六郎嘆曰：「天無二日，民無二主。今只無我一人，汝等盡皆亂做。」言罷，吩咐劉、張準備鎗刀、盔甲伺候：「待我親到太行招取岳勝等來，一同起行。」劉、張領諾。

❷ 發顛：戰慄。
❸ 賽願者：赴賽會向神祈表心願者。
❹ 神祝：即廟祝，賽會上管香火之人。
❺ 民蠹：危害人民的蛀蟲。蠹，音ㄉㄨˋ，蛀蟲。

六郎仍與焦贊望太行山而行。行了一日，只見紅輪西墜，天色漸漸將黑。六郎曰：「此去俱是長源❻深谷，人煙稀少。汝往前村尋問那家借宿一宵，明日早上山去。」焦贊領諾，直往前去，並無人戶。轉過山後，有一鄉村，焦贊乃進村去，只見一戶堂上燈燭熒煌，有一老人獨坐嗞嘆。焦贊逕進堂上，揖而言曰：「他方之人行至，此晚敢借公公貴宅一宿，當以重謝。」老人答曰：「敝舍往日任客歇宿，今日有些勾當，卻難相許。君當往別戶借之。」焦贊曰：「天色已黑，沒奈何，萬望公公方便。」老人曰：「汝有多少人？」焦贊曰：「只本官與我兩人而已。」老人曰：「既只是兩人，請進歇了去罷。」焦贊即出，請六郎進見老人。老人見六郎相貌堂堂，遂問曰：「君欲何往？」六郎曰：「小生有些公事，往太行山去。」老人一聞說太行山，兩眉皺起，長吁一聲。六郎問曰：「公聞生言太行，即有不豫色然❼，何也？」老人曰：「說起那太行山，老拙有不共戴天之恨。」六郎曰：「有何冤枉，但說與小生知之，即待分剖。」老人曰：「本莊俱是陳姓，皆一家也。此去太行山數里之遙，今山中有兩個草寇，一名岳勝，一名孟良，稱為天子。部下聚集五六萬人，擄掠民財，為害極大。老拙無兒，止生一女，被孟良知之，著人來說，今要來強贅。老拙平生好善重義，只得允從，以安一方生靈。不然，放火殺人，無有止息。有此冤枉，何處伸之？」六郎笑曰：「只是這些事情，請勿憂慮。孟良與小生有舊，待彼今晚到來，吾自有計退之。」老人曰：「若得不污小女，老拙泉下佩德不忘。」六郎與焦贊飯罷，出外房俟候。老者吩咐小廝安排筵席迎接。將近二更，金鼓之聲大振，一路燈火光亮，人報孟大王來到。陳老者出莊迎

---

❻ 長源：長河。源，水源。

❼ 不豫色然：不愉快的樣子。

接。孟良進入廳上坐定，從人兩傍列著。老人拜曰：「大王光降，未及遠接，乞恕愚老之罪。」孟良曰：「自今已後，汝乃丈人，不須下拜。」老者稱謝，乃著小廝抬過酒席，假意喚百花娘子出來把盞。使女回報娘子羞慚，不肯出來。老者曰：「如今已是大王內眷，何羞之有？」仍令人促之。孟良見老者如此奉承，不勝之喜。

六郎與焦贊隔窗張視，私笑語曰：「他玩侮憲典❽，害民如此。今晚我們不來，真個被他騙去此老之女。」焦贊曰：「待我出去打折他一隻腿，看他還做得新郎否？」六郎曰：「汝先出去抱著，待我便來羞他。」焦贊此時氣得慌，乃幾步跳上廳去，一腳踢倒筵席，兩手將孟良緊緊抱住。孟良不曾防備，身子全動不得，但喝聲：「手下何在！」嘍囉正欲向前去打，焦贊、六郎厲聲罵曰：「不顧禮義之徒，緣何這等無恥，強占人間女子，是何道理？」焦贊乃拖孟良出座，指而言曰：「請汝開著驢眼，看是誰來到此？」孟良燈下見是六郎，慌忙拜倒，言曰：「向聞將軍遭害，今日緣何到此？」六郎曰：「汝且起來，可急回太行山商議，整頓軍馬前去救駕。」陳老者趨前問曰：「先生大名，愚老願聞。」焦贊將其原由一一告之。老者納頭拜曰：「將軍威名，愚老久聞，如雷貫耳。今日不知何緣，得拜瞻也。」遂喚其女出拜。六郎等見之，果是一個好女子，體態端莊，嬌嬈窈窕❾，堪比王嬙❿。焦贊笑曰：「今看起來，孟哥哥沒造化。若撞遇我們遲來一日，也落得受用一宵矣。」孟良喝曰：「本官在此，休得胡談，

---

❽ 憲典：國家的法典。

❾ 嬌嬈窈窕：音ㄐㄧㄠ ㄖㄠˊ ㄧㄠˇ ㄊㄧㄠˇ。妍媚、幽靜美好。

❿ 王嬙：即王昭君，貌美，原漢元帝宮女，後嫁匈奴呼韓邪單于，號寧胡閼氏。

不知忌憚。」眾人皆掩口而笑。百花娘子拜罷，退入房去。老者親持杯勸六郎等酒，甚致慇懃。是夕，眾人依次坐下，盡皆暢飲。直至天明，六郎辭別起行。那老者取過金帛，相謝六郎。六郎不受，乃與眾人離了莊所，望太行而進。有詩嘆孟良不得婚配為悵：

孟良強欲效鸞凰，詎意良宵遇六郎。
婚牘芳名原未註，致令紅粉兩分張。

次早，孟良遣人上山報知岳勝。岳勝引眾人接至半山，見六郎，拜伏於道傍。六郎令岳勝起來，直進山寨。坐定，眾將拜賀畢。岳勝進曰：「昔日假傳將軍昇天，眾人無主，各自散去。今日復得相聚，使我輩有主，何幸如之！」六郎曰：「屈情容暇日再敘，且將目前事故告汝知之：今聖上被遼人圍困魏府，勢甚窘迫，可作急整備器械前去救之。」岳勝曰：「皇上不念將軍，聽信佞言，致於死地，寡恩極矣。將軍素懷忠義，出力匡扶王室，此所以蒼蒼不昧⓫，致使禍遠身全。但依小將之見，不必去救聖駕，惟據此地稱為天子，受多少快樂，有何不可？」六郎曰：「我家世代忠貞，美名萬祀，豈肯自我墜厥休聲⓬耶？今據此不過為一草寇，其如後世唾罵何！」岳勝不敢再言，乃令大設酒席，慶賀相會。是日大吹大擂，眾人酣飲而散。

次日，六郎遣人去召劉超、張蓋等起兵來會，又問陳林、柴敢何在。岳勝曰：「二人仍屯勝山寨

⓫ 蒼蒼不昧：蒼天有靈。蒼蒼，即蒼天。不昧，靈明，不昏暗。

⓬ 墜厥休聲：喪失其美好的名聲。休聲，美好的名聲。休，美也。

中。」六郎聽罷，即遣人往勝山寨召取陳、柴二人。不數日，劉、張、陳、柴等俱到。六郎查點帳下舊日部將：岳勝、孟良、焦贊、陳林、柴敢、劉超、張蓋、管伯、關均、王琪、孟得、林鐵鎗、宋鐵棒、丘珍、丘謙、陳雄、謝勇、姚鐵旗、董鐵鼓、郎千、郎萬，共二十一員指揮使俱在。部下精壯軍卒八萬餘人。六郎曰：「佳山之眾今日仍在，克敵無疑矣。」言罷，遣人赴汴，報知八王，約期進兵。又遣人往楊家渡報知楊太保，領軍中途相會。六郎分遣已定，即日扯起楊家旗號，旗上大書「楊六郎興兵救駕」數字。一聲炮響，大軍離了太行山。但見刀鎗焰焰，劍戟稜稜。兵馬正行之間，忽報前面一隊軍到。六郎令人探視，回報乃楊太保也。遂與六郎相見畢，一同進兵。六郎在馬上見軍容可掬，有詩為證：

寶劍霜威赳赳雄，霓旌秋捲海天空。
一聲長嘯貔貅⑬肅，雲鳥奔騰碧玉驄⑭。

⑬ 貔貅：音ㄆㄧˊ ㄒㄧㄡ，猛獸名，樣子像老虎，毛灰白色，性凶猛。後多比喻凶猛的武士或軍隊。這裡比喻軍隊。

⑭ 雲鳥奔騰碧玉驄：意思是，青色的馬奔騰起來就像雲中飛鳥一樣。碧玉，青玉。驄，音ㄘㄨㄥ，青白色的馬。

第二十三回　六郎興兵救駕

三軍行不數日，忽遇八王亦引軍十萬來到。六郎下馬與八王相見，八王無限欣喜。六郎曰：「這番救駕之後，直搗幽州之地，殄滅醜類❶，始旋師也。」八王然之。是日駐兵澶州城中。次日，六郎謂岳勝曰：「主上被遼困久，汝為先鋒，領兵五千，亟進❷衝殺一陣，先挫番人銳氣。」岳勝得令去了。又喚孟良、焦贊曰：「汝引劉、張等，各領兵二萬，分左右夾攻，當奮武揚威，殺入番軍之中而去。吾即引大軍來掩之。」孟良等引兵去訖。六郎與八王議曰：「臣先遣岳勝等前去，再與殿下率精兵繼之，何愁番圍不解？」八王曰：「郡馬此等調遣，當日桓、文取威定霸❸，亦不過此。」六郎辭不敢當。

次日，岳勝正催軍速進，忽正北上征塵蔽天，一彪人馬在道而行。岳勝謂眾軍曰：「須速進趕上那一彪軍，殺他一陣，斫幾顆頭來，挫折番人鋒芒，是我你的頭功。」言罷，驟馬當先趕上，舞刀殺入其陣。番將劉珂不能抵敵，大敗而走。宋軍遂奪得一檻車，送入六郎軍中。其檻車中之人，卻是保駕將軍胡延贊也。六郎一見，慌忙打破檻車扶出。拜曰：「叔叔遭檻，小姪深媿❹，未能早救，罪萬罪萬❺！」

---

❶ 殄滅醜類：消滅全部惡人。殄滅，音ㄊㄧㄢˇ ㄇㄧㄝˋ，全部消滅。醜類，惡人。

❷ 亟進：疾速前進。亟，音ㄐㄧˊ，敏疾。

❸ 桓文取威定霸：意思是，齊桓公、晉文公取得威望，確立霸業。齊桓公、晉文公是春秋五霸之二。

延贊曰：「是何言也！天幸此處相會，不然竟遭俘虜矣。老夫被擒之時，欲報聖上知之，怎奈囚於番營，無人申達。」六郎曰：「叔叔昔救小姪於汝州，今日吾使岳勝先來衝陣奪營，不期救叔叔於中途，天道循環報應，昭昭若此矣。」遂引見八王。八王曰：「此天子洪福所致，而使老將軍遇救。」六郎下令眾軍，俱要兼程進發。是時真宗在魏府，與眾臣懸望救兵消息，音信杳然。城中糧草已盡，臣下皆宰馬而食。番兵得王欽通信，攻城愈急。幸兵權不在王欽之手，故眾將不聽調遣，死力相拒。

卻說劉珂敗回，見蕭天佐報道大宋救兵到了，已將胡延贊搶奪而去。蕭天佐大驚，即遣人探是那裡救兵到來。哨馬回報說道，旗上大書「楊六郎救駕」，兵將來的甚是雄壯。蕭天佐笑曰：「前日他來❻假裝六郎等一誑，軍伍驚張奔走。今日又不知是那裡興兵，冒充六郎名色來相欺哄，南人如此狡詐，但亦須緊隄防也。」遂下令各營，整兵迎敵。分遣未定，岳勝軍馬風驟而至。番將耶律慶出陣先戰，岳勝罵曰：「天兵已至，醜賊尚不速遁，延捱以待戮乎！」耶律慶亦罵曰：「城中軍卒死亡將半，汝等又來送死。」岳勝拍馬掄刀，直取律慶。律慶挺鎗迎敵。交戰數合，只見番兵圍裏將來。孟良、焦贊分左右夾攻，殺入番陣。番將麻哩喇虎舉方天戟出戰，正迎著孟良，兩馬交鋒數合，陳林、柴敢又率勁兵從旁殺到。是時南北鏖戰，金鼓連天。焦贊殺得性起，提著朴刀在北陣上橫衝直突，如入無人之境。恰遇番將劉珂，交馬一合，被贊斬於馬下。宋騎競進，萬弩齊鳴，北陣上番兵猶堅拒不走。蕭天佐奮勇來戰，楊

❹媿：同愧。
❺罪萬罪萬：罪該萬死，罪該萬死。
❻來：襯詞，無義。

太保舞刀迎敵。六郎催動大軍掩殺而去，番將隊伍潰亂。蕭天佐敗走，楊太保拈弓搭箭，射落天佐於馬下。土金秀望見，殺出救之。耶律慶料不能敵，斜刺殺出而走；岳勝追趕向前，一刀揮耶律慶為兩段。麻哩喇虎拍馬逃走，被劉超、張蓋用索絆倒其馬，軍士向前活捉而回。師蓋正待來救，被六郎揮郎千、郎萬出戰。師蓋措手不及，被二郎生擒於馬上。孟良一馬直突進東門。李明、王全節在敵樓上望見城下鏖兵，知是救兵來到，開門殺出，殺得北兵大敗而走。宋兵長驅追擊，踐踏死者、射斫死者，不勝其數。蕭天佐與土金秀殺得垂首喪氣，星夜逃回幽州去訖。宋兵奪得營寨、馬匹、鎗旗、盔甲甚多。

八王一騎直入城中，拜伏真宗之前，稱賀曰：「賴陛下洪福，取得楊郡馬興兵救駕，只見殺得番兵棄甲曳戈而走。」真宗曰：「朕脫此禍，眾得生還，皆卿之功也。」遂宣六郎入帳。六郎拜伏於地請罪。真宗曰：「卿之前罪悉行蠲除❼。今日賴卿救駕，功莫大焉。候朕回朝，重加爵賞。」六郎叩謝，遂奏曰：「天下難得者時。今番兵大敗，魄喪魂消。又乘陛下車駕駐此，愈加威風。臣請率部眾直逼幽州城下，盡取蕭后地輿❽以歸，永除邊患，而成千載之鴻圖也。乞陛下准臣此奏。」真宗曰：「卿言固是。但朕久出，將士疲困，待回朝再議征進未遲。」六郎遂退出軍中，以所捉番將盡行梟首號令。次日，帝命代州節度使楊光美為魏府留守，又下令各營準備行李，班師回汴。軍士得令，無不歡躍。文武擁護車駕離了魏府，望大梁而回。

大軍不數日到了汴京，車駕進入皇城。翌日設朝，群臣拜賀畢，真宗以文武久困魏府，勞心竭力，

❼ 蠲除：音ㄐㄩㄢ ㄔㄨˊ，免除，除去。
❽ 地輿：指大地。

各各賞賜有差。特宣六郎升殿，真宗賞賜甚厚，乃謂六郎曰：「三關之地，昔卿鎮守，北番不敢侵犯。今卿當仍領部眾鎮守此處，以捍禦遼人。」六郎曰：「臣實願再往佳山招募雄兵，以圖伐遼。但未得聖旨，不敢擅行。今陛下有是勅命，臣願遂矣。」真宗大悅，遂授六郎為三關總管節度使之職。勅旨一道：自行斬殺，不請詔旨。六郎謝恩。自是復與文武列班朝賀。有詩為證：

五夜❾鐘聲出未央，千官鱗次散蹌蹌。
旌旗霄漢飛龍虎，樂奏簫韶引鳳凰❿。
玉苑花飄迷曉色，金猊檀篆⓫染餘香。
不才此際方稱慶，再續鴛班豹尾行⓬。

越三日，真宗於便殿設宴，犒賞魏府救駕將士，君臣盡歡而散。次日，六郎入朝謝宴，拜辭真宗；退歸無佞府，拜別令婆起行。其子宗保年方一十三歲，欲隨父同往三關而去。六郎曰：「佳山之地苦寒，汝不須去，只在家侍奉老太太，待年長成，去之未遲。」宗保方止。六郎離了家，與岳勝等跨上雕鞍，

---

❾ 五夜：即五更。

❿ 樂奏簫韶引鳳凰：意思是，演奏的是美好的雅樂。簫韶，古樂名，相傳為舜所作。書益稷有「簫韶九成，鳳凰來儀」的典故。

⓫ 金猊檀篆：意思是，香爐裡點著檀香。金猊，香爐鑄成狻猊（音ㄙㄨㄢ ㄋㄧˊ，獅子）之形。檀篆，檀香木做的篆香（香盤成篆文形）。

⓬ 鴛班豹尾行：意思是，朝官的行列。鴛班，即鴛行，朝官行列。豹尾，儀仗名。

引軍望佳山而行。有詩為證：

重寄分心膂⓭，雄威奮爪牙。
三關今復往，聲勢淨胡笳。

六郎引眾，不日到了三關，入寨坐定，下令修整舊日營柵，分調岳勝等為十二團營，各領部兵，整鎗刀衣甲聽用。自是三關威聲仍前大振。六郎每日遣邏騎緝訪北番消息，與諸將日議征討之策，不在話下。

卻說蕭天佐敗歸之後，蕭后日夕憂慮宋國來伐。一日，與群臣議曰：「白魏府戰敗，南人得志。又打聽楊景在三關招募英雄，人強馬壯，此必有北侵之意。汝等亦須設計防之。」道罷，韓延壽奏曰：「若欲國勢丕振，必須廣攬英豪。竊見大遼將帥俱已老邁，乞娘娘出下榜文，招募天下勇士，授以帥職，防禦宋人侵伐。」蕭后遂命寫榜張掛午門。榜云：

遼太后蕭為招賢以靖國難事：嘗謂兵之所重者將，將之所貴者謀。今值干戈日作，禍亂相尋⓮，特出榜文，招募豪傑：或抱才猷⓯隱於山谷，或懷韜略處於遐荒⓰，或有搴旗斬將之勇，或有掠

⓭ 重寄分心膂：意思是，再次託付心力在職分上。寄，託付。分，職分。心膂，猶心力。樂府詩集十九張華勞還師歌：「將士齊心膂，感義忘其私。」
⓮ 相尋：相續，相繼。
⓯ 才猷：音ㄘㄞˊ ㄧㄡˊ，才智、謀略。

地⑰攻城之能，不拘一技一藝，足以富國強兵，咸集幽州親試。若果職⑱，即授兵印，故茲榜示。

學士將榜文寫罷，呈上。蕭后覽畢，乃命軍校張掛於午門之外。有詩為證：

張榜募奇才，椿精⑲變化來。
洞賓⑳傳韜略，宋國受兵災。

卻說大中祥符四年，蓬萊山鍾、呂二仙㉑在洞圍棋，鍾離曰：「世人若不貪色，未必延年，然亦可以卻疾。」呂洞賓曰：「人從欲中出來，誰不貪之？若能絕卻，乃世之高士，修仙亦不難矣。」鍾離又曰：「沈溺於酒，亂性亂德，舉世紛紛，皆是輩也，此又何故？豈人亦從酒中來乎？」洞賓曰：「酒之為物，亦能活血助氣，但不可恣。弟子又聞酒中得道，花裡成仙，酒色取用亦大。倘能節制，未為不可。」鍾離笑曰：「我知之矣。為此之故，汝採戰白牡丹、沈醉岳陽樓也㉒。」洞賓不能答，自覺語非，

⑯ 遐荒：偏遠的地方。
⑰ 掠地：奪取土地。
⑱ 果職：勝任職務。
⑲ 椿精：即下一回出現的碧蘿山萬年椿木精。
⑳ 洞賓：即八仙之一的呂洞賓。
㉑ 鍾呂二仙：即漢鍾離、呂洞賓二仙。
㉒ 採戰白牡丹沈醉岳陽樓也：指呂洞賓與白牡丹的情事。元雜劇有馬致遠呂洞賓三醉岳陽樓，四遊記中東遊記

弗敢與辯。忽然南北一道殺氣衝入雲霄，眾仙童驚訝，乃問曰：「師父此主何兆？」鍾離曰：「南朝龍祖，北番龍母，兩國鏖戰，殺氣衝騰於漢。」仙童曰：「只一陣殺氣，緣何如此凝結不散？」鍾離曰：「以氣數論之，有二年之久。」仙童曰：「但不知誰勝誰負。」鍾離曰：「龍母逆妖之類，逃生於番，橫霸一隅。龍祖天遣降生，以作下民君師。龍母不守其分，妄意抗之，興兵侵犯，荼毒黎民，不久當為龍祖所滅。」仙童曰：「二龍爭鬥，萬姓遭殃，若能救活眾生，功德莫大。師父何不臨凡，收回龍母，除卻民患，有何不可？」鍾離曰：「此亦天地一塞會㉓，民物之劫數㉔，豈偶然哉！我等但當順聽之而已矣，可違天時妄意希圖以成一己之功德乎？」言罷，遂入丹房燒鍊去訖。

也有這則故事，在第二十七回洞賓調戲白牡丹。

㉓ 塞會：即賽會。塞，通賽，漢書郊祀志上：「冬塞禱祀。」

㉔ 民物之劫數：一切人和物的災難。劫數，厄運、災難。

第二十四回　椿精變化揭榜

鍾離既入，洞賓思忖：「鍾離師父笑我貪戀酒色，欲待與辯，係我之師。他又道龍祖滅龍母之事，我今顯個神通，定要以人勝天，扶助龍母，滅卻龍祖，那時看鍾師父怎生說話。」乃喚碧蘿山萬年椿木精到來。椿精既到，跪下問曰：「呂師父有何吩咐？」洞賓曰：「吾今付你六甲天書❶，上、中二卷不必看之，惟下一卷乃行兵列陣、迷魂妖魅之事，汝細玩之。即今北番蕭后出榜招募英豪，欲與南朝爭鋒。汝可變化，降臨幽州，揭了榜文，提兵伐宋。待滅中國之後，收汝同入仙班。」椿精拜曰：「廝殺則能，但兵書之中文義奧妙，實不知之。」洞賓曰：「汝去揭下榜文，我去主謀用事。」

椿精遂別洞賓，搖身一變，化一道金光，轟烈如雷，降下北番幽州城外。緩步行到午門之前，只見四方勇士雲集看榜，無有一人揭之。椿精向前，叫聲：「此榜待我揭了。」眾人視之，見其面若塗墨，眼似火珠，身長丈餘，兩臂筋肉突起，顏極怪異。守軍見其揭了榜文，即引見蕭后。太后看見，大驚曰：「世間有此怪異之人！」乃問曰：「汝是何方人氏？」椿精曰：「小人住居碧蘿山，姓椿名岩。」太后曰：「汝有何能？」椿精曰：「一十八般武藝無所不諳，隨憑娘娘親試。」太后大悅，即與文武商議，

---

❶ 六甲天書：古代方士術數的書。晉葛洪神仙傳：「(左慈)乃學道，尤明六甲。」漢書藝文志五行家有風鼓六甲、文解六甲，都已失傳。

封他官職。蕭天佐奏曰：「壯士新到，才略不知高下，娘娘當權授一職。待後立功，纔可以重職封之。」后允奏，乃封椿岩為幽州團營都統使。椿岩謝恩而出，不在話下。

卻說宋真宗因魏府受困，常欲報復，忽一日召集群臣計議。八王奏曰：「陛下一統中原，幽州一隅之地，取之何難？但今駕回未久，且再休養士卒數年，討之未遲。」帝未語，忽階下一人出班奏曰：「時可為而為之，無有不勝。今正可為之時，乞陛下興兵伐之可也。」此是誰？乃光州節度使王全節也。真宗問曰：「卿果何見，說時可為也？」全節曰：「曩者聖上被圍魏府，軍士未曾傷損，番之軍馬十喪其七。以此論之，彼衰我盛，時可為矣。孟子曰：『雖有鎡基，不如待時。』❷且臣又有一計，可使蕭后拱手聽命。」帝曰：「卿有何策？」全節曰：「幽州壤地，不過千乘。乞陛下勅澶州一路、雄州一路、山後❸一路，臣從汴京再提一路，共四路軍兵並進，區區千乘都邑，豈能當乎？」帝依奏，即日勅令三路出兵征遼。使臣齎旨往三處去訖。帝又以全節為南北招討使，李明為副使，領兵十萬前進。全節領旨，即日引兵離了汴京，望幽州而發。時值春初天氣，風景融和，有詩為證：

花粧錦繡柳牽風，艷冶江山逞異容。
踏景尋芳多得趣，恍然人在畫圖中！

❷ 孟子曰三句：這句見於孟子公孫丑上，意思是，雖有好的農具，不如等待有利的天時。鎡基，音ㄗ ㄐㄧ，農具，即鋤頭。

❸ 山後：五代、北宋時，習慣上統稱今河北太行山、都軍山、燕山以北鄰近地區為山後。

三軍不日到了九龍谷，扎下大寨。北番巡哨星夜走回幽州，報知帥府。帥臣即入奏曰：「中國今起四路軍兵北伐，聲勢極其利害。」蕭后大驚曰：「不料即日興兵來到。」乃問群臣：「誰敢領兵前去迎敵？」道罷，椿岩應聲出曰：「娘娘勿憂，臣舉一人，退宋之兵如風捲浮雲，霎時間耳。」蕭后問曰：「卿舉何人，能退宋兵，若此之易？」岩曰：「臣師父姓呂名客，行兵勝於呂望，擒將高於軒轅❹，有泣鬼驚神之智，呼風喚雨之能。」蕭后曰：「今在何處？」岩曰：「見在午門之外，未敢擅入。乞娘娘宣入問之，便見其詳。」蕭后即宣呂客升殿。太后一見呂客形貌奇異，自思此人必是奇才，乃問曰：「我與宋君爭衡，卿今應募而來，有甚妙策明教，願奉社稷以從。」呂客曰：「臣來相助娘娘，轉臂之間，中國版籍盡奪之矣。」后曰：「卿要軍馬幾何？」呂客曰：「若與宋人鬥力，彼猶能抗拒一二。待臣排下一陣，使彼攻之不破，始肯慴志❺歸降。且娘娘必遣人往五國借兵助戰，方可勝宋。」太后曰：「卿要借那五國之兵？」呂客曰：「可遣使臣賫金帛，往送遼西鮮卑國王耶凡慶，與他借兵五萬。彼必見利動心，發兵相助。又遣一使進黑水國，許以成功之後，割西羌之地與之，令他助羌兵五萬。又遣人賫官誥往森羅國，勅賜國王孟天能，令他發兵五萬相助。又遣一使往西夏國見國王黃柯環，告知中國之兵甚為利害，復喻以唇亡齒寒之語，令彼發兵五萬相助。又遣一使往流沙國見蕭霍王，借兵五萬相助。此五國之兵若一借來，臣按兵法調遣，排下七十二座天門陣，使宋人一見膽戰心驚，有誰敢與為敵？那時不

❹軒轅：即黃帝。古史傳說姓公孫，居於軒轅之丘，故名軒轅。戰勝炎帝於阪泉，戰勝蚩尤於涿鹿，諸侯尊為天子。所以，這裡說他是擒將能手。

❺慴志：心服。

愁他不賓服矣。」

蕭后大悅，乃曰：「卿真有禦侮之才，幽州有託，吾復何慽！」即日封呂客為輔國軍師、北都內外軍馬正使。呂客謝恩而退。於是蕭后遣五個使臣，賫金帛往五國而去。當日，使臣各領旨分投五國，去見五國國王道知借兵之事。五國國王得賜金帛，俱皆歡悅。鮮卑國王差黑韃令公馬榮為帥，森羅國王差亢金龍太子為帥，黑水國王差鐵頭黑太歲為帥，西夏國差黃瓊女為帥，流沙國王差駙馬蘇何慶與公主蕭霸貞為帥。各國俱助精兵五萬。不數日，俱集幽州城外。近臣奏知蕭后。蕭后宣呂客問曰：「五國之兵已到，軍師何以調遣？」呂客奏曰：「臣此行非等閑也，乞再召回雲州❻耶律休哥、蔚州蕭撻懶等，盡起九州之兵與臣調遣，定須奪取宋之江山而回。」后允奏，即下勅調回雲、蔚二州軍馬。又命韃靼令公韓延壽為監軍都部署，統率精兵五十五萬，並聽呂軍師調遣。韓延壽得旨，即出教場中操練三軍。越數日，雲、蔚二州軍兵皆到。呂軍師曰：「韓監軍先引本國軍馬前行，吾即率五國軍馬後來。」北番軍馬離了幽州，直望九龍谷進發。有詩為證：

騰騰殺氣觸長空，閃閃旌旗映日紅。
擺列征途軍令肅，神仙自不與凡同。

韓延壽領兵到了九龍谷，扎下大寨。次日，呂軍師統率大軍來到，入帳坐定，召集諸將言曰：「三月初三，乃丙申之日，干剋其支❼，擇定此日吾出排陣。各部將官俱要聽令，違者梟首，決不輕恕。」

❻ 雲州：今山西大同市。

韓延壽曰：「軍令所在，君命有所不受，何人敢違？」呂客遂取紙一張，畫成一圖付與中營總旗，引軍五千，離九龍谷半里之外平曠去所，依圖築起七十二座將臺。又另築五壇，按方豎立青、黃、赤、白、黑色之旗號，內開往來通道七十二條，作速築造回報。中營總旗得令，引軍按圖築立。不數日，臺壇悉築整齊，回報呂軍師。呂軍師親往巡視一遍，回到軍中，召諸將言曰：「明日乃丙申也，各營俱要整肅聽候調遣。」次日，三通鼓罷，各營軍馬齊齊擺列帳外。呂軍師升帳，出令鮮卑國黑韃令公馬榮，引本部軍兵排列於九龍谷正路，排作鐵門金鎖陣。分軍一萬，各執長鎗，把守七座將臺，號為鐵門。又分軍一萬，各執硬弓鐵箭，把守七座將臺，號為鐵栓。再分軍一萬，各執利劍，把守七座將臺，號為鐵棍。馬令公得令，炮響一聲，引軍於正路排列。有詩為證：

鐵門金鎖陣圖開，晃晃戈矛繞將臺。
變動隨宜機莫測，攻衝除是八仙來。

呂軍師又遣黑水國鐵頭太歲，引本部軍兵，前去九龍谷之左排作青龍陣。分軍一萬，手執黑旗，把守七座將臺，號為龍鬚。又以一萬軍，分作四隊，各執寶劍，把守七座將臺，擺為龍爪。又分軍一萬，

---

❼ 乃丙申之日干剋其支：中國古代以干支紀年月日，即用甲乙丙丁等十個天干和子丑寅卯等十二個地支相配，這樣六十為一周，周而復始，循環使用。星命學則把天干和地支的配合同天上的日月星辰及陰陽五行（金木水火土）聯繫起來，以推定吉凶禍福，宜忌趨避。這裡的所謂「干剋其支」以及下文的「干支相生」，都是他們推斷的說法。

各執金鎗，把守七座將臺，擺作龍鱗之狀。鐵頭太歲得令，引軍分布去了。有詩為證：

龍本一神物，排陣肖其形。
任是英雄將，蘧然❽膽戰驚。

呂軍師又令流沙國蘇何慶，引部下去九龍谷之右排作白虎陣。分軍一萬，各執寶劍，把守七座將臺，號為虎牙。又分軍一萬，各執短鎗，把守七座將臺，號為虎爪。又令耶律休哥引兵一萬，把守前面六座將臺，號為朱雀陣。又令耶律奚底引兵一萬，把守後面六座將臺，號為玄武陣。繞圍左右，列作掎角之勢❾。蘇何慶等得令，各引部兵而去。有詩為證：

陣勢威嚴比白虎，前排朱雀後玄武。
中藏玄妙嘯生風，浮世何人敢正睹？

呂軍師又遣森羅國金龍太子，引軍守中座將臺，號為玉皇大帝，坐鎮通明殿。又令董夫人裝作梨山老母，分軍一萬，各穿青、黃、赤、白、黑服色，繞中座將臺而立，號為五斗星君。又著二十八人披頭散髮，繞中座將臺前後而立，號為二十八宿。又令土金牛裝作玄天大帝。又令土金秀引軍一萬，手執黑旗，排作龜、蛇之狀，把守天門之北。金龍太子等得令，引兵去訖。有詩為證：

❽ 蘧然：音ㄑㄩˊ ㄖㄢˊ，驚動的樣子。
❾ 掎角之勢：指軍隊分成兩部分，以牽制、襲擊敵軍，或支援我軍。掎，音ㄐㄧˇ，從傍拖住。

旌旆雲屯擁玉皇，星君羅列陣堂堂。
宋人無策能攻破，萬種憂愁積寸腸。

呂軍師又令西夏國黃瓊女，引軍俱執寶劍，立於旗下右傍，號為太陰星；凡遇交兵，赤身出陣，手執骷髏，放聲大哭，變作月孛凶星❿。又令蕭撻懶引軍各穿紅袍，立於旗下左傍，號為太陽星。又令耶律沙率本部軍兵巡視四方，結作長蛇之勢。瓊女等得令，引兵分布去訖。有詩為證：

號令太陰星，交兵放哭聲。
太陽為黨助，誰復敢相迎？

呂軍師又令蕭后之女單陽公主，率兵五千，各穿五色袈裟，號為迷魂陣；內雜番僧五百，號為迷魂鬼。又令往民間捉七個懷孕婦人倒埋旗下，遇交戰之際，將旗麾動，收攝敵人精神。單陽公主引兵依法而治。有詩為證：

陣圖玄妙獨迷魂，陰霧濛濛白日昏。
更有一般情慘處，神號鬼哭不堪聞。

呂軍師又令耶律吶選五千健僧，手執彌陀數珠，號為西天雷音寺諸佛。又以五百僧屯列左右，號為

---

❿ 月孛凶星：傳說中的女魔。她是孫行者的女兒，會對人敲骷髏，一敲不出次日必死。

阿羅漢，並居七十二天門之前。律吶得令，領眾排列去了。有詩為證：

戰鼓聲敲霹靂轟，四圍萬馬自奔騰。
洞賓排就屠龍策⓫，不是鍾離孰抗衡。

⓫ 屠龍策　高超的計策。屠龍，語出莊子列禦寇：「朱泙漫學屠龍于支離益。」

第二十五回　六郎明下三關

卻說呂軍師分遣完畢，令椿岩與韓延壽督軍出陣，每陣中進退接戰，並觀紅旗為號。七十二座天門陣變化莫測，晝則淒風冷雨，夜則鬼哭神號。——果是仙家作用，誰能窺其萬一？次日，椿岩與延壽議曰：「今陣圖排列已完，可令人往宋營下戰書，約他出兵看陣。」延壽依其言，即遣騎軍往宋營下戰書。王全節覽罷，批書回之。次日，引李明等出九龍谷平曠處列陣。只見正北一座陣圖如山隱隱，卻似生成的一般，乃大驚曰：「番人素無隊伍，今日列陣如此神妙，軍中必有異人主謀。我等且不可輕敵，以傷銳氣。」道罷，遼將椿岩、韓延壽二騎飛出，厲聲叫曰：「宋軍若要出戰，即便出馬；若要鬥陣，汝試說我今日這個陣圖叫做何名？」王全節曰：「汝那小小陣圖，有何難識，吾今且不言之，待我明日來破與汝看。」遂兩下收軍訖。

王全節回至軍中，謂李明曰：「我行兵半生，那樣陣勢不識，特未見此陣也。當畫圖中奏朝廷，揀選識者來辨，纔可攻打。」李明曰：「將軍所言，正合我意。請即行之，不宜遲延。」全節乃按排陣形勢，畫成一圖，遣騎軍星夜往汴，奏知真宗。真宗看罷，即以示文武，並無一人識之。寇準奏曰：「詳觀陣圖，玄妙無窮，或者三關楊郡馬識之，其他將帥無有能識之者。」帝即遣人往三關召取楊郡馬回京。使臣至三關，宣詔畢。六郎接了旨，謂諸將曰：「聖上有旨來宣，吾今當往赴命。」遂著陳林、柴敢守寨，乃引岳勝、孟良、焦贊二十員指揮使，統領三軍，離了三關，望汴京而行。有詩為證：

寶匣藏鋒有幾春，太平無計請長纓❶。
忽聞狼火風煙急，誓斬樓蘭❷報聖明。

軍旗飄揚，不日到了汴京。六郎率部眾於城外，號令不許騷擾百姓。次早朝見真宗，真宗曰：「朕命王全節征遼，不意遼人排下一陣，全節等不識，乃按陣畫成一圖進奏。寡人遍示滿朝文武，並無一人識之。朕想卿乃世代將門之子，陣圖俱各精達，此陣卿必識之。今試觀看名為何陣？」六郎接過陣圖，觀之良久，奏曰：「北遼素無此等高士，今偶有這樣奇異之陣，使臣曉夜不安。必待臣親提軍馬，臨陣觀看何如。今只看圖，實不識之，不敢妄對。」帝允奏，賜六郎金巵玉酒❸，即日起行。六郎謝恩而去。次日，回無佞府拜辭令婆，引部眾離汴京，望九龍谷進發。哨馬報知王全節。全節聽知楊家兵到，愁懷頓釋，乃與李明等出寨迎接六郎。六郎下馬，與全節並步入帳。坐定，全節曰：「小將領旨到此征討，不想臊奴排下一陣，奇異無比。小將等並不知其為何陣。天幸將軍到此，畢竟知之，可以攻破無疑矣。」

❶ 請長纓：意思是，請求君主下命擒敵。長纓，長帶子。
❷ 樓蘭：這裡借指遼國君王。樓蘭，本西域城國名，在今新疆羅布泊西，地處西域通道上。漢武帝時遣使者通大宛，樓蘭攔路襲擊，武帝遣從票侯趙破奴等將兵，虜樓蘭王。其後，復叛。昭帝元鳳四年（西元前七七年）大將軍霍光派平樂監傅介子前往，用計斬了樓蘭王。唐詩多用斬樓蘭借指殺敵。
❸ 金巵玉酒：這裡借指御賜金杯美酒。巵，音ㄓ，是卮的俗字，圓形酒器。玉酒，美酒。

六郎曰：「聖上曾以陣圖出示小將，小將亦不識之，須待自出陣觀，方見端的。」全節曰：「將軍之言是也。」乃令整酒接風。

次日，六郎下令岳勝等披掛出陣。三通鼓罷，宋軍踴躍而出。北將韓延壽見是六郎來到，自忖道：「這人將門之子，此陣他必識之。」乃下令各營俱依紅旗指揮，隨時變化迎敵。軍士得令，一聲炮響，陣圖排列，勢如山岳隱隱。六郎於馬上停視良久，謂諸將曰：「我於陣圖無一不曾學過，未嘗見此陣來。好道是八門金鎖陣，又多了六十四門；好道是迷魂陣，又有玉皇殿。如此紛沓，怎敢攻打？只得回軍再議。」遂命岳勝等收軍，番人亦不追趕。六郎回到軍中，與全節議曰：「此陣果排得奇妙，小將亦不知為何陣。」全節曰：「將軍不識，其餘不足言矣。」六郎曰：「當遣人奏知御駕，親來計議進兵。」全節即差人赴京進奏。真宗聞奏，與群臣議曰：「其陣楊郡馬不識，非等閑也。朕當親往觀之，以議進征之策。」八王奏曰：「陛下今肯親監軍士出戰，成功可立而待。」帝意遂決，下命寇準監國，大將胡延贊為保駕大將軍，八王為監軍。遣使召取沿邊將帥，俱要赴九龍谷聽用。使臣領旨既去。各處得旨，俱發兵往九龍谷俟候去訖。

卻說車駕離了大梁，望幽州進發。大軍不數日到了九龍谷，楊六郎、王全節等接駕入寨。眾將朝畢，帝宣六郎入帳，問其陣勢何如。六郎曰：「陣圖異常，臣罕見也。請聖上來日觀之。」帝下令，明日看陣。六郎退出，吩咐各營準備保帝，明日看陣。

卻說番人聽得宋君親到，韓延壽與椿岩議曰：「宋君車駕親來督戰，軍士英勇十倍。今我等亦當奏請娘娘車駕親來監戰，則諸將知所尊畏，大功更易成也。」岩曰：「汝言有理，請即行之。」延壽寫表，遣人回幽州奏蕭后。蕭后聞奏，即與群臣商議。蕭天佐奏曰：「此戰取中原大計，關係極重，娘娘當准其所奏。」后悅，因令耶律韓王監國，蕭天佐為保駕將軍，耶律學古為監軍。即日駕離幽州，望九龍谷進發。韓延壽迎接入寨，奏知宋人不識陣圖及宋君欲親出陣觀看之事。后曰：「卿等盡心竭力，若得中原，定行裂土分茅。」延壽拜命而出。次日，三通鼓罷，真宗車駕擁出，將佐前後擺列。蕭后亦親出陣，遙見黃纛❹下真宗高坐馬上看陣。蕭后跨著紫驊騮❺，立於褐羅旗下，高叫：「宋主一統中原，貪心不自知足，屢欲圖我山後九郡。實無奈何，今特來決一雌雄。若破得此陣，山後盡獻。不然，還要盡圖陛下城池也。」真宗答曰：「汝貊狄❻磽瘠❼之地，縱獻於我，有甚裨益？但汝等不盡殄滅，邊患無日止息，每每興兵，坐此故耳。朕今親到，尚欲飲馬幽州，掃空巢穴。今逢此小陣，而不能破耶？」言罷，揮軍還營。蕭后亦回軍去訖。

---

❹黃纛：古代天子的黃羅傘仗。纛，音ㄉㄠˋ，又讀ㄉㄨˊ，古代軍中大旗。

❺紫驊騮：紫色良馬。驊騮，音ㄏㄨㄚˊ ㄌㄧㄡˊ，一名棗騮，良馬名，為周穆王八駿之一。

❻貊狄：音ㄇㄛˋ ㄉㄧˊ，古代漢族對北方少數民族的稱呼。

❼磽瘠：多砂石貧瘠的土地。磽，音ㄑㄧㄠ，多砂石的土地。

第二十六回　宗保遇神授兵書

卻說真宗看了陣圖，回營召集諸將議曰：「朕觀其陣變化多端，今卿等皆不識之，將奈之何？」六郎奏曰：「臣想此陣六甲天書下卷有之。臣止學上、中兩卷，方欲學下卷，臣父被潘仁美、王侁等陷死狼牙谷，遂失其傳。此陣妖遁❶不一，若欲攻打，不知從何而入，從何而出。想臣之母，或得聞其概，乞陛下召來問之。」帝大悅，即遣胡延顯賫勑命，星夜回汴，召取令婆。延顯領旨，逕赴無佞府見令婆。宣詔畢，令婆拜受，欵待延顯，乃問陣圖之由。延顯答曰：「日前聖上親出觀陣，亦不識之。彼𡚸奴得志，出言不遜，因此特來宣召老夫人觀陣，計議進攻之策。」令婆曰：「既聖旨來召，敢不赴命，明日即行。」胡延顯辭出。次日，令婆謂柴太郡曰：「老身今往九龍谷觀陣，若宗保回來，勿以告之。」太郡領諾。吩咐已畢，遂與延顯離了無佞府，逕往幽州而行。

卻說楊宗保正打獵之際，忽人報有天使來召令婆看陣。宗保聞言，慌忙拍馬奔回，回到府中，即問太郡曰：「令婆何在？」太郡曰：「入宮中見娘娘商議國事去了。」宗保笑曰：「母親誑著孩兒。」言罷出府，跳上駿馬，竟進城中，體訪令婆消息。行至北門，見軍校問曰：「汝見令婆在此過否？」軍校答曰：「早間同天使赴幽州御營去了。」宗保聽罷，亦不回府，勒騎隨後趕去，一路探問，皆道過去已

❶ 妖遁：怪異、欺蒙。

久。宗保追趕而去。不覺日色漸漸將黑，且不識路徑，入一窮源僻塢，兩邊樹木茂密，並無人戶居住。宗保大驚，欲待轉去，林深路窄，昏暗沉沉，東西莫辨。正慌急間，忽前面一點燈光透出，宗保心忖道：「那裡燈光之處，必是人戶。」乃隨著光影而去。

既到其所，只見一宇儼似廟廷，遂拴了馬，叩戶數聲。忽有人開門，引宗保進去，乃是一婦人巍然獨坐於殿上，兩傍侍從，美麗無比。宗保鞠躬於堦下。那婦人問曰：「汝何人也？有甚緣故，暮夜叩我之扉？」宗保道知其情。婦人笑曰：「汝令婆一凡人耳，那知仙家作用，即赴軍中，亦是枉然。」因令左右具酒欵待。宗保跑得腹中饑渴，開懷飲之。又獻出紅桃七枚、肉饅頭五個，宗保亦盡食之。婦人復取出兵書付與宗保，言曰：「吾居此地四百餘年，世人未嘗睹面。我與汝有宿緣，致使今宵會晤。」遂將兵書逐一明明指示。其晚，那婦人所賜之飲食，皆仙丹也，宗保吃了，心下豁然明敏，其兵書一指點，洞徹無遺。授畢，乃曰：「汝將下卷再詳玩之，內有破陣之法。汝去扶佐宋主，擒捉番賊，不枉今宵之奇逢也。」宗保拜謝畢，但見東方已白，婦人令左右指引宗保出路。宗保辭別，行不數步，那左右曰：「此去十里之遙，便是九龍谷。」言罷，忽不見。宗保在馬上且驚且疑，出了深林，只見坦然一條大路，宗保遂問路傍居民曰：「此山何名？」居民曰：「此一座山乃紅壘山也。」宗保曰：「內有人煙否？」居民曰：「無有。但人傳言，原日有個擎天聖母娘娘在內，如今廟宇俱已倒敗，惟有基址焉。」宗保聽罷，默然自思，此真天緣奇遇。有詩為證：

幽谷迷行處，天緣偶會奇。

兵書明授與，一一剖玄機❷。

卻說令婆隨胡延顯到了九龍谷，逕入御營，朝見真宗。真宗道知不識北番陣圖之事，令婆曰：「老妾曾得先夫傳授幾卷兵書，但不知此陣有否，容妾出陣看之。」帝允奏。令婆辭出，次日與六郎登將臺瞭望其陣。但見兵戈隱隱，殺氣騰騰，紅旗一動，即換其形。令婆曰：「此陣未嘗見也。」又取兵書對看，亦無此陣，謂六郎曰：「此陣莫道是老母不識，即汝父在亦不識也。」六郎曰：「似此奈何？」令婆曰：「我楊門不識，他人愈不識矣。」言罷，下了將臺，與六郎等回到軍中。正在憂悶，忽報宗保到。六郎怒曰：「戎伍之中，不知他來何幹。」道罷，宗保入來，見父怒氣未息，乃曰：「爹爹這等煩惱，莫非不識此陣圖乎？」六郎曰：「誰問汝來？好好回去，若再多言，定行鞭笞。」宗保笑曰：「我去倒不打緊，有誰破此陣圖？」令婆聞言，喚近身傍，低聲問曰：「汝能識此陣乎？」宗保曰：「待去一看，便知分曉。」

令婆遂命岳勝等，保護宗保登將臺看陣。岳勝等得令，遂輔從宗保登臺瞭望。宗保左顧右盼，良久之間，謂岳勝等曰：「此陣排得果然奇妙。但亦有不全之處，可以攻之。」岳勝等曰：「今營中將帥如雲，無一人能識，小將軍何以知之？」宗保曰：「待回軍中道之。」眾人下了將臺，岳勝入見六郎，言曰：「小將軍深知此陣，言破之不難。」六郎笑曰：「小孩童作耍說話，汝何信之？」岳勝即出。宗保入見令婆，道知陣有可攻之隙。令婆曰：「且莫說可破。汝既知之，名為何陣？」宗保曰：「一言難盡。

❷ 玄機：神妙的機宜。

此陣一座座俱是按名把守，自九龍谷東北上起，直接西南一派，內有七十二座將臺，將臺之傍有路往來相通，名為七十二座天門陣。左邊黑旗之下陰霧沉沉，乃吞迷人魂之所，下面倒埋孕婦，能為禍害，惟此一處，實難破之。其設立未備之處，乃中將臺玉皇殿前，缺少天燈七七四十九盞；青龍陣上，少了九曲黃河；白虎陣上，少了虎眼金鑼二面，虎耳黃旗二面；玄武陣上，少日月皂羅旗二面：這幾處乃是可攻之隙。若能依法調兵打之，如湯澆雪，霎時消除矣。」令婆曰：「我的乖乖，汝何由知此陣局？」宗保將追趕失路、遇神授書之事，從頭告之。六郎以手加額曰：「此聖上洪福所致，故使汝得此奇遇。」次日，六郎進御營奏帝，言其陣名并可攻之處。真宗大悅，言曰：「卿既識其陣，急遣兵攻打可也。」六郎曰：「待臣出與宗保議之。」帝允奏。六郎退出軍營，喚宗保計議。宗保曰：「聞他丙申日布陣，取其干支相剋。吾當用支干相生日出兵破之。」六郎然之，遂下令諸將俟候出陣。

卻說王欽聞六郎說陣圖排得不全，即遣心腹人星夜入番營報知韓延壽。韓延壽得報大驚，急奏蕭后。蕭后即宣呂軍師入帳，問曰：「卿排其陣，緣何又有不全之處？」呂軍師曰：「是誰來說？」蕭后曰：「宋人道排得不全，破之甚易。」呂軍師自思彼軍中能識此陣者，亦非凡夫矣，遂奏曰：「非臣不肯排全，但欺宋人不能識之。今彼既窺破，臣將不全之處一一加添。縱使神仙下降，無能為矣。」后曰：「卿宜快添，勿被敵人攻破。」呂軍師即出軍中，下令於玉皇陣上，添起紅燈七七四十九盞；青龍陣上，布起九曲黃河；白虎陣內，左右建起二面黃旗，中間設立金鑼二面；玄武陣上，豎起日月皂旗。陣圖全備，渾如鐵桶。有詩為證：

圖局神人未布齊，英雄幸有可攻機。
一從奸賊傳消息，不許凡人著眼窺。

卻說楊六郎因宗保遇神授兵書，識破其陣，心甚喜悅，乃下令諸將並依宗保指揮，擇定其日，奏帝出兵攻陣。帝聞奏，下勅各營並進楊六郎營中聽用。宗保復引岳勝等登將臺觀望，但見天門陣原不全處盡皆添設，無一絲可攻之隙，遂大叫一聲「好苦」，跌倒臺上。岳勝等大驚，慌忙扶下將臺，轉入帳中，報知六郎。六郎急令人救醒，問其緣故。宗保曰：「番陣不全之處，今皆添設全備。若欲破之，除非天仙降臨凡世。」六郎聽罷，昏悶倒地。眾人急救起來，默默不省人事。令婆放聲大哭，眾將皆慌。宗保曰：「婆婆且休號哭，快請八王來計議。」令婆乃收淚，著人請得八王到營。令婆道知其由，八王曰：「既郡馬暴疾，當速奏聖上知之。」八王即辭別令婆，入見真宗，奏知六郎得疾之故。帝大驚曰：「若使楊郡馬不測，則此陣誰能破之？」八王曰：「陛下休憂，乞出榜招募名醫治之。」帝允奏，即出榜文掛於轅門之外。

卻說鍾離見洞賓時去時來，神思恍惚，待其既出，遂撥開雲霧視之，只見他降臨番地，與蕭后排下一陣，助他滅宋，乃嘆曰：「此畜生氣何不除如此！昔日怒斬黃龍❸，今日因我說他之過，遂動氣竟去扶遼滅宋，以滅我之口也。設我不去解圍，倘此畜生滅了宋君，犯卻天條，怎生恕饒？且於我仙班中分

❸ 昔日怒斬黃龍：傳說中有呂洞賓下山與黃龍禪師賭賽，飛劍斬黃龍禪師的故事。見馮夢龍醒世恆言呂洞賓飛劍斬黃龍。

上不好觀看。」遂乃降臨宋營，只見轅門外張掛募醫榜文，直向前揭之。軍校報入御營，近臣奏知真宗。真宗宣進闕曰：「卿姓甚名誰？居於何處？」老人曰：「臣居來逢莊，姓鍾名漢，奉道半生，人皆呼為鍾道士。今因楊將軍得病，臣特來醫治。」帝見其表表❹威儀，暗思此人必能醫治，乃令鍾道士往視六郎病症。須臾看了，即回奏曰：「臣能治之。」帝曰：「卿將何以治之？」鍾道士曰：「臣視其症，只要兩味藥調服即愈。」帝曰：「那兩味藥？」鍾道士曰：「此兩味藥，有一味甚難得。」帝曰：「卿試言之。」鍾道士曰：「卻要龍母頭上髮，龍祖項下鬚。」帝曰：「出於何處？朕遣人求來。」道士曰：「若論龍鬚，陛下項下有之。龍母之髮，必向蕭后頭上求之。」帝曰：「此時正與爭衡，怎麼求得？」道士曰：「若求不得，病則難療。」八王奏曰：「楊郡馬部下皆多智之士，陛下可出密旨，說有人過遼求得蕭后髮者，重加賞賜。」帝允奏。鍾道士退出訖。

❹ 表表：卓立，特異。韓愈祭柳子厚文：「子之自著，表表愈偉。」

第二十七回　孟良入遼求髮

真宗因八王所奏，遂密寫旨付八王。八王領旨，逕到六郎營中看視，乃與令婆計議其事。令婆得旨，即喚岳勝入來與之言曰：「聖上有密旨在此，說有人往番營求得蕭后髮者，回來必重加賞賜。我想起來，則有一個消息可以求得，只是無一個機密之人前去。」岳勝曰：「不知老奶奶有何機括❶可以求得？」令婆曰：「聞蕭后將女招贅我四郎為婿，若有人以信通之，此髮畢竟求得。」岳勝曰：「軍中有孟良者，可以去得。」令婆召孟良入，與言其事。孟良慨然領諾。是夜，入見鍾道士，問要髮多少。道士曰：「不拘多少。但還有兩事，汝一并幹來。」孟良曰：「有那兩事？」道士曰：「蕭后御廄中有匹白奇驥，可偷來與宗保乘之。又御苑中有九眼琉璃井，其水番人化來布於青龍陣上九曲黃河之內，汝將糞土填中一眼，其龍被污，即旱無水。彼無處取水，此陣不足破也。」孟良得令，逕偷過番營而去。忽焦贊從後趕上。孟良回頭見之，恨聲曰：「冤家！你來何幹？」贊曰：「因哥哥一個獨行，我心不安，特來陪伴。」良曰：「幹此等之事，全要機密，如何同汝去得？」焦贊曰：「只有哥哥機密，而我便洩露耶？死便就死，定要同去。」良無奈，只得與他同去。及到幽州城中，酒店安下。次日，良謂贊曰：「汝在店中停止，我去打探駙馬消息便回。切莫出街被人識破，有誤大事。」焦贊領諾。孟良裝作番人，入到駙馬府

❶ 機括：本為弩上發箭的機件，後用此比喻治事的權柄和方法。

中，見四郎道知本官染疾求髮之事。四郎曰：「我府有人緝探，難以容汝。且暫出外，待吾思計求之。汝過數日來領。」孟良領諾，仍復回店中歇息。

卻說四郎夜間轉輾思忖，忽生一計，大聲喊叫心腹疼痛。公主大驚，問曰：「駙馬心疼原日有的？近日新添？」駙馬曰：「原日有的。」公主急召醫官調治，全無應驗，愈叫疼痛。公主曰：「駙馬原日怎生得此疾來？」駙馬曰：「幼年戰爭傷力，衄血❷於心，每嘗作痛。」公主曰：「先日曾醫治否？」駙馬曰：「先日曾得龍髮燒灰調服，好了數年，今不覺陡然又發。」公主曰：「龍髮何處得之，快使人去求來治療。」駙馬曰：「中國才有，此地那裡去討？但得娘娘龍髮，或者可代。」公主曰：「此則不難。」即遣人前往軍中見蕭后，道知駙馬病發要龍髮治療之事。蕭后曰：「駙馬之疾，此而可治，吾何惜哉！」遂剪下一握，付與來人。來人星夜回幽州，將髮遞進府中。駙馬假意取些燒灰服之，其痛立止。公主大喜。次日，駙馬正以所剩之髮藏下，只見孟良入府，即付與之。孟良接了髮，拜辭逕轉店中，付與焦贊，乃曰：「汝速拿此髮回營，救取本官。我幹完了事就來。在途仔細，勿得有誤。」焦贊領了髮，星夜奔回九龍谷，不題。

卻說孟良那晚悄地入御苑去看，只見果有九眼琉璃井，遂將糞土沙石填塞中眼畢，抽身出了御苑，直走到一寺門前坐著。捱到天亮，逕往御廄看馬，只見番人正在餵馬。孟良打番語云：「娘娘有旨，遣我來牽此馬出教場訓練，明日騎出與宋對陣，庶不誤事。」養馬者曰：「拿旨我看。」孟良來時，得江海❸送蕭后假旨一張帶在身傍，那人一問，孟良旋即取出示之。那人見印信是真，遂不疑其為假旨，即

❷ 衄血　音ㄋㄩˋ ㄒㄧㄝˇ，出血。

牽馬與孟良。孟良騎出教場，勒走一番。將近黃昏，打馬逕往九龍谷而跑。及番人知覺，隨後追趕，孟良已走五十里矣。孟良得馬，回到軍中見鍾道士，道已幹了三事回來。道士曰：「汝還有些膽略。」遂進真宗御帳，奏剪龍鬚和合❹。真宗欣然剪下，付與鍾道士。鍾道士即將和之調酒，灌下六郎口去。霎時間六郎甦醒，康泰如故。

真宗聞鍾道士治好六郎，不勝之喜，乃宣入御帳，言曰：「賴卿治好郡馬，特封一職，以酬汝勞。」鍾道士曰：「貧道山野愚夫，胸中空空，上不能致君，下不能澤民，何敢居職曠官❺？」真宗曰：「卿何謙退若是！以朕觀之，子才不亞周、召❻矣。」鍾道士曰：「荷陛下知遇之恩，待臣再與楊將軍同破此陣，以報萬一云爾。」真宗喜曰：「卿能建此功績，朕當勒名鼎石，垂之於不朽也。」道士曰：「此陣無窮變化，一有不備，難以攻打，容臣指示宗保行之。」帝允奏，遂權授鍾道士為輔國扶運正軍師，凡在營將帥，不必奏聞，並聽調遣。道士謝恩而退，來見六郎。六郎拜謝，鍾道士曰：「此亦君當有此小厄，今幸安痊，可與令郎破此陣圖。」六郎即喚宗保拜鍾道士為師。宗保拜畢，鍾道士曰：「吾見軍中人馬缺少，不足調遣，難以破敵。」宗保曰：「何以處之？」鍾道士曰：「須遣人再調各處軍兵，來

❸江海：此人在後面第二十九回木桂英擒六郎中有交代，他是焦贊的牙將，說：「我父曾為蕭后掌印之官，遺有印式，被我依樣刻出。日前孟將軍去偷良驥，亦是我把印信與他。」（第一七〇頁）

❹和合：調和。

❺曠官：曠廢職守，才不稱其任。

❻周召：指西周的周公和召公。周公是周武王之弟，名旦。召公是周文王之庶子，名奭。兩人輔佐武王和成王，立了大功，由他們分主天下，稱為二伯。

營聽用。」宗保曰：「師父說要調遣何處軍馬，任憑使人召來。」鍾道士遂令胡延顯往太行山，召取金頭馬氏❼，引本部軍馬前來御營聽用。又遣焦贊回無佞府，召取八娘、九妹、柴太郡來營聽用。又令岳勝往汾州❽口外洪都莊，調回大將王貴來營聽用。又令孟良往五台山，召取楊五郎帶領僧兵來營助戰。分遣已定，胡延顯等各領令而行。

❼ 金頭馬氏：此人在北宋志傳有交代，他是呼延贊之妻。

❽ 汾州：在今山西汾陽。

第二十八回　孟良金盔買路

卻說孟良不日到了五台山，見五郎道破天門陣一事，乞下山相助之意。五郎曰：「前者潼州救吾弟後，回到山來，一心皈依佛教，掃除塵緣❶，那肯復臨陣伍，傷吾之行？汝今又來纏害，何也？」孟良曰：「此非小將己事，上命差遣，不敢不來。望師父念本官勤勞王事情分，勿辭一行。」五郎曰：「蕭天佑、蕭天佐乃二逆龍精降生，天佑已被我除之，天佐尚在。此孽障不比天佑，若還我去，畢竟調我戰他。我今思忖，惟木閣寨後有降龍木二根，得左一根與我為斧柄，便能降伏此人。汝若能求得此木，旋即下山。不然，去亦無益。」孟良曰：「師父果若要之，小將敢辭勞苦！只得前去求來。」五郎曰：「汝速去求來，吾亦準備下山。」孟良辭別五郎，竟往木閣寨而去。

卻說木閣寨主，號定天王，名木羽。有一女名木金花，又名木桂英。生有勇力，曾遇神女傳授神箭飛刀，百發百中。有一日與眾嘍囉打獵，射落一鳥。有詩為證：

結隊紛紛出寨東，分圍發縱❷勢豪雄。

❶ 塵緣：指世俗之緣。

❷ 分圍發縱：指打獵中分隔、圍圈、驅趕、追逐。

龍泉❸光射腰間劍，鵲血❹新調手內弓。
犬帶金鈴飛草際，鶻❺翻錦翅沒雲中。
平原十里秋風冷，沙草蕭蕭半染紅。

木桂英游獵之間，只見一鳥飛過，拽弓射之。那鳥應弦而落，恰落於孟良面前。良拾之而去。行未數步，忽有五六嘍囉趕來，叫聲：「好好將鳥還我，饒汝一死。」孟良聽得這話，停步不行。嘍囉近前來捉孟良，被孟良拳起腳踢，打得那些嘍囉抱頭亂竄，奔忙報知桂英。桂英與眾嘍囉追趕孟良。孟良聽得後面喧嚷，知是賊眾趕來，取出利刀，挺立待之。忽桂英到，大罵曰：「這狂夫，敢如此膽大，卻來俺這裡逞英雄也。」孟良亦不打話，舞刀來戰桂英。桂英舉劍迎之。連鬥數十合，孟良見嘍囉擁來，恐被所傷，遂扭身奔走。桂英與戰，見其刀法熟嫻，疑是詐敗，遂不追之，只與眾人退守隘口。孟良進退不得，遂謂嘍囉曰：「吾將所拾之鳥還汝，汝開路放我過去也罷。」嘍囉曰：「汝才逞英雄，如今緣何就小心了？但汝來錯了路，誰不知道要過木閣營，須留金與銀。倘無錢買路，休道一日，就是一年也過去不得。」孟良聞說，自思我來與他求木，連性命也難保了，只得取下金盔遞與嘍囉，以作買路之資。嘍囉奉與桂英。桂英既得金盔，令開路放他過去。

---

❸ 龍泉：劍名。李白詩留別廣陵諸公：「綿帶橫龍泉。」

❹ 鵲血：弓名。梅堯臣詩送王巡檢之定海：「休調鵲血弓。」

❺ 鶻：音ㄏㄨˊ，鷙鳥名，即隼。

孟良急奔回寨，見六郎，道五郎要斧柄及將金盔買路一事，盡行訴說。六郎曰：「此等潑婦，甚是可憎！」宗保曰：「兒願與孟良同去取來。」六郎曰：「恐汝不是其敵。」宗保曰：「隨機應變，爹爹不必罣慮。」即日與良引軍二千，竟到木閣寨外吶喊。木桂英聞知，乃全身披掛，引軍鼓譟而出。宗保曰：「聞汝寨後有降龍木二根，乞求一根與我為斧柄。待破陣之後，遣禮相謝。」桂英笑曰：「汝要求木，勝得手中寶刀，莫說一根，兩根俱奉。」宗保與孟良言曰：「狗婦出言如此不遜，待我捉之，自往砍伐，何必懇求於彼？」乃挺鎗直取桂英。桂英舞刀相迎。交戰十數餘合，桂英賣個破綻，拍馬佯敗，走過山隅。宗保乘勢追之。桂英抽身轉回，拈弓暗放一箭，射中其馬。宗保落馬，桂英近前活擒而去。孟良隨後趕上救應，寨上矢石交下，不能前進。孟良曰：「我等不可退去，必要尋個計策，救出小將軍回營。」眾軍依言，遂扎住於閣下。

卻說木桂英捉得宗保入帳，令嘍囉緊緊綁縛。宗保厲聲曰：「要殺便殺，用此苦刑何為？」桂英見其生得眉目清秀，齒白唇紅，言詞激烈，暗忖道：「若得此子匹配，亦不枉生塵世。」密著嘍囉將匹配之事道之。嘍囉道知宗保，宗保尋思半晌：「我要求彼之木，今不應承，死且難免。莫若允之，以濟國家之急。」乃曰：「蒙寨主雅情，願從其命。」嘍囉以肯就回報桂英。桂英大喜，親釋其縛，扶起宗保相見，令左右整酒欵待。宗保對坐歡飲。酒至半酣，忽寨外喊聲大振，人報宋兵攻擊甚緊。宗保曰：「蒙寨主與生既效鸞鳳，事同一體。乞開門說與部下知之，以安其心。」桂英然之，令嘍囉開門，以此情說知宋兵，放孟良一人入帳來見。孟良見宗保與桂英對席而飲，曰：「小將軍在此無限喜樂，卻把我眾人膽亦唬破矣。」宗保將成親之事道知孟良。孟良曰：「軍情緊急，待暫辭別，容後日再來成就何如？」

宗保哀告桂英，桂英曰：「郎君要去恁緊，明日即當送行，不敢久相淹留。」次日，宗保與桂英求降龍木，桂英曰：「郎君且回，待妾送來，以作進身之資。」直送宗保至山下，俱有戀戀難捨之意。宗保曰：「我倘遇難，請救應，幸勿推辭。」桂英領諾而別。有詩為證：

郎才女貌兩相宜，洞府搖紅燭影輝。
一夕恩情山岳重，臨歧不忍遽分離。

宗保引眾軍回見父親，言曰：「不肖去木閣寨與桂英交鋒，誤被暗箭傷馬，遂擒兒而去。復蒙不殺，強逼成親，兒亦無奈，只得允從。今特來請罪。」六郎曰：「得木來否？」宗保曰：「未有。桂英道他親自送來。」六郎大怒曰：「我因王事倥傯❻，起處不遑。汝今求木又未得來，乃貪私欲而忘君親。予何不幸，養出此不肖之子，要他何用！」喝令推出斬之。左右正在將宗保綁縛，令婆聞知急出，言曰：「宗保雖犯軍令當斬，但目下正要破陣，且姑留以備用也。」六郎曰：「若非婆婆相救，決不饒汝。權囚禁於軍中，待破陣之後，取出問罪。」孟良跪下告曰：「請將軍息怒，小將軍之事，誠不得已。既被其擒，已為籠中之鳥。又且欲求其木，此時安敢不從？乞赦其囚禁。」六郎竟不允，將宗保囚了。宗保所以被囚者，六郎恐其貪戀新婚而不用心破陣也。次日，孟良密入禁中見宗保，言曰：「適見鍾道士，言小將軍有二十日血光之災❼。今在此受禁，亦准折❽了。沒奈何，只得忍耐。」宗保曰：「父親冤屈

❻ 倥傯：音ㄎㄨㄥˇ ㄗㄨㄥˇ，忽忙多事，窮於應付。

❼ 血光之災：舊時迷信謂刀兵之災，應者必有流血或殺身之禍。語出水滸傳第六十一回。

我也。吾之所為，汝盡知之。但我在此想來，桂英甚好才能，得他來相助，大有利益。汝今再往見之，一者求木，二者叫來助吾出陣。」孟良領諾，辭別而去。

❽ 准折：抵折。

第二十九回　木桂英擒六郎

次日，孟良領宗保之言，逕往木閣寨見桂英，說知小將軍被囚、特來請助之意。桂英曰：「懸望汝主不來，正要著人相接。汝今到來請我，我如何離得此地？速歸，拜上本官，他不放小將軍出來，吾即引眾來相攻擊。」孟良聽罷，愕然曰：「寨主既與小將軍成了佳偶，正宜引軍相助，何故出此不睦之言？」桂英怒曰：「夫之不幸，即妾之不幸。夫為我囚，彼即我也，乃我之仇敵矣，吾安得而不引眾以攻之哉？再勿搖唇❶，試看此刀利否？」孟良曰：「今日天晚，容小將歇宿一宵，乞念本官情分何如？」桂英曰：「這個使得。」孟良遂退出寨前安歇。孟良忖道：「若不下個毒手，如何能夠他去相助？」立定主意，候至二更，密往寨左，放火燒之。正值九月天氣，狂風大作，霎時間煙焰張天，四下燒著。嘍囉大驚，齊出救火。孟良提刀進到寨後，砍了降龍木，復入寨中將家眷殺了一半。孟良恐被眾人知覺，負著降龍木，竟往五台山去了。

比及救滅了火來，知是孟良。四下搜尋，人道已去多時。復入寨看，只見殺死家屬。桂英大怒，即點集部眾，殺奔九龍谷而去，報此冤仇。行了數程，有一嘍囉進前言曰：「孟良行此策，見寨主不肯下山相助，彼實無戕害之意。且今山寨已燒得零落，家小又殺傷了，不如舉眾相助大宋，一則完成佳偶，

❶ 搖唇：搖唇鼓舌，指賣弄口才進行遊說或煽動。

二則代朝廷立功，多少是好。何必與他廝殺，自傷和氣？」桂英沈吟半晌，乃曰：「汝言亦有理。」遂引眾回去，收拾寨中糧草物件，裝載於車，扯起木閣寨令字旗號，引眾竟赴宋營而來。有詩為證：

紫簫聲斷鳳凰臺，緬想離情恨滿懷。
不是毒心焚卻寨，怎能勾引下山來？

宋軍望見木閣寨旗號來到，忙報六郎。六郎怒曰：「此潑婦引誘吾兒，殊為可恨。今日又來勾引，待吾砍之，以絕後患。」即引軍出陣，大罵曰：「賤人好生退去，也自干休。不然，梟汝首級。」桂英大怒，忖道：「我好意引兵來助，今反受他凌辱。」亦不打話，拍馬直取六郎。六郎舉鎗與之交戰，數十餘合，不分勝負。桂英佯敗而走。六郎縱騎追趕，喝聲曰：「走那裡去！」桂英拈弓搭箭，射中六郎左臂，翻落馬下。桂英勒回馬捉之。此時岳勝、焦贊等皆不在軍中，無人救應。桂英乃將六郎綁回原寨。正行之間，忽山坡後旌旗蔽日，一彪僧兵來到，乃楊五郎與孟良也。桂英列開陣腳。孟良拍馬近前，望見六郎被捉，大驚叫曰：「將軍因何成擒？」六郎未答，桂英問曰：「此何人也？」孟良曰：「汝乃翁也。」桂英驚曰：「汝若不來，險傷大倫❷。」亟跳下馬，令人急解其縛，乃拜曰：「誤犯大人，萬乞赦罪。」六郎曰：「不須下禮，汝且起來相見。」

五郎等一齊合兵，回至九龍谷。六郎令人放出宗保，與桂英同拜令婆。令婆不勝歡喜曰：「此女真吾孫之偶也。」因令具酒，與五郎等接風。酒至半酣，人報岳勝、胡延顯等，召取各處兵馬皆到。六郎

❷ 大倫：倫常大道。孟子公孫丑下：「內則父子，外則君臣，人之大倫也。」

大喜，即出寨迎接。王貴、金頭馬氏、八娘、九妹等，齊入帳內相見畢。六郎請王貴上座，拜曰：「叔父馳驅風塵，乃小姪累及，幸勿罪也。」王貴曰：「賢姪與我同一王臣，何云累及？」王貴等皆拜見令婆畢，六郎設酒款待。眾人盡歡而散。

次日，六郎入御營，奏曰：「今諸路軍馬俱已到寨，特請聖旨號令破陣。」帝曰：「既諸軍皆到，卿宜乘機而行。自今以後，不必俟朕之旨，任卿調遣。」六郎領命退出軍中，與宗保商議破陣。宗保曰：「破陣須要擇好日辰。目下數日不利，鍾師父亦言，姑待兩日方好。兒今先引諸將，看其破綻。」六郎允之。次日，三通鼓罷，宗保全身披掛，揚旗鼓譟而出。番將黑韃令公、韓延壽耀武揚威，跑出陣前，見南陣上眾將擁著一小童子，端坐白驥之上。延壽認其馬是蕭娘娘所乘的白驥，大喝一聲，恰似雷震。宗保忽然落於馬下，眾將慌忙救起，扶轉軍中，入帳坐定。鍾道士將白湯滾下一丸藥，即時安妥。六郎問墜馬之故，眾將答道：「正對陣之際，番人厲聲一喝，小將軍遂落馬下。」六郎聽罷，嘆曰：「還未交戰，但聞聲息戰慄，如此安能望其成功？豎兒不足以謀大事。」〔按墜馬乃鍾道士明使宗保如此而行者。實因真宗素輕大將，故要築壇拜他，知所重也。〕鍾道士曰：「此非宗保懼怯，不能接戰。特因其年幼小，將軍必奏聖上，築壇拜他，授以重任，賜他一歲，始能出陣破敵。」

六郎依言，入奏真宗。真宗與群臣商議，八王奏曰：「當允六郎之奏，重封宗保之職，始能調遣三軍，以破遼也。」真宗曰：「當封何職？」八王奏曰：「遼、宋勝負，在此一舉。今日封職，不可如往日授他將之職，苟簡❸呼遣而已。」真宗曰：「必如何以封之？」八王曰：「昔日漢高祖拜韓信為帥，

❸ 苟簡：隨便而簡略。

使軍士知所尊敬。今日亦仿漢高之行可也。」帝允奏，下令軍士於營外築起三層將臺，四方豎立旗竿，按方色扯旗，禮儀法度一如漢制。不一日，築完回奏真宗。真宗齋戒沐浴，擇吉日引群臣同到將壇之上。真宗登壇，宣宗保升壇。宗保跪下。真宗焚香祝告天地畢，真宗親為挂大元帥印，封為嚇天霸王、征遼破陣大元帥。宗保領旨，謝恩畢。帝謂眾臣曰：「朕以宗保年幼，特賜一歲，以作滿丁之數。」八大王奏曰：「陛下既賜一歲，臣等亦贈一歲，湊成一十六歲。令滿過丁年，使他出陣，有萬倍之威。」真宗大喜，即下勅賜宗保一歲。眾臣贈一歲。差軍校捧金牌勅書，送歸營寨。宗保再拜受命，與軍校先回營去。真宗始下壇，同群臣轉於御營。

翌日，宗保坐軍中，下令各營聽候攻陣。請鍾道士入帳，商議進兵。鍾道士曰：「番陣之內，中間道路曲折極多，必先得一細心大膽者進去巡視一番，回來說與眾軍知之，然後可以攻擊。」宗保乃問曰：「誰敢去巡視天門陣？」焦贊應聲曰：「小將願往。」宗保允其行。焦贊退歸本帳，與牙將❹江海議曰：「我今要去巡視番陣，君有何策教我而行？」海曰：「若無蕭后勅旨，如何進去看得？君今要往，必須假借蕭后勅旨夜巡，方可去得。」贊曰：「那裡討著印信？」海曰：「此事不難。我父曾為蕭后掌印之官，遺有印式，被我依樣刻出。日前孟將軍去偷良驥，亦是我把印信與他。今我仍將此印印著一張假旨，與君前行，管取巡視回來。」焦贊大喜，遂與索了假旨，星夜離了本營，去到天門陣。先視鐵門金鎖陣，只見番將馬榮雄威赳赳，立於將臺之上；部下把守如鐵桶一般。見焦贊問曰：「汝何人也？敢來此巡視？」贊曰：「我奉娘娘勅旨，來此夜巡。」榮曰：「勅旨何在？」贊即取出示之。榮看罷，開陣放贊

❹ 牙將：低級的軍官。

過去。贊遂過了鐵門陣，又到青龍陣。鐵頭太歲厲聲言曰：「此何去所，汝來此夜行？」贊曰：「娘娘有旨，遣來巡視。」太歲請旨看畢，放贊過了青龍陣。贊入其中，遍視道路叢雜，又聞四面金鼓之聲，心甚懼怯。又到白虎陣，守將蘇何慶喝聲：「是誰來此看陣？」贊道：「領娘娘勅旨夜巡。」蘇何慶討旨看了，遂開陣放贊過去。

贊慌忙走到太陰陣，見許多婦人裸體遶臺而立，陰風習習，黑霧騰騰，不覺頭旋腦悶，心神恍惚。黃瓊女手執骷髏，將焦贊截住。贊喝曰：「吾奉娘娘勅旨巡視，汝何得攔阻？」瓊女索旨看畢，放贊過去。焦贊過去，雄心頓消，十分慌亂，不復思進觀看裡面之陣，乃從傍邊走出陣來。跑回營中，入見宗保，說知陣圖其中如此如此。宗保聽罷，即請鍾道士商議。鍾道士曰：「惟有太陰陣極難破。下令先破此陣，其餘可以依次而攻。」宗保問曰：「太陰陣上，婦人赤身裸體而立，此主何意？」鍾道士曰：「彼按為月孛星，手執骷髏，遇交戰之際，哭聲一動，則敵將昏迷墜馬。今破此陣，必先擒此婦也。」宗保曰：「誰人可往？」鍾道士曰：「金頭馬氏前去，可以成功。」宗保下令，遣金頭馬氏引營兵三萬，從第九座天門陣攻打入去，「吾自有兵來接應。」金頭馬氏領兵去訖。宗保又請八娘曰：「姑姑可引軍馬一萬，直逼太陰陣外俟候。待彼軍一出，乘勢殺進。」八娘領計去訖。宗保分遣已定，與鍾道士登臺瞭望。有詩為證：

蓬島神仙侶，臨凡輔宋君。
坐籌❺知勝敗，先獨遣紅裙。

❺ 坐籌：即運籌帷幄。

第三十回　黃瓊女反遼投宋

卻說金頭馬氏引兵從第九座門吶喊攻打，黃瓊女聽得，赤身裸體，出陣迎敵。馬氏一見，乃罵曰：「汝乃西夏國王親生之女，引軍助人戰爭，指揮不得自由，而受他人指揮，是無能也。且婦人所以異於男子之行藏❶者，特掩斂身軀一事耳。今汝不識羞恥，現露父母遺體，而出陣耀武揚威，縱使成功，亦受人之唾罵。不知明日何顏回見父母兄弟？」瓊女被馬氏罵得默默無言，羞慚滿面，跑馬回入陣中去了。馬氏見陣上殺氣騰騰，刀鎗晃晃，亦不追趕，遂與八娘合兵而回。

卻說黃瓊女回到帳中，自思：「我來助他，令我赤身露體，真個羞辱無限。曾記當年鄧令公為媒，吾父將我許配山後繼業六郎。只因鄧令公喪去，遂停止此姻事。今聞統宋大軍乃六郎也，是我舊日姻配。不如引部下投降於宋，續此佳偶，扶助破番，報復此等恥辱，豈不妙哉！」計議已定。次日，密遣部軍送書入馬氏營去。馬氏得書，報知令婆。令婆曰：「彼今不言，我亦忘之。昔在河東時，果有此議。蓋因鄧令公棄世後，遂不曾成其親事。」馬氏曰：「此女昨被我恥辱一番，今日來降，料非虛情。老太太可與令郎商議。」令婆遂召六郎入來，道知：「黃瓊女為舊日結姻之事，今日遣人下書要來投降，以尋舊好。」六郎曰：「來降則可，會親則難。此時交兵之際，何暇於此？待破陣之後，又得計議。」令婆

❶ 行藏：行跡。

曰：「汝言差矣。彼因親事，方肯來降。汝若遲遲為詞，他心懷疑，不肯來矣。當今用人之際，彼一來降此，太陰陣不攻自破。且宋添一羽翼，而遼增一勁敵，此等機會，一舉兩得，甚為大幸。依老母之言，允之可也。」六郎從母命，即修書與來人回轉，約期明晚裡應外合。陣圖一破，請入軍中畢姻。

黃瓊女得書，不勝之喜。次日，將近黃昏，下令眾軍整點齊備。忽陣外金頭馬氏率本部攻打太陰陣，喊聲大振。黃瓊女聽知宋兵已到，引眾從裡面殺出。巡陣黑先鋒忽到，與馬氏交鋒，只一合，被馬氏斬於馬下。北兵大亂。黃瓊女與馬氏合兵一處，殺出北營而去。及韓延壽、蕭天佑引兵來趕時，馬氏已回到營矣。二人懊悔無及而回。金頭馬氏帶黃瓊女入軍中，見令婆言曰：「今得黃瓊女歸降，又殺了黑先鋒，大勝北番一陣。」令婆大悅，召六郎入來。黃瓊女與之相見畢，各營軍官一齊賀喜。

次日，宗保入稟六郎曰：「昨蒙鍾師父指示陣圖，攻打出入之路甚是分明。後日乃是甲子，可以破陣。乞大人奏知聖上，親來監戰。」六郎曰：「汝用心定計進兵，吾即奏帝知之。」宗保退出，見鍾師父問曰：「明日出兵，破何陣為先？」鍾道士曰：「鐵門金鎖陣乃咽喉緊要之所，先須破之。次則便及青龍陣也。」宗保曰：「可遣誰去破鐵門、青龍兩陣？」鍾道士曰：「鐵門陣可遣令正❷桂英一往，青龍陣要勞令堂柴太郡一行。」宗保曰：「桂英無辭。吾母有孕在身，如何去得？」鍾道士曰：「但去無妨。今正要以孕氣壓勝此陣之妖孽也。」宗保領諾，入見六郎，道知調遣之事。六郎曰：「軍令安敢有違？但汝母有孕，恐致疎危，怎了？」宗保曰：「鍾師父道無妨，但著孟良扶助而行。」六郎允其說。宗保遂密書破陣計策付與太郡、桂英。太郡、桂英領計而行，各引精兵三萬，一聲炮響，二支兵鼓譟

---

❷ 令正：古代以嫡妻為正室，故敬稱別人的妻子為令正。

而進。

卻說木桂英領兵三萬，將到番陣，分兵一萬，號令各執火炮、火箭之類，候入陣交鋒之時炮箭齊發。又分軍一萬，著令從九龍谷正北打入，抄出青龍陣後，接應柴太郡之兵。眾軍領計而行。木桂英驅軍吶喊，分左右攻打鐵門金鎖陣。番將馬榮望見，離卻將臺，引眾如天崩地裂而下。桂英約退一望之地❸，賺得馬榮近前，交戰二十餘合，不分勝負。桂英正戰之際，其一萬部兵，各望通道攻進。鐵門兵一時迸至，被宋兵放火炮、射火箭，傷損不計其數。鐵栓、鐵棍一十四門精兵，俱來救應，被宋兵蜂湧而進，北兵遂亂其陣。桂英奮勇殺進，大喝一聲，鋼刀起處，馬榮頭已落地。宋兵乘勢攻入，殺死番兵無數。有詩為證：

鐵馬金戈破陣圖，馬榮力怯竟遭誅。
蒼天此際扶明聖，致使佳人立大謨❹。

卻說柴太郡引軍三萬，去到青龍陣，吩咐孟良曰：「汝引軍一萬，先攻九曲黃河，殺從龍腹而出。吾引兵攻打龍頭，遶出陣後，與桂英會合。」孟良得令，領兵先進。郡主既遣良去，令軍大喊攻打。龍頭守將鐵頭太歲引兵離將臺，直來迎敵。郡主交戰數合，不分勝負。忽殺到中間，一聲炮響，孟良引軍截出。北兵大亂。鐵頭太歲復來迎戰，柴太郡乘勢催軍進擊。龍鬚、龍爪一十四門精兵齊出，柴郡主與

---

❸ 一望之地：視力所及的距離。
❹ 謨：音ㄇㄛˊ，謀略，謀畫。

孟良前後力戰。將及半午❺，郡主用力戰久，動了胎息，忽覺肚腹疼痛，漸漸難忍。郡主遂大叫一聲：「好苦！」部下軍士無不失色。須臾，墜下馬來，產一嬰孩，昏悶倒地。鐵頭太歲見郡主落馬，拍馬來捉。忽陣側一彪軍馬如風驟到，乃木桂英也。望見郡主在地，努力相救，近前與鐵頭太歲交戰數合。鐵頭太歲被郡主生產腥氣所衝，忽拍馬而走，被桂英忙抛飛刀砍去，遂化一道金光，沖霄去了。番兵大亂。孟良乘勢亂砍番軍，不計其數。桂英下馬扶起郡主，將所生之孩包裹了，放在己之懷內。復扶太郡上馬，然後自跳上馬殺出，遂破了青龍陣。有詩為證：

太郡威風不等閑，忽然胎墮陣圖間。
桂英一馬如遲到，險被妖魔短劍飡。

桂英大獲全勝，回見令婆，道知破陣之事、郡主生產平安。令婆、六郎等大喜，乃安置郡主於後營休息。

卻說北番韓延壽聽知宋人又破了二陣，急召椿岩計議。岩曰：「雖破此兩陣，豈復能破我迷魂陣耶？待其再來，盡數戮之。」延壽曰：「也難說這個話兒。陣圖已被他破了三個，想彼軍中亦必有智謀之士，勿得輕覷其為無用，將軍可提防之。」岩曰：「吾自有主張，不勞元帥憂心。」言罷，逕與呂軍師商議去了。

卻說哨馬來報知宗保，北兵陣圖提防甚是嚴切。宗保曰：「彼雖提防完固，被吾打破三陣，已挫折

---

❺ 半午：中午。半，中也。午，泛指白天的中間時段。

其銳氣矣。今再依序攻打，何愁不勝？」言罷，乃請鍾師父進帳計議進兵。鍾道士曰：「當調兵攻打白虎陣。白虎陣一破，再看機而行。」宗保曰：「此行可遣誰去？」鍾道士曰：「此陣令尊可以破之。」宗保領諾，旋即進告六郎。六郎曰：「必我親出，始能激勵諸將。」宗保退出。次日，六郎全身披掛，引騎軍三千，殺奔北營，攻打白虎陣。宋兵喊聲大振，勢如潮湧。椿岩登將臺，將紅旗麾動。番帥蘇何慶遂開中座陣門，領兵迎敵，正遇六郎耀武揚威來到。兩騎相交，戰上二十餘合，何慶佯輸，勒馬回走，宋兵乘勢殺進。忽將臺銅鑼響處，黃旗閃閃，陡然變成八卦陣，霸貞公主引精兵圍裏將來。六郎進入其中，只見門路紛紛，不知進退，被何慶催兵復回，圍困六郎於陣。六郎左衝右突，不得其路而出。敗軍慌忙回報宗保。宗保大驚，言曰：「是我失其計策。」即喚焦贊謂之曰：「汝快引兵三千，從左側攻入白虎陣內，將石打破兩面銅鑼，使虎無眼，則不能視。吾自有兵來接應。」焦贊引兵去訖。又喚黃瓊女謂曰：「汝引軍五千，從右側攻入白虎陣內，砍倒黃旗二面，使虎無耳，則不能聽，其陣必亂。」黃瓊女領兵去訖。又喚木桂英曰：「汝引騎軍一萬，從中門殺進白虎陣內，以救吾父。」桂英領兵去了。宗保分遣已畢，自引岳勝、孟良等接應。

卻說焦贊一聞本官被圍，聲震如雷，率兵從左攻進。番將劉珂鎮守虎眼，只見宋兵殺到，即下臺迎敵，交馬兩合，被贊一刀砍了。殺散餘軍，拍馬走近臺邊，將銅鑼打得粉碎，乘勢殺進。

卻說瓊女殺從右傍而入，恰遇番將張熙，交戰一合，被瓊女一刀砍於馬下，遂近臺前，將黃旗二面砍倒，與贊合兵，一齊抄出白虎陣後而去。蘇何慶見陣勢已亂，急求救應。木桂英殺入，與何慶交戰二合，何慶力怯，遶陣而走。桂英拈弓搭箭射之，何慶應弦落馬，被亂兵砍死。霸貞公主見夫落馬，急來救應，不防後面黃瓊女殺到，將銅鎚從背脊心一打，霸貞公主口吐鮮血，單馬走歸本國去了。六郎聞得外面金鼓之聲，思忖必是救兵來到，乃從中衝殺而出，正遇焦贊，合兵一處，砍殺番兵猶如切瓜，遂破了白虎陣。有詩為證：

白虎安排陣勢巍，六郎攻打奮雄威。
旗鑼砍倒無晬耳，頃刻塵清奏凱歸。

第三十一回　令婆攻打通明殿

六郎破了白虎陣，宗保等迎接而回。次日升帳，諸將俱入拜賀。六郎曰：「陣圖果是玄妙，戰至半酣又變一陣，遂迷出路。若非救兵來到，險遇其害。」宗保曰：「今爹爹破了白虎陣，可乘勢進兵攻打通明殿，則其餘陣圖，破之無難矣。」六郎曰：「陣中變化不一，汝須仔細調遣，勿得輕視，有誤大事。」宗保曰：「爹爹放心，兒已有成算矣。」乃請過令婆、八娘、九妹，謂之曰：「敢勞婆婆與二位姑娘領兵三萬，攻打通明殿。其殿有個梨山老母，婆婆一去，先要擒捉此婦。」言罷，令婆領兵而出。乃令八娘、九妹，各引軍一萬前進。宗保又請王貴進帳，言曰：「敢煩老將軍領軍一萬，從通明殿正中而入，以救應令婆之軍。」王貴領軍去訖。宗保分遣已畢，引諸將登臺瞭望。

卻說令婆引眾吶喊，殺奔通明殿而去。椿岩見令婆殺進陣來，搖動紅旗。梨山老母，董夫人是也。董夫人望見紅旗搖動，拍馬來與令婆交戰。戰了數合，董夫人勒回馬走。八娘、九妹兩翼夾攻，一齊趕入陣去。忽然陣內金鼓齊鳴，番將圍合而來，將令婆等困於其中。王貴急引兵從殿正中殺進，去救令婆。恰遇北番巡營元帥韓延壽來到，拈弓搭箭，指定心窩射去。王貴應弦而倒，部下軍兵被番人殺死大半。敗軍走回，報知宗保。宗保大驚曰：「傷損聖上愛將，此恨怎消！」即遣桂英引軍五千，前去救應。桂英得令，領兵去了。又令楊七姐〔六郎女也〕引步軍五千，直入殿前，打破紅燈，令敵人不知變動。七姐引兵去訖。

卻說木桂英望見陣內殺氣騰騰，團團圍定，縱騎突進，正遇董夫人力戰八娘、九妹。八娘、九妹漸漸衰危。木桂英架箭當弦，射中董夫人之目，墜馬而死。桂英催兵殺入，救出九妹、八娘、令婆等，合兵殺出。只見楊七姐打破了紅燈，遶出通明殿後，與令婆等會兵一處，殺進陣內而去。韓延壽見宋兵威勢甚銳，不敢接戰，勒馬退回去了。宋兵遂奪得王貴屍首回寨。宗保等接見，無不悲傷。時王貴之妻杜夫人亦在行營，見夫陣亡，號泣不止。六郎曰：「嬸娘請止悲哀，姪今去奏知聖上，重加旌表，以報其死。」夫人遂收淚不哭。六郎乃進御營奏道：「叔父王貴乃出陣射死❶，其情可矜。乞陛下旌表，以勵後人。」帝聞奏，感傷不已，乃允其奏，即宣杜夫人入御帳，撫慰之曰：「王令公，朕之愛將，今者戰歿，朕甚悲悼。但幸有子，封為無職恩官，月給俸米八十石。候年滿丁❷，入朝襲父舊職。封汝為忠義夫人。諡贈王貴為忠義成國公。欽賜金銀緞匹一十二車。」勅旨既下，夫人謝恩而退。次日，杜夫人辭別令婆等，徑回洪都莊去了。〔按一統志：王貴，太原人，楊業母黨之弟。投降於宋，屢戰有功，遂得真宗寵愛焉。〕

卻說宗保請鍾道士入帳，商議進兵之策。鍾道士曰：「今雖破數陣，還有迷魂陣極難攻打。當調汝伯五郎率僧兵前去，方能破之。」宗保曰：「弟子在將臺上瞭望，正北呂軍師之營隱隱如山，此處弟子深憂不能破之。」鍾道士曰：「汝不必多憂，待吾親破此處。」宗保大喜而退。次日，宗保升帳，乃請五郎謂曰：「煩伯父領僧兵先出攻打迷魂陣，姪調兵來接應。」五郎即引頭陀僧兵五千，吶喊殺入迷魂

❶ 出陣射死：意思是出陣被射死。嘉業堂本相同，天德堂本作「出陣戰死」。

❷ 滿丁：成年。宋以二十歲為滿丁。

陣去。正遇番將蕭天佐接戰，交馬十數合，天佐佯敗，引五郎進陣。單陽公主縱馬舞刀，直取五郎。五郎與戰兩合，公主撥回馬走，五郎驅兵追之。只見五百羅漢一齊殺出，被頭陀僧兵奮勇力戰，將五百羅漢殺死一半。耶律吶在臺上，望見宋兵勢銳，急將紅旗麾動。忽陰風習習，霧氣漫漫，一陣妖鬼號哭而出。頭陀僧兵盡皆昏悶，頭疼腳軟，不能前進。五郎大驚，急令神呪解之，然後引兵走回報知宗保。宗保曰：「我忘之矣。師父曾言此處有妖怪，吾當按法破之。」遂遣人於附近鄉村，尋得四十九個小兒來到，盡皆戎裝，令他各執楊柳枝條幾根。復請五郎到來，謂曰：「今日再煩伯父領此小兒進去攻打，若遇妖鬼出來，即令小兒將楊柳枝迎風打近前去，其妖鬼三魂七魄盡皆散去。妖魂一散，旋令健軍五百，直去紅旗臺下，掘出孕婦屍首。如此而行，則破此陣必矣。」五郎領計去訖。又喚孟良曰：「汝引軍一萬，打入太陽陣去，抄出其後，接應本軍。」孟良得令，領兵去了。

卻說五郎奮勇耀威，引眾復攻迷魂陣。單陽公主不戰而退，隨著宋兵入陣，只道仍前迷昏其軍。五郎揮兵直殺進去。耶律吶麾動紅旗，妖氣迸出。五郎急令小兒將楊柳枝迎風亂打過去，妖氣頓消。五郎即令五百健兵，急掘孕婦屍首。耶律吶見之，慌忙下臺逃走。五郎驟馬趕近前去，一斧砍死。五千佛子潰亂奔走。頭陀僧兵齊舉戒刀追上，殺得寸草不留。單陽公主嚇得措手不及，被宋兵活捉歸寨。蕭天佐憤怒不勝，提兵殺來。五郎衝出接戰，未及五合，五郎忖道：「此孽障若不抽出降龍棒擊之，怎能勝他？」遂將降龍棒照著天佐臉上一擊。天佐躲避未及，遂擊中其肩。天佐露出本形，乃是一條黑龍。五郎舉斧砍為兩段，分作兩處飛去。於是五郎既砍了蕭天佐，令軍士收陣。〔按小說：天佐現出本相，被五郎砍為兩段，其頭飛落黃瓊城，化為人，後稱大雞國王；其尾飛落鐵林洞，化為人，後作河口軍師父，復大亂中國。〕

卻說孟良引軍攻打太陽陣，番將蕭撻懶望見，驟馬接戰兩合，被孟良一斧砍為兩段。殺散餘軍，直抄出陣後，接著五郎，合兵一齊殺出，遂破了迷魂陣。有詩為證：

七十二座天門陣，惟有迷魂慘毒甚。
不是五郎下山來，難將妖氛悉掃淨。

五郎收軍回營，解送單陽公主入軍中見宗保，道知破陣殺天佐之事。宗保大喜曰：「此陣破了，盡掃胡塵，擒蕭后必矣。」遂命押出單陽公主斬首號令。木桂英勸曰：「此女容貌端莊，且蕭后親生，不如留之以為使令。」宗保允其言，遂放了單陽公主。乃提調諸將出陣，喚過胡延贊曰：「汝裝作玄壇❸，攻打玉皇殿。孟良裝關元帥❹，焦贊扮殷元帥，岳勝扮趙元帥，張蓋扮溫元帥，劉超扮馬元帥：汝五人分左右，攻破他北天門。」延贊等得令，各領兵五千而去。宗保分調已畢，與六郎登將臺觀望。

卻說胡延贊吶喊揚威，殺奔玉皇殿去，恰遇金龍太子，兩馬相交，戰了數合，太子佯敗，引贊入陣。孟良、焦贊等乘勢殺進，恰近將臺真珠白涼傘下，只見殺氣炎炎，不敢逼近。延贊率眾遶陣而殺，忽土金秀將真武旗❺搖動。岳勝拍馬先進，陡然天昏地暗，不辨東西，岳勝遂被番卒生擒而去。比及焦贊知

---

❸ 玄壇：道教祭拜、講經的場所。

❹ 關元帥：道教之神。道教封關羽為武神、財神及保護商賈之神。下文的殷、趙、溫、馬諸元帥，也是道教之神，護法元帥。

❺ 真武旗：繪有真武圖像的旗幟。真武，道教尊稱為鎮天真武靈應祐聖帝君，真武本名玄武，是由星宿信仰發

之，欲殺入救時，番兵四面圍合而來。延贊見番眾勢銳，引眾殺回，歸見宗保，道知陣中之事。宗保查點軍將，折卻岳勝、孟良二人，慌慌無計。忽小卒報孟良、岳勝回寨。宗保召入問之，岳勝曰：「小將殺進陣去，只見土金秀將旗搖動，遂昏暗迷路，竟被番兵所擒。苟非孟良假作番人相救，幾喪殘生。」宗保曰：「陣內所能變化，惟七七四十九盞天燈、二十八宿將官。必用計去之，才破得此陣。」遂喚孟良曰：「玉皇殿前真珠白涼傘，汝明日攻進，先去砍之。」又喚焦贊曰：「明日入陣，砍倒二面日月真武皂羅旗，吾自有兵接應。」孟良、焦贊領兵去訖。

宗保入稟六郎曰：「玉皇殿上玉皇大帝，必要聖駕親與交鋒，始獲全勝。又請大人出馬，從右側攻打白虎殿。再請八王出馬，從左側攻打青龍殿。不肖引兵從中殺進，攻其正殿。今乞大人進奏聖上知之。」六郎聽罷，即入御帳，奏請聖駕親出臨陣。王欽密奏曰：「將帥俱集於此，何勞陛下親出？倘有疎危，將如之何？只命諸將足矣。如不克敵，督責元帥。」此王欽見宗保屢破北陣，故此阻之，欲使其不能成功也。真宗因欽之言，持疑而不下旨。八王慌忙進奏曰：「錦繡江山，豈臣子之所有哉？今將佐出力死戰，皆為陛下爭之。當此一決勝負之際，退遜❻不去，諸將解體，陛下大事去矣。乞陛下大奮天威，勇往直前，諸將目擊，威風自長；敵人見之，披靡而退。且宗保行兵如神，百戰百勝，陛下無以疎危為慮也。」帝意乃決，遂下令親出臨陣，不題。

展衍化而來。

❻ 退遜：退避。

第三十二回　鍾離救回呂洞賓

次日，三通鼓罷，孟良、焦贊兩騎，直殺近玉皇殿去。孟良砍倒真珠白涼傘，焦贊砍倒日月皂羅旗。正遇土金秀、土金牛二人殺到，兩下鏖戰，孟良憤怒，將金牛一斧劈死，焦贊將金秀斬於馬下。番軍被宋兵砍死不勝其數。六郎在後，催軍攻打入陣，先射滅四十九盞號燈，其陣遂亂。二十八宿將官一齊殺出，被孟良、焦贊盡皆殺之。金龍太子見陣勢潰亂，勒馬逃走，被真宗架起翎箭，射中左脇，墜馬而死。宋兵紛紛殺入陣中。宗保將火箭射上玉皇殿，燒著其殿，火焰滔天，燒死番兵無數，與孟良等合兵一處，遂破了玉皇陣。有詩為證：

大纛高牙❶玉皇殿，動搖閃電無窮變。
金龍傷箭入冥途，帝王勤勞功業建。

宗保既破了玉皇殿，遂下令諸將竭力克敵，著孟良攻打朱雀陣，焦贊攻打玄武陣，胡延贊攻打長蛇陣。軍令才下，孟良奮勇當先，引眾殺入朱雀陣，正遇番將耶律休哥挺鎗來迎，戰上數合，不分勝負。忽陣後一聲砲響，劉超、張蓋殺到，休哥力怯，遂棄將臺而走。孟良乘勢追擊，遂破了那朱雀陣。

❶ 大纛高牙：大將的牙旗，泛指統帥的儀仗。

卻說焦贊攻進玄武陣，遇著耶律奚底，交戰十數合，奚底敗走，被焦贊趕上一刀斬了，殺散餘軍，遂破了玄武陣。六郎率眾攻打長蛇陣。耶律沙見陣勢俱亂，不敢迎敵，拖刀遶陣走出。宗保阻住去路，兩馬相交，未及數合，孟良、焦贊等從後殺到。耶律沙進退無路，遂拔劍自刎而死。

宗保下令攻打呂軍師之營。韓延壽見天門七十二陣被宋兵摧滅將盡，慌入問計於呂軍師。呂軍師怒曰：「黃口孺子❷，敢如此無禮！吾自往擒之。」即引本營勁騎殺出，勢如河翻海沸。椿岩念動呪語，霎時間天昏地暗，走石飛沙，宋兵眼目盡開不得。宗保君臣父子諸將伏於馬上，心下十分驚恐。番兵四面砍來。宋人正在危急之際，鍾道士望見，幾步到於陣前，將袍袖一拂，其風飄轉，吹倒番軍，日復光明。椿岩見是鍾道士，慌忙回報呂軍師曰：「鍾仙長來矣，師父快走！」道罷，化一道金光去了。鍾離見洞賓，喝曰：「小輩可恨！前言相戲，汝即懷忿降凡，助番傷損生靈無數。倘我不來，汝助番人殺了宋君，犯卻天條，其罪怎生逃脫！好好同歸蓬萊❸，逍遙物外，何等快樂。管此閑非，耽煩受惱則甚？」洞賓無言可答，於是遂與鍾道士駕著祥雲，昇天而去。

卻說蕭后之營，左右前後尚有七個仙姑陣、四個天王陣未破。宗保令八娘、九妹、木桂英、令婆、楊七姐、金頭馬氏、黃瓊女引軍攻打七個仙姑陣，又令五郎、岳勝、孟良、焦贊引兵攻打四個天王陣。眾皆得令，引兵攻打去了。

卻說八娘等殺卻番將韃靼令公等七人；楊五郎等殺入陣去，將耶律尚、耶律奇、兀木兒、不花顏兒

---

❷ 黃口孺子：即黃口小兒。孺子，兒童的統稱。

❸ 蓬萊：古代方士傳說為仙人所居。

四將盡皆殺了。韓延壽見軍勢消滅，奔忙入奏蕭后曰：「四下皆宋兵矣，請娘娘快走。」太后驚曰：「呂軍師何在？」延壽曰：「不知何處去了。」蕭后聽罷，慌張無計，遂載小車，與韓延壽、耶律學古等望山後走回幽州。六郎知之，催眾將亟進追之。焦贊奮勇向前，趕上大叫曰：「羯狗❹速降，饒汝之死。」延壽回馬與焦贊交戰數合。延壽因牙將皆被宋兵殺死，心甚懼怯，鎗法慌亂，被焦贊乘其破綻，奮刀格開延壽之鎗，向前活擒而歸。孟良等競進。番眾曳戈棄甲而走。學古等保助蕭后，從僻路遁回幽州去了。楊宗保不一月間，將南臺七十二天門陣盡皆破了，殺死番兵四十餘萬，骸骨山積，血流成河。有詩為證：

胡虜秋高膽氣橫，楊家英勇耀邊城。
殺場血染征袍赤，白骨平原積滿盈。

六郎追趕蕭后不及，遂收軍還營，大獲全勝。次日，宗保升帳，查點各處軍馬，并所獲番人的器械馬匹、所捉之將。忽步卒解韓延壽入帳，捆縛丟于堦下。宗保指而罵曰：「臊羯狗！不安本分，憑恃強梁，侵犯邊境，戕賊生靈數十餘年，豈知今日天假我手擒捉，以除其患，為下民立命乎！不然，無時釀禍，民豈得其生哉？且汝居北番，自恃為英雄莫敵，今日何以被吾擒之？」延壽曰：「不必絮絮叨叨，請速加刑。今日我被汝擒，汝謂汝英雄矣。倘易其地，則英雄又在我矣。汝謂我害生靈，汝殺了我家四十餘萬軍兵，獨非害生靈乎？」宗保聞言大怒，令左右推出斬之。須臾時，梟了首級號令訖。宗保令記

❹ 羯狗：這是宋元時漢人對山西匈奴族別部的辱罵稱呼。羯，音ㄐㄧㄝˊ，古匈奴族別部，晉時入居羯室，地在今山西左權縣境。

功官，錄諸將破陣功績。乃不見鍾道士，遂問諸將見否。卻有一卒，入稟鍾道士喝罵呂軍師如此如此與駕雲飛去之事。宗保曰：「汝何以見之？」其卒曰：「蒙元帥差著小的服侍鍾道士，昨日跟隨他入陣，是以見之。」宗保曰：「原來卻是漢鍾離與呂洞賓也。」嗟呀不已。復吩咐諸將各依隊屯營，俟候聖旨。諸將得令退去。自是軍聲大振，四夷驚駭。

卻說六郎以眾將功績，奏知真宗。真宗曰：「朕班師回京，廷議陞賞。」六郎又奏曰：「便宜機會自古難得。今趁番人之敗，乞陛下勅旨，命諸將長驅而進，直搗幽州，取其版籍，以絕萬世之禍根也。」帝曰：「軍馬勞苦太甚，且再休息幾年，計議進征未晚。」六郎遂退出營去。越二日，帝下命澶州三路軍兵，仍前各歸原鎮；又令堅築關隘於九龍谷，命王全節、李明領兵鎮守；其餘征遼將帥，隨駕回朝聽旨調遣。聖旨既下，三軍盡皆歡悅。次日平明，軍分三隊：真宗居中隊，六郎在前隊，宗保在後隊，三軍離了九龍谷，悠悠蕩蕩望汴而回，不題。

第三十三回　王欽誑旨回幽州

卻說真宗回到汴京，文武迎接入宮。次日設朝，群臣賀畢。帝宣六郎至御前，撫諭之曰：「日前破遼之陣，俱卿父子力也。姑待數日，朕行重賞。」六郎奏曰：「破遼陣圖，陛下洪福所致，諸將效命之功，臣父子安敢獨受其賞？」帝曰：「今卿不矜不伐❶，真社稷臣也。」乃命設席，宴犒征北將士。楊家女將，皆與其席。是日君臣盡歡而散。

次日，六郎趨朝謝恩，帝賜黃金甲二副，白馬二疋❷，紅緞二十二車，金銀各千兩。六郎當日固辭。帝曰：「微物少酬破陣功績，何必辭為？待朕再與群臣議陞卿父子與諸將之職。」六郎遂受其賜，領歸無佞府，見令婆，道知聖上所賜之事。令婆曰：「聖上恩典，可謂厚矣，吾兒當耿耿在念。然三關之地，番人不時侵寇，汝當復往鎮守，以防禦之。」六郎曰：「母親所言是也。」因令具筵賞犒部下。岳勝等二十餘員戰將坐於左席，黃瓊女、木桂英以下二十餘員女將坐於右席，楊令婆、柴太郡、楊六郎、五郎、宗保俱中坐。是日張樂侑酒，眾人開懷盡飲。酒至半酣，楊五郎起，謂令婆曰：「沙門❸法戒，不肖未

---

❶ 不矜不伐：不驕傲，不自誇功勞。自賢曰矜，自功曰伐。
❷ 疋：量詞，通匹。
❸ 沙門：僧徒。

完。今日特告母親，拜別膝下，仍往五台山而去。」令婆曰：「修緣功果，此是好事。隨汝自往，吾何阻拒？」五郎遂拜辭令婆等，領頭陀僧兵回五台山去訖。酒闌席散，諸將皆退。次早，六郎趨朝謝恩，奏帝願領部兵仍往鎮守三關。帝聞奏大悅，即降旨命六郎仍前鎮守三關；楊宗保監點禁軍，巡視京城。六郎辭帝退歸無佞府，拜別令婆，引部將岳勝等逕赴三關去訖。

卻說王欽歸至府中，思忖自入宋國一十八年，未與蕭后幹得些子功績，遂心生一計，入奏真宗曰：「臣蒙陛下厚恩，未有寸報。今北番敗歸，想必重畏中國之威。乞降旨一道，臣奉去諭之，使其納降，以杜後日邊患。陛下准臣幹此事，居官食祿，亦無愧也。不然，其如素飡❹何？」帝曰：「卿肯委身以為此事，其忠極矣，安得不從？」即下令，差武軍校尉周福領兵一萬隨行。周福得旨，遂整兵同王樞密賫勅旨，離汴京望幽州進發。行至城外十五里總驛，王欽問曰：「不知有幾條路可通北遼？」福曰：「有兩條通之。」欽曰：「是那兩條路？」周福曰：「一從黃河而進，一從三關而進。」王欽曰：「今從何處而進？」福曰：「今從三關而去。」王欽聽罷，忖道：「若從三關而過，六郎豈肯相饒？他有斬殺自由勅旨在身，畢竟擒而戮我。不如瞞著周福，我單騎從黃河而去。」遂調周福曰：「適想起來忘了公文，回去取來。汝領軍馬只管向前進發，不必等候。」福不知是計，即引軍先行。王欽竟從黃河而去。及到太原府，令人報知知府薛文遇。薛文遇即出郭迎欽進府。相見畢，文遇問曰：「大人至此，有何公幹？」王欽曰：「聖上令我往大遼來取納降文字。賢太守可遣船隻送我過去。」文遇遂令軍校，將官船送王欽過河。王欽過了河，辭別文遇，望幽州而去。

❹ 素飡　音ㄙㄨˋ ㄘㄢ，即素餐，徒享官祿，不盡職責。

卻說周福引軍將近三關地界，被六郎邏騎攔住，問曰：「是誰領兵過此？」邏道軍士稱道：「是欽差王樞密，前往北番幹公務事。汝是何人，敢來邀截？」邏騎曰：「我本官得八王信息，說王欽要逃走入遼，我等在此等候多日，今果不謬。」眾人向前，將周福綁縛了，報知六郎捉得奸佞王欽到了。六郎大喜曰：「此賊因我舉荐，位至樞密，屢謀作亂，而向帝前譖我❺，可厭之甚！我每欲擒他，彼倚著聖上之勢，無處下手，豈知今日自投羅網！」乃令綑綁來見。眾人得令，將周福綁縛丟於帳前。滿營軍士聞是謀害本官之人，個個咬牙切齒，恨不得砍為肉醬，盡皆執鎗執刀，擺列兩傍。周福驚得面如土色，啞口無言。六郎反覆視了幾回，乃曰：「此人不是王欽，汝等何故拿之？」周福方應聲曰：「小將周福是也。乞將軍饒命！」六郎問其經過之由，周福曰：「蒙聖上遣小將同王樞密往北番，討取納降文字，不期樞密忘了公文，復回取之，著令小將先行。不知將軍部下因著何事，擒捉小將？」六郎笑曰：「欲捉王欽，誤捉汝也。汝被他籠絡了。豈有領聖旨出行，而會忘了公文？此賊必先知風，故生此計策，往黃河去了。」言罷，令人放了周福，入帳相見。六郎曰：「汝記昔日河東交兵，吾遭潘仁美陷害之事否乎？」周福曰：「小將記之，切切在懷。」六郎曰：「汝乃吾之舊知，不必驚恐。」六郎在河東交戰時迷路，得周福引出，故相識也。

❺譖我：惡言誣毀於我。譖，音ㄗㄣˋ。

第三十四回　六郎筵宴周福

卻說六郎放了周福，令左右具酒食，欵待周福，通宵盡歡而散。有詩為證：

渭北春天樹，江東日暮雲。
清宵一樽酒，相敘舊知音。

次日，六郎送周福過三關訖。

卻說王欽到了幽州，先著近臣奏知蕭后。蕭后宣進，一見王欽大怒，罵曰：「奸佞之賊，恨不生啖汝肉，以雪其憤。每思無計可獲，今日自來送死。」喝令推出斬之。軍校得令，將王欽綁了。耶律休哥奏曰：「娘娘息怒。王欽此來，必有議論。待其陳說可否，斬之未遲。」耶律學古亦奏曰：「王欽如籠中之鳥，無處逃避。乞娘娘放還，問其來由，再行定奪。」后怒少息，乃命放還，問其來意。欽驚得魂不附體，停止半晌，乃言曰：「臣別娘娘而去，非不盡心。奈彼處未有好機會，故難建其功。今宋人又欲發兵出征大遼，說要盡取山後九州而歸。臣慮番邦無有能抵敵者，故臣設計進奏宋君，請得勅旨回來與娘娘商議，欲就內中圖事。今娘娘反以奸佞責臣而加誅戮，豈不寃屈臣耶？」蕭后聞奏，回嗔作喜曰：「卿圖中原之策，姑試言之。」欽曰：「今大梁城中，征戰良將俱各調遣鎮守他處去了，只有十大朝臣在京。娘娘可寫書，願納九州文字來降。但王欽官卑職小，難以任此大事，須遣十大朝臣到於飛虎谷交納，後日有可憑據，始不相征伐也。娘娘以此言誑得他來，圍而捉之。既捉其大臣，遣人告宋君，要他平分天下，始放還大臣。宋君必以大臣為重，不得不與。那時得了地土一半，再議進兵圖全宋也。」后曰：「以此意道知大宋，誰人可去？」欽曰：「小臣願去，使宋君不疑。」后即令文臣寫書與王欽，帶往汴京而去。

王欽辭別蕭后，離了幽州，星夜馳驛。到於中途，恰遇周福，道知蕭后肯納文字，但要十大朝官來接。福大喜，即與王欽由黃河歸朝。不一日到京，進奏真宗，言曰：「萬歲命臣入番，以旨意示蕭后。蕭后畏威，願納九州圖籍獻與陛下。但言此等大事，非朝廷大臣前來領受，其後必生異議。臣懇懇陳其利害。彼言縱辯論有理，其奈汝官卑職小何？必得十大朝臣，於飛虎谷交獻九州文書，庶幾將來廷臣箝口❶而不進征遼之表，才成久堅之盟，以免征伐之苦。故令臣以此復命。」真宗聞奏大悅，即下旨令朝中大臣俱赴飛虎谷，領受交納文字，即日起行，毋得違命。

卻說寇準、柴玉、李御史、趙監軍一班大臣，俱赴八王府中商議。準曰：「此乃王欽之計，陷害我等，列位怎生區處？」柴玉曰：「聖上命下，只得委致其身一行便了。」八王曰：「我想此去必由三關經過，待與楊郡馬借軍扮作伴者，扶助前行，緩急❷有所資也。」寇準等皆然之。次日，十大朝臣入辭真宗。真宗曰：「息止邊患，萬年之計，在此一舉，卿等慎之可也。」八王等領旨出朝，離了汴京，望

❶ 箝口：音ㄑㄧㄢˊ ㄎㄡˇ，緘默不發言。
❷ 緩急：急切需要。緩字無實義。

三關進發。先遣人報知六郎。六郎令孟良、焦贊迎接於中道。八王與朝臣將近梁關，即三關也，一彪軍馬攔路。軍校回報八王。八王大驚，近前言曰：「何人敢在此攔路？」孟良認是八王，滾鞍下馬，伏於道傍言曰：「本官遣小將等在此伺候。」八王遂與眾官直入三關。又見一彪軍馬來到，卻是六郎迎接八王。八王一見，喜不自勝。既入軍營，十大朝臣依序坐下。六郎擺列筵席，十分整齊。眾官舉觴稱謝。六郎曰：「薄治不恭，幸勿見罪。」遂問曰：「殿下與列位大人至此，果何見諭？」八王曰：「聖上欲取北番九州，王欽奏帝：不須用兵，但乞勅旨前往幽州，見蕭后陳其利害，索取九州獻納文字，便可得也。聖上聽信讒言，即降旨付之。王欽領旨，到幽州見蕭后。蕭后允從，但說盟書卻要十大朝臣前赴飛虎谷接受，其盟議始堅，後日才不反背而加征討也。聖上見奏，遂命我等前去接領九州文書。吾恐此是王欽之計，特來與郡馬借部下助行，以防其不測也。」六郎曰：「日前小將接見殿下之信，欲擒此賊以除後患，不意彼從黃河而去。今彼既用此詐術，小將當策兵赴援，務取醜虜圖籍，方才罷手。」八王聽罷，大喜曰：「得君調度軍兵救護，吾何懼哉！」是日眾官盡歡而飲。

酒筵既散，六郎遂喚岳勝、孟良、焦贊、林鐵鎗、宋鐵棒、姚鐵旗、董鐵鼓、丘珍、丘謙、孟得、陳林、柴敢、郎千、郎萬、張蓋、劉超、李玉等二十餘人近前，吩咐曰：「此行關係最重，汝等須謹防番人謀害十大朝臣。」岳勝曰：「將軍遣行，敢不遵命？但恐遼人認得我等，懷疑不肯交納文書，豈不耽誤大事？」六郎曰：「吾有一計，使他不識。汝每俱裝作隨行伴當，各挑箱子一隻，內藏軍器。又用竹筒一個，內去其節，藏著刀鎗；遼人來問，只說不服水土，將此筒帶吾本鄉之水來吃。若無事則止，倘有不測，臨機應變用之。」岳勝等領計而退。

八王次日辭卻六郎，與眾官離了三關，竟往飛虎谷而進。時值寒冬，鴻鴈悲鳴。十大朝臣至九龍谷，見兩傍骸骨堆積，八王嘆曰：「昔日在此交兵，殺傷生靈。今日見此骸骨，不由人不痛心。」有詩為證：

骸骨如山積，黃沙古戰場。

西風殘照裡，悵望淚雙行。

十大朝臣過了九龍谷，將近飛虎谷，北番游騎飛報幽州總兵耶律學古。學古入奏蕭后。蕭后即遣耶律學古為行營總管，引精兵一萬，前往飛虎谷迎候。學古得旨，領兵竟往飛虎谷正北下寨。次日，親往谷中巡視一遍，回到軍中，謂牙將謝留、張猛曰：「汝二人領兵前去此谷東南平曠之處，扎下一寨，大排筵席，以待宋臣。」謝留等領計，安排整頓去訖。

第三十五回　學古設計陷宋臣

耶律學古調遣謝留已畢，忽報宋國十大朝臣已到。耶律學古帶著數十人，出到谷口，接見八王。八王馬上欠身，施禮曰：「王欽回言，汝娘娘願獻九州與我大宋，我等今日特來接受文字。汝可速將交納，以結千載之歡。」學古曰：「交納國之大事，如何這等輕易？明日請到筵中獻納。」八王允之而別，遂於正南安下營寨。

耶律學古回到帳中，召集謝、張商議曰：「汝等誰善舞劍？我明日欲向筵中喚出舞之，假意侑酒，盡誅宋臣，始不負娘娘命令。」謝、張領計而退。學古又召太尉韓君弼，謂之曰：「汝領勁兵一萬，埋伏谷口，候有變，即出截住，不許走了宋臣。」君弼領兵去訖。分遣已畢，乃遣人持書往宋營請十大朝臣赴宴，面議納降文字，兩下軍士人等，不許身帶寸刃隨行。八王得書，亦回書與番卒去了。寇準曰：「王欽此賊好狠心腸，盡將我等置之死地。倘不在楊郡馬處借得部下同來，吾等要一個生還也是不得能夠。」八王然其言。乃曰：「明日赴會，看他設何計策。」言罷，眾官俱退。

次日，耶律學古親出帳外接候，遙見塵頭飛起，宋臣俱跨馬來到。學古迎著，見未帶軍馬兵器，心中暗喜，忖道：「遂吾願矣。」即邀宋臣進營。相見畢，依次坐定。茶罷，八王曰：「蕭娘娘今肯歸順大宋，極有識見，一則不失為一國之主；二則干戈偃息，民得安生。且兩國和好，實萬世之良圖也。」

學古曰：「此等事待從容議之。吾與列位會合，亦千載奇逢，略飲數盃，以通和好之情。」於是令人奏樂侑酒。

卻說柴駙馬坐於左筵正席，學古舉酒及之，乃問曰：「得非柴先生乎？」柴玉曰：「然也。」學古曰：「曾記昔年我國將天字圖來示宋朝，被先生改作未字，我娘娘聞之發怒興兵，遂成仇隙。今日不期又相會也。」柴玉即應聲曰：「我只道汝有何高論見教，原來卻是這樣浮談。然我主應天順人❶，一統中原，因汝北番地土磽薄，故置之度外，不加征討。詎意汝君臣屢為邊患，戕害生民。前者震動皇威，將天門陣打破，汝眾倒戈而逃。那時我國楊元帥欲驅軍馬直搗幽州，盡取汝遼圖籍，以絕後患。幸我主仁慈，不忍生靈久困鋒鏑❷，班師回朝而去。今蕭后若知順逆之理，不為狂夫所惑，傾心事大，猶得為一邦之主。不然，堂堂中國，士馬如林如虎，豈容逆類稱孤境外，而不勦滅之哉？改天字之圖，實出我主之意。然此亦往事，談之何益？」學古被柴玉說了一遍，深有忿色。飲了數盃，又問右邊正席寇準曰：「咸和年間，我國將錦被暖帳來與宋主，先生沉匿不奏，遂致兵甲相尋。以理論之，豈忠君憂國者之所為乎？」寇準厲聲應曰：「我欲主上清心寡慾，論道經邦，敢以玩物簧鼓❸主志？此一舉也，正忠愛之至，誰敢指其非乎？今日我等特為汝主獻納九州文字、結好吾宋而來，何必譊譊❹往事為哉？」學古曰：

---

❶ 應天順人：上應天命，下順人心。

❷ 鋒鏑：音ㄈㄥ ㄉㄧˊ，刀刃和箭頭，此處泛指戰禍。

❸ 簧鼓：音ㄏㄨㄤˊ ㄍㄨˇ，笙竽等樂器都有簧片，吹之則鼓動出聲，比喻以巧言迷惑人。

❹ 譊譊：音ㄋㄠˊ ㄋㄠˊ，喧嚷爭辯的聲音。

「九州文字另日交割未遲。但今日蔬酌簡甚，筵中無以為樂，帳下有能舞劍者入舞一番，以勸列位老爺多進一甌❺，豈不妙哉？」道罷，謝留應聲而出，手執長劍，揮舞筵前。

八王曰：「汝昨日之書，說道不許身帶寸刃，今又令人舞劍，何其言行之相背乎？」道罷，孟良激怒向前，言曰：「一人舞劍不好觀看，必得二人對舞方才為美。我今願對舞之。」道罷，揮劍與謝留對舞。耶律學古見孟良意氣昂昂，自思此人英勇殊甚，料留非能對，遂曰：「兩相對舞，恐乖和好之盟，不如射箭取樂。」孟良曰：「不知要如何射之？」謝留曰：「走馬穿楊，人所習見。須奇巧射之，方見手段。」孟良曰：「要怎麼射叫做奇巧？」謝留曰：「將一個活人縛於柱上，連發三矢，能避之者，便見妙手。」孟良聽罷，暗笑曰：「此賊設計害我，我顯個手段除了此賊，以挫番人銳氣。」乃應聲曰：「這個使得。但誰為首先射？」謝留曰：「我先射之。」孟良慨然允諾，自令人縛於柱上，叫曰：「憑汝三射怎麼射來。」八王等看之，面面相覷，皆有懼色。謝留離筵前二百餘步，拈弓搭箭，先指孟良之口放箭一枝，被孟良張口咬住。又放第二枝向項下射去，孟良見箭到，略斜轉其頭，將手一打，其箭遂落於地。謝留慌張，指定心窩再放一箭，不想孟良有護心之鏡，射之不入。十大朝臣見射之無傷，連聲喝采，令人解了其縛。孟良曰：「借汝與我試箭。」謝留自恃目力之高，思要盡接三箭，以誇其能，亦令人縛於柱上，叫孟良射之。孟良心生一計，頭一箭遂將壞翎之箭，射之不中。謝留自思此人只會舞劍，不會射箭，不甚著意防備，乃曰：「憑汝射那兩箭，吾何懼哉！」孟良暗忖：「這賊合該死矣。」遂取過好箭，指定咽喉一射，謝留應弦氣絕。有詩為證：

❺ 甌：音ㄡ，低淺侈口的瓦器。

勇猛謝留似虎狼，筵前自恃目高強。
孟良巧發雕弓處，忽覺須臾一命亡。
耶律學古見射死謝留，大怒曰：「汝等要來講和，何敢如此大膽，射死我之部將？」大叫：「軍士何在？俱各出來將宋人盡數擒之。」只見筵前轉出五六百騎番將殺來。焦贊、岳勝等不勝憤激，各開箱子取甲穿起，拿出竹筒中長鎗、短劍，一齊接殺。耶律學古見有準備，抽身走了。眾騎軍被孟良等殺死一半。遂奪馬匹乘著，保助朝臣而走。及到谷口，忽一聲炮響，韓君弼伏兵齊出，將谷口截住。岳勝恐北兵緊困，後愈難出，遂鼓眾奮勇殺出。只見番人弓弩齊發，箭如飛蝗，不敢近前。有詩為證：
獫狁❻奸回計策奇，截途羽箭似蝗飛。
孟良不遇延朗放，朝士何由得出圍？
八王見走不出谷，驚慌失色。寇準曰：「此等災禍，未離汴京已知有矣。今亦無奈，只得暫停於此，徐圖計策可也。」八王曰：「斯言固是，但今糧草缺少，朝廷又不知我等被困，無有兵來救應。番人重重密布，久久困守，卻不生生餓死於此谷乎？」孟良曰：「殿下勿慮。待番兵稍怠，小將偷出谷去，奔回三關取得兵來，殺此羯狗。」八王然之，遂下寨安歇，不出衝圍。
卻說耶律學古見宋人不出，與張猛議曰：「我等不必與他廝殺，只要緊守此處，彼雖有拔山之力，

---

❻ 獫狁：音ㄒㄧㄢˇ ㄩㄣˇ，古代種族名，周稱獫狁，漢稱匈奴。

亦無用也。」張猛曰：「久困固好，但消息畢竟傳入汴京，宋君知之，必發兵來相救。依小將之見，還要奏娘娘親提大兵來圍，才可成功。」學古曰：「汝言有理。」遂遣人回幽州，奏知蕭后。蕭后聞奏，即與群臣商議。耶律休哥奏曰：「宋臣既落彀中，機會極好。乞娘娘允學古之奏，親監大軍前往擒之，以圖中原。」后曰：「吾國良將因天門陣殺敗，盡皆喪亡。今無保駕大將，安敢輕出？」道罷，忽堦下一人應聲曰：「娘娘若去，不才願保車駕。」眾視之，乃木易駙馬也。后喜曰：「司天臺官❼嘗奏，遼當興王天下，其間必有名世者出，此兆想應在子之身矣。」遂下命封木易為保駕大將軍，引領女真、西番、沙陀、黑水四國軍馬，共十五萬而行。木易受命退出。

翌日，蕭后車駕離了幽州，望飛虎谷進發。不日到了，耶律學古迎接進軍中，拜曰：「賴娘娘洪福，已將宋之朝臣困于谷中，糧草將盡，不久出兵擒之。臣又恐中國有兵策應，故請娘娘親來監戰，以圖進取中原之計。」后喜曰：「若擒得宋之大臣，足以雪天門陣之恥辱矣。」遂命軍馬分作二大營，屯扎飛虎谷。耶律學古統女真、西番二國之兵，屯於正北；木易駙馬統沙陀、黑水二國之兵，屯於正南，以困宋臣。學古等領旨而退，各去分遣軍士。是夜微風不動，星斗燦爛，木易在帳中忖道：「朝臣被困已久，救兵又不到來，糧草若絕，豈不盡皆餓死谷中？」遂生一計，修書一封，縛於響箭之上，悄地步到宋臣營邊，直射入去，約其密遣人出山後搶糧。孟良正出營巡哨，忽聽一聲響箭射到，遂令人滿營尋之，乃得一箭，縛有書信在上，慌忙送入帳中，與八王等觀看。八王接了，拆開視之。其書云：

---

❼ 司天臺官：掌觀察天文的官，他們常根據天象預言吉凶。

亡人楊延朗頓首頓首，啟八殿下暨列位大人：先生等茲落穽中，策惟謹守，俟候救兵，慎毋妄動，輕犯鋒鏑。北人若欲出兵侵犯，朗自設計止之，不必驚憂。今幽州運來糧草二十餘車，定限明日午後從山後經過，速遣人攘奪入營應用。敬此申聞，勿誤勿誤。

八王看罷，嘆曰：「楊門所產之子，並皆忠義勇將。」乃召寇準等入帳，謂之曰：「楊四將軍適射箭入營，箭上有書一封，報道明日午後有糧草從此山之後經過。若去搶之，又恐禍來更速；若不去搶，吾之糧草已斷，此事何以處之？」準將書看了，乃曰：「搶之無妨。四將軍書上明說，有兵侵害，他自止之。殿下不必過慮。」八王遂喚孟良、焦贊、岳勝、劉超、張蓋二十餘人伏於山後，俟其車來搶之。只留陳林、柴敢領著五百從卒，守護營寨。

孟良等得令，次日帶領五十健卒，伏於山後。俟至傍晚，果見糧車來到。孟良等一齊殺出，盡搶去了。監運糧草番將律軫宣兒見宋兵殺來搶糧，一騎奮勇迎敵，被孟良、焦贊、岳勝、董鐵鼓四人併力殺近，亂鎗刺死於馬下。運糧小卒忙報學古。學古大怒，即過南寨與木易商議，言曰：「可恨宋人將我北營糧草搶去二十餘車。今竟來與駙馬約期，明日進兵，將宋臣盡行殺之。」木易曰：「宋臣手下跟隨的必定俱是良將，若去逼之，彼必拚死殺出，我軍能保不傷乎？兵書云：『窮寇莫追❽。』且宋營中人口有千餘之多，雖奪二十車糧草而去，能支幾日之用？依我之見，只宜困之，不過二三月間，宋人盡皆餓

❽ 窮寇莫追：指對潰逃的敵人，不可追擊得太緊，以防拼死反撲，於己不利。語本孫子軍事：「歸師勿遏，圍師必闕，窮寇勿迫，此用兵之法也。」

死於谷，不費張弓隻箭而成大功。然娘娘之意，亦只要生擒宋臣，與宋君抵換些地土而已，何必勞兵損將，以殺彼哉？」學古然之，遂回北營去訖。

第三十六回　孟良偷路回取兵

孟良等殺了律軫宣兒，遂搬運糧草回營見八王。八王曰：「糧草雖有二十餘車，然亦足以濟目前之用，若無救兵來到，吾輩終是死的。君等有何逃脫之策，請試陳之。」孟良曰：「殿下忍耐。小將今晚偷出谷去，回朝取得救兵來到，殺盡這些番奴。」八王曰：「汝去須要仔細，我等顒望❶，不可有誤。」孟良曰：「不須殿下罣慮，小將自有方略。」是夜辭別八王，從山後走出。將近北番南寨，撞遇巡游番卒。孟良與之相敵，不意被一石絆倒，番眾向前捆縛，來見木易，道知捉得宋之細作。木易見是孟良，近前喝之曰：「瘟奴儕，差汝回幽州見公主有緊急事，緣何與人相爭？」孟良應聲曰：「天色昏暗，走差了路頭。」彼眾人不知，只道是宋之細作，遂將小的捆縛轉來見老爹。」木易罵曰：「沒用奴儕，你就該說出來。」孟良曰：「老爹又吩咐叫逢人少說話，故此未曾分剖。」木易曰：「汝速去來。路途若再遲延，活活打死你這個奴儕。」眾人連忙解縛，放了孟良。

孟良諾諾應聲，忙忙走出番營，到於谷外，想曰：「今日非四將軍，這顆吃飯家伙去了。」一路思忖：「欲往三關報知本官，必須申奏朝廷，然後動兵，豈不日久誤了大事？不如往五台山請楊五郎下山前來解圍，更快些兒。」即抽身竟往五台山，參見五郎。五郎遠遠望見孟良在寺門外來，乃曰：「那是

❶ 顒望：音ㄩㄥˊ ㄨㄤˋ，盼望。

我的冤家，屢次上山纏害❷，今日不知又是何事，來纏擾我也。」及孟良來到，乃問曰：「汝緣何裝束作番人模樣？」孟良曰：「今有一件緊急之事，來告師父得知。可恨蕭后用詭計，賺得十大朝臣困於飛虎谷中，危在旦夕。今領八王命令，前回三關取救兵。自思日久誤事，想起師父這裡去飛虎谷咫尺之間，乞莫吝行，同扶國難，救出朝臣則個。」五郎猛聲叫曰：「孟良，孟良！我說你是我的冤家對頭，苦苦常來纏擾。」孟良曰：「小將亦沒奈何，撞遇朝廷多事。本官命令，不敢推辭，望師父念本官、朝廷分上，領眾下山救之。倘若不去，北番盡將八王眾官殺了，師父之心能脫然無餘恨乎？」五郎曰：「但汝來到，就是不好消息。」沈吟久之，又曰：「本待不去，爭奈八殿下恩德及於我家重若丘山，只得領眾下山救之。」五台山近關西地面，凶頑之徒但犯法該死者，便削髮走入五台山去。五郎盡收留，教其武藝，故領出戰，所向無敵。當日，五郎點集寺中頭陀二千餘人，準備起行。孟良曰：「師父先往，小將還往三關報知本官，同來救之。」五郎允諾。

孟良辭別下山，星夜回到三關見六郎，道知朝臣被困之事。六郎曰：「我即日起兵赴難，汝賫表入京奏知聖上。」孟良帶了表文，星夜回京，直入後殿奏知真宗。真宗聞奏大驚，宣孟良入殿問曰：「朝臣被困幾多日矣？」孟良曰：「已將一月。天幸楊四將軍通信，搶得北番糧草二十餘車，始免饑餓之苦。今三關軍馬已發，乞陛下再遣他將領兵救應。」真宗問廷臣曰：「誰敢引兵前去飛虎谷救眾朝臣？」道罷，嚇天霸王楊宗保奏曰：「臣願領兵前去救之。」真宗大悅，遂命老將胡延贊為監軍，宗保為統兵正帥，孟良為先鋒，領兵五萬，大征北虜。宗保領旨出朝，逕回無佞府辭別令婆。令婆遂命八娘、九妹偕

❷ 纏害：攪擾迫害。

行。是日，眾將整備起行，孟良為前隊，胡延贊為中隊，楊宗保統率大軍為後隊，竟望飛虎谷進發。

不日到了，木易駙馬探知消息，入奏蕭后。蕭后即召耶律學古，計議接戰。學古奏曰：「今有四國軍馬在此，何懼彼哉！待臣分兵迎敵，管取勝之。娘娘勿憂。」后曰：「軍兵雖有四國，實要卿等用心調遣，慎毋蹈前轍，以取恥辱。」學古領旨退出軍中，即召女真國王胡杰、沙陀大將陳深、西番國駙馬王黑虎、黑水國王王必達到於帳下，吩咐曰：「娘娘勅旨，來日與宋對陣，汝等若能斬將奪旗者，即行超陞其職。」胡杰曰：「總管老爹在上，吾料宋人沒多少手段，定教殺得他片甲不留。」道罷，人報宋兵來到。

耶律學古全身披掛，引軍出馬列陣，遙見南陣旌旗開處，馬上端坐一個和尚，乃楊五郎也。高聲大罵曰：「臊羯奴！這等不知事體。昔日排一天門陣騷擾邊境，今日又賺朝臣圍困谷中。千態萬狀，殊為可恨。汝今好好送出朝臣，尚留黨類❸。不然，踏平幽州，捉汝妻孥❹，方始回師。」學古大怒，謂諸將曰：「誰擒此賊禿，以挫宋人之鋒？」道罷，女真國王胡杰挺鎗躍馬，直取五郎。五郎輪斧交戰數十餘合，胡杰力怯，撥回馬走。楊五郎拍馬追之。北陣王黑虎舞方天戟，縱騎從中殺出，截斷頭陀僧兵，前後散亂。王必達復提斧拍馬，驅軍喊聲殺來。楊五郎見四下皆是番兵，衝突不出，更兼箭如飛蝗，正在危急之際，忽西南征塵滾起，鼓炮齊鳴，一彪軍馬如風雨驟到，乃八娘、九妹、楊宗保也。楊宗保一騎當先，正遇王必達，戰上數合。八娘引兵從旁殺入，必達料敵不過，拍馬逃走。八娘乘勢追之，將近

❸ 黨類：同類。
❹ 妻孥：妻子和兒女。孥，音ㄋㄨˊ，子女。

谷口，忽一將厲聲叫曰：「賊徒休走！下馬拜降，饒汝一死！」乃大將胡延贊，當頭攔住。王必達措手不及，被延贊生擒於馬上。孟良殺入北營，正遇沙陀國陳深。兩馬相交數合，被孟良揮斧砍於馬下。楊宗保催動後軍追擊。九妹奮勇當先，正遇胡杰，與之接戰兩合，暗拋紅絨套索，套倒胡杰，活捉於馬上。楊五郎聞知西南金鼓震天，勒馬殺出，恰遇王黑虎，交戰數合，頭陀僧兵一齊持刀砍進，將黑虎馬腳砍斷，掀落馬下，被僧兵向前擒之。耶律學古見四國軍馬冰消瓦解，慌忙走入營中，奏蕭后曰：「宋兵英勇難當，四國將帥皆被擒捉，請娘娘速走。」蕭后聽罷，心驚膽戰，跨上青驄，與耶律學古、張猛等逃走。楊宗保從後驅兵亟襲。蕭后正走之間，忽坡後一軍截路，乃楊六郎之兵。番兵一見，魂飛魄散，拋戈逃走。蕭后仰天嘆曰：「不想今日是吾盡命之期，汝眾人各自為計。」言罷，拔劍欲刎。耶律學古勸諫曰：「娘娘何為如此？幽州雄兵尚有數萬，戰將不下千員，猶可克敵。自古成不怕少，敗不怕多，此去幽州咫尺之間，掙扎走入城中，再作區處。」張猛曰：「乞總管保娘娘從邠谷走回，小將願去攔當宋兵一陣。」蕭后乃止，與耶律學古望邠谷逃走。楊六郎策馬殺近，與張猛交戰，只一合，被六郎一鎗刺于馬下。部眾被三關之兵殺死無數。宗保軍馬又到，合兵一處。六郎欲乘勢驅兵直逼幽州，只見楊四郎單騎飛到，叫曰：「六弟可詐敗，讓吾一軍回幽州，汝即興兵後來，吾從裡面設計應之。汝且調兵去飛虎谷救出朝臣。」言罷，挺鎗與六郎交戰。番眾俱到，六郎佯輸，木易率眾衝陣，走回幽州去訖。

第三十七回　六郎回兵救朝臣

卻說六郎因四郎之言，遂揮軍殺到飛虎谷。韓君弼聽知宋兵殺到，撤圍奔走。孟良拍馬當先，恰遇君弼。兩騎才交，被良一斧揮為兩段。岳勝、焦贊等聞得外面吶喊，知是救兵到了，奮勇殺出。番兵逃走，自相踏死甚眾。六郎既破了圍，下馬與十大朝臣相見。有詩為證：

昔破天門陣，今清虎谷塵。
賊屍橫紫塞[1]，救出宋朝臣。

六郎與朝臣相見畢，遂扎下營寨，召集諸將，令各陳其功，錄之於簿。六郎又令所捉番將，盡皆梟首號令。八王等稱賀曰：「今日非郡馬發兵相救，吾等盡喪谷中，且傷大宋元氣。」六郎曰：「此皆託賴殿下洪福。人報說殺死番眾一十二萬餘人，可惜走了蕭后。」八王曰：「可恨此婦屢為邊患，可乘今日之勢，直抵幽州，取其圖籍，絕卻後患，且恐將來再難得此好機會也。」六郎曰：「適截番人歸路，會見四兄，他道彼作內應，令小將亟進軍兵。今想起來，正當舉兵，赴其期約。但無旨意，恐日後主上聽信讒言，又加罪戮。」八王曰：「軍中之事，君命有所不受，郡馬任意行之。朝廷事緒，我自擔當，

[1] 紫塞：北方邊塞。晉崔豹古今注上都邑：「秦築長城，土色皆紫，漢塞亦然，故稱紫塞焉。」

不必過慮。」六郎乃令岳勝、孟良、焦贊引兵先進，八娘、九妹、楊宗保引兵繼之。胡延贊引軍一萬，保護朝臣。分遣已定，岳勝等并程先進。

卻說蕭后回到幽州，痛恨王欽，不勝憂悶。耶律休哥進曰：「娘娘何必深憂，勝敗兵家之常。今城中糧草可支十餘年之用，雄兵猛卒尚有數十萬之多。宋兵不到則已，倘若深入，不與交兵，只深溝高壘，堅守城池，以老❷其師。待他糧盡退走，乃領勁兵襲之，無有不勝。」后曰：「屢戰屢敗，尚望可以克敵？不如納降，以救一城生靈，此為上策。」張丞相曰：「娘娘不可。大遼自晉、唐以來，中國畏懼儼如天帝。今雖見挫，猶當自振。倘若屈膝向人，尚得橫行以霸一方哉？待宋人到來，臣等出兵死戰，管取洗雪前仇。」道罷，人報木易駙馬全軍回城。后宣入，問曰：「我正愁駙馬莫犯宋人之鋒，汝今回來，深慰吾之憂也。但宋兵甚是雄壯，子之一軍，何能脫離其難？」木易奏曰：「臣引軍圍困朝臣，忽游騎來報北兵殺敗。臣即引兵來救，恰遇宋軍交鋒，被臣衝開其陣，殺條血路，直來救護娘娘。撞遇幾個敗軍，言車駕已回多時。臣恐娘娘有失，復引軍殺回，又遇宋軍交馬，臣奮勇殺退，方才走脫回來。」后曰：「卿知宋兵有復進意否？」木易曰：「聽得宋兵聲言要來圍困幽州，娘娘須提防之。」言罷，哨馬入報：「宋兵風驟而到，今將城池圍繞三匝，水泄不通，乞娘娘作急調兵禦之。」蕭后勃然失色。木易曰：「娘娘休驚，幽州武士尚多，憑臣等調遣，定要殺退宋兵。」后曰：「卿等宜用心交兵，勿致有失。」木易領命而去。

卻說河東莊令公之孫女，名重陽女，乃九月九日重陽節生，故以重陽命名。生有勇力，武藝精通。

---

❷ 老：疲困。

曾許配楊六郎也，只因兵戈阻道，未遂于歸。至此時，聞宋朝臣被遼兵困於飛虎谷，遂舉兵來救，以尋舊偶。當日領兵在途，哨報六郎已救出朝臣，如今統軍圍困幽州未下。重陽女聽罷，大喜曰：「姻緣姻緣，事非偶然，今果然也。倘他引兵回去，欲與一會甚費區處❸。今幸在此，會晤則不難矣。」遂引部下詣宋營報知六郎。六郎猛省曰：「此女果曾許聘於我，值國多艱，音問未通，故不知其下落。今既引兵來，應禮宜接待。」遂令岳勝等出寨迎接。重陽女輕身入帳相見，六郎不勝之喜。二人各訴舊日締結之事，情甚浹洽❹。六郎曰：「今承遠來，足見真情。但兵任在責，不敢遽行合巹❺。待破了幽州，回見令婆，而後畢姻何如？」重陽女曰：「亦必先代郎君立功，而後求合巹也。」六郎曰：「卿卿何策，代我立功？」重陽女曰：「我今乘此機會，暗投於蕭后處做個裡應，郎君外合，此策好否？」六郎曰：「卿卿若肯如此行事，妙哉妙哉！豈幽州攻之不破耶？」

重陽女欣然辭別，回到本營，率部下衝開南陣。岳勝、孟良等佯敗退走。重陽女殺透重圍，直至城下，高叫開門。守軍入帳報知耶律學古：「今有一女將殺開南陣，到於城下，稱說舉兵特來救應。」學古聞報，即奏蕭后。蕭后乃與眾臣登敵樓觀望，但見旗上大書「河東重陽女將軍」，其女在城下追殺宋兵。后乃令耶律學古開門迎接。重陽女入城見蕭后，乃曰：「臣太原莊令公之孫女。可恨宋兵滅我漢主，每欲報復無由。今聞宋兵逞威，圍困娘娘幽州，特領兵來助，共破宋人，取卻中原，吾恨方消。」后大

---

❸ 區處：安排。

❹ 浹洽：音ㄐㄧㄚˊ ㄑㄧㄚˋ，融洽。

❺ 合巹：音ㄏㄜˊ ㄐㄧㄣˇ，古婚禮，新婚夫婦飲交杯酒。巹是飲酒時使用的瓢。世因稱夫婦成婚為合巹。

喜曰：「若取得宋之江山，誓與中分。」遂設宴殿廷，欵待重陽女。酒至半酣，重陽女起曰：「蒙娘娘賜宴，明日率部下擒將相報。」后諾之。重陽女謝宴退出。楊四郎自思：「此女曾許配我六弟，今日緣何肯引兵相助遼人，其中必有計策。」於是奏蕭后曰：「臣引精兵前助重陽女，以破宋圍。」后喜曰：「駙馬出兵，勝於他人萬倍。」遂命領兵同行。

第三十八回　六郎攻破幽州城

卻說木易既得蕭后之旨，遂去軍中，召集一萬精壯之兵，引到重陽女營中，商議退敵。重陽女曰：「宋兵雖眾，破之不難。駙馬引兵出北門先戰，我引部下出南門交鋒。兩下出兵，不愁圍不解也。」木易曰：「依汝之言，此一座城池休矣！」重陽女愕然曰：「駙馬何為出此言也？」木易喝退左右，言曰：「我你事同一家，休得隱瞞。」遂將己之事緒，盡詳告之。重陽女喜曰：「此來本為郡馬作個內應，天幸又會四伯共謀其事，何患不克？」木易曰：「依愚見，蕭后駕下精勇爪牙之士，必用計除之，方能成事。」重陽女曰：「四伯有何計策，可以除之？」四郎曰：「來日吾傳令，遣上萬戶、下萬戶、樂義、樂信等先戰；汝躡其後斬此四人，大放宋兵入城，方可成功。」重陽女領諾退去，準備出兵。

次日平明，木易下令上萬戶等四人，領兵先出迎戰。上萬戶得令，一聲炮響，引兵揚威而出，正遇宋將岳勝，接戰數合，下萬戶、樂信從傍攻進。岳勝不戰，約退於平曠去處。番兵乘勢殺出。重陽女引一軍從後大喝：「遼眾慢進！」手起一刀，斬樂信於馬下。樂義大驚，措手不及，被岳勝回馬揮為兩段。孟良、焦贊引兵殺至，喊聲大振。上萬戶被孟良殺之，下萬戶被焦贊殺之。重陽女當先殺進城去，宋兵隨後一擁而入幽州。城中四面鼎沸，侍臣報知蕭后。蕭后自思：「吾為一國之主，若被宋人生擒，好不羞辱，那時求死不可得矣。不如趁今尋個自盡，全身而死，何等不美。」竟入後殿，解下龍絛自縊。有詩為證：

遼兵抗宋幾光陰，頓解龍絲化鐵心。
回首瑤池❶家別是，菱花❷塵暗夜沉沉。

重陽女既入城中，楊延朗一騎跑入禁宮，正遇瓊娥公主走出叫曰：「今娘娘已自縊於後殿。聞得宋兵布滿城中，請駙馬快走。」延朗曰：「公主休慌！我非他也，乃楊令公四子，詐名木易。」公主聽罷，兩淚交流，雙膝跪下，告曰：「妾之命懸於君手，任憑發放。」延朗曰：「是何言也？蒙子相待，情意甚厚，肯相傷乎？若肯隨我回宋，即便同行。不然，亦難強逼。」公主曰：「一則家破國亡，二則嫁夫隨夫。駙馬肯念夫婦之情，帶妾同歸，誠為大幸，豈有不肯相從之理？」延朗大喜，即令收拾金銀寶貝羅緞等物。既畢，延朗即從宮中殺出，正遇耶律學古走入殿階，延朗厲聲曰：「逆賊休走！」學古不知何事，被延朗一刀斬之。耶律休哥聽知宋兵入城，削髮為僧，越城逃了。

卻說六郎提大軍入城，日已將晡❸，乃下令禁止殺戮。八王等進城，乃問：「蕭后何在？」人報縊死於後殿。八王令解下其屍，停於宮中。六郎調遣各軍，駐扎城東，不許毀拆民房、擄掠等事。次日，八王、六郎入殿觀看宮室。眾將解過大遼太子二人，并丞相張華以下文臣四十九人、武將三十六人。六

❶ 瑤池：古代神話中相傳為西王母所居之地。這裡代指蕭后宮殿。
❷ 菱花：即菱花鏡。
❸ 晡：音ㄅㄨ，申時，約午後三時至五時。也泛指晚暮。

郎俱令囚於檻車，解京請旨發落。當日諸將皆集，楊延朗進見八王曰：「臣偷生番地一十八春，今見殿下惶汗❹甚矣。」八王撫慰之曰：「非將軍內應，幽州何日得定？此等功績，當為第一。待歸奏聖上，重封官職，何為惶汗？」延朗稱謝。六郎曰：「幽州既定，凡所轄地方，必出榜文以撫安之，然後班師回京。」八王依其議，即命寇準草本，張掛各門。大遼山後九州郡邑，聞幽州已破，望風而獻戶籍。越數日，八王下令於宮中大設筵席，賞犒諸將，盡歡而飲。延朗進曰：「臣啟殿下，有一事未審允否？」八王曰：「將軍有事，但說不妨。」延朗曰：「臣被番人所擒，蒙蕭后隆禮相待。今既國破身亡，聖朝之怨恨已雪。乞將屍首葬埋，以報其祿養之情；且使遼人不以負義咎小臣也。」八王曰：「將軍存心如此，可稱為仁人君子矣，乃何以不允乎？」是日席散。次早八王下令，用皇妃禮葬蕭后，有司奉令收斂。有詩為證：

來往龍門四十春，殷勤情意敬如賓。
不忘恩愛高封墓，塞北於今羨義人。

六郎與八王定議班師，八王可之。寇準又進說必留兵鎮守幽州。八王曰：「屯兵固是，予細度之，實非長策。今北番新降，其心未服，設使謀逆，盡將屯戍殺之，豈非我等今日謀之不臧，生陷此輩於死地乎？莫若回京，別建個長久防禦之策，更勝於屯兵也。」寇準依其議。於是六郎調兵起行，望汴京而回。有詩為證：

---

❹ 惶汗：音ㄏㄨㄤˊ ㄏㄢˋ，驚懼而流汗。

宇宙生才握大兵，風雲入陣塞塵清。
旋師奏凱歸朝日，簞食⑤沿途競笑迎。

大軍一路不停，迤邐⑥到了汴京。八王先遣人奏知真宗，真宗遣孫御史等出郭迎接。孫御史既接見八王，與眾俱皆入城訖。六郎下令軍馬俱停城外。次早，八王與群臣進上平遼表章。真宗覽罷大悅，撫慰眾臣，情詞懇切。寇準奏曰：「楊景父子盡心報國，平定北遼，乃不世奇勛。望陛下重加封賞，以旌表之。」帝曰：「朕深知之，候議定下敕。」八王等拜命而出。

卻說六郎與延朗回無佞府拜令婆。延朗且悲且喜曰：「遼人捉不肖而去，幸蕭后放釋，招為駙馬。一十八年，未奉甘旨，死罪死罪。今日歸拜慈幃⑦，忽覺皓首蒼顏，須信人生如白駒之過隙⑧也。」令婆曰：「吾兒羈留異國，老母終日悲思。今日汝回，愁懷頓解，可著汝妻來見。」延朗喚過瓊娥公主入拜令婆，令婆不勝之喜。延朗曰：「此女性頗溫柔，兒得他看承，未嘗少逆。」令婆曰：「亦汝之前緣也。須信赤繩繫足⑨，仇敵亦必成就。」言罷，令家人具酒慶賀。是日，府中眾人依序坐下，歡飲而散。

---

⑤簞食：音ㄉㄢ ㄙˋ，指熱誠犒勞軍隊。孟子梁惠王下：「簞食壺漿，以迎王師。」
⑥迤邐：音ㄧˊ ㄌㄧˇ，曲折綿延的樣子。
⑦慈幃：音ㄘˊ ㄨㄟˊ，尊稱母親。
⑧人生如白駒之過隙：形容人生短促，如同駿馬在縫隙上飛越而過一樣。白駒，白色的駿馬。隙，縫隙。語本莊子知北遊：「人生天地之間，若白駒過郤，忽然而已。」郤，通隙。
⑨赤繩繫足：民間神話傳說，月下老人專管人間婚姻，暗用紅繩把命裡注定作夫妻的人的腳牽連起來，分隔再

卻說王欽見遼已滅，恐六郎等捉之，乃扮作游方道士，星夜走出汴京。侍臣入奏真宗，真宗聞奏大怒曰：「此賊屢向朕前以反情陷害楊郡馬，朕念舊好，姑相容隱。今日背朕逃走，是欺朕也。」延朗奏曰：「王欽非中國人氏，乃蕭后細作，名喚賀驢兒，欲來內中取事。今見國破，恐禍及身，故脫逃而走。陛下不信，拿來看他腳心刺有『賀驢兒』三字可證。」八王奏曰：「王欽惡貫滿盈，難以寬宥。今想出城未遠，陛下可勅輕騎追捕。」帝允奏，即遣楊宗保引輕騎追之。宗保得令，率兵竟往北門追之。行至北門，問守門軍曰：「汝見王欽過此否？」守軍曰：「見一道士慌忙出去，面貌倒似王欽，此人莫非是也？」宗保聽罷，縱騎逐之。時王欽走到黃河渡，見艄子連聲叫曰：「快把船來，渡我過去，多與金銀相謝。」艄子聽得這話，忙撐其船近前應接。王欽跳下船去，艄子舉棹而行。將近東岸，忽然狂風大作，將船吹轉南岸。一連如是者三。艄子曰：「風大難過，姑待少息渡過去罷。」王欽悶甚，躲於篷下。有詩為證：

風急棹行難，浪花滾雪團。
奸臣天殄滅，不肯放生還。

須臾時，南岸之上數十輕騎趕到。楊宗保在馬上厲聲問曰：「適有一道士，在此過去否？」渡夫未應，王欽低聲言曰：「只道過去多時，我當罄囊相謝。」渡夫曰：「汝是何人？明以告我，待替諱之。」王欽不隱，盡將告之。渡夫聽罷，怒曰：「我這去處，被汝年年使吏胥擾害，每欲報復，卻無其由。」

遠，終成眷屬。就是俗語所云「千里姻緣一線牽」。

即將船撐近前，報知宗保。宗保上船捉了，綁縛解回。正值真宗設朝，文武皆集殿廷，近臣奏知捉得王欽已到。八王令人扯出腳心來看，果有「賀驢兒」三字。帝見大怒，罵曰：「這賊，朕如此厚待，猶欲相害。今逃走於他處，畢竟鼓舞興兵，又來侵犯邊境。」王欽低頭不語，只乞早就刑戮。帝問八王：「當加何罪？」八王曰：「乞陛下設一大宴，令本國文武、外國進貢使臣皆與於席，將此賊綁於筵前柱上萬剮凌遲❿，以侑筵中之酒，庶使後人知警。」帝允奏，遂下令著司膳官排宴，召集諸國貢使與滿朝文武，依次坐飲，令行刑劊子將王欽縛於柱上，慢慢一刀一刀割下其肉。在席觀者，俱毛骨竦然。有詩為證：

奸臣欲墮宋宗墟，喬扮投南種禍基。
詎意壬人⓫天殄滅，致令身戮與邦危。

王欽受痛不過，割了數十餘刀，昏悶氣絕。帝命拋其屍骸於野，使狗食鴉飧，方顯奸惡報應之極。帝又謂八王曰：「王欽欺罔如此，朕竟弗知，何也？」八王曰：「大奸似忠，大詐似信，設使聖上知之，非奸臣矣。今日王欽受刑，朝野無不歡躍。」帝然之。忽侍臣奏：「大將胡延贊夜中瘋痰而卒。」帝聞奏，不勝傷悼，乃曰：「延贊忠心報國，勤勞王家，臨大難而不苟，朕股肱也，何天奪之速！」遂令勅葬，贈忠義侯。有詩為證：

---

❿ 萬剮凌遲：封建時代一種割碎肢體的殘酷死刑，宋代始用，元代正式寫入刑法之內，清末廢。

⓫ 壬人：巧言諂媚的人。

豹略攄楓禁⑫，熊師⑬鎮朔方。
將星中夜殞，青史永垂芳。

卻說真宗設朝，群臣班散，特宣八王升殿，言曰：「平定北番將士未及封賞，今日特宣卿來議之。」八王奏曰：「爵德賞功，王者所為。今陛下一統，四方寧靜，再封謀臣、勇將鎮守各處邊關，此誠社稷之長計也。」帝曰：「日前獻俘闕下，朕亦未曾發落。卿說大遼太子與諸臣子，將何以處之？」八王曰：「前者班師之際，寇學士等議欲留兵鎮守幽州，其事未敢擅行，故必歸請陛下裁之。但幽州地土磽薄，今雖得之，亦無利益於國。莫若遣遼太子諸臣回國，效先王興滅國、繼絕世⑭，施仁政，以懷服天下之諸侯也。」真宗允奏，遂下令赦遼二太子并諸臣，俱遣還國。勅旨既下，番人大悅，詣闕謝恩。帝賜遼太子蟒衣玉帶。太子再拜受賜，辭別真宗，即日眾臣回幽州去訖。

---

⑫ 攄楓禁：意思是，騰躍於宮廷。攄，音ㄕㄨ，騰躍。楓禁，帝王的宮殿。漢代宮中多種楓樹，故有此稱。

⑬ 熊師：熊虎之師，比喻勇猛的軍隊。

⑭ 興滅國繼絕世：使已絕滅的國家得以再興。見於論語堯曰。

第三十九回 真宗封征遼功臣

遼太子既返國去。次日，真宗親擬封職，宣六郎進殿，面諭之曰：「卿父子破天門陣，建立大功，未及陞職。今又有平定幽州之勛，朕將旌表以酬卿也。」六郎頓首言曰：「上託陛下洪福，下賴諸將效能，於臣無與也。」帝曰：「卿太謙矣，朕自有定議。」六郎拜命而退。是日遂下勅旨，封六郎為代州節度使兼南北都招討，封楊宗保為階州節度使兼京城內外都巡撫。楊延朗以取幽州有功，授秦州鎮撫節度使。授岳勝為蘇州團練使，孟良為瀛州團練使，焦贊為莫州團練使，陳林為澶州都監，柴敢為順州都監，劉超為新州都監，張蓋為吳州都監，管伯為嬀州都監，關均為儒州都監，王琪為武州都監，孟得為雲州都監，林鐵鎗為應州都監，宋鐵棒為寰州都監，丘珍為朔州都監，丘謙為雄州都監，陳雄為蔚州都監，謝勇為鳳州都監，姚鐵旗為壽州都監，董鐵鼓為潞州都監，郎千為瓜州都監，郎萬為舒州都監。八娘授銀花上將軍，九妹授金花上將軍（古時舊制有封女將為將軍者），淵平妻王氏封為忠靖夫人，延嗣妻杜氏封為節烈夫人。木桂英以下十四員女將，俱封為訓命副將軍。其餘有功將士，俱受封賞有差❶。

次日，六郎詣闕謝恩，奏曰：「荷陛下恩賜部眾爵祿，俱已發遣赴任。但臣母年高，欲奉數時菽水❷。

---

❶ 有差：有不同。

❷ 菽水：晚輩對長輩的供養。菽，音ㄕㄨˊ，豆類總稱。菽水，即豆和水，指粗茶淡飯。

乞陛下寬宥限期，不勝感激之至。」帝曰：「卿能養親以盡孝道，可以風勵❸天下為人子者，朕甚喜焉。須俟再擬期限就職。」六郎拜謝，退歸無佞府中。岳勝、孟良、焦贊等，俱在府中俟候。六郎召岳勝等謂之曰：「今聖上論功定賞，授汝眾人之職，恩典隆矣。且幸干戈寧息，國家清平，各宜赴鎮，以享爵祿，上耀祖宗，下酬己志，毋得違誤官限。」岳勝等曰：「小將俱賴將軍威名，建立微功。今蒙聖上授職，實不忍離帳下而去。」六郎曰：「此君命所在，離別之情有難言也。但汝等可將本部軍人查點，願隨臨任者，則帶同行；不願者，賞以金銀，著令回家生理。汝等赴任之後，各宜攄忠報國，施展奇抱，不枉為一世之丈夫也。當亟赴任，勿萌私念，以誤限期。」岳勝等俱拜辭退出行營，問軍人願從者，即同之任；不願者，隨憑回鄉。其軍人願回鄉者一半，岳勝等將金帛賞之而去。

岳勝等俱各赴任去了，惟有孟良、焦贊、陳林、柴敢、郎千、郎萬六人在府俟候。六郎起行，孟良曰：「今岳勝等俱各赴任去了。三關寨上守護軍士未知消息，將軍須遣人調回。」六郎然之，即遣陳林、柴敢、郎千、郎萬前往三關調回守軍，吩咐將士將積聚輜重，載歸府中。陳林等領令去訖。是時九月，萬里長空，一清如洗。六郎月下散步，仰望雲漢，追憶部下昔日患難相從，今日清平，俱皆不在，遂口占詞調一闋：

長空如洗碧，玉盤❹輾轉寂寂。忽樓頭幾個征鴻，悲聲嘹嚦❺。欲往鄉關何處是？水雲浩蕩南北。

❸ 風勵：勸勉而使之成風。

❹ 玉盤：喻團圓的月亮。

只修眉❻一抹有無中，遙山色。　天涯路，江上客，此心此情，依依報國。昂藏❼丈夫，不忘疆場裹革❽。欲待忘憂除是酒，奈盃傳盡，何曾消得？挽將江水入樽罍❾，澆胸膈❿。

六郎吟罷，乃入室解衣就寢。忽聞一陣狂風大作，風過之後，似有敲戶之聲。六郎慌忙啟扉視之，恍惚見一人立於簷下，乃其父也。六郎大驚，拜曰：「大人緣何在此獨立？」令公曰：「我有一事語汝：今上帝因吾忠義，勅為鑒司之神，此已慰吾心矣。但骸骨拋撇他鄉，汝可令人取歸，葬於先陵。」六郎曰：「爹爹何為又發此言？十數年前，孟良曾於幽州紅羊洞中取回，已葬殮矣。」令公曰：「汝不知蕭后奸計，惟問延朗便知端的。」言罷，化一陣清風而去。六郎痴呆了半晌，似夢非夢，將近三更。俟至天明，告知令婆。令婆曰：「可喚延朗問之。」須臾時，喚得延朗到來，將六郎夢中之事告之。延朗驚慌言曰：「因事匆匆，兒實忘之，未曾告稟母親得知。蕭后昔日得父骸骨，懼我宋人來盜，乃把一副假骸骨藏於紅羊洞中；真者留於望鄉臺，謂吾父英勇，置此以為威望之神。往時孟良所得乃是假的，此臺上才是真

---

❺ 嘹嚦：音ㄌㄧㄠˊ ㄌㄧˋ，也作嚦嚦，象聲詞，形容鳥類清脆的叫聲。徐霞客遊記遊天台山日記：「鶴巢于上，傳聲嘹嚦。」

❻ 修眉：意思是（山色）像修長的眉毛那樣。

❼ 昂藏：此處指人的氣概高朗。

❽ 裹革：指戰鬥而死。即馬革裹屍。

❾ 樽罍：音ㄗㄨㄣ ㄌㄟˊ，盛酒器。

❿ 胸膈：即胸懷。膈，音ㄍㄜˊ，膈膜。

的。今日乃吾父顯聖，託此夢於六郎也。」令婆曰：「北番今已歸降，令人取回，有何難哉？」六郎即召孟良入府，謂之曰：「吾有一件緊要事，勞汝幹來。」孟良曰：「將軍有何差遣，小將願往，安敢言勞？」六郎曰：「吾父真骸骨，蕭后藏於望鄉臺上。汝今竟往彼地取之，卻要黑夜密盜。若明使遼人知之，彼又將假骸骨換了。」孟良應聲曰：「曩者地殊國而人異主，吾尚能取回，何況今日一統？」六郎曰：「汝言雖是，怎奈遼人謂吾父骸骨靈聖，彼地鄉民畢竟嚴守，汝去還當仔細。」孟良曰：「將軍放心，但無捕緝便罷，若有時節，消不得一斧！」言罷，慨然而行。適焦贊入府，只見眾人紛紛私論。贊問曰：「汝眾人在此譊譊，本官將有甚事？」眾人答曰：「侵晨本官吩咐孟良，前往幽州望鄉臺上，取令公真骸骨去了。我等正在此嘆息，孟良真有才能。」焦贊聽罷，跑回行營，自忖道：「孟良屢與本官幹事。我今兼程而進，先到那裡取回，卻不是我之功？」遂整行囊，竟往幽州去了。此時楊府無一人知之。

卻說孟良星夜行到幽州，當日將近申時，扮作番人，竟到臺邊。只見有五六個守軍，喝曰：「汝是何人，來此亂走？」良曰：「前日太子歸國，我等護送未曾遣回，故來此各處消洒⑪，何謂亂走？」守軍信之，遂不提防。及至一更，悄悄上臺，果見一香木匣，盛著一副骸骨。孟良遂解下包袱，將木匣裹了。正背起來，不想焦贊躲在背後，一手拖住包袱，厲聲曰：「誰在臺上勾當？」孟良慌張，只道是捕緝之人，抽出利斧望空劈去，正中焦贊腦門，嘿然⑫氣絕。

---

⑪ 消洒：此處作逍遙講。消，通逍。洒，瀟洒，無拘牽貌。

⑫ 嘿然：閉口不作聲的樣子。嘿，音ㄇㄛˋ，同默。

孟良背了包袱，走下臺來，並未見些動靜，自思：「捕緝豈止一人，才聞聲音卻似焦贊一般。」遂復上臺，撥轉屍看，大驚曰：「果是焦贊！」乃仰天嘆曰：「今為本官幹事，而傷本官幹事之人。縱得骸骨歸去，亦難贖此罪矣。」道罷，竟背包袱走到城邊，已是三更。恰遇巡警軍人提鈴來到，孟良捉住問曰：「汝是那裡人氏？」巡軍大驚，見孟良是南人說話，乃曰：「我非遼人，乃宋之屯戍。因犯軍法逃走，過遼充為巡軍。」孟良亦見是南人聲音，遂曰：「汝肯還鄉否？」巡軍曰：「如何不肯還鄉？只因無有盤費，淹留於此。」孟良自思亦是本官之福，遇著此人。遂解下腰間銀包遞與巡軍，言曰：「我送汝一場富貴，今先將此幾兩銀與汝作路費還鄉。汝直背此包袱往汴京，送入無佞府中，付與楊郡馬，自有重謝。」巡軍曰：「楊將軍在太原時，我曾跟過他來。領尊命，我就送去。請問閣下高姓貴名？」孟良曰：「休問名姓，到府自然曉得，即刻就要啟行。若不去，我或先到汴京，隨即差人捕汝，重加刑罰。」巡軍曰：「說那裡話？受人之託，必當忠人之事，豈有不去之理？」言罷，良將包袱交付，再三叮嚀。忙忙回到望鄉臺上，背著焦贊屍首，出了城坳，乃拔所佩之劍，連叫數聲：「焦贊，焦贊！是我害汝性命！不須怨恨，我今相從汝於地下矣。」遂自刎而亡。可惜三關壯士，雙亡番北城坳。有詩為證：

昔奮雄威莫敢當，今朝為主繼相亡。
狼烽⑬寧熄回頭早，兩個英雄夢一場。

有詩單讚孟良云：

⑬ 狼烽：即狼煙，古時烽火。

社稷悲雄劍，肝腸被鐵衣。
誤傷同伴侶，慷慨刎相隨。

第四十回　禁宮祈禳❶八大王

卻說巡軍當晚接了包袱，驚疑不定，只得為之隱藏。次日，偷出城南，竟往汴京而去。

卻說六郎遣孟良去後，心下十分不快，神思彷彿❷，如醉如痴。忽一晚，睡至三更，夢見孟良、焦贊滿身是血，慌慌忙忙走入府中。六郎問孟良曰：「我遣汝去幽州取令公骸骨，緣何與焦贊染得滿身鮮血而來？」二人拜曰：「蒙將軍恩德過厚，今特來拜辭家去。」六郎驚曰：「相從半生，未嘗言及於家。今日汝等平空出此言，何也？」遂伸手扯住孟良，孟良翻身一滾。撇然驚醒，乃是一夢。六郎甚是憂疑，捱至天明，究問焦贊，連日不見。左右報道：「日前亦往幽州取骸骨去了。」六郎聽罷，驚慌頓足，嘆曰：「焦贊休矣！」左右問其故，六郎曰：「孟良臨行曾言，若遇番人緝捕，即手刃之。彼不知焦贊後去，必誤認為番人捕緝而殺之也。」眾人亦未準信。言罷，忽一人入府中，見六郎拜曰：「小人幽州巡警之卒。日前夜近三更，小人正提鈴巡城，突遇一壯士，付我包袱，再三叮嚀叫我送至將軍府中。小人不敢失誤，今特背送到來。」六郎令解開視之，乃木匣盛著令公骸骨。六郎又問曰：「當晚汝曾問其名

---

❶ 祈禳：音ㄑㄧˊ ㄖㄤˊ，祈求增福，祛除災變。

❷ 神思彷彿：即神思恍惚。彷彿，別作仿佛，就有茫然不清、心神不定的意思。嘉業堂、天德堂本作「神思恍惚」。

否？」巡軍曰：「問之不說，彼言到府自有分曉，一付了包袱，慌忙而去。」六郎令左右取過白銀三十兩相謝。

巡軍去訖，乃遣輕騎星夜往幽州緝訪。不數日，回報孟良、焦贊二屍，俱暴露於幽州城坳，今以沙土掩之而回。六郎仰天嘆曰：「平定北遼，二人之力俱多。今兵革稍息，正好安享爵祿，而俱不幸喪亡。哀哉！哀哉！」次日，入奏真宗曰：「臣部下孟良、焦贊，為取臣父骸骨，俱喪幽州，乞陛下追封官誥❸。」真宗聞奏，甚加傷悼，謂孟良、焦贊汗馬功多，乃遣人賫旨往幽州勑葬，謚贈孟良為忠誠定北侯，焦贊為勇烈平北侯。六郎謝恩而退。歸至府中，思憶孟良、焦贊，怏怏不樂，自是不出門庭，亦無心於理任矣。

卻說八王從幽州回時，路感風寒，疾作臥床。真宗不時令寇準等問安。八王謂寇準曰：「我與先生輩相處數十年，不意從此永訣。」寇準曰：「殿下偶爾小恙，何遽出此言也？值今四海清平，殿下正好燮理朝綱❹，致治太平，使臣等坐觀雅化❺於來日也。」八王曰：「莫之為而為者，命也。此命定矣，人豈能逃？」準等辭別入奏真宗，請祈禳北斗之星以保八王。帝允奏，令寇準、柴玉主壇。準等領旨，令人去請華真人來禳，建壇於禁宮。祈禳二日之後，真人對寇準言曰：「壇上本命天燈不滅，八殿下可保無虞❻。」寇準登臺看之，只見本命之燈明晃晃的，寇準心中暗喜。醮事完滿，疾病果愈，滿朝文武，

---

❸ 追封官誥：指帝王在臣子死後加封爵位。官誥，授官的憑證。

❹ 燮理朝綱：協調治理朝政。燮，音ㄒㄧㄝˋ，協調。

❺ 雅化：美好、嫻雅的變化。

俱往八王府中稱賀。八王入朝謝恩。真宗親接上殿，面諭之曰：「卿之安危，係社稷之安危也。今日病可，社稷有託，乃朕之大幸焉。」於是命設酒筵慶賀，與席朝臣盡皆歡飲。飲至日將晡，眾臣罷宴，擁送八王出朝，來到午門之外，喝道軍校慌忙回報：「有一個白額金睛猛虎，忽從城東衝入街市，百姓無不驚駭奔走，莫敢抵當。今直到午門而來。」八王聽罷，出車視之，果見市中之人四散奔走，卻有一虎揚威咆哮近來。八王急令左右取過雕弓，搭箭搵弦射之，一箭射中其虎頸項，其虎帶箭跑回。眾軍奔忙追趕，跟至金水河邊，不見蹤跡。軍人回報八王。八王驚疑半晌，歸至府中，心神恍惚，舊疾復作，後再不復起臥榻矣。

卻說楊六郎因憂傷孟良、焦贊，遂染重疾。太郡報知令婆。令婆與延朗、八娘、九妹俱至臥榻之前看之。六郎謂令婆曰：「兒此疾自料難瘳。」令婆曰：「我兒小心，待請良醫來治，或可安全。」六郎曰：「昨日當晝而寢，偶夢入朝，行至午門外，適逢八殿下與眾朝臣出來。不知八王因何拈弓搭箭射我，其箭恰中兒之頸項。忽然驚醒，甚覺項下疼痛難禁，想應命數當盡，以致夢中有所損傷。兒死之後，但乞母親保重暮景，勿因不肖之故，哀慟而傷神也。」又喚宗保謂之曰：「汝延德伯深知天文，曾對我言，大宋兵革之災，代代不絕。倘聖上命汝征討，須當仔細，務宜忠勤王事，不可失墜我楊門之威望也。」宗保再拜受命。六郎囑咐已畢，漸漸瞑目。忽又張目，回顧延朗曰：「小弟不幸，今與家人相拋。望四哥善事母親，撫恤子姪，撐持門戶，弟死九泉仰戴。」言罷而卒。有詩為證：

---

❻ 無虞：沒有憂患。

塞北惟公一柱擎，忽聞華表❼鶴飛鳴。
寒蟾❽沒入少微❾去，朝野哀傷涕淚零。

六郎既卒，令婆等一家號哭，聲震京師，軍民聞之，無不下淚。延朗進奏真宗，真宗嘆曰：「皇天不欲朕致太平，而使擎天之柱先折。」滿朝文武，無不傷感。真宗正悲悼間，近臣又奏八王聽知楊郡馬已卒，驚憤大慟，昨日終於正寢。真宗聞奏，倍加哀傷，遂輟朝三日。寇準等會議，奏請八王、楊郡馬謚贈。柴玉曰：「楊郡馬忠貞良弼❿，捍邊功績，國朝第一，今宜謚贈為公。明日列位一同請旨。」寇準曰：「柴大人斯言甚當。」商議已定。次日，會同滿朝入奏真宗。真宗曰：「朕已蓄是心，特未出旨。今卿等所見既同，朕當親書敕旨。」乃追封八王為魏王，謚曰懿；楊景為成國公。命有司俱用王禮葬祭。寇準等領旨，同百官調度行之。

---

❼ 華表：古代立於宮殿、城垣或陵墓前的石柱，柱身刻有花紋。這裡用「華表鶴飛鳴」，烘托六郎逝世的悲壯。
❽ 寒蟾：即冷月。古代神話謂月中有蟾蜍，因借指月亮。
❾ 少微：星宿名，一名處士星，在此借指六郎。
❿ 良弼：好輔佐。弼，音ㄅㄧˋ，輔正。

第四十一回　邕州❶儂智高叛宋

卻說真宗封贈六郎為成國公，用王禮勅葬畢，楊宗保入朝謝恩，自後致仕❷於家。真宗升遐❸，仁宗即位。景祐年間，邕州有一人姓儂名智高，生得濃眉青臉，身長一丈，腰闊十圍。曾遇神人傳授一十八般武藝，飛沙走石，呼風喚雨，無所不能。四方游食凶徒，聞其名聲，皆歸附之。遂鳩集❹萬餘人，殺入南蠻水德國。水德國王開城降之。既得其國，遂自稱為儂王天子，常矜曰：「上天生我如是之軀，吾又學成如是之藝，方之古軒轅黃帝，不我過也。彼當時混一區宇❺，茲亦理之宜然。若區區漢高皇、宋太祖等，特凡夫俗子耳，尚且東征西討，遂成帝業。倘我遇之，彼當退三舍❻矣。我今罄平生學力，彎弓北出，而不跨有中原，吾不信也。」於是與右丞相石宜商議侵宋。石宜曰：「主上欲取大宋天下，

❶ 邕州：在今廣西南寧市南。
❷ 致仕：辭官歸居。
❸ 升遐：稱帝王之死為升遐。
❹ 鳩集：收集，聚集。
❺ 混一區宇：統一疆土領域。混一，統一。
❻ 退三舍：即退避三舍。表示謙讓的意思。語出左傳，師行三十里為舍，晉重耳為報答楚國居留之恩，答應倘若兩國打仗，將先退避三舍。

獨力難成，必借五路蠻王之兵，先取邕州為基，然後再取柳州❼。柳州一得，乘此破竹之勢，進圍汴梁無難矣。」

儂王見說，大喜曰：「朕有石相，猶唐堯之有虞舜。」遂遣使賚金帛往交趾國見銳金秀王，借兵五萬。又遣一使往暹羅國請岳刀立大王，助兵五萬。又遣一使往捍坪國見剌虎哈唎王，借兵五萬。又遣一使往烏扎國見賀花天王，借兵五萬。又遣一使往打煎國見定兒五角王，借兵五萬。五個使臣各領旨，賚金帛去見五國國王。五國國王見儂王天子遣禮來送，又許取了大宋天下分割地土相謝，俱皆喜悅，各親提兵五萬助戰。不一日，俱到水德國。儂王天子接見，不勝之喜，大排筵宴，飲至更闌方散。次日，儂王自起本國之兵十萬，并五國之兵，計有三十五萬，攻破邕州。儂王入邕州城中駐扎。一日，復率眾殺奔柳州城來。柳州節度使高嚴得報大驚，星夜遣人賚表往汴京奏知仁宗。仁宗聞奏大驚，遂問群臣曰：「南蠻叛亂，誰能領兵前去征勦？」包拯奏曰：「狄青深知南蠻事情，乞陛下命青前往討之。」狄青進曰：「老臣不敢辭，特少一先鋒。」包拯曰：「殿前都虞候魏化可充先鋒之職。」仁宗遂降旨，命狄青領兵二十萬，前去征南，授為總督大元帥，授魏化為先鋒。狄青辭帝，領旨引兵望柳州進發。有詩為證：

欲洗交南❽瘴地❾塵，統軍馳驟向邊廷。

❼ 柳州：今廣西柳州市。
❽ 交南：交趾南部，今兩廣和越南北部。
❾ 瘴地：指南方有瘴氣的地方。瘴氣，是中國西南部地區山林間濕熱蒸發致人疾病之氣。

金貂⑩分入三公府⑪，甘作沙場萬里人。

卻說儂王天子驅兵至柳州城，時太平日久，民不知兵，聞南蠻軍馬殺來，望風瓦解。高嚴遂棄了柳州城，退守長淨關。儂王天子遂領眾進柳州城屯止。軍士擄掠民財，殺傷百姓甚眾。儂王不費張弓隻箭，得了兩州，心中大喜，不勝矜誇，謂取宋天下如反掌之易耳。乃設筵宴，犒五國國王并軍士等。酒至半酣，儂王天子問五國國王曰：「今聞大宋遣將領兵來到，列位大王有何計策見教以破之？」銳金秀王曰：「待他兵來，臨機應變，設策以破之。」是日酒散。

次日，儂王升帳議論進兵之策，忽哨軍來報宋兵已到。儂王天子曰：「今大宋兵新到，未有成算⑫。誰敢領兵出殺一陣，以挫其鋒？」賀花天王曰：「某命部將隆元出馬，立梟來將首級。」隆元得令，披掛上馬，引軍出陣衝突而來。魏化正欲上馬出陣迎敵，牙將張誠言曰：「不勞先鋒出陣，待小將去擒此賊。」魏化曰：「汝須仔細。今此一陣關係甚大，倘若輸了，挫折無限銳氣。」張誠曰：「小將視此若群犬耳，殺之何難！」言罷，跳上雕鞍⑬出陣，與隆元交戰數合，隆元抵敵不過，撥回馬走，那馬忽陷蹄，帶人跌倒。張誠拍馬追趕，馬走得快，卻被隆元之馬絆倒，跌落於地。賀花天王望見，驟馬近前斬之。魏化拍馬來救。五國國王驅兵掩殺而來，宋兵大敗，死者無數。狄青收軍，查點傷折數千，怏怏不

⑩ 金貂：漢代侍從貴臣的帽飾，後因以稱侍從貴臣。
⑪ 三公府：漢代太尉、司徒、司空設立的府署。這裡借指王公大人的府署。
⑫ 成算：已定的計畫。
⑬ 雕鞍：借指寶馬。

樂，謂魏化曰：「汝為先鋒，不出陣迎敵，何令張誠出馬而致傷軍斬將，大損威風？」魏化曰：「張誠堅意要出，非小將使令之也。」狄青曰：「這次權饒汝罪。後再失機，定行梟首。」

次日，狄青親身出陣，列開隊伍於北。儂王天子亦親出陣，擺列陣伍於南。狄青指而責之曰：「汝居遐荒，守分進貢，多少安樂？今無故統眾侵掠而作此叛亂之事，是自求禍也。茲者王師到來，能悔前愆⓮，倒戈拜降，吾於天子處保奏赦汝罪名，仍勑賜回國。倘執迷不悛⓯，大驅萬馬，踏平巢穴，汝尚能保南面稱孤乎？」儂王聽罷，呵呵大笑，言曰：「吾聞天下者，天下人之天下，非一人之天下。自天地開闢以來，幾帝幾王，變更非一，豈宋可得綿綿而有之乎？吾初接見，謂汝是宋之太師，必有奇謀異論。今特出此等之言，乃老而不死一狂徒耳，識甚世事？汝宋先日欺人寡婦孤兒，竊取神器，萬世唾罵。吾今所以興兵者，實代百年前周小兒伸冤也。老狂夫速退，勿使遲遲而污吾之刀斧。」狄青聽罷大怒，揮魏化出馬擒之。忽迅雷狂風大作，兩下收軍。儂王曰：「宋兵勇銳莫敵，當用計勝之。」遂謂銳金秀王曰：「煩大王領兵抄出長淨關之後埋伏，但聽炮響，殺近關來。」又謂賀花大王、刺虎哈喇王曰：「煩二大王各領部兵，一枝伏於關左，一枝伏於關右，但聽炮響，一齊殺出，直抵關前。」銳金秀王等各領兵埋伏去訖。儂王天子又謂定兒五角王曰：「煩大王鎮守柳州城，勿得擅動。」五角王得令，不在話下。

⓮ 前愆：以前的過錯。愆，音ㄑㄧㄢ，罪過。
⓯ 執迷不悛：執迷而不悔改。悛，音ㄑㄩㄢ，悔改。

第四十二回　儂王打破長淨關

卻說儂王天子與岳刀立大王、大將松剛、白古欽等出陣，狄青與魏化擺一長蛇陣。儂王天子謂岳刀立大王曰：「大王識此陣否?」刀立大王曰：「不識此陣名何。」儂王天子曰：「此陣名為長蛇陣，倘擊其首，則尾轉救之；擊其尾，則首從而救之。今煩大王出馬擊其首，又令松剛出馬擊其尾，又令白古欽擊其腰，使他首尾不能相救。吾親催動後軍接應。」分遣已定，信炮一響，刀立等領兵齊出。宋兵果然首尾不能相救，潰亂奔走回關。只見賀花天王、刺虎哈喇王左右夾殺而來，宋兵又走轉關後而去。忽銳金秀王一枝兵殺來，狄青棄了關，退走常勝鎮。儂王天子追趕，直逼鎮前下寨。狄青入鎮，查點軍人，傷折數萬。長淨關前骸骨如山，有詩為證：

南來賊勢熾如山，宋將關前死戰難。
甲墮日光金縫裂，鼓轟霜氣革聲寒。
蒼煙翠柳鴉爭飽，白骨青苔蟻食殘。
半夜鳴雞催夢起，還將老劍剔燈看。

儂王次日調兵將鎮圍了。狄青見折軍太多，感傷不已。又見儂王圍鎮四門，攻打甚急。其鎮原立有四門，城郭完固。然狄青慌慌無計，謂諸將曰：「南蠻勇不可當，今把鎮圍了，將奈之何？」魏化曰：「當急表奏朝廷，再遣兵來救應。」狄青曰：「圍得恁緊，怎出去得？」魏化曰：「小將願殺條血路，保護使者出圍。」於是狄青寫表，遣人賫去。魏化開了北門，殺透重圍，護送其人出去。魏化復殺入城來。使人星夜走到汴京，進表仁宗。仁宗聞奏，驚嘆曰：「狄青兵敗，南蠻長驅而進，朕之社稷畢竟難保。不能為先人守業，卻有何顏見之於地下乎？然先帝何幸，得遇六郎。朕今生不逢辰，而無若人；設有若人，南蠻安敢正視中原？」言罷，包拯奏曰：「陛下不嘆及六郎，臣亦忘之。今有六郎之子宗保，其人告老在家，乞宣來問取征蠻之策。」仁宗允奏，即命侍臣往無佞府中宣召宗保。宗保正在金水河邊散步，吟詩云：

金水河頭輦路分，深沉庭院柳如雲。
春來天上渾無跡，月到花陰似有痕。
麯蘗酕醄❶高枕臥，鶯聲宛轉隔窗聞。
千金難買相如賦❷，誰似相如善屬文？

吟罷，忽家丁來報：「朝廷遣使臣來召老爺，今在府中等候。」宗保聽罷，忙回府接旨，與使臣相

❶ 麯蘗酕醄：飲酒大醉。麯蘗，音ㄑㄩˊ ㄋㄧㄝˋ，指酒。酕醄，音ㄇㄠˊ ㄊㄠˊ，大醉的樣子。

❷ 千金難買相如賦：傳說漢室陳皇后（阿嬌）聽說司馬相如善作賦，送黃金百斤請司馬相如寫了一篇長門賦，訴說自己的哀愁，希望能感動漢武帝，重新得到寵幸。（事見文選長門賦序。按史傳未見記載，長門賦也不是司馬相如所作。）這句詩透露楊宗保的心情。

見畢，即同使臣趨朝，拜見仁宗。仁宗賜坐於側，見宗保鬚鬢皓然，怏然不樂，意其不堪領兵出征，乃言曰：「久不見卿，今已如此老矣。」宗保曰：「日月如流，不能久延。且無妙藥駐顏，故不覺雪滿烏巾。今日聖上宣召老臣，不知為著甚事？」仁宗曰：「卿尚不知，朕之社稷危在旦夕。今南蠻叛亂，侵犯邊疆，朕命狄青、魏化征勦。豈意狄青失機，被賊奪旗斬將，朕之地土已陷沒千里矣。」宗保曰：「陛下今宣老臣，將欲何為？」仁宗曰：「特因卿久居兵革，軍機慣熟，故宣來參酌征勦蠻賊計策。今見卿年邁，心甚不快。使卿少壯，煩一往焉，南蠻安敢如此長驅而進？」宗保見仁宗說他年老，乃曰：「陛下說臣老，乞御廄牽過馬來，御庫取過盔甲、刀鎗、弓箭來，伏望陛下恕臣死罪，待臣當殿前試演一番，看老不老。」仁宗即命武士牽馬，取鎗、甲等件。武士須臾取到。宗保俯伏請了罪，拿下朝冠，脫了朝服，戴盔穿甲，取過硬弓，連拽折了數張。又拈鎗在手，喚武士打馬放轡前走。宗保舉步如飛，向馬後趕上，踴身一躍，跳上了馬，綽鎗左揮右刺，於殿前往來一巡，遂跳下馬來，跪於帝前，言曰：「陛下說還可用否？」仁宗笑曰：「矍鑠❸哉，是翁也！」遂親降階，扶起宗保，乃命設酒宴宗保。酒至半酣，仁宗從容謂宗保曰：「卿可前去代狄青掌元帥之印，但少一先鋒。」宗保曰：「吾兒可掛先鋒印。」仁宗曰：「文廣年幼，未便可當此任。」包拯曰：「知子莫若父。楊軍師自以為可，即可矣。否則軍伍凶行，彼豈不自誤耶？」帝允之。是日宴散。有詩贊宗保為證：

曾於海內擅威風，老眼年來一半空。

---

❸ 矍鑠：音ㄐㄩㄝˊ ㄕㄨㄛˋ，老而強健。

已向林泉尋九老❹，又從殿陛❺會諸公。
古今有幾風流將，天壤❻無雙矍鑠翁。
早遣提師居閫❼外，豈容寇賊逞英雄！

次日，仁宗命宗保統率羽林軍❽五萬，前去代狄青領元帥之印，文廣代魏化領先鋒印。宗保領旨歸府，將聖上調遣之事告木夫人。木夫人曰：「夫君老矣。妾年五十始生文廣，兒又幼小，倘有疎失，怎生區處？」宗保曰：「吾已籌之熟矣，不必夫人憂慮。」遂令手下整頓起行。有詩為證：

寶匣行披紫電❾輝，氣沖牛斗❿耀旌旗。
欲平夷虜南侵患，先豎中軍殺伐威。

---

❹九老：即九仙。這句話的意思是，已向山野尋隱逸的仙人。九仙，諸仙人。道家立九種仙人的名目為：上仙、高仙、大仙、玄仙、天仙、真仙、神仙、靈仙、至仙。
❺殿陛：宮殿臺階下。陛，殿的臺階。
❻天壤：天地。
❼閫：音ㄎㄨㄣˇ，國門。
❽羽林軍：即御林軍，皇帝的侍衛軍隊。
❾紫電：寶劍名。吳大帝孫權有寶劍六，其二曰紫電。
❿氣沖牛斗：語本晉書張華傳，豫章豐城有龍泉、太阿兩口寶劍，劍氣上沖牛宿、斗宿分野之際。後引申為怒氣沖天的樣子。

第四十三回　宗保領兵征智高

卻說楊宗保次日出朝辭帝，領兵起行，望柳州進發。儂王聞知宋君遣兵來救，乃撤圍退回長淨關去了。宗保大軍不日到了常勝鎮，狄青等接見宗保。宗保將聖旨宣讀畢，狄青即捧印遞與宗保，見宗保鬚鬢皓然，乃冷笑：「朝廷如此遣將，安能取勝？」宗保見狄青冷笑，大怒，喚左右擒下狄青，綁出轅門梟首。狄青曰：「我無罪名，何敢妄自誅戮？」宗保曰：「適來遞印冷笑，有失威儀。汝既輕慢，下皆不恭，吾安能統眾以破賊哉？假令聖上見老不用則已，若用之時，將印掛我，亦必斂容相授，使下有所敬畏。且今日來代領印出自聖裁，豈我貪權慕祿而奪汝之兵柄耶？」言罷，喝手下推出斬之。文廣急跪下，告曰：「父親才到軍營，即斬元帥，恐於軍不利。」宗保曰：「某自十三歲隨父出征，統率大軍，遇不用命者即斬之，有何不利？」文廣又曰：「狄太師朝廷大臣，聖上所寵任者。今日不請旨斬之，恐聖上見罪。」宗保曰：「只看聖上分上，饒汝殘生。我豈怕汝為太師耶？」遂放了狄青。狄青被宗保耻辱一番，收拾回京，沿途痛恨宗保，乃曰：「不把此賊滅門絕戶，誓不為人。」不在話下。

卻說宗保令軍士扯起楊家令字旗號，擺開陣腳，出馬與儂王天子打話。儂王天子見宗保鬚鬢雪白，又見手下一清秀孩童披掛端坐於馬上，遂問軍士曰：「汝等知此老人與那孩子否？」軍士曰：「那老者是元帥，那孩子是先鋒。」儂王聽罷，微微冷笑，暗忖道：「宋朝無人物如此。若早知道，提兵北向，中國天子已被我做多年矣。」遂言曰：「日前狄青硬抗我師，幾致喪軀。汝今較之狄青，半做土臭❶，尚來提兵出陣而為元帥？那個孩童口尚乳臭，乃掛先鋒之印，中原人物，自此觀之，寥寥然盡在吾目中矣。老將知事，早早拜伏馬前，他日不失王侯之封。不然，此劍利害，決不相饒。」宗保聞言，呵呵大笑，言曰：「汝曾聞囊者破天門七十二陣，擒蕭太后之人名否？」儂王天子曰：「彼女流也，被汝所欺。吾非女流，敵豈容易？但汝亦只能欺婦女耳，豈能敵鬚眉大丈夫乎？」宗保曰：「軍前不必饒舌。汝今謀逆，敢犯正統，果是有勇，舞劍揮鎗，量必能之。但不知曉得些陣圖否？」儂王天子曰：「未學接戰，先學列陣，豈有不識之理？」宗保曰：「吾今排下一陣，汝試辨之。」儂王天子曰：「汝試排來與吾一看。」宗保曰：「兩軍休放冷箭，試看排陣。」遂走進陣去一調，復出問曰：「此何陣也？」儂王天子曰：「九龍出海陣。」宗保曰：「然也。還能認否？」儂王天子曰：「何陣不識，任從排來。」宗保又進陣一調，復出陣前言曰：「識此陣否？」儂王天子曰：「此八陣圖，吾國小兒亦識，豈我身居萬人之上而不識耶？」宗保曰：「汝有膽略攻打此陣否？」儂王天子曰：「尚欲直驅中原，橫行天下，今遇此小小陣圖而不敢打耶？」宗保曰：「汝試打之何如？」儂王天子諾之，彼心忖道：「楊宗保亦如狄青易敵。又以此陣，我既知之，必能破之。」遂引松剛、張誠從生門殺入陣內而去。

宗保見儂王天子既入，復將軍士一調，變成九宮八卦。儂王天子三人在陣內東衝西突，無有出路。又聽得外面喊殺連天，高聲大叫要活捉儂王鑾頭。儂王天子大驚，遂念動咒語，一霎時怪風大作，飛沙走石。宗保笑曰：「此賊有這些本領，遂敢萌此大念。」乃提劍望北一指，大喝一聲，怪風遂息。儂王天子

---

❶ 半做土臭：即現代話行將入土之意。

大驚曰：「此人是我冤家對頭。」正在慌危之際，忽東南角上一軍殺進，乃定兒五角王驅短劍軍一直砍進，其鋒莫敵，宋兵俱各奔走，遂被他救出儂王天子去了。宗保乃分軍作五隊，望五處營寨殺去。先是四國國王并儂王天子立下五個營寨，及見儂王被圍，營營膽喪魂消。獨定兒五角王在柳州城，聞知儂王鬥陣，恐有疎失，遂提兵來救。既救出去，只見宋兵分五隊殺來，俱皆棄寨走回長淨關。正走之間，忽前一軍攔住，為首一小將當先殺來。松剛欺其幼小，拍馬向前迎敵，只一合，被文廣砍之。魏化與隆元交馬數合，將隆元砍於馬下。文廣、魏化二騎東衝西突，遇賊便砍，恰逢定兒五角王短劍之軍，英勇難敵。文廣思忖此兵急難破之，必傷其主將，方可獲勝，遂詐敗而走。定兒五角王見文廣敗走，拍馬追趕。文廣撥回馬來接戰，將標鎗一標，標中左股，五角王落於馬下。文廣近前正待砍之，忽儂王天子驟馬而至，大聲喝曰：「黃口孺子，敢如此無禮！」文廣遂與儂王天子交馬數合，不分勝負。文廣乃佯敗，用拖刀計去砍儂王。儂王躲過。文廣見勝他不得，殺得性起，將交牙十二金鎗之法刺之。儂王不能抵當，身被數鎗，拍馬逃走，與五國國王棄了長淨關，退走柳州城去訖。天已將黑，宗保遂收軍屯於長淨關。有詩為證：

坐籌玉壘智謀深，訓練強兵貫古今。
自顧勤勞廿百戰，白頭不改少年心。

次日，儂王天子升帳，謂五角王曰：「大王何以知我困於陣中？」五角王曰：「哨馬來報大王與宋人鬥陣，我料畢竟有失，故引兵相救。」儂王曰：「昨非大王，幾遇其害。但大王因救孤而被鎗傷，孤心甚不忍也。」言罷，淚如雨下。五角王曰：「壯士臨陣，不死便傷，此何足惜，請大王不必悲傷。」

儂王曰：「五角王壯哉！正所謂勇士不忘喪其元❷也。」遂又言曰：「吾幼時聞宗保智力超群，破蕭后七十二天門陣，無人能敵。昨日陣上觀之，英勇還在。吾又欺文廣年幼，被他刺了數鎗。正是虎父還生虎子。吾想起來：此宗保老兒英勇之甚，必須用計才可破之。」五角王曰：「昨日亦因欺敵太過，所以不甚提防，遂至大敗。」儂王天子曰：「誠哉是也。但不知列位大王有甚妙策，下教下教。」銳金秀曰：「請兩位大王先領兵埋伏萬春谷之兩頭，來日與宋人交戰，佯敗而走，棄了此城，直引進萬春谷去。待宋兵一進，伏兵齊出，截斷谷口之路。彼來衝時，多設強弓硬弩射之。不消一月，宋人俱餓死於谷中矣。此計何如？」刺虎哈喇王曰：「楊宗保行兵如神，他肯令兵趕入谷來？那時功又不成，枉送了此一座城。依我之見，多備柴薪引火之物，布滿此城之中。明日與宋酣戰，至晚佯敗奔走，棄了此城。彼必入城安歇，候至二更，復引軍圍城，齊射火箭入城燒之。列位大王以為可否？」儂王天子曰：「妙哉，妙哉！正合孤之意也。」

次日，儂王天子遂不出兵，暗備柴薪引火之物。既已停當，乃驅兵出城，直至長淨關前搦戰。楊宗保曰：「數日不出，此賊必有計謀。日昨探馬可曾回否？」問罷，一卒向前稟曰：「昨領鈞旨打探消息，只見儂王軍士紛紛挑柴入城，今日即引軍出戰。」宗保曰：「此計只好瞞著孩童。」言罷，乃遣文廣出陣。文廣得令，引軍出馬罵曰：「誅不死的瘟蠻，還敢來戰？」儂王天子大怒，驟馬挺鎗，直取文廣，與之交戰數合，詐敗而走。文廣不趕。儂王勒馬復回，戰上三合又走。文廣亦不追之。宗保驟向前叫曰：

---

❷勇士不忘喪其元：英勇的壯士對捐棄生命並不在乎。元，人頭。語出孟子滕文公下：「志人不忘在溝壑，勇士不忘喪其元。」

「吾兒何不縱馬追之？」文廣曰：「他乃佯敗，其間必有詭計。」宗保曰：「無妨，只管趕上擒之。」言罷，儂王天子復來交戰。文廣又與鬥上數合，儂王敗走。文廣追之，宗保催動後軍一齊殺去，直趕到柳州城邊。日將晡，儂王與眾棄城奔走。宗保驅軍入城歇息。文廣見滿城堆積柴薪，急稟曰：「爹爹快令軍士出城。兒見街市俱是引火之物，倘彼射火箭入城，則我軍無遺類矣。」宗保曰：「吾兒放心。」三軍皆入城歇。

是夜將二更，宗保與魏化等步上城樓，遙聽儂王軍兵將近城來。宗保口誦咒語畢，大喝一聲，迅雷大作，雨下如注，城下水深三尺。儂王軍士濕透重甲，天明收軍，回至萬春谷口，軍士造飯，向日晒衣。宗保喚魏化言曰：「汝領三千勁騎，直去萬春谷口吶喊。彼軍驚走，不必追入谷去，只奪得馬匹盔甲回來，是汝之功。」魏化領兵去訖。又令文廣領健軍五千，接應魏化，搬運盔甲等類。文廣亦領兵去了。魏化引軍既至萬春谷口，一聲炮響，喊聲大振，儂王與五國軍士驚駭，亂走入谷。魏化與軍士搬運盔甲，搶奪馬匹。文廣引兵又至，將所棄之物，盡皆擄回柳州城訖。儂王天子走進谷中，見兵不來追趕，遂下令扎寨於谷，與五國國王坐定，泣而言曰：「昨夜兵敗，非戰之罪，乃天敗也。假使非雨，彼軍俱作煨燼❸矣。」言罷大慟。五國國王皆勸曰：「勝敗兵家常事，大王不必如此傷感。雖敗兩陣，未曾甚折軍兵。明日再與決一死戰，有何不可？」儂王天子曰：「我軍疲勞，猶之可也。列位大王為孤受苦，吾心是以痛傷。」五國國王皆曰：「唇齒之邦，患難共之。今說此話不得。」儂王曰：「列位大王既無退志，孤能射神箭，明日試看孤射之。」言罷，於是傳令下寨萬春谷中，整頓軍器。次日復出交戰，不在話下。

---

❸ 煨燼：即灰燼。文選左思魏都賦：「巢焚原燎，變為煨燼。」

第四十四回　文廣困陷柳州城

卻說宗保升帳，諸將參見畢，宗保謂文廣曰：「夜來一夢不祥，必有小災。」言未罷，忽哨馬報儂王復整兵出谷，殺奔柳州而來。宗保曰：「吾欲號令出軍，恐有疎失，驗應昨夜之夢。」文廣曰：「既爹爹夜夢不祥，且停止不出交兵，高壘深溝，坐老其師，何如？」宗保曰：「吾軍遠涉，糧草缺少，利在速戰。」魏化曰：「權停兩日，觀其動靜，出兵破之。」宗保曰：「然也。」乃傳令四門緊守，勿得妄動。儂王見宗保兩日不出交戰，遂生一計，寫書一封，喚小卒送入柳州城去。小卒領書至城下叫門，守軍報知宗保。宗保傳令開門放入。小卒遞上書，宗保拆開看之。書云：「日前汝排陣圖與孤打之。汝若有能，孤今亦排一陣，汝試出城觀看何如？」宗保覽畢，對來卒言曰：「神人之陣，我曾破之。量爾主乃一凡夫，才不高於神人，吾豈不能攻打乎？來日準出觀陣。汝歸語主，決不爽信❶。」小卒領令回報儂王。儂王喜曰：「中吾計矣！」次日，儂王先擺開陣勢出馬，立於門旗之下。宗保亦擺陣腳，才出馬來，儂王遂發神箭射之。宗保望見，伸出右手接之。忽左手裡鎗竿打著坐下馬眼，那馬驚跳起來，把宗保掀落於地，傷折左腳。文廣急救起來。儂王望見宗保落馬，手揮五國之軍，一齊殺出。魏化、何承恩等出馬迎敵。文廣護送父親入城，復出殺退南兵，救得魏化等入城訖。

---

❶ 爽信：失信。

儂王率軍將城圍了。文廣令四門緊守，不許亂動。號令畢，竟入帳稟曰：「爹爹保重貴體，勿以軍情罣心。」宗保曰：「吾足還要一月才好。爭奈糧草缺少，蠻兵雖敗，未曾折傷，他決不退。必須遣人表奏朝廷，再調兵來救應，方破得此賊。」文廣曰：「蠻賊只道爹爹傷箭，今將四門圍得甚緊，弓弩設得極多，怎出去得？」宗保曰：「汝令四門軍士披掛擂鼓吶喊，虛作出城之狀，每日一連數次。蠻賊折箭既多，彼必懈怠。只道要他不復射箭，可令魏化賫表，汝同殺出城去輔送。出了重圍，汝即收軍入城。」文廣依計而行，一連三日詐作出城之狀。賊見折了許多箭，果懈怠不射。文廣開了北門，同魏化殺出城去。比及三門知覺，撤兵來殺時，文廣收軍已入了城，魏化已殺出重圍去了。星夜回到汴京，進奏仁宗。仁宗聞奏，驚曰：「文廣，長善公主（又名百花公主）之偶。文廣倘有疎失，怎生區處？」遂問群臣，誰堪領兵去救文廣之困。包拯奏曰：「殿前檢校元和可以去得。」

仁宗允奏，即宣元和上殿，命其領兵。元和奏曰：「小將願往。但得一主帥同去為妙。先日楊府常有女將，乞陛下宣木夫人來，問渠府還有可堪統兵者否？」仁宗聽罷，即命侍臣急往楊府，宣木夫人入朝商議軍情。木夫人接了手詔，同侍臣進朝，拜見仁宗。仁宗問曰：「文廣今被蠻賊陷於柳州城，魏化回取救兵。朕命元和領兵五萬去救，但元和勇而無謀，不能將將❷。汝府先代常出女將，不知今還有否？若有能者，朕即勅封，領兵前去解圍。」木夫人聞知文廣被圍，大驚曰：「楊門止有此子接紹宗支❸，若有疎危，怎了？今楊門雖有幾個丫頭，卻未曾演習兵戈之事，不知可去得否，待妾回問，即來

❷ 將將：駕馭大將。

❸ 接紹宗支：承接宗嗣的意思。宗支，同宗的後代子孫。

復命。」木夫人辭別仁宗，竟回到府，召集眾女至於庭前，問曰：「文廣被賊陷於柳州城內，聖上問我，楊門還有女將可以領兵前去解圍者否，汝等有誰去得？」宣娘曰：「阿奴願去。」木夫人曰：「汝肯去，卻要謹慎。」遂引宣娘入朝，奏知仁宗。仁宗大悅，遂下命封宣娘為征南總督，授元和為車騎將軍，即日領兵起行。帝又謂木夫人曰：「文廣，長善公主之配。朕今許捨東嶽廟三般寶物，祈佑文廣平定南蠻而回。」木夫人與宣娘謝恩而出。宣娘領旨，辭別木夫人，與元和、魏化統軍出城，望柳州進發。

不數日到了柳州，離城十里扎下營寨。宣娘曰：「誰肯殺入城去報知文廣？」魏化曰：「小將願去。」即欲出寨，宣娘曰：「且少待。先定計策，報與他知，做個裡應外合，卻才為妙。」元和曰：「計將安出？」宣娘曰：「今蠻兵屯於萬春谷中，我欲引軍截其歸路。但不知有路可通那頭否？」忽一卒應聲曰：「有路可通。」宣娘曰：「汝何以知之？」那卒曰：「昔日狄太師曾遣小卒到此谷中打探消息。只要偷過了柳州城外蠻賊之營，使他不知，便可以去。」宣娘曰：「計策有矣。魏將軍殺入城去告知吾父，說吾引軍偷路過谷，截賊歸路；須令城內明日大開四門，調遣軍士一齊殺出。元將軍分兵四路殺進，做個裡應外合。賊兵一敗，必走入谷，不可追之太驟，恐其捨命殺轉，只宜令步軍放炮放箭，緩緩一步一步進谷。吾軍既入了谷，騎可並行，又當急急追之。謹記，切不可有誤。」言罷，謂元和曰：「將軍即放炮吶喊，大張威勢，一則以助魏將軍入城，二則蠻兵俱出迎敵，趁此之勢，我好偷過營寨。」言罷，魏化領勁騎一千，直衝重圍入城而去。宣娘自引騎軍二千，遠遠依山傍嶺，偷過賊寨，往小路抄出萬春谷那頭去了。二支騎軍方出之際，元和放炮擂鼓，喊聲震天。只見蠻兵紛紛前來迎敵，卻未提防宣娘偷過他寨去了。元和嘆曰：「楊門婦女，亦有識見如此！」

卻說宗保之腳已好，正在軍中吟詩納悶。其詩云：

層陰迢遞苦迷空，八月黃沙吹朔風。
關塞極邊悲草木，羽書❹昨夜過崆峒❺。
何年克汗❻全歸去，此日驃騎盡總戎❼。
千里驊騮俱野牧，廟堂不用賞邊功。

吟罷，忽聞城外喊聲大作，急登敵樓❽觀望。只見魏化殺入城來，急令文廣開門，放下弔橋，迎接入城。魏化入見宗保曰：「今宣總督領兵偷過賊寨，竟往萬春谷截賊歸路去了。著小將告稟元帥，如此如此而行。」次日，宗保下令，遣魏化出西門，與定兒五角王交戰；遣孫文煥出東門，與刺虎哈喇王交戰；遣何承恩出北門，與銳金秀王迎敵；遣文廣出南門，接戰賀花天王。人各領兵五千，一聲炮響，四門一齊殺出。宗保又令高嚴守城；又令冷如冰領兵一萬，出馬與刀立大王接戰。宗保自引大軍，接戰儂王天子。元和次日亦依宣娘之言，軍分四路，整頓齊備。聽得城內信砲一響，元和揮軍殺進四門而去。

---

❹羽書：軍事文書，插鳥羽以示緊急。
❺崆峒：音ㄎㄨㄥ ㄊㄨㄥˊ，山名，甘肅、寧夏都有叫崆峒的山，此處泛指邊境山陵。
❻克汗：又作可汗，音ㄎㄜˋ ㄏㄢˊ，西域各國稱其君主為可汗。
❼總戎：即總兵，鎮守一方武官。
❽敵樓：即城樓。因可憑以望敵，故亦曰敵樓。

內外夾攻，蠻兵大敗，走入萬春谷去。宗保催大軍直趕殺到谷口，令軍士一步一步射進谷口，防賊埋伏。既進谷中，漫山遍谷趕殺而去。蠻兵將走出谷，前軍回報谷口有軍攔路。儂王天子聞報大驚，當先殺出。宣娘見旗幟是儂王的，遂出馬交戰。不數合，被宣娘揮刀砍落馬頭，儂王跌落於地，宋兵將儂王捉了。部卒俱投降乞生，宣娘納之。

只見五國國王，爬山越嶺逃命。宗保催軍殺到，得報儂王已被宣娘捉了，五國國王俱各越嶺而走。宗保急令軍士於嶺下高聲叫曰：「為亂者儂王，今已成擒，實與汝諸國無與。汝等歸路皆已遣兵截住，今請汝等皆來投降，吾之元帥於天子處保奏，復封故土為王。苟執迷不省，如擒捉了，一命不留。」五國國王聞說，皆下山言曰：「只恐元帥縛而殺之。果肯相容，即當倒戈投降。」宗保曰：「誅戮降軍，是不仁也。行不踐言，是不義也。大宋堂堂正大之師，乃為不仁不義之事，何以服四夷❾乎？」五國國王皆曰：「請元帥暫退軍兵，明日自縛來見。」宗保下令，收軍屯於谷中，不題。

---

❾ 四夷：四方之國，東夷、西戎、南蠻、北狄的總稱。

第四十五回　宣娘化兵截路

卻說宣娘入見宗保，言曰：「久別爹爹，有失侍奉，恕兒之罪。」宗保曰：「非我兒來救，老父一命幾不能保。」文廣曰：「適間爹爹不嚴督軍士擒捉五國蠻王，何故收軍讓他逃走？倘他日再生邊患，豈非今日若有以縱之乎？」宗保曰：「兵書云：『歸師莫掩，窮寇莫追。』倘若趕之太急，蠻賊拚死殺來，吾軍可保無虞？此所以『欲擒之，必姑縱之。』❶彼果肯降，仍令反國，懷之以德。若再叛亂，尋復出師，示之以威。且自古有華夷之分，彼不毛之地得不足喜，失不足憂。雖蠻夷之人，必服其心，豈可一一示威以劫之乎？」魏化曰：「元帥言之是也。」宣娘曰：「若要蠻賊來降，必須設策驚他。」宗保曰：「有何計策？」宣娘曰：「爹爹說伏兵截他歸路，即是這個計策。」宗保曰：「吾不過誑他而已，豈真肯遣兵深入險地，以受其殃？」宣娘笑曰：「兒自有計，不必要兵前去。」遂喚軍士拿米過來，望南撒去五把，不知口中念些甚麼。念畢，大喝一聲，仍復告宗保曰：「兒遣兵去矣。」眾人亦未準信。

卻說五國國王商議曰：「難得宋人收軍去了，我你走歸本國，豈不美哉！何必投降，受他節制？」言罷，分別各望本國之路逃回。俱行了一程，遙聞前面軍馬鼓炮之聲，如風雷迅烈一般，嚇得五國國王

❶ 欲擒之二句：意思是，意欲捕捉，故意先縱放他，使他不防備，然後再逮捕到手。這句成語變自老子：「將欲奪之，必固與之。」

盡皆走轉，復聚於萬春谷口，相對言曰：「前途埋伏之兵，勢甚雄壯。」五路皆一樣如此言之。銳金秀王曰：「若不投降，被他所擒，求生難矣。」定兒五角王曰：「只恐宋人不肯相饒。」銳金秀王曰：「縱不相饒，死期猶遠。今寧捨我一命，以救數萬軍人之命。然又聞宋主寬仁大度，不肯殘害降卒，萬一僥倖赦除不殺，吾輩又得生矣。」商議既定，皆自綁縛詣營，寫表稱臣投降。宗保出帳，親釋其縛，言曰：「列位大人今既傾心歸順，俺便寫表申奏朝廷，力保釋放，仍封為王。」言罷，乃令設酒相待，盡歡而散。有詩為證：

星月烽煙息，山河貢道❷通。
不梟諸反側❸，宗保信英雄。

卻說宗保一獲儂王，喚過降卒百餘人向前，謂之曰：「汝等肯代我幹場事，重賞釋放還國。」降卒叩頭，言曰：「願聽爺爺鈞旨。」宗保曰：「令汝等星夜走回邕州，報說：『儂王天子與宋戰敗而回，不覺被一支軍兵截住歸路，困於谷中。我等回取救兵，乞丞相爺爺快發兵相救。』汝等走到邕州，卻要黑夜吶喊，急叫開門。」言罷，眾卒領諾。宗保又令文廣與何承恩，領兵二萬，同降卒星夜兼程往邕州進發。若至城邊，令降卒叫開其門，揮軍一湧而入。文廣得令，領兵走到邕州，天猶未明。文廣與軍士埋伏於城外，令降卒喊門，依著宗保之言，如此如此而說。門軍聽罷，見是自己之軍，遂大開城門。文

❷ 貢道：取得貢物之路。
❸ 反側：反復無常，懷有二心。

廣催軍，一湧而入。文廣一馬當先，殺到邕州衙前，恰遇石宜走出，一刀砍之。既誅石宜，文廣遂下令，不許軍士妄殺市民。出榜安撫百姓，令何承恩權知邕州州事。吩咐已畢，乃收軍回柳州城而去。文廣回到柳州，入帳見宗保曰：「稟爹爹得知：石宜已被兒砍了，又令何承恩權掌州事，安撫百姓而回。」宗保大悅。於是寫表并五國王降表，俱遣人賫進汴京奏知天子。

賫表者正欲上馬，忽宣娘提得儂王首級，擲於帳前。時五國國王俱列帳下，嚇得魂不附體，面面相覷。時宗保見之大怒，喝令軍士將宣娘綁了，轅門梟首。文廣急向前跪告曰：「爹爹息怒。儂王死有餘辜，斬之理當。今緣何將姊姊梟首？」宗保曰：「吾今寫表說活捉儂王解京，待聖上親行發落。今幸表尚未去，倘若去了時節，吾有誑君之罪，反倒幹出滅門絕戶之事。吾昔與狄青構怨，縱聖上垂念功績相容，狄青豈肯相容乎？彼必假公義而伸私忿也。」文廣曰：「且放他轉來，問斬儂王之由，梟首未遲。」宗保遂喚軍人推轉於帳下。文廣含淚問曰：「姊姊何故擅殺儂王？」宣娘曰：「儂王兩臂有千鈞之力，爹爹正令人送京，彼遂打破囚車走出，搶了軍人之刀，殺死數十軍士。兒出見之，乃念鐵罩咒罩倒於地，令軍士近前縛之。彼持刀在手，如虎凶狠，軍人無有一個敢近其前。兒自思此等凶賊，即解到中途，軍士必受其害，以此砍之。現有殺死軍人可證。不期冒犯爹爹軍令，懇乞相饒。」宗保曰：「權饒這次。後再如此，軍法施行。」於是寫過表文，使人賫去。

使者星夜回到汴京，進奏仁宗。仁宗大喜曰：「朕有文廣，邊患無憂矣。」乃遣使臣賫赦文，釋放五國王歸國，襲承舊日王爵。令高嚴為柳州刺史，鎮守柳州。命何承恩為邕州刺史，鎮守邕州。又詔楊宗保即日班師回汴。侍臣領旨，逕到柳州。宗保令人排香案接旨畢，即召五國國王至，命之跪聽聖旨畢，宗保謂之曰：「蒙聖恩寬宥，勅令列位歸國，仍封王位。但自今已後，各守分土，毋得生事擾邊。再犯天威，罪卻難赦。」五王曰：「荷元帥不殺之恩與聖天子寬宥之德，如同父母，難報罔極，尚敢作背逆之事耶？」遂向北再拜。又轉拜宗保四禮畢，各自分別回本國去訖。有詩為證：

聖主施仁釋五王，五王感德地天長。
盡歡白璧完歸趙❹，遙向轅門拜冕裳❺。

卻說宗保下令，班師回京，不日大軍到了汴京。宗保朝服入朝復命，俯伏金堦❻。仁宗宣詔入便殿賜坐，乃曰：「塞上風霜，勞頓元帥，朕甚憫焉。」宗保跪下，言曰：「微臣分所宜也。」仁宗命平身復坐，謂之曰：「向者報道卿等陷於柳州，朕即許捨東嶽之神三件寶物，祈佑卿等早脫禍胎，平定邕州而回。彼時朕即遣人賚寶，送往東嶽酬愿，使臣到於焦山，不期被強賊搶奪而去。此賊訪得即居焦山之下，為害不小。卿著何人前去剿除？取出三般寶物，逕往東嶽酬了舊愿，朕心始慰。」宗保曰：「可命文廣與魏化前往取之。」仁宗曰：「文廣，朕欲令與長善公主畢婚，另遣一人去罷。」宗保曰：「他人去則有失。待進香回，畢婚未遲。」仁宗允奏，遂勅令文廣與魏化領鐵騎三千，前往焦山取寶酬愿。文廣領旨去訖。

---

❹ 白璧完歸趙：即完璧歸趙典故，語出史記廉頗藺相如列傳，比喻物歸原主。

❺ 冕裳：天子的服飾。冕，音ㄇㄧㄢˇ，天子所戴的禮帽。

❻ 金堦：金鑾殿的臺階。堦，同階。

第四十六回　文廣領兵取寶

卻說仁宗勅令文廣領兵前往焦山，取寶進酬香愿。文廣得旨，乃命軍人展開旌旗，大書「奉勅取寶進香」。書畢，遂歸無佞府，辭別父親，引著三千鐵騎軍，即日起行。臨行時，文廣問魏化曰：「不知此去焦山，有幾條路可以通之？」魏化曰：「聞有兩條路通之：一條大路直從焦山之前；一條小路抄出焦山之後，此更近些。」文廣曰：「既小路更近，可星夜而進，出其無備，打破巢穴，剿除更快。」魏化曰：「小將軍所言甚善。」文廣乃率軍士往小路進發。

卻說焦山杜月英與宜都竇錦姑結為姊妹。月英搶了朝廷寶物，遂遣人居於汴京打探消息。其人聽得是文廣從小路而來取寶，飛報月英，月英大喜。忽報錦姑來到，月英出接，敘禮坐定。錦姑問曰：「賢妹有何事喜笑顏開？」月英曰：「吾搶了朝廷三般寶物，即今打聽得是文廣來取。此人乃長善公主夫壻❶，今尚未配。其人生得甚美，他來見我是個女子，決不著意提防。吾必用計擒之，成就鸞交❷，豈不終身有良託哉？」錦姑聽見這話，暗忖道：「他要好壻，我亦要好壻。莫若領吾部下先捉之，以成佳偶。」遂問曰：「賢妹可知他從那條路來？」月英曰：「小卒報知正從姊姊那條路來。」錦姑暗喜，遂辭別竟回，定計捉文廣。

❶ 壻：婿的本字。音ㄒㄩˋ，古時婦女對丈夫的稱呼。
❷ 鸞交：即鸞交鳳友，比喻男女情誼。此處是結親之意。

時文廣引軍來到宜都山前，軍兵報前有一彪軍攔路。文廣令軍擺開，出陣問曰：「吾今領天子勅旨，前往東嶽進香。汝是何人，敢來攔路？」那陣中一美貌女子向前言曰：「吾乃宜都山竇天王親女，據守此方，凡往來客商人等經此處，俱要留下錢物，始讓他過去。汝是何人，猶尚不知？」文廣曰：「吾乃前日擒儂王天子歸國，先鋒楊文廣是也。」錦姑曰：「汝只能擒那蠻賊，能勝我手中寶刀乎？」文廣大怒，提鎗直取錦姑。錦姑與之交馬數合，被錦姑將絆馬索套了馬足，用力一扯，其馬跌倒，遂把文廣掀落於地。眾嘍囉齊出捉之。魏化急來相救，被錦姑一箭射中其馬，魏化亦掀落於地。錦姑卻不去捉魏化，只去綁縛文廣入寨。

錦姑坐於帳上，眾嘍囉擁文廣於帳前，挺立不屈。錦姑見文廣表表威儀，面如傅粉，唇如塗朱，心下十分歡悅，恨不即與合巹，遂命嘍囉對文廣說，要與成親一事。嘍囉領諾，與文廣說之。文廣曰：「吾乃堂堂天朝女壻，豈肯與山中野鳥為配乎？寧死不失身於下賤之人。」錦姑怒曰：「汝今已被吾擒，敢說如此輕狂之話？吾今不放汝死，拘囚入海，即朝廷聞之，奈我何哉？那時仟我磨滅❸你這畜生！」文廣聽罷，大罵狗婦，將頭去撞錦姑。錦姑令嘍囉緊緊綁縛其手足，私謂嘍囉曰：「汝等勿得相傷，吾自有個計來，不愁他不肯諧親事。」嘍囉得令，將文廣綁縛丟於後寨床上。

忽寨外喊聲大振，錦姑出寨視之，乃魏化也。遂曰：「才饒汝死，今復膽大，敢來衝寨吶喊？」魏化曰：「不必多話，好好還我小將軍也。」錦姑曰：「已烹湯矣。」魏化大怒，直取錦姑，交戰數合，亦被錦姑擒之。眾嘍囉綁到寨中，錦姑親解其縛，扶起與之言曰：「竟拿汝來作個媒人。」魏化曰：「作

❸ 磨滅：此處是折磨之意。西廂記驚夢：「誰曾這般磨滅？」

甚媒人？」錦姑曰：「妾欲為楊先鋒舉案❹，適與之說，嫌妾體賤名微，再三不允。」魏化曰：「無有是說。只他乃朝廷駙馬，尚未婚配，故有難以區處耳。」錦姑曰：「妾願居其次，有何不可？」魏化曰：「吾試與言之。」遂進後寨。見文廣緊緊綁定，丟在床上，魏化曰：「小將軍好苦。」文廣驚曰：「汝緣何到此？」魏化曰：「吾見小將軍落馬，急出相救，被他射倒坐馬，復回換馬來戰，又被所擒。他說要與小將軍結姻，此事何如？」文廣曰：「這事怎生做得？朝廷見罪，將如之何？」魏化曰：「小將亦想到來，但今堅執不從，彼定不肯生放還也。依小將臆見，且姑順之。他又願居其次，倘後朝廷有辭，小將一一擔當。」文廣思忖半晌，言曰：「依汝之言，成了也罷。」魏化領言，回復錦姑曰：「小將軍允了，但說後來毋得有異說也。」錦姑曰：「甚麼異說？」魏化曰：「即大小之謂。」錦姑曰：「妾雖非天朝人物，禮義頗自矜持，豈無愧恥而溺於私欲者乎？特因彼是將門子弟，吾愛之重之，日後不失所託耳。」遂命嘍囉大排酒筵，是夕文廣成親。有詩為證：

鬱蔥佳氣藹❺蓬萊，金玉緣成月老栽。
寶鼎氤香❻馥郁郁，紫簫❼聲沸鳳凰諧。

---

❹舉案：即舉案齊眉，本後漢書逸民傳梁鴻中梁鴻與妻孟光故事，「妻為具食，不敢于鴻前仰視，舉案齊眉」。比喻夫妻間能相敬如賓。

❺藹：音ㄞˇ，同靄，雲集貌。

❻氤香：指氤氳之氣。氤氳，音ㄧㄣ ㄩㄣ，天地陰陽之氣的聚合。

❼紫簫：簫。古人多截紫竹為簫，故曰紫簫。

第四十七回　月英怒攻錦姑

次日，早膳已畢，文廣正辭別錦姑，將欲起行，忽聞寨外喊叫。文廣披掛上馬，卻又見是一佳人也。暗忖道：「冤家如此之多。」遂綽鎗向前言曰：「吾乃大宋皇帝勅令進香之兵，汝是何人，敢來阻當？」月英曰：「汝莫非文廣將軍乎？」文廣曰：「然也。」月英曰：「汝乃妾之良人，不與交戰，快叫那潑婦出來比敵。」文廣聽罷，更不打話，拍馬直取月英。月英迎敵，交馬數十合，不分勝負。魏化又與交戰數十合，亦不分勝負。文廣又欲出馬夾攻，錦姑曰：「暫且收軍，明日再戰。」文廣於是收軍入寨。錦姑曰：「月英才能勝妾十倍，且頗賢達，莫若納之，以杜其患。」文廣曰：「著誰去通知？」錦姑曰：「煩魏將軍一往。」次日，魏往月英寨中告知其事。月英曰：「可恨此賤人欺我太甚。」魏化曰：「若非錦姑昨晚苦勸，楊先鋒亦不肯允。」月英曰：「楊先鋒既允，請他單騎入妾寨來，我始收軍。」魏化回告文廣。文廣即辭別錦姑，錦姑揮淚言曰：「他日毋以妾為醜陋，使妾有白頭之嘆可也❶。」文廣曰：「豈有是理，某非王允❷等也。」言罷，單騎入月英寨去。月英接見，大喜言曰：「郎君，迎接稽遲，

❶ 可也：宋元語言，語氣詞，無義。薛仁貴三折：「你娘可也過七旬，你爹整八十。」

❷ 王允：東漢末人，靈帝時任司徒，為誅奸臣董卓，設謀交結呂布，使布刺殺董卓。三國演義則寫成王允用貂蟬行連環計，先答應呂布，後又送貂蟬去董卓府中，離間其關係，最後呂布刺殺董卓。

幸乞恕罪。」文廣見月英淡妝素抹，修眉一彎新月，皓齒滿口瓠犀❸，心中思忖：「世間有此絕色女子。人常說道月殿仙娃貌美無倫，今睹此女或可並之。」有詩為證：

秋水盈盈橫兩盼，春山❹淡淡掃眉峰。
絳唇嬌囀鶯聲巧，疑是嫦娥下九重❺。

文廣一見月英，心下甚悅，遂與同到焦山。那晚大設筵席，文廣與月英曲盡綢繆❻。次日，文廣謂月英曰：「蒙子之情，愛厚至矣。但我奉聖旨進香，沿途稽遲❼，違了欽限，甚不穩便。日前子所奪的寶物，快取來與我去還了愿信，再與子會佳期。」月英曰：「本欲留郎君停息數日，怎奈君命為重，實不敢拘去敝轅❽。但此後願勿見棄，妾所終身仰望者郎君，請思昨宵魚水之歡，亦非殘花敗柳者也。謹念在懷，幸莫大矣。」文廣指心而言曰：「吾有棄子之心，天日可表。」言罷，月英喚丫頭遞出三件寶來。是那三件寶物？一件是萬年不滅青絲燈。一件是自報吉凶玉籤筒。何謂自報籤筒？人有心事，但一叩之，其籤自出報其吉凶。一件是夜明素珠一串。文廣收了寶物，辭別月英，引軍到於燕家莊。莊前有

---

❸瓠犀：瓠中子。以潔白整齊比喻美人之齒。
❹春山：比喻美人的眉毛黛青如春山。
❺九重：指天。傳說天有九層，故以喻天的高遠。
❻綢繆：音ㄔㄡˊ ㄇㄡˊ，形容情意纏綿。
❼稽遲：滯留，耽誤。
❽轅：音ㄩㄢˊ，行館。

一大澗。

燕家莊上有一人，姓鮑名大登，身長一丈，力拔生牛之角，自稱為燕皇帝，入海為賊，官軍屢捕不得。生三子一女：長子名大卿，次子名少卿，幼子名世卿，女名飛雲，俱有力善戰。糾聚眾嘍囉數萬，屯於燕莊。時鮑大登正與江氏坐於堂上敘話，忽嘍囉飛報說道：「宋朝遣人賫寶往東嶽進香，今來此經過，乞發兵攘其寶物。」鮑大登曰：「大卿、少卿下海去了，吾今只得自去奪之。」世卿曰：「緣何輕覷於兒？待兒去隨手拿來，如探囊取物耳。」言罷，披掛出馬，引眾嘍囉擺開陣腳，向前叫曰：「來將好好留下寶物，隨你往來。若還半言不肯，殺教片甲不回。」文廣聽罷大怒，揮戈直取世卿。世卿亦拍馬迎敵。交馬數合，文廣舉鞭打中世卿左臂，負痛逃回。大登望見，綽鎗出馬，交戰十合，敗歸於寨，悶坐不悅。

飛雲聞父敗回，急出問曰：「來將是誰？如此英勇？」大登曰：「我亦未問其名。只見汝兄中鞭，即出馬與戰。老父非走得快，幾被所擒。」飛雲曰：「爹爹當用計擒之，可徒恃勇乎？」大登曰：「來將是個小子，生得十分美貌。吾初欺其幼小，不覺倒有些能幹。」飛雲曰：「待兒出馬擒之。」大登曰：「你去須仔細。那小子鎗法甚精，若捉來時與汝為配，吾願足矣。」飛雲含羞不語，披掛上馬，出陣言曰：「來將名甚？」文廣曰：「我乃征蠻元帥之子，先鋒楊文廣是也。」飛雲見文廣容貌美麗，又聞是楊府子弟，暗暗忖道：「父親之言不差。」乃言曰：「汝曾聞諺云『惡龍不鬥當方蛇』❾，汝今在我處經過，合當小心，禮物不拘多少，獻上買路過去，方是汝之高妙有能處。今倒撒潑無禮，逞強恃勇，要

❾ 惡龍不鬥當方蛇：即強龍不壓地頭蛇的意思，指外來勢力再強，也對付不了當地的勢力。

搶路過，怎能得夠？」文廣聽罷大怒，直殺過去。鬥上數合，飛雲力怯，撥馬走往大澗邊去。文廣趕上，大喝曰：「賤ㄚ頭，走那裡！」飛雲常在此打馬跳澗，教練其馬，跳得甚熟，故引文廣來跳。遂走至澗邊，打馬一鞭，跳過去了。文廣不知飛雲誘他來跳，且其馬素未習慣，跑到澗邊，亦打一鞭，去跳那澗，滑喇一聲，跌落澗內。魏化急趕來救，大登出馬交戰。飛雲見文廣落澗，令數十善水嘍囉下澗捉之。須臾綁縛上岸，飛雲令眾勿得傷他，竟跑馬先回，入後堂見母親，商議婚配之事。有詩為證：

秦樓年少吹笙女，漢苑風流傅粉郎⑩。
共結絲蘿⑪山海固，永諧琴瑟⑫地天長。

---

⑩ 秦樓年少吹笙女二句：比喻一對神仙佳偶。秦樓吹笙女是指秦穆公女兒弄玉好吹簫，後嫁蕭史，成仙。傅粉郎指三國魏何晏，美容儀，臉白，後多用來稱頌美男子。

⑪ 絲蘿：音ㄙ ㄌㄨㄛˊ，菟絲與女蘿，比喻婚姻。語本古詩十九首：「與君為新婚，菟絲附女蘿。」

⑫ 琴瑟：音ㄑㄧㄣˊ ㄙㄜˋ，比喻夫婦和好。詩經周南關雎：「窈窕淑女，琴瑟友之。」

第四十八回　文廣與飛雲成親

卻說飛雲誘得文廣跳澗，既擒捉了，逕回寨入見江氏。江氏迎而言曰：「聞嬌兒用計擒了來將，足慰父兄之心，以雪輸陣之辱。」飛雲曰：「固然雪恥，還有一事不好說得。」江氏曰：「母親跟前，卻有何害，只管說來。」飛雲欲語，又掩著口只是笑而已。江氏曰：「莫非所捉之將，真可以為偶乎？」飛雲點頭。復曰：「彼乃楊府之子，況且妙齡，殺之可矜❶。」江氏曰：「待父升堂，吾即言之。」

鮑大登升堂，江氏同坐於側。眾擁文廣於堦下，挺身而立。江氏見文廣美如冠玉，心下十分歡喜，謂「真吾之壻也」。大登曰：「豎兒不跪，復欲何為？」文廣曰：「吾之膝，金石弗堅過也，豈肯向鼠竊狗偷之輩而一折乎？」大登聞說大怒，提劍欲砍。江氏即遮隔言曰：「小童有一事，欲啟聖上得知。」文廣亦怒曰：「砍便砍，何必做那般形狀？」又見那婆子稱「聖上」、「小童」，復大笑焉。江氏曰：「此子乃楊府子弟，莫若留之，以配飛雲。聖上酌量何如？」大登遂拋了劍，向前笑曰：「賢壻休驚。」時天將晚，大登也不問他肯不肯，釋了其縛，只管教飛雲出來拜告天地。飛雲既出，大登命其下拜。文廣不拜，大登按倒其頭令拜。文廣暗忖：「此來被陰魂迷了，連連遭此纏害。前被錦姑玷我之璧，今若不順，他仍不放，莫若姑順了也罷。」遂下拜焉。拜畢，與飛雲同入洞房，顛鸞倒鳳，不勝歡樂。

❶ 可矜：可惜。矜，惋惜。小爾雅廣言：「矜，惜也。」

次日，文廣告大登曰：「蒙岳丈厚恩，謹當趨侍左右。但小壻領聖旨進香，恐違欽限。只得拜違前去，酬了復命，庶幾罪不及於九族。」大登曰：「自古為臣盡忠，理合奉行。但汝媳婦如何？」文廣曰：「復命之後，即遣人來取。」大登曰：「我自送至。但小女無瑕之玉，被汝點破，端期❷白髮相守，慎毋見棄可也。」文廣曰：「小壻非薄行之人，決無是為。」大登曰：「亦須進房一辭而別。」文廣遂進房辭飛雲。飛雲半晌不語，長吁一聲。文廣曰：「子何愁悶之深？」飛雲曰：「早知郎君離別早，何似當初不遇高。」文廣曰：「非也。上命差遣，由不得我。我豈肯輕離別乎？」飛雲曰：「妾跟郎君同去何如？」文廣曰：「不可。此去進香，要潔身誠敬，以奉神明，敢帶婦女？」飛雲曰：「似此奈何？」文廣曰：「待回汴京，差人來接便了。」飛雲曰：「妾之嬌姿，未慣風雨，郎君知之，憐之，幸勿丟於腦後。」文廣曰：「某起此念，天厭❸，天厭！」飛雲曰：「妾當遠送一程。」遂與文廣同出庭前，告父曰：「妾欲送楊郎一程回來。」大登曰：「兒去即回。彼行程緊急，莫去誤他。」言罷，文廣拜別大登、江氏，與飛雲同行。出至寨外，兩淚如傾。文廣見之，亦不覺淚下，言曰：「一宵恩愛，遽爾離分，心豈忍乎？倘後我無音來，汝不肯忘而來相與，當會同焦山杜月英、宜都竇錦姑，一同入京訪問。金水河邊無佞府，乃我之家，汝等直投入來。」飛雲曰：「恐郎君他去，家人不容，奈何？」文廣乃取下金簪一根，言曰：「設或不在，以此遞進，無有不容。」飛雲曰：「妾去會時，恐彼二人不信，何如？」文廣又解下鴛鴦繡袋一個，付與飛雲，言曰：「此乃月英親手澤❹也。持此前往，再無異說。請子回步，

---

❷ 端期：實在期望。張相詩詞曲語詞彙釋：「端，猶準也，真也。」

❸ 天厭：被天所厭棄。論語雍也：「予所否者，天厭之！天厭之！」

恐誤去程。我與汝既結夫婦，後會有期。」飛雲不勝悲愴，遂於歧路再拜而別。有詩為證：

昨日相逢今別離，忽聞釗落淚交頤❺。
心中無限傷情話，握手叮嚀囑路歧。

文廣別了飛雲，回到軍營，將成親事情告知魏化。魏化言曰：「此乃天緣奇遇，將軍前生結下來的，縱仇敵之家，亦必成就。」言罷，文廣號令諸軍起行。不數日到了東嶽，文廣謂魏化曰：「眾軍俱屯止山下，吾與汝齋戒沐浴，手捧此三件寶物，拜到聖帝面前獻上，才見誠敬。」次日，文廣、魏化沐浴畢，捧著寶物，一步一拜，直到大帝面前。掛了燈，安置了簽筒，文廣曰：「素珠須掛在大帝手上方好。」遂親登案，揭開羅帳掛之。遂禮拜上香已罷，同魏化遶廊觀看，嘆曰：「靈山勝景，真個無窮佳趣。」有詩為證：

百折千迴疊嶂岑❻，崆峒遙出翠微❼深。
青天白日煙霞結，不受塵埃半點侵。

文廣往各房遊耍，只見道士個個丰神秀雅，飄飄然若當世之神仙。乃言曰：「吾輩持戟負戈，吃驚

---

❹ 親手澤：親手織就的物品。手澤，本指手汗，引申為摸過之物。
❺ 淚交頤：淚水縱橫於面頰。
❻ 岑：音ㄘㄣˊ，高而險。
❼ 翠微：淺淡蔥綠的山色。

受恐，有何好處？倒不如此輩寵辱無驚，理亂不聞，優游自得，徜徉自適，卻不知天之高、地之下也。」

有詩為證：

悟徹三千與大千❽，上人❾不為利名牽。
煙霞深隱諸緣寂❿，水月光涵一性圓⓫。
頑石⓬點頭時聽法，清風拂座夜談禪。
閑來擬結陶潛⓭會，共醉芳樽⓮對白蓮。

文廣嘆罷，道官來請進膳。膳畢，文廣曰：「汝眾道官各退，我等遍觀景致一番，亦不枉到此處。」

❽ 三千與大千：佛教語，指廣大無邊的世界。佛學謂以須彌山為中心，以鐵圍山為外部，是一小世界；一千個小世界合起來，就是小千世界；一千個小千世界合起來，就是中千世界；一千個中千世界合起來，就是大千世界。總稱三千大千世界。

❾ 上人：佛教稱具備德智善行的人為上人，後作為對僧人的敬稱。

❿ 諸緣寂：意思是，各種雜念是寂滅了。緣，佛家語，指因緣。寂，寂滅，寂靜。

⓫ 一性圓：意思是，只有事物的本性得到完滿的體現。性，佛家語，事物的本質，與相相對。

⓬ 頑石：這裡用的是頑石點頭的典故。晉缺名蓮社高賢傳道生法師：「入虎丘山，聚石為徒，講涅槃經，至闡提處，則說有佛性，且曰：『如我所說，契佛心否？』群石皆為點頭。」

⓭ 陶潛：即東晉隱逸詩人陶淵明。

⓮ 芳樽：美酒。

言罷，眾道官各散去了。文廣與魏化步到一峰，峭拔壁立，其高突出諸峰。有詩為證：

風光天下已無雙，萬里雲山盡樹降。
一笑風雷生足下，鈞天⓯路去不多長。

文廣既到其峰，只見有一石殿，殿門上書著「天下第一高峰」。忽然雲暗似有雨之狀，魏化曰：「雨來那裡去避？」文廣曰：「推開這石殿之門，進去躲避一會何如？」魏化向前推之，半毫不動，乃曰：「卻推不開。」文廣曰：「用些力氣推之。」魏化用盡平生之力，又推不開。文廣曰：「待我試之，看推得開否？」遂將一隻手略推，只聽裡面環響，謂魏化曰：「我推得開。」魏化曰：「難也，將軍試推之。」文廣遂將兩隻手向門上一推，滑喇一聲，如山崩地裂、霹靂雷震一般，其門開了，嚇得魏化膽戰心驚，手腳慌亂。文廣笑曰：「你怎麼的？」魏化曰：「好怕人也。今觀將軍，乃天神也，豈凡俗儕乎？」文廣舉步欲進，忽內有兩個武士，執戟立於兩旁，大喝曰：「甚麼人這等膽大，推開禁門，步入裡來？」文廣曰：「聖朝差進香的。」言未畢，忽內有一官員出來，請曰：「聖帝宣將軍入後殿一話。」文廣隨他進到後殿，俯伏在地，言曰：「小臣楊文廣是也。今同魏化領旨進香，游玩至此。因欲避雨，妄推禁門，乞赦死罪。」帝曰：「赦爾無罪，卿等平身。」賜坐於側，命侍臣獻茶、紅桃二枚。文廣、魏化領受不食。帝曰：「此桃甚難得食，其味極佳。昔王母獻武帝之桃，即此一種，卿試嘗之。」二人遂食之，香甜無比。茶罷，復賜酒，各飲三杯畢。帝言曰：「楊卿可惜路逢佳偶，點破好景。不然，為一全真⓰，無復

⓯ 鈞天：天之中央。呂氏春秋有始：「鈞，平也，為四方主，故曰鈞天。」

臨凡受奔競⑰矣。但此一前緣，不可麾卻⑱者也。魏化特一凡胎，但見為主忠貞，故今日亦因楊卿而同飲大丹頭⑲矣。此非小可之益，自今已後，隨意變化飛騰。今勞卿進香，賜此以答誠心，回去幸勿洩漏。」

二人拜辭出殿。行至門外，文廣曰：「帝言隨意變化，我化個鶴，飛過前山去。你亦隨意化個甚麼鳥兒飛來。」文廣踴身一躍，化一隻鶴，飛過前山去了。等候多時，魏化不來，復飛轉看之，只見魏化飛起三尺，又墜於地。文廣飛下問曰：「你緣何不飛起來？」魏化曰：「不知因何飛起又墜。」文廣曰：「飲食一般，你緣何又飛不起來？敢怕那仙桃核子，你不曾吞下？」魏化曰：「我是不曾吞之，欲帶此核回去布種。」文廣曰：「帝說汝是凡胎，今看起來，你的心也是凡心，安能超脫飛升？汝快去吞之。」化曰：「吞之恐怕咽死了我。」文廣曰：「人生在世，無百年長在軀殼，緣何這等怕死？」魏化遂強吞之。文廣大喝一聲，一手帶起魏化，齊齊飛過山前，並下立定。魏化曰：「吾生怕墜落，跌死於地。」文廣曰：「怕死貪生，為凡心之最。人所以難學道者，有凡心故耳。汝急急去之，日後我與汝同歸大羅⑳，毋自迷失真性。」言罷，只見道官來迎歇息。次日，文廣拜別聖帝，相辭道官下山，引軍望汴京而回。不一日到了汴京，文廣入奏仁宗。仁宗見奏大喜，下命重修天波滴水樓，封楊宗保為無敵大元帥、

⑯ 全真：即道人。道教重陽子一派主張存神固氣為真功，與物無私為真行，功行俱全，為全真。以後往往稱道人為全真。

⑰ 奔競：奔走爭競，急求利祿。

⑱ 麾卻：揮去。麾，音ㄏㄨㄟ，同揮。

⑲ 大丹頭：即大仙丹。頭，名詞詞尾。

⑳ 大羅：道家語，道家以大羅為最高的天，因指仙界。

宣國公，楊文廣為無敵大將軍、忠烈侯，宣娘為魯國夫人，魏化為殿前都指揮使，文武各陞有差。又命文廣與長善公主畢婚，不題。

卻說狄青終日恨宗保，又見全家受封，乃曰：「老賊今日封公封侯，吾之寃仇，何時可報？」遂喚心腹家丁名師金者，謂之曰：「吾昔日征蠻，被宗保老賊恥辱。今欲誅之，以雪其忿。汝有何策？」師金曰：「宗保朝廷倚任重臣，老爺害之，豈無後患？此事斷不可為。」狄青聽罷，拿起鐵鎚趕打，咬牙大叫：「打死你這奴儕！」一逕趕進後花園內而去。師金暗忖：「莫若謊他。不然，今日活打死了。」既至後園，遂生一計，跪下告曰：「老爺息怒，聽小人告稟。」狄青曰：「奴儕稟甚麼？『養軍千日，用在一朝』。你倒說這等話，長他人之威風，而不忠心以事我。」師金曰：「常言『機事不密，禍先行』。老爺在堂上大聲說這等話，只恐有人走漏消息，報知楊府。楊府一本，論老爺挾私謀害，滿朝文武保奏他的甚多，那時老爺悔之晚矣。為此，小人激怒老爺，引至此處才好說話。」狄青大喜曰：「我的兒，說得甚有理。我且問你，怎生計較害他父子性命？」師金曰：「今老爺已說要打死小人。待小人走進房去，只做尋不見，著家丁遍搜逐出，不容在府。小人竟去投楊府，俟方便處，將宗保刺死，又泯其跡。仇殺而禍遠，方是全謀。」狄青曰：「妙計，妙計！」遂令師金起去。須臾時，又趕轉庭堂上來，大罵：「奴儕可恨！」令家丁搜尋，逐出府門，饒他一死。眾人將師金推出於府門之外，師金即投入楊府而去。

是時無佞府中大排筵宴，花燭熒煌㉑，嘉賓駢集㉒，慶賀文廣與長善公主畢婚，盡皆歡飲，沉醉如

㉑ 熒煌：音ㄧㄥˊ ㄏㄨㄤˊ，明亮輝煌。

㉒ 駢集：一對對地聚集著。駢，音ㄆㄧㄢˊ，並列，對偶。

泥。師金悄地進到宣國公房中，伏於梁上。宣國公與諸客飲罷，進房取下冠帽，仰臥床上，只見一人伏於梁上。乃曰：「梁上君子，你有甚事？或要錢物，或要殺我，請下來商議。」師金聞說，遂跌落於地，跪下告曰：「小人狄太師家丁師金是也，太師令來做刺客。」宣國公聽罷，就枕言曰：「汝取我頭去。」師金曰：「蒙老爺不殺小人，小人又敢作背義之事乎？」遂將狄青謀害之話與己不肯之意，一一告知。「乞老爺假做個計策，一則以活小人之命，二則以寢狄爺謀害之心。」宣國公曰：「吾即詐死，汝歸報主，則彼此兩全矣。」師金領計，星夜逃回，報知狄青說：「楊府今晚成親，宣國公醉了，被我刺死於床。」狄青大喜曰：「已報一冤，俟後再圖文廣。」不題。

卻說宣國公那日飲多了些酒，到半夜時身體不快，忙喚文廣入囑後事。文廣疾趨臥榻之前，問曰：「爹爹如何一旦不安？」宣國公令文廣屏退左右，言曰：「適狄青遣一家奴名喚師金來刺我，我令他砍首。師金號泣說不敢，但求個生路，我即以詐被刺死之計告之。師金拜辭而去，我就寢。忽夢帝命武士斬我，我乃驚醒。今想此數㉓難逃，欲生不可得矣。狄青懷忿，將後必來害汝，須防之。」言罷，瘋痰頓生，須臾而卒。次日，表奏朝廷。朝廷令敕葬，令文武祭奠送殯畢。有詩為證：

> 無復公來佐太平，一天風雨折臺星㉔。
> 四方聞訃俱驚駭，默嘿無言淚暗傾。

㉓ 數：即劫數，命運。

㉔ 臺星：星宿。臺，對人的尊稱。

第四十九回　三女往汴尋夫

卻說鮑大登每欲送飛雲往汴京而去，後因大卿、少卿狂風覆舟，溺死於海，世卿打獵墮崖而死，大登日夜傷感，遂嘔血數斗而死。飛雲與母江氏議曰：「父死兄亡，此地難以居身。楊郎別時，曾言叫去尋他。」江氏曰：「只怕日遠情疏，變了心也。」飛雲曰：「他臨別之時，曾遺我香袋一個，令兒去會同焦山杜月英、宜都竇錦姑，往汴尋之。兒想起此等情意，決非虧行易心者。」江氏曰：「既有此等約期，即當收拾起行。」於是遂喚眾嘍囉將山寨焚了，竟往焦山而行。

及至焦山，杜月英出馬問曰：「來將何人？無故興兵，來此吶喊囉噪❶。」飛雲出馬言曰：「姊姊莫非月英乎？」月英曰：「然也。」飛雲曰：「昔日楊郎遺言，使小妹會同上京尋他，不知賢姊肯去否？」月英曰：「尊名見示。楊郎曾有何言？將甚為憑？」飛雲曰：「妾姓鮑，飛雲名也。楊郎別時，曾遺賢姊所繡鴛鴦香囊，又言再會宜都竇錦姑姊姊同去，故今日特來相邀。」月英聞言，滴淚問曰：「別粧次❷幾多時矣？」飛雲曰：「只在妹寨一宵，即分別而去。」月英遂拉入寨歇息。次日，收拾完備，亦命嘍囉將山寨燒了，直往宜都而去。時竇錦姑正憶楊文廣，不勝憂悶。有詩為證：

❶ 囉噪：音ㄌㄨㄛˊ ㄗㄠˋ，吵鬧。

❷ 粧次：又作妝次，對女子的敬稱。西廂記報捷：「奉啟芳卿可人妝次。」

閉門日日見青山，思憶郎君咫尺間。
總被宜都關阻隔，妾身何路會郎顏。

月英等既到宜都，嘍囉慌忙報錦姑曰：「不知何處一彪軍馬來到。」錦姑見說，即披掛出馬，只見是月英引眾嘍囉，乃笑曰：「你這丫頭，今日起兵來此騷擾。又有一個楊郎在此來搶奪耶？」月英亦笑曰：「被你這個歪癟姑❸先奪趣兩晚，今日是以興兵問罪。」錦姑又問曰：「那位娘子是誰？」月英曰：「亦是楊郎卿卿❹。」錦姑曰：「人謂楊郎貌美恰似蓮花，宋太后道蓮花亞於楊郎。人問其故，太后曰：『楊郎解語，蓮花豈解語乎？』人人愛著楊郎貌美，今看起來果是蓮花不及。不然，這位娘子逢之亦不放過。」飛雲聞說，掩羞言曰：「閑話休說，且到貴寨一拜。」言罷，錦姑邀進相敘。禮畢，錦姑問曰：「今日何事，勞動二位光顧？有失迎迓❺，恕罪，恕罪。」月英曰：「姊姊適笑為楊郎而來，今果為他而來。」錦姑曰：「為楊郎甚事？」月英曰：「楊郎別去兩年，杳無音耗❻，今特來邀姊姊同去尋之。」錦姑曰：「聞他母親家法甚嚴，倘楊郎公出，遠而不納，奈何？且楊郎亦非輕薄之子，他畢竟來取我等，我等不必自去。」飛雲曰：「小妹子亦慮及於此。蒙楊郎付金簪一根，令約會二位姊姊同至其府，倘或不在而不容納，將此金簪遞進，無有不收留者。」錦姑曰：「賢姊年雖幼小，慮卻深遠，吾等皆不如也。」

❸ 歪癟姑：從上下文的意思看，這是宋元語言歪剌骨。歪剌骨，罵女人為下賤、潑辣。癟，此字字書未收。
❹ 卿卿：男女間的暱稱。
❺ 迎迓：迎接。迓，音ㄧㄚˋ。
❻ 音耗：音信，消息。

但引大隊人馬，入京不得。」月英曰：「怎生區處？」錦姑曰：「喚他眾人過來，吩咐各散，量帶幾十勇敢有能之士同行。」於是月英、飛雲各吩咐其部眾散去，財物將馬載之。三人引數十騎，望汴京而進。

不數日到了汴京，訪問至於無佞府前，錦姑著手下去對門者說：「我等是送文廣將軍家眷的到來，煩去通報。」其手下依錦姑之言，直對守門者說之。其守門軍人言曰：「你這人在說夢話，文廣將軍有甚家眷在外人來？」言罷，喝聲快走，不禮答之。手下回告錦姑。錦姑下馬，揭了眼罩，親到府門下問曰：「大哥，文廣將軍在家否？」守門者見錦姑生得貌美，遂戲之曰：「將軍在家時怎麼的，你要與他幹那話兒？」錦姑大怒曰：「你這賊子，敢如此無禮！少頃入見將軍，定行梟汝首級。」守門人見錦姑話頭凶狠，想必有甚來歷，遂曰：「娘子不須煩惱，將軍下操去了，到晚方回。」錦姑曰：「你去通報老奶奶，只說送家屬的見在❼門外，未敢擅入。」那人忙進稟木夫人曰：「外面有一干人，說他是送楊將軍家屬的，著小的通報老奶奶得知。」木夫人曰：「吾兒未曾有甚婚配。你出去對他說，京中姓楊者多，敢怕錯尋了門戶，俺府中卻無別姻親也。」守門人即出，以木夫人之言告錦姑。錦姑遂取下金簪，遞與守門人，言曰：「此簪是楊將軍別時所遺，煩你遞與老奶奶看之，便知端的。」守門人拿了簪，進告木夫人，夫人曰：「此老身之簪，昔日吾兒往征南蠻把與他束髮。今在此女之手，想必吾兒與他有甚緣故。汝去放他入來，待文廣回來問是何如。」守門人遂出言曰：「老奶奶著你入去。」錦姑遂喚月英、飛雲下馬入府。門外之人見之，皆曰：「此三女乃活觀音降世。」眾皆嗟呀❽不已。錦姑等一齊進到中

---

❼ 見在：即現在。

❽ 嗟呀：嘆詞，表示贊嘆。

堂，站立堦下。江氏先與木夫人通了姓名見禮，然後錦姑三個齊拜於堦下，言曰：「婆婆萬福，媳婦久失奉候，總冀恕罪。」木夫人驚曰：「列位娘子緣何這等稱呼？」錦姑正欲訴其衷曲，忽門外揚聲喝道：「忠烈侯回府。」文廣一入，錦姑等接見，相拜言曰：「郎君別來無恙？」文廣曰：「託庇平安。」言罷，遂一一將三女之情告知木夫人。夫人乃命家人治酒接風，不在話下。

卻說狄青聞知文廣先婚三寨強賊之女為妻，尋思一晚，寫了表章。次日清晨進奏曰：「文廣違逆聖旨，先婚賊寇三女，罪當棄市❾。」仁宗見奏，怒曰：「這廝敢無禮欺君如此！」遂著駕前指揮拿問。包拯一聞拿問他，忙奏曰：「文廣雖逆聖旨，汗馬功大，不可令法司問刑，必聖上宣到殿前親究根由。果欺蔑憲典❿，加罪未遲。倘情可矜，又當赦宥。」仁宗允奏，下令拿來廷鞫⓫。須臾，數十武士拿得文廣上殿。仁宗罵曰：「你這廝好無禮！朕將長善公主匹配，有何負汝？輒敢大膽先婚賊女，從實招認，免受鞭笞。」文廣曰：「臣實有罪，特事出無奈，乞陛下宣魏化鞫問，便見分明。」仁宗下命宣魏化。須臾，魏化俯伏金堦，一一奏其事故。仁宗聽罷，乃曰：「此等姻緣，非偶然也。朕非包卿進奏，險屈忠良。」遂命釋放。文廣衣冠謝恩畢，遂將狄青原日與父結仇之故，及後師金行刺等情，一一奏帝知之。帝曰：「老賊如此挾私害人，豈是忠心為社稷者乎？」言罷，文廣目視魏化，招之同至御前，奏曰：「狄太師惱恨微臣深入骨髓，不斷臣頭，心不肯休。非臣不欲忠於陛下，只愁死作無頭之鬼，那時悔無及矣。

---

❾ 棄市：古代在鬧市執行死刑，陳屍街頭示眾，稱棄市。

❿ 憲典：法律，法典。

⓫ 廷鞫：在殿廷上審問。鞫，音ㄐㄩˊ，審問，審訊。

今願陛下善保龍體，微臣納還官誥，謝卻人間之事，徘徊霄漢⓬之外矣。」言罷，稽首再拜畢。二人奮身一躍，文廣化一隻鶴，魏化化一隻鴉，沖天而去。仁宗與滿朝文武，驚嘆不已。仁宗乃曰：「文廣化去，那有忠心竭力贊勷⓭寡人者？今後邊疆禍作，誰為征討？」遂大罵狄青讒佞，陷害忠良，不在話下。

卻說楊府聞知文廣化身去了，驚死長善公主，一家大小號哭於庭。忽文廣、魏化飛止於庭。木夫人見文廣飛回，乃曰：「聞吾兒化身而去，長善公主今已驚死。」文廣曰：「可惜！此女青春夭亡，必須表奏朝廷知之。且汝眾人休向外面說我回家，從今以後，不聽天子宣詔，隱匿於家，念佛看經，消過時光也罷。」次日，著楊雲將長善公主事表奏朝廷。仁宗聞奏，甚加哀悼，下令勅葬，封為忠烈夫人。無佞府中大小⓮送殯，不題。

⓬ 霄漢：雲霄天河，指高空。
⓭ 勷：音ㄒㄧㄤ，同襄，相助。
⓮ 大小：指地位的尊卑。

第五十回　鬼王踢死白額虎

卻說仁宗在位四十一年，英宗在位四年，國泰民安，邊禍不作。及神宗即位，熙寧五年，西番新羅國侵犯邊境。新羅國王姓李名高材，勇力超群。因新納西夏一人，姓張名奉國，其人生得身長二丈，腰闊二十圍❶，兩顴突起，眼似金星，兩脇生有八臂，人號為八臂鬼王。時一日，眾獵夫趕出一白額猛虎，團團圍定，吶喊射之。那虎乃神虎也，箭到其身，紛紛墜地，並射不入。張奉國正往那打圍之處經過，聞吶喊囉嗓，乃問手下人曰：「前面吶喊做甚勾當？」手下人對曰：「獵夫吶喊打虎。」奉國曰：「人常道虎能食人，我實不曾見，待我前去看之。」遂下轎來，步入圍場看之。那虎被獵夫射發了性，咆哮跳起咬人，忽跳在奉國面前而來。手下人慌忙扯奉國曰：「老爺快走，毋被所傷。」奉國曰：「有何害？待這畜生近來，我踢死他。」手下人驚得走了。那虎將近來，奉國行進幾步迎著，伸腳一踢，將那虎撇在半天，恰似踢毬❷一般。那虎大吼一聲，跌落於地，寂寂❸不動。奉國近前看之，只見那虎七孔鮮血迸流，遂手招眾獵夫言曰：「虎已死矣，汝眾人近來抬去剝皮。」眾獵夫近前，跪拜言曰：「老爺是個

❶ 圍：計量圓周的約略單位，指張開大拇指和食指之間的長度，一圍五寸，或說三寸。

❷ 毬：音ㄑㄧㄡˊ，中國古代習武或遊戲用的球，皮革製成，其中以毛充填，供足踢或杖擊之用。

❸ 寂寂：清靜無聲，冷落寂寞。

神人，今日感謝除了這惡物，不知被他傷了多少的人。」眾人抬回，剝了皮，割下其肉，會計重八百餘斤，不在話下。

卻說張奉國一日早朝畢，李王謂之曰：「咱國年年進貢大宋，使人入其朝，每被廷臣恥辱侮慢，咱甚羞愧。細想起來，彼人也，我亦人也，吾何畏彼哉？咱今欲興兵爭奪中原，以雪往日廷臣恥辱之仇。卿有何策，教咱行之，謹奉社稷以從。」奉國曰：「臣部下有一人姓夏名雄，力能拔山舉鼎，所射之箭，百發百中。使一柄大斧，約重九十餘斤，揮動可敵萬夫。乞主上封為先鋒，小臣不才，願為總督，統領十萬雄師，出攻莫耶關，以取宋之都邑。」時有一老臣姓許名武，急諫曰：「不可。大宋民心歸順，一統山河，材官若雨，策士如林，何當輕覷於彼，便謂破之易易❹。主上不聽臣言，妄動刀兵，惹起正朝❺征伐，必有覆亡之禍。」李王未語，奉國答曰：「老丞相有所不知：天下久治，戎事俱廢，大宋昔日之良將，皆已凋謝。今掌兵權居邊鎮者，皆膏粱子弟❻，聞吾兵驟進攻打，心寒膽戰，望風逃竄不暇，尚敢來爭鬥耶？然此時亦天與之，人能順天行事，未有不昌大其國者也。」李王聞說大喜，遂不聽許武之諫，乃封張奉國為伐宋總部行營無敵都管頭，封夏雄為前部開路威武大酋長，即日領率部落十五萬，殺奔莫耶關而來。許武因諫不從，出朝仰天嘆曰：「天作孽，猶可違；自作孽，不可活❼。我國歷代好好

---

❹ 易易：極言容易。

❺ 正朝：本指帝王聽政視朝的正殿，這裡借指中央或大國。

❻ 膏粱子弟：富貴人家子弟。

❼ 天作孽四句：天降的災禍，還可以逃避；自己惹來的罪孽，無法逃脫。語本書太甲中：「天作孽，猶可違；

的，納此叛賊，將金甌❽打破，使我輩無葬身之地。」遂回家削髮為僧，雲遊四海去訖。

卻說莫耶關都指揮使羅練，正升廳問事，忽報新羅國李王興兵來攻莫耶關，聲言要奪大宋天下。羅練大驚，一面著人築關防禦，一面著人回汴進奏。使人星夜到了汴京，正值神宗設朝。使人直進，奏知神宗。神宗聞奏，驚問群臣：「誰能領兵征剿新羅反寇？」忽一人出班奏曰：「臣願領兵前去討之。」神宗視之，乃右丞相張茂是也。神宗允奏，下命封張茂為統兵征西大元帥，令往團練營操演軍兵，精選十萬勇猛之卒，前去征之。張茂領旨，往團練營中選擇軍兵，遂試得胡富，勇力過人，武藝極精，乃以先鋒印掛之。查點眾軍，載定名姓，號令明日五鼓起行。吩咐已完，回府歇息。繞道從無佞府前經過，喝道者禁聲，跪下稟曰：「前面是無佞府，凡大小官員人等俱要下馬經過。」張茂喝曰：「胡說！」端坐馬上，喝令眾人敲金鳴鼓而過。

卻說楊文廣年已六十，正在書館訓誨諸子兵書戰策。其長子曰公正一郎，次曰唐興二郎，三曰彩保三郎，四曰懷玉四郎。時文廣講談方罷，忽聞府前動張樂器，乃喚守門者進入問曰：「何事府前大張響器？」守門人對曰：「張茂丞相下營選軍，出征新羅反賊，今從此回，喝令眾軍鼓樂而過。」文廣聽罷，乃曰：「小小丞相，今日才統大軍，不勝誇耀。且尚未曾臨陣，勝負不知何如，遂敢這般做作。殊不曉這樣風色，我老楊做得不要的了。」言罷，謂諸子曰：「我當時因無子息❾，可奈狄青百節生計，謀害

自作孽，不可逭。」逭，音ㄏㄨㄢˋ，逃避。

❽ 金甌：音ㄐㄧㄣ ㄡ，金製的甌（盆盂類瓦器），以喻疆土之完固。

❾ 子息：即子孫。

我們。後遂化鶴回家，埋名隱姓，生下你兄弟姊妹，幸今都已長成。一則朝廷優待吾門，二則男兒志在四方。你兄弟當奮武揚威，報效朝廷，不墜祖宗聲聞，使老父得睹赫奕功業，死亦瞑目。汝看今日張茂欺俺家無人，方敢如此無禮。」言罷，四郎懷玉告曰：「兒今去張丞相處，求掛前部先鋒印，以報效朝廷，爹爹說可否？」文廣曰：「汝素無名，他怎肯即授此職。但去做個散騎，出戰之際顯些能幹，斬將奪旗，方才他肯任用。」懷玉曰：「若做散軍，辱了祖宗。爹爹放心，兒去自有方略，定要奪了先鋒之印。」文廣大喜曰：「此子有些膽略，日後或者能幹得些事業出來。你去只要謹慎而行。吾觀張茂卻非良善之輩。」懷玉曰：「爹爹何以知之？」文廣曰：「我之府前，是聖旨著落官員人等至此下馬。今觀此人才統三軍，昂昂得志，自謂不世之奇逢，今過我府門前而不下馬者，非欺我家，乃是欺朝廷。豈有欺朝廷之人，而非狼心狗行者乎？」懷玉唯唯領諾。次日五鼓，懷玉辭別父母兄妹，披掛上馬，竟到張茂府中訪問。張府人說已領兵出城去矣。懷玉即追趕出城而去。既趕到十里長亭，只見眾官在長亭上與張茂餞行。有詩為證：

山嶽儲精膽氣豪，旌旗彩色映征袍。
長亭餞別行營處，一劍橫溟❿欲息濤。

卻說張茂領兵出了汴京，行至西門十里長亭之上，只見眾官遣人來稟曰：「列位老爺在官亭上與老爺餞行，請暫駐征驂⓫。」張茂即命軍士暫止官亭路上，乃下馬直進亭上，與眾官相見。禮畢，各官依

❿ 溟：音ㄇㄧㄥˊ，海。

爵坐定，傳盃弄盞，奉勸張茂之酒。懷玉趕至官亭，只見眾軍紛紛屯止於道，遂向前問曰：「張丞相在那裡？」軍士曰：「在前面亭子上飲酒。」懷玉曰：「飲甚麼酒？」軍士曰：「滿朝官員與丞相餞行。」懷玉聽罷，直到官亭邊，與護衛軍言曰：「替我稟上，外面有一將特來求掛先鋒印。」軍士喝曰：「你是甚麼樣人？有甚麼本領敢來求先鋒印掛？」懷玉曰：「你莫管他，只替稟上就是。」軍士不答而啐之。懷玉喝曰：「狗儕！我自去見來，罕希你稟！」軍士攔擋，一拳一個，打得五花六花，抱頭亂竄。直搶進亭前跪下。張茂問曰：「汝何人也？敢打軍士，搶入筵前？」懷玉曰：「某乃楊文廣四子名懷玉也。」張茂曰：「胡說。楊文廣昔年化鶴昇天去了，那討兒子？」懷玉曰：「昔因狄太師欲謀害吾父，故吾父化鶴歸家，埋名四十餘年。昨聞丞相領兵出征，特命來助丞相，望乞收錄。」張茂一聞文廣還在，恐神宗知之，遣來奪了元帥之印，遂大怒曰：「欺君罔上賊子，該死，該死！詐死三朝不出，即受萬刀之誅，猶有餘辜。待明日奏聖上，先誅此賊，然後出征。」喝令左右將懷玉綁縛，推出梟首。眾官勸曰：「丞相息怒。他既是楊府子弟，必能戰鬥。不如帶往軍中，令他出陣，若能擒軍斬將，以功贖罪，饒他一死；如不能為，斬之未遲。」張茂曰：「他正恃是楊府子弟，故敢如此逞凶，擅打軍士，搶入軍圍，有犯軍令。然又欺藐我等，情實難容，怎生饒得？」眾官苦勸曰：「丞相出兵，先斬本國之人，其兆甚為不美。」張茂遂曰：「看列位大人分上，饒汝之死。」令左右休放，帶到行營聽用。眾官各散。是日天晚，張茂命軍士扎寨歇息，來日起行。

卻說周王乃神宗親弟，立朝正直無偏。是日正出西門圍獵，見一起人短嘆長吁，唧唧噥噥而來。周

⓫ 征驂：旅人遠行的車馬。驂，音ㄘㄢ。

王命人喚近前來，問之，那千人跪下言曰：「楊文廣詐死在家，生有一子，勇不可當。今竟到張丞相處，求掛先鋒印，張丞相大怒，說他不應搶圍，有犯軍令，喝軍士綁縛推出斬首。」周王聽罷大驚，問曰：「斬了沒有？」那人曰：「眾官苦勸，方免了。只恐散去，晚間斬之。」周王令眾人起去，心下忖道：「張茂怎能出征？日前我已欲奏聖上，別選良將領兵，未得其人。今他正宜招募英雄克敵，緣何有此等勇猛之士，又欲斬之？想必聽得文廣未死，怕來奪了他的兵權，故先斬此子；明日復奏文廣詐死欺君，激怒聖上斬他。此賊必是此意。」乃慌忙策馬往官亭來看，時已黃昏。只見數十人綁一後生推出來砍，那後生大叫曰：「你今砍我，我得何罪？」周王驟馬向前，喝散軍士，令從人解了綁縛，問曰：「汝是誰？張茂因何斬汝？」懷玉一一訴其情由。周王曰：「你乃我家之甥，我若不來，好寃屈也。」於是將從人之馬，與懷玉乘之，帶到府中歇息。次日，以其事進奏神宗。神宗曰：「楊府之將，人人英勇，歷歷可考。張卿何不用之，反行誅戮？」周王奏曰：「臣逆料張茂之心，恐陛下知文廣未喪，宣來代他行軍，奪了兵權，故先斬卻懷玉；而復奏文廣詐死不出，欺君罔上，激怒陛下斬之。」神宗曰：「恐張茂未必有是心。」周王曰：「嫉賢妒能，常人之情，大抵然也，陛下何以不信？少頃，張茂來奏，此段情節，便見之矣。」不題。

第五十一回　文廣領兵征李王

卻說張茂那晚寫了表，次早復轉入朝，進奏神宗。神宗不覽其表，傳旨宣入問曰：「卿昨出兵，今復來奏，卻有何事？」張茂曰：「楊文廣詐死欺君，擬罪應斬。楊懷玉擅打軍士，搶入軍圍，罪亦該死。」神宗曰：「文廣詐死，雖有欺君之罪，聞朕有難，命子效勞，此志可取。若加重刑，天理人情俱不順矣。懷玉來求先鋒之印，勇敢可取，卿宜錄用；彼縱有罪，帶到行營，令其出陣，無能立功，斬之未為晚也。」張茂被帝說了一遍，自覺其非，遂跪下奏曰：「臣該萬死。願納還帥印，臣不敢領。」神宗曰：「卿受無妨，推辭則甚？」張茂又辭。周王乘機又奏曰：「張丞相既再三不領，乞陛下宣文廣代之。」神宗允奏。遂降旨宣文廣入朝，領兵征番。

文廣接旨，自綁縛入朝待罪。神宗命釋縛，冠帶升殿。文廣升殿，叩頭謝恩奏曰：「蒙陛下不殺之恩，千載難忘。」神宗曰：「今新羅國舉眾犯邊甚急，特命賢卿為帥，統兵前去征剿。不知誰可作先鋒？」文廣曰：「臣之子可也。」神宗曰：「聞卿昔日征蠻，乃是父子。今日征番，又是父子，正諺所云『臨陣無如父子兵』是也。但卿宜用心調遣軍兵，無負朕之所命。」文廣領旨，遂拜辭神宗，即統兵整頓起行。有詩為證：

氣吞胡羯忠懸日，志定山河怒觸天。
威制賊徒潛社鼠❶，心懷王室熄狼煙。

卻說文廣領了元帥之印，叩首辭帝，是日竟出演武場中點兵。既到演武場中坐定，眾將參見，禮畢，乃曰：「此去征番，有誰敢掛先鋒印？」楊懷玉向前言曰：「不肖願領。」正欲掛之，只見人叢中走出一人，大聲叫曰：「只有你楊門中人掛得先鋒印，偏我外姓人便不能掛耶！」懷玉喝曰：「汝憑甚敢來爭印？」那人笑曰：「小子猶不知老胡名姓？某乃駕上帶刀指揮胡富是也。」懷玉曰：「指揮不指揮，欲掛此先鋒印，須在軍前比試。」胡富怒曰：「小子敢倚父勢欺我！」遂躍馬出陣，與懷玉鬥了十合，被懷玉將紅綿套索套倒其馬，胡富遂落墜馬下，擒下，縛其手足反綁，提在帥字旗下，乃拈弓搭箭，跳上了馬，約走百十餘步，扭轉身來叫一聲：「照箭！」眾軍大驚，意謂射死了胡富。那曉將背後反綁的繩射斷，胡富遂爬起來。懷玉叫曰：「再試何如？」胡富直至演武廳拜見文廣，言曰：「願讓先鋒之印與小將軍掛也。」（此印張茂先掛胡富，及茂納還帥印，故并納之。）文廣於是令懷玉掛先鋒印，胡富為副先鋒，公正一郎為掠陣使，唐興二郎為提調使，彩保三郎為監糧使。是日分遣已畢，復令三軍明早俱要赴無佞府前，俟候起行。次日，文廣與眾夫人相別，率軍望西進發。有詩為證：

白露為霜秋草黃，雞鳴按劍事戎行。
轟轟鼙鼓❷雷霆震，燁燁❸旌旗閃電光。

❶潛社鼠：隱藏著的壞人。社鼠，寄身在土地廟的老鼠，比喻仗勢作惡的壞人。

江漢無波千里靜，山河有道萬年長。
愧予謬竊三軍令，馬革毋忘在朔方。

大軍不日到了甘州，甘州都指揮使鄧海迎接。文廣入城，坐於公館。參見畢，文廣問曰：「西番賊寇今到何處？」鄧海答曰：「賊勢浩大，已打破莫耶關，今至白馬關也。」文廣又問曰：「此去有多少路程？」鄧海曰：「只有三百里路途。」言罷，忽一騎飛報曰：「楊順又下山來劫掠，聲言今夜要攻破甘州城池。」文廣曰：「此又是何賊來到？」鄧海曰：「是靜山草寇。內有兩人，一名楊順，一名劉青，為賊之首。聚眾八千，常下山來擄掠。官兵捕捉，屢被殺傷，無奈彼何。」懷玉曰：「今在何地劫掠？」那騎軍曰：「今在胡村，此去有百里之遙。」懷玉曰：「待兒先擒此賊來獻。」文廣允之，令其領兵三千，前往胡村擒之。

懷玉領兵，約行六七十里，只見道路之中，大隊小隊擄男挈女❹而來。懷玉令軍士喚來問之，路人答曰：「靜山大王下山劫奪，我們逃走入城避之。」懷玉聽罷，催軍前進，恰過一山，只見旗幟蔽日，喧嚷震天。懷玉料是賊到，令軍士擺開陣腳，放炮吶喊。楊順見了，亦令放炮，擺開陣腳。懷玉曰：「汝是誰？」楊順不知是楊家府將，只道是官軍，乃曰：「汝尚不知老大王的姓名？楊順即是某也。」懷玉

---

❷ 鼙鼓：古代軍中用的鼓。鼙，音ㄆㄧˊ。

❸ 燁燁：音ㄧㄝˋ ㄧㄝˋ，光很亮的樣子。

❹ 擄男挈女：拖兒帶女。挈，音ㄑㄧㄝˋ，帶領。

呵呵笑曰：「好個大王，霎時拿到手來，要你小王也做不成。」楊順大怒曰：「這小畜生卻好大膽。」挺鎗直取懷玉。交馬三合，被懷玉擒了，綁回甘州見文廣。文廣令推出斬之。楊順乞饒草命：「願隨將軍鞭鐙❺。」懷玉告曰：「諒此小寇為禍不凶，殺之無益，饒他一命，留於帳前聽用。」文廣遂放之，令其回靜山招集餘黨，前往白馬關聽候：「今放汝去，若不棄邪歸正，仍復為賊，劫掠害民，吾親提大軍擒捉，碎屍萬段。」楊順唯唯而退，忙回靜山招集去訖。

❺鞭鐙：馬鞭和足鐙。這裡的意思是，願歸順作部下。

第五十二回 公正爭先鋒印

卻說公正一郎見懷玉擒了胡富、楊順，滿營誇道英雄，心甚不忿。乃入帳告父親曰：「四弟為先鋒，已擒二將；兒亦願為先鋒擒賊，以立功績。」文廣曰：「先鋒極是緊要之職，兒有力量為之，老父不勝之喜，但恐汝做不得。」公正曰：「爹爹何輕視於兒。若做不得，強來爭之何故？」文廣遂喚懷玉入，令將先鋒印，付與公正掛之。次日，文廣率軍望白馬關進發，忽報前有一彪軍到。眾視之，乃楊順也，下馬與文廣相見。文廣令其引軍前行。大軍到了白馬關，文廣入公館坐定。羅練參畢，文廣問曰：「賊來幾日？」羅練曰：「已兩日矣。」答罷，騎軍來報，關前賊寇搦戰。文廣曰：「公正引軍三千迎敵。」公正得令，披掛出關，令軍士擺陣。公正出馬叫曰：「番賊是誰為首，早出交戰。」那番陣上八臂鬼王向前言曰：「誰是賊都督？爺爺不識汝這小子是何人。」公正曰：「統兵征西督理軍政大元帥之子，先鋒楊公正是也。汝小番臣妾之邦，不守本分，侵犯邊境，作此悖逆之事。今大兵到來，能悔前失，卸甲歸順，已而已而，不究往日之惡。設若大惑不解，擒拿歸京，漆頭為飲，砍肉為醢❶，痛哉痛哉，那時悔之何及？」八臂鬼王曰：「說甚麼不守本分！有德者昌，無德者亡。汝宋往昔還似有些體統，若論今日，好笑好笑：奸臣滿目，賊子盈庭；剛者明矯詔以示威，柔者陰假借以肆惡；滿朝誰逆龍鱗，遶殿

❶ 醢：音ㄏㄞˇ，肉醬。

盡搖狗尾。以此觀之，君日驕而臣日諂，國不滅亡者幸矣。」言罷，公正大怒，挺鎗直取鬼王。鬼王與之交戰二十合。鬼王敗走，公正勒馬趕去。鬼王又迎戰數合，遂思忖：「不如佯敗，轉過那山，將鐵彈打死這廝。」鬼王又敗走，轉過山隅而去。公正趕上，不防鬼王取彈弓，立於隅頭那邊。公正一轉隅頭，鬼王即放鐵彈打中公正右脇。公正負痛走回本陣。鬼王驅兵衝過陣來，文廣急令懷玉出馬迎敵。懷玉出陣門了二十餘合，鬼王敗走，懷玉不追。鬼王又戰數合，懷玉將鬼王之馬刺了一鎗，鬼王敗走回陣。懷玉亦不追趕，收軍回關。

次日，文廣曰：「汝小子輩俱不濟事，試看老父出關擒之。」於是炮響一聲，文廣出關，擺開了陣，喚奉國打話。奉國出陣，見文廣童顏鶴髮❷，氣象凌雲，乃暗嘆曰：「常聞楊郎貌美，今見果然。這般年老，猶有如此丰度，當妙齡之際，不知何如俊雅。」遂言曰：「將軍年已高邁，今遠出邊疆，一旦不測，滅盡夙昔英名。何愚之甚，而見不及此？」文廣曰：「忠君報國之丈夫，馬革裹屍，肝膽塗地，所不辭也。年雖老耄❸，實不忘此。今汝等叛亂，領兵征勦，正理所在，豈論老少？凡為人臣，求盡其理而已。汝臊羯奴等，何嘗知之？」奉國大怒，正欲出馬，夏雄進前言曰：「不勞都管爺爺出陣，待咱出馬擒之。」言罷，驟馬直取文廣。文廣拍馬交戰三合，被文廣將流星鎚打中夏雄之腦，腦漿迸出，墜馬而死。奉國見傷了夏雄，揮戈直取文廣。文廣與戰五十餘合，不分勝負。文廣忽變出十餘個文廣，圍住奉國。奉國大驚，忖道：「他亦能此。」遂亦化十餘個奉國接戰。戰了三日三晚，不分勝負。奉國暗想：

❷ 童顏鶴髮：形容老年人髮白如鶴，臉色紅潤如童子。

❸ 老耄：音ㄌㄠˇ ㄇㄠˋ，老而衰弱。一般稱八十歲以上的老人。

「若不下迷昏陣，怎能夠勝他？」遂口念呪語畢，大喝一聲，天昏地暗，日月無光，三軍亂竄。文廣大驚，即飛上雲端，遶陣大叫：「軍士休動，個個站著。不論彼軍我軍，近前來者即斬之。」奉國驅軍進陣砍之。一起進去，不見出來；又催一起進去，又皆殺了，不見一軍回還。奉國曰：「今反被他算計我了。想將起來：迷昏於此，不消十日盡皆餓死，何必令軍殺之？」遂收軍回寨去訖。

文廣在雲端飛來飛去，嘆曰：「被這孽畜下了迷昏陣，這些軍士怎生救得出去？設若迷了十日，一個個餓死於此。」心下慌慌，左飛右飛，飛到楊順頭上，只聽得楊順自言自語說：「我那山後有一庵，庵前有一井，其庵中有一道人號太虛，常對我言：『大王若遇鬥戰，被人下了迷昏陣，急取此井之水，洒之即解。』我想此陣莫非迷昏陣，得人去那裡取水來洒，或者可解。」文廣遂飛下言曰：「楊順休動手，我文廣也。適在雲端聽見汝說，那裡有水可解此陣？」楊順將原由告之：「但得我去，隨即取來。」文廣曰：「這不難。汝伏在我身上，覷看是那裡，我即飛下取之。」楊順遂伏於文廣背上，飄然衝霄飛起。只見半空轉一轉，楊順曰：「這裡是矣。」文廣遂下取了水，乃曰：「汝仍伏在我背上，到陣汝將水周圍洒之。」文廣飛回，遶陣而翔。楊順將水周圍洒畢，霎時天清氣朗，白日當空。文廣乃下，收軍入關。眾軍皆到帳中叩頭，言曰：「賴爺爺救活，猶如重生父母。」不在話下。

卻說奉國收軍，查點折傷二萬，言曰：「死者不能復生，但錄其名姓，待取了天下，重加封贈。」於是令排筵席，宴賞諸將，作樂飲酒，一連飲了三日。乃遣人看宋陣動靜，只見無一軍在陣。軍人回報奉國，奉國驚曰：「怎麼被他解了？」遣細作打探消息，說道往靜山取得井水解了。奉國曰：「汝眾軍切莫妄動，待我壞了此水來。」遂化作一道士往靜山而去。偶行到一庵前，只見庵門上書著「奉國庵」

三字。奉國曰：「此庵倒與我同名。」乃步進裡面，叫聲：「師父在否？」只見一道童出來，答曰：「師父適出採藥去了。」乃問曰：「仙長何處？貴姓大名？」奉國曰：「吾居終南，別號古虛。」道童曰：「吾師太虛，仙長古虛。太、古雖殊，下並歸虛。由此觀之，世間萬物，何物不虛？見虛之真，得虛之精，其仙長之號乎？」古虛笑曰：「童子知此，道可授矣。」乃問曰：「此庵何名奉國？」道童曰：「奉朝廷勅命建焉。」古虛曰：「你這山中有好井泉否？」道童曰：「前面有一井，其水有些妙用：人被鬼魘❹，或被人符呪魂魄昏迷，只將此水一洒即解。」古虛曰：「我偶神思不暢，去吃些來。」遂往井邊觀看，果是一井好水。有詩為證：

千年孤鏡碧，一片遠天青。
淡味諳嘗飽，昏迷解使醒。

❹魘：音一ㄢˇ，做惡夢。此處作被鬼所迷講。

第五十三回　八臂鬼王壞井水

卻說道童言此井水能解符呪鬼魘之事，古虛聽罷，思量文廣所取，必是此水。遂又問曰：「此山只有此井水好，別再無了？」道童曰：「別再無有好的。」古虛遂託言：「我今日心緒恍惚，想此水亦可治療，你可指示，我去吃些。」道童曰：「那前面大松樹之下便是。」古虛辭別道童，逕到井邊。只見澄澄澈底清瑩，遂向裡面大小便；復以手指畫符一道於水上，大喝一聲，井水鼎沸，黑沉沉的。遂踴身一躍，飛回本營，下令三軍進圍白馬關。文廣在關上正議進兵之策，忽報八臂鬼王率兵圍關。文廣急令懷玉出關迎敵。懷玉得令，引眾出關。忽狂風大作，飛沙走石，天地黑暗，仍如前日。懷玉急收軍入關，告知文廣。文廣曰：「這鬼頭好生可恨！待我飛上雲端看之。」文廣看罷，下與諸將言曰：「怎了，怎了！他將四門書著絕路符、迷昏呪，但遇兵出，狂風大作，飛沙走石。為今之計，必須遣人進奏朝廷，再修書一封，請得宣娘姊姊與魏化同來，方擒得此賊。」懷玉曰：「此關怎出去得？」文廣曰：「老父只得去來。」眾軍哭曰：「老爺一去，軍中無主。倘鬼王一知，這一關軍兵，俱作無頭鬼矣。」楊順曰：「元帥爺爺莫若再往靜山取水來解，卻不更快於取救兵耶？」文廣依言，遂飛到奉國庵前取水。只見其水不似前日清瑩，黑沉沉的。文廣亦只得取回去洒。但洒得一點在軍人身上，立地化為膿血。文廣大驚，只見傷損了幾千人。

卻說文廣原吃了仙丹，其水雖傾在他身上，亦不能化之。文廣曰：「敢怕是這鬼頭知此消息，下了毒藥。」懷玉言曰：「畢竟是了。爹爹可帶兒出關，星夜回汴取兵來救。」文廣曰：「汝去了，軍前無人接戰。」懷玉曰：「路途亦要有力量者方才去得。」胡富進曰：「小將願往。」文廣曰：「汝肯去甚好。」遂寫表并家書俱付胡富，令其伏於己之背，挺身一躍，飛出白馬關外。復將公文一角與胡富，言曰：「汝拿此公文見甘州鄧海，討馬星夜進京，速去速來，勿誤軍情。」言罷，飛進關去了。胡富走到甘州，見鄧海討了馬，竟往汴京而進。

不日到了京，往張茂府前而過，忖道：「張相昔日以我為先鋒，乃是恩人。今日過此不去參拜，明日知道不當穩便。」遂下馬進府。參拜畢，張茂問曰：「邊情何如？」胡富曰：「楊元帥被鬼王困於白馬關，今遣小將回取救兵。」張茂曰：「這老賊他逞有能，今日亦會輸陣。」遂問曰：「有表章否？」胡富曰：「有表章。」張茂曰：「有家書否？」胡富思忖：「他無故問及家書，必來生甚歹意，不如隱瞞了他。」遂答曰：「無有家書。」張茂令人搜出書來，乃執於手謂胡富曰：「汝替我幹埸事，即保奏為護駕大將軍。」胡富曰：「老爺有何事吩咐？」張茂曰：「吾今將老賊此書隱藏，假寫一封，說他降了李高材，著汝回取家屬。只說汝忠心報國，不肯反背朝廷，竟將此書進奏。」胡富曰：「此事怎生做得？周王好不利害，莫連累我九族皆誅。」張茂大罵曰：「忘恩背義之賊，周王能誅九族，偏我不能誅汝九族？」喝令左右拿下，緊緊綑綁，聲言要將銅鎚寸寸砍為肉泥。胡富被眾人綁得疼痛難禁，叫曰：「相公爺爺饒命，小人一一依隨。」張茂大喜，令眾人解縛，放了胡富。胡富曰：「乞相公奏帝之後，若周王加罪，全賴替小人作主。」張茂曰：「此乃我之事也，不必細囑。」與了胡富酒食，一同入朝進奏，言曰：「楊文廣被西番國八臂鬼王下了迷昏陣，將文廣活捉而去，遂盡投降了李王。今差胡富悄地回取家屬。胡富不肯背國，將此事告臣。臣不敢隱，特奏陛下知之。現有家書在此，啟龍目觀看，便知端的。」神宗展書覽罷，大怒曰：「朕有何負了這廝，遂生此意？縱被所擒，亦當死節。若不將他全家誅戮，無以儆戒❶後人！」遂下命金瓜武士五六百人前往無佞府中，無問大小男女盡行拿赴法曹，梟首示眾。武士領旨去訖。

❶ 儆戒：音ㄐㄧㄥˇ ㄐㄧㄝˋ，即警戒。

第五十四回　周王設計套胡富

卻說周王聞知拿楊府家屬，大驚，慌進御前問曰：「聖上何事將楊門老幼盡行棄市？」神宗曰：「卿有所不知，今楊文廣如此如此。」復將家書示周王。周王曰：「此書何處得之？」神宗曰：「文廣差胡富回取家眷，胡富不肯反朕，送此書與張茂。張茂適奏與朕知之。」周王曰：「此假書也。」神宗曰：「卿焉見是假？」周王曰：「乞陛下宣得胡富上殿鞫問，便見分曉。」神宗下旨，宣胡富升殿。胡富升殿，周王問曰：「楊文廣父子反了？」胡富嚇得戰戰兢兢，順著周王之言曰：「反了。」周王又曰：「是真反了？」胡富亦曰：「是真反了。」周王笑曰：「陛下看此言話，就見假了。」張茂見周王在殿上盤詰胡富，恐事洩漏，慌忙升殿奏曰：「邊報西賊侵寇甚急，乞陛下再選良將領兵征之。」周王曰：「何人來報邊情恁急？」張茂曰：「殿下還不知楊文廣已被擒拿，現有胡富在此可證。」周王指胡富言曰：「你好好從直說來。」胡富遂目視張茂，張茂亦以目送意。胡富遂曰：「楊家父子如此如此。」周王曰：「吾不信也。豈有戰敗，楊家父子反了，卻無一卒逃回汴京來說其事？」張茂曰：「全軍皆被迷昏，盡皆降了。」言罷，忽侍臣奏道：「拿得楊府全家俱在午門，聽旨發落。」周王聽見奏罷，厲聲言曰：「你二人休挾前仇，干送了人命，冤枉難當，天網恢恢，疏而不漏❶。」遂跪下奏曰：「陛下要作主意，

❶　天網恢恢二句：意思是，上天布下的法網很寬廣，看去稀疏，其實不會漏掉一個作惡的人。天網，天道的網。

此非小可關係。倘楊文廣等不曾投降，陛下將他家屬斬了，消息傳到邊關，激變楊家父子，江山能保不危乎？」神宗曰：「此事卿言何以處之？」周王曰：「依臣之見，權將楊家老幼疎放回府，待臣將胡富帶歸鞫問一番。再不認時，星夜遣人往白馬關探訪，果是文廣反了，那時再拿家眷斬之。且彼家屬乃籠中之鳥，擒捉有何難哉？」神宗曰：「依卿所奏。」遂下命將楊家老小放了。

周王乃帶胡富回到府中，坐定，喚過胡富言曰：「汝從實招來，免受刑具。不然，打死方休。」胡富不認。周王喝令左右重責二十，胡富那裡肯認。周王發下監禁於獄。復生一計，喚過獄官來說：「少頃，你要如此如此而行。」是日將夜黑，胡富在獄中只見三三兩兩言曰：「冤哉！」胡富問曰：「是甚麼事？」眾人曰：「就是楊府的事。汝才入獄，忽有一人言他在白馬關回來，楊家父子降了鬼王，鬼王率兵攻打甘州甚急。張茂手下聽得，捉見張茂，張茂丞相拿去奏知天子。天子大怒，罵周王為黨惡之賊，嚇得周王不敢復保楊家。此事不知真假何如。張茂奏帝，速拿楊府家眷棄市，以彰反背朝廷之罪。帝下命，須與時拿到法場砍了。張丞相又奏帝釋放你，帝允奏。只是周王要縛你去法場，過了這晚，明日才放。」言罷，門外人報張丞相差人到來。獄官慌接進那人。那人問曰：「胡將軍何在？」獄官曰：「在裡監。」那人曰：「我張爺奏過朝廷放他，你如何又放在重監？」獄官曰：「小官不知，周王遣人吩咐送重監。」那人曰：「你去請胡將軍出來，我有句話與他說。」獄官忙開門，放出胡富。那人曰：「你眾人且迴避。」獄官諾諾連聲退去。那人低聲附胡富耳畔言曰：「丞相多拜上將軍。他奏過聖上放你，但周王又對丞相說要縛你去法場，過這一晚，明日才放。丞相問曰：『這是怎麼？』周王曰：『禍根是

恢恢，寬廣的樣子。

他起的。』丞相因他是金枝玉葉❷，遂允諾了。丞相為此遣我來對將軍說，周王今晚復來拷打，堅意莫認你罪；帝已釋放，周王亦不敢重刑拷打。丞相又說，若去法場，如有鬼來，只說明日丞相大做齋事超度。將軍小心，苦也只有這一晚，明日即受快樂。」胡富曰：「多謝丞相周庇。」那人辭別去了。

卻說周王先遣人抬得四五十副棺木放於法場，去了棺蓋，令人臥於內，待胡富到來，裝作鬼叫，與他討命。又令將豬血傾於法場，待胡富來，只說是人血。分調已完，周王遣人下獄，縛胡富到於法場。差人提起燈亮照與胡富看，乃言曰：「斬得好苦，這都是血。」胡富見許多棺木，問曰：「許多棺木在此做甚？」差人曰：「周王送來，叫砍一個，將棺木盛一個，莫拋散了屍，恐怕文廣未降回來，亦好說話。」言罷，將胡富反綁於木柱上。差人曰：「你做下昧心事，請在此受苦，我顧不得了。」遂提亮子❸回去。夜至三更，這邊棺木內叫苦，那邊棺木裡叫苦。中有一棺木內滑喇爬將起來，言曰：「胡富你這賊，我家又不曾反，只遣你回來取救兵，緣何起此歹意，陷死我一家性命？你好好還我命便了！」胡富曰：「非干我事，都是張丞相叫我這等做。我堅執不肯，他叫起家丁緊緊綁縛，要將銅鎚打死我。如今雖屈殺了你一門，張丞相說明日大做齋事超度你們。」言罷，那鬼乃叫宣姑娘、鮑奶奶大家近前，活打死此賊。忽然三四副棺木內俱爬起來，嚇得胡富高聲喊叫：「鬼來，鬼來！」附近居民慌忙起來，問曰：「你喊甚麼？」胡富曰：「許多的鬼來，不是老哥出來，生生捉了我魂也。」中一人曰：「平生不作皺眉事，半夜神號心不驚❹。你不屈陷了楊家府人，不是冤家對手，他就不來尋你，何怕他鬼來？」胡富

❷ 金枝玉葉：皇族子孫的美稱。

❸ 亮子：燈籠、火把之類。

只道居民，不曉是周王密藏的人。胡富恨不得與他說話到天明，乃曰：「老哥，你慢慢聽我說，這場冤屈非干我事。」那人曰：「如何不干你事？且楊家父子皆是智謀之人，怎麼俱被鬼王捉了？」胡富遂將取救兵、張茂謀害的事備細說一遍。周王從中出來，言曰：「我的兒，你早說出來，也不受許多苦楚。」遂放了綁縛，帶回府中去訖。

❹ 平生不作皺眉事二句：平生不做瞞心昧己的事情，半夜聽到鬼神號叫也不會吃驚。現在這句俗語作「平生不作虧心事，半夜敲門心不驚」。

第五十五回　十二寡婦征西

卻說周王既套出了胡富情實，次日直到無佞府中說知其事，眾夫人俱出拜謝活命之恩。周王曰：「楊元帥受困白馬關甚是危急，我今早即欲進奏聖上，發兵去救。但想起八臂鬼干能變化，滿朝卻無那般神人能去抵敵，我所以先來與眾夫人商議。昔日尊府出好女將，或者今日還有。夫人說來，我即進奏聖上，勅令領兵前去解圍。」眾夫人對曰：「日前聞得反情事，已遣魏化去看虛實。殿下少坐一會，想必今日來到。適勞究及女將，府中雖有幾個女子，未嘗臨陣出征，怕去不得。少頃究問，即來復命。」不題。

卻說楊文廣因胡富回京日久無音，悶悶不悅。劉青稟曰：「小將願變狗走出，放火燒賊糧草，回取兵來解圍。」文廣允之。劉青搖身一變，變成一個黑狗，搖頭擺尾走出賊圍，西賊盡皆不知。劉青走到番人糧草之處，激石取火，燒賊糧草，火焰漲天。文廣等皆上城瞭望，知劉青出賊圍矣。劉青既燒了糧草，星夜回到無佞府中，只見周王與眾夫人在議軍情，直向前稟曰：「小將劉青是也。因楊元帥等陷於白馬關，今特回取救兵。」言罷，忽魏化飛止於庭。周王驚曰：「緣何從天而降？」眾夫人笑曰：「殿下還不知？即昔年化鴉昇天魏化是也。」周王嗟嘆不已，乃問曰：「邊情何如？」魏化曰：「楊元帥受困白馬關，望朝廷救兵，不啻嬰兒之待哺也。」周王曰：「我進奏聖上，著落一人監軍，汝府中揀選一人統軍，事不可遲。」周王辭別，將勘問胡富與魏化往白馬關探問等情，一一奏知神宗。神宗大怒，貶胡富遼東口外軍，罷張茂為庶人。周王又奏曰：「楊元帥受困日久，乞陛下急遣將救之。」神宗曰：「誰可領兵前去？」周王曰：「殿前檢點孫立可為監軍。統軍正帥，還於楊府選揀一人為之。」神宗允奏，遂下命孫立為監軍，引軍五萬，前往白馬關救護，不題。

卻說周王既去，眾夫人喚一門婦女言曰：「老爹陷在白馬關，誰領兵去救？」杜氏夫人所生一女，名滿堂春，向前言曰：「妾願領兵救之。」宣娘在傍言曰：「你有甚本領敢去解圍？」滿堂春曰：「憑妾手段便了，姑姑緣何相欺❶？」宣娘曰：「昔日你爹陷於柳州，阿姑只汝年貌，去救了來。我只怕你幼小，去救不得。」滿堂春曰：「姪女兒去得，姑姑不必過慮。」宣娘曰：「好大話，姑雖年老，你拈鎗來，試與比較一路，看是如何。」滿堂春欣然拈鎗，直到後花園中，跨上雕鞍，俟候宣娘。宣娘徐後到了，兩馬相交數合，不分勝負。宣娘停鎗教之曰：「汝鎗法亦好，但雪花鎗照眼一路甚生，此只能拒人，而不能擒人。若一熟之，則能擒人矣。」滿堂春曰：「蒙姑姑教誨了。」宣娘曰：「再試一陣。」滿堂春曰：「見教甚好。」宣娘又與交馬數合，念動呪語，霎時間天昏地黑，飛上半空。滿堂春亦飛入雲端，大喝一聲，日復光明。宣娘乃下站於庭中，滿堂春亦隨飛止於庭。宣娘連叫幾聲：「去得，去得！」時木夫人已死，魏老夫人還在。宣娘遂請出魏太太來，言曰：「今朝廷聽信讒言，不肯矜恤❷我家，動輒全家抄斬。亦不須領朝廷兵，我今聚集家兵，與滿堂春、鄒夫人、孟四嫂、董夫人、周氏女、楊秋菊、耿氏女、馬夫人、白夫人、劉八姐、殷九娘及魏化、劉青等，去救兄弟而來。此十二女俱寡婦也。」魏太太

❶ 相欺：瞧不起，欺負人。此語西南地區通用。
❷ 矜恤：音ㄐㄧㄣ ㄒㄩˋ，矜憐體恤。

曰：「這等極好。」於是查點家兵，二千有餘。宣娘乃號令諸軍，放炮一聲，徑望白馬關進發。

忽周王引軍到來，在馬上叫曰：「那位娘子出兵，怎不入朝領兵前去？」宣娘亦在馬上欠身施禮曰：「戎衣在身，不得下馬施禮，乞殿下恕妾死罪。今主上聽信讒言，昨將滿門綁縛入朝，何等羞辱，尚有甚面目入朝領兵？以此領吾家兵，去砍賊圍便了。」周王曰：「臣之事君，盡其道而已矣，小忿何可計也？今我奏過聖上，命孫立為監軍，汝等一人為正統軍，領軍五萬，前去救應。今我引孫立與眾軍來此，會同起行。」宣娘曰：「荷殿下盛情盛德，日後全家當效犬馬之報。既孫將軍同行，須聽妾之號令，不然難以克敵。」孫立曰：「願聽軍令。」宣娘遂揖周王，回馬催軍前行。有詩為證：

十二孀人出事戎，腰懸龍劍識雌雄？
風雲入陣驚神鬼，關塞羶塵一掃空。

不數日，宣娘引軍到了甘州。

卻說張奉國困了文廣一月將來，不見大宋發兵來救，遂奏李王天子曰：「今文廣困陷白馬，料不能出，乞陛下遣一人領兵攻打甘州。甘州一得，宋之咽喉破矣。從此至汴，無有堅勁關隘，汴京唾手可得。既得汴京，文廣孤軍在此，即不餓死而得其生，亦無能為也。」李王見奏，大喜曰：「卿言命何人引軍前去？」張奉國曰：「臣妻管氏，可以領兵前去。」李王乃命管三娘領軍二萬，前去攻打甘州。

管三娘領旨，引軍竟望甘州進發。正行之間，前軍回報，宋發一彪軍馬來到。管三娘聞說，遂令軍士擺開陣勢。宣娘亦令軍士擺開陣腳，著滿堂春出陣。滿堂春得令，驟馬向前，問曰：「來者何人？」

管三娘曰：「我乃新羅國部都管張行營之妻，管三娘是也。」言罷，問曰：「汝是誰？」滿堂春曰：「我乃大宋征番楊元帥之女，滿堂春是也。」管三娘曰：「汝父今作餓鬼，何尚不知事體，而又敢興兵抗師？只恐少時交戰，拿到手來，可惜青春幼女，作一無頭之鬼。」滿堂春大怒，挺鎗直取管三娘。三娘亦拍馬舞刀迎敵。鬥了五十合，不分勝負。三娘便飛刀來砍滿堂春。滿堂春拈弓搭箭，射落其刀，乃復拈箭摳弦射三娘。三娘飛刀砍斷其箭。滿堂春曰：「此潑婦手段亦好。」遂口念呪語，霎時黑暗無光，軍士亂竄，其陣大敗。滿堂春見軍士潰亂，乃向上大喝一聲，朗然日出，挺鎗直取三娘。三娘懼怯，撥回馬走。忽面前又一滿堂春，驚得三娘措手不及，被滿堂春一鎗刺於馬下。滿堂春跳下馬來，梟了首級，提見宣娘。宣娘曰：「此是汝之頭功。」遂催軍前進，離白馬關十里下寨。

次日，宣娘升帳，喚過魏化曰：「汝入城去報知吾弟，傳令明日出兵交戰。軍士頭上皆用黃布裹之，整頓齊備，令四門擂鼓吶喊。十次之後，但聽雲霄❸角響三聲，四門大開，一湧殺出，勿得有誤。速去，速去！」

魏化得令，飛入城去，止於帳前，只見文廣撚鬚吟詩。有詩為證：

威鎮邊關獨擅名，激揚荊楚❹鬼神驚。
遙思白璧還朝重，誰為黃金博帶橫？

❸ 雲霄：天空，天際。
❹ 荊楚：即古荊州地，今湖北、湖南一帶。

日照羅浮❺炎瘴滅，風行海島蜃煙❻清。
家山咫尺人千里，翹翹依依❼望嶺雲。

文廣吟詩，只見魏化飛下帳前，言曰：「元帥居險地，而猶然吟詠行樂，人情乎？」文廣曰：「身雖居於危險之中，吾心游於危險之外，所以不為客遇挫動，而樂亦在其中矣。此等情境，亦惟我能處之，在他人不勝其憂。」繼而復問曰：「今是誰人領兵前來救應？」魏化曰：「宣娘總督三軍而來，今已屯兵於關外，特遣小將報知元帥，明日出兵如此如此而行。小將仍要出去，領兵接戰。」魏化辭別飛出城去了。文廣一一依著宣娘傳示，號令三軍。

卻說宣娘著魏化入城去後，遂踴身飛上雲端，觀看鬼王下了甚麼毒陣。周圍看罷，嘆曰：「此鬼頭利害，下了絕路符。若非我來，怎生破得此陣？」乃抽身飛到普陀山紫竹林中觀音大士座前，拿起淨瓶噏❽水一口，復飛轉白馬關周圍噴畢，又吹氣一口下去，然後下寨歇息。次日，宣娘升帳，下令軍士俱用黃布裹頭，復喚滿堂春、鄒夫人、孟四嫂曰：「汝等領兵五千，殺入東門。」又喚過董夫人、周氏女、馬夫人、孫立等，領兵五千，殺入北門。又令魏化、楊秋菊、耿氏女、白夫人等，領兵五千，殺入南門。

❺ 羅浮：山名，在今廣西東興縣東。
❻ 蜃煙：幻象之景。蜃，音ㄕㄣˋ，大蛤蜊。海面風平浪靜時，遠處出現由折光形成的城廓樓宇等幻象，古人誤以為蜃所吐之煙氣而成。
❼ 翹翹依依：遠望著戀戀不捨地。翹翹，遠貌。依依，戀戀不捨。
❽ 噏：音ㄒㄧ，同吸。

又令劉八姐、殷九娘、劉青等殺入西門：「四門不可亂殺進去，但聽雲霄三聲角響，一齊殺進，不許退後。」滿堂春等各領兵整頓聽候。宣娘分撥已定，飛身直上雲端，只見城裡城外軍士紛紛裹了頭，只聽角響接戰。城裡已擂鼓吶喊十次畢，宣娘乃吹氣一口，化一道清風下去。城裡城外軍士，皆覺得頭上緊扎扎的，像似戴了皮帽一般，人人又自覺得力氣添加。有詩為證：

三軍裹布化作虎，西賊一見驚無措。
縱使鬼王能為妖，難逃爐中煅煉苦。

卻說宣娘在雲端吹了一口氣下去，遂吹角三聲。城裡軍士聽聞，大開四門，一齊殺出。城外軍士聽見，一齊望四門殺進。八臂鬼王驅軍迎敵。番軍俱看見城中出來的、城外進來的，都是黃斑猛虎，咆哮而來，遂皆抛了鎗刀，各自逃生，被宋兵踏死不勝其數。宣娘催動大軍，直趕至莫耶關。八臂鬼王走進關，令四門多設弓弩射住宋人；復查點軍士，傷損五萬。又一卒稟道：「管夫人被滿堂春斬了。」奉國大慟曰：「不斬阿奴，誓不為人！」不題。

卻說文廣趕到莫耶關，只見四門緊閉，弓弩利害，遂下令收軍，退回十里平曠之處扎寨。宣娘、滿堂春等接見文廣、公正等，大哭一場。宣娘曰：「俺一家非周王力救，殺戮無遺類矣。」

第五十六回　宣娘定計擒鬼王

文廣下了寨，宣娘入帳，與之言曰：「賢弟遣胡富回取救兵，那廝往張茂府前而過，入去參他，被他如此如此，以害我家。神宗聽信拿問後，得周王如此如此，套出胡富情由，遂免了一家死罪。」懷玉曰：「朝廷聽信讒言，如此相待我家。今我等勞心焦思出力戰鬥，又有何益？莫若納還此印，攜提滿家，直上太行山，作一散誕閑人❶，不受牢籠，豈不妙哉！」文廣曰：「不可。吾家世代忠貞，勿至於我身作此不義之事，玷辱家門。」宣娘曰：「八臂鬼王再舉兵來，毒惡尤甚，必定計擒之。」魏化問曰：「日昨令城裡軍士擂鼓吶喊十次，又令頭裹黃布，此果何故？」宣娘曰：「那八臂鬼王能吐毒氣害人，彼聞軍士擂鼓吶喊，只道出戰，必放毒氣出來。待吐十次之後，毒氣漸衰。又令軍士頭裹黃布，化為黃斑猛虎，所以角響軍出，毒氣不能傷害。番軍見是猛虎，盡皆拋戈棄鼓逃走，吾軍遂大獲勝。」魏化等嘆服，乃曰：「此真仙降臨凡地，故神機妙策如此。」

宣娘說罷，文廣問曰：「姊姊說要用計擒之，今果有何策，可以勝之？」宣娘遂遣數十輕騎逕回甘州，取紙百箱前來軍中聽用。輕騎得令，如飛而去。不一日取紙來到。宣娘口念呪語，以指向紙上畫符一道畢，呵氣一口，令軍士各拿一張帶於身上。「但逢鬼王來下迷昏陣，將紙一招，日復光明。若遇飛沙

❶ 散誕閑人：逍遙自在、閒暇無事的人。散誕，舒散放誕之意。

走石，亦將紙一搖，沙石自然飛打轉去。若遇大水，即將紙鋪於水面，兩腳踏在紙上，自然浮起。」眾軍領訖。宣娘喚過懷玉，將紙人紙馬、兩片竹板約長三尺，付之曰：「汝明日將此竹片，一隻腳下縛一片，踴身飛起，站於西方雲端。若見鬼王到來，急將紙人紙馬拋去，自能交戰。彼見了必走南方，汝不必追趕，即下地引孫立、公正、鄒三夫人等催動大軍，殺入莫耶關去，擒李王天子。」懷玉得令。又謂文廣曰：「賢弟，你明日飛在南方雲端，站著待鬼王走到，即變化百十餘人交戰。彼走東方，急躡後追之。」又令魏化站立東方雲端，「鬼王來到，亦化百十餘人交戰。彼敗走北方，亦徐後追之。」又令滿堂春站立北方雲頭：「鬼王一到，亦化百十餘人迎敵。彼見四方有兵，無處逃走，必變為物。汝等聽我叫汝等化做甚物，一齊拿他。」分撥已定，眾人領計訖。

卻說八臂鬼王因滿堂春斬了其妻，不勝憤激，乃奏李王曰：「今番必下毒手，殺得他寸草不留，臣恨方消。」李王曰：「卿宜仔細，來將亦好利害。」鬼王曰：「無妨於事。」遂出帳號令諸軍，亦往關外平曠之地，與宋對壘，結下營寨。鬼王升帳，號令軍士仍各將白布二尺，做成小旗一面，立地就要拿到帳前聽用。又令軍士抬過大水缸一口，放於帳前，滿滿注水。鬼王走向缸邊，念呪畫符畢，令軍士個個將小旗在缸邊拖過，俱皆拖完。又令人人在缸內洗其腳手。三軍洗畢，鬼王言曰：「汝等洗了腳手，若在水面，自能飛走。少頃出陣，汝等但將小旗一搖，白水滔天漫去，宋兵被水淹溺，汝等向前砍之。」分調已畢，令軍放炮出陣。宋營亦放炮出兵。

兩軍既會，番軍人人將小旗搖之，只見平白水湧浪高，宋兵見之大驚，急將紙鋪於水面，腳踹其上，盡將浮起，與番兵迎敵。鬼王只道將宋兵盡皆殺了。出水來看，只見宋兵浮於水上交戰，乃嘆曰：「不期今日遇敵手也。」宣娘忽見水起，言曰：「幸我預備之早，不然全軍皆沒。」須臾水深十數丈，瀰漫不止。宣娘飛上雲端看之，只見鬼王走出一看，復入水去，其水又漲一尺。如此者數次。宣娘思忖：「其中必起得有水海，待我化蒼蠅，候他出來，伏在背上，進去看之」。酌量已定，鬼王忽又出來。宣娘化作蒼蠅，喁的一聲飛在鬼王背上，隨著入水而去。只見鬼王向缸邊念呪畢，復出水來。宣娘一人即飛在缸上，俟鬼王一出，急抽出犀角柄的金刀，將缸砍得粉碎，潮頭便消了。鬼王大驚，復入來看，恰遇宣娘大喝曰：「鬼賊休走！」鬼王未曾準備，慌忙鬥了數合，見勢不敵，乃心下思忖：「不如走回西番，再作區處。」遂踴身一躍，沖天而去，逕望西方而走。恰遇懷玉在雲端站著，叫聲：「鬼賊，你來了！」即將紙人紙馬拋去。鬼王大驚，只見天兵大隊小隊下來。鬼王欲待走下，宣娘後面趕來。直望南方而走，又遇文廣大喝：「休走！」直奔東方，又遇魏化攔阻。遂走北方，又遇滿堂春大喝：「鬼賊休走！」

鬼王思忖：「這妮子四方布了軍兵，如何走得脫？若不變化，定遭其擒。」遂變一蛇，直竄入水。宣娘大叫曰：「鬼賊變成一蟒入水，我你俱化為鷹，掠於水面，待他出水擒其腦殼。」鬼王在水伏了一會，不見來趕，意宣娘不知道了，浮出水面來看，纔出頭來，被文廣一撿❷，鮮血迸流，疼痛得慌，卻在水面滾了一滾；宣娘撿一口，魏化撿一口，滿堂春撿一口，復沉溺於水。忖道：「變蛇不好，不如變做木頭，他便不覺，卻又不怕他撿了。」宣娘等候了多時，不見出來，魏化曰：「敢怕死了？」忽見前面一隻小艇，宣娘曰：「兀的不是！」滿堂春曰：「那裡是他？」宣娘曰：「你說不是，待我解下衣帶，化條鐵鍊來鎖了他。」正拿向前去鎖，鬼王聽見鍊響，搖拽一聲，化作一隻鶉鴿，沖天而去。宣娘曰：

❷撿：音ㄌㄧㄢˋ，拱。

「不下天羅地網，怎能夠得捉此賊？」遂脫下征衣，向上一撒；復脫下征裙，向下一撒。那鬼王直沖九天上去，不見來趕，暗忖道：「這番被我走了。」復再飛上去些，只見上面有網；慌忙飛下，又見下面有網，大叫幾聲：「罷了，我！罷了，我！」宣娘將收網呪念動，鬼王見四面網羅漸漸收斂，暗暗叫苦。宣娘遂將鬼王捉倒，叫他現出真身。鬼王那裡肯現，只是聲聲叫「姑姑」。滿堂春怒曰：「你叫姑姑，就放你不成！」遂將身上毛，揪得乾乾淨。文廣曰：「汝現出真身，饒汝殘生。」鬼王不肯現出。魏化向前將劍砍去兩膀子，還不肯現。宣娘曰：「太上老君曾將縛鬼絲一條與我，待我把來縛了他一雙腳，帶回白馬關倒弔起來，不愁他不現出真身。」於是宣娘將鬼王縛了。

回至白馬關，文廣升帳坐定，只見懷玉推轉李王跪於帳前。文廣令手下將鵓鴿弔於枰竿之上，令軍士以荊條笞之。鬼王忍痛不過，叫聲：「罷了，不消打，待我現出真身。」只見頭有兩角，眼睛突出，身長二丈，砍去兩臂，還有六臂。軍士見了皆驚。文廣請宣娘向前綁來，與李王同斬。文廣斷李王曰：「你在新羅國做國王，何等快活？雖年年來貢，不過一次。我宋未嘗苛刻苦索於汝，汝何妄生事端，侵犯邊境，致被擒捉，國破家亡，竟有何益？」魏化曰：「他當日動兵之時，思想一統中原，心懷甚大。不期今知有今日，彼亦靜守巢穴，肯如此乎？」文廣曰：「昔日想為天子，總攬乾綱，願望如是高大。不期今日求為匹夫，生游於世，亦不可得。」遂喝軍士推出斬之。李王大聲告曰：「乞丞相饒草命，效昔日放五國國王所為，願世世生生犬馬相報。」八臂鬼王曰：「大丈夫視死如歸，哀求其生何為？」言罷，文廣曰：「為惡不同，施刑亦異。五國不過助惡，汝則親為不善，難以釋放。吾初心本欲解赴闕下，待天子親梟汝頭，傳遞四夷。但汝是個反相❸之人，八臂鬼王能為妖術，變化不一，恐少提防，傷損軍民，今只得斬之，傳首進京也罷。」有詩為證：

大梟西賊首，傳遞示不賓❹。

宇宙重開拓，掀天事業新。

❸反相：反叛相貌。

❹不賓：不歸順之人。

第五十七回　宣娘煉出鬼王丹

文廣要將李王、鬼王一齊砍首，宣娘曰：「李王砍之容易。鬼王卻有些難，彼能返魂七次。」文廣曰：「姊姊何由知之？」宣娘曰：「賢弟說這孽障是什麼妖怪？他乃弱水❶上岩一蟹精也。蓬萊山在弱水中間，鬼王嘗變做道童，上蓬萊山窺視，欲盜八仙所煉天仙丹頭❷，無有其由。忽一日，王母開壽筵，群仙俱往慶賀，鬼王聽得此消息，遂化作拐李❸進仙洞去。仙童不識，問道：『師父緣何獨自回來？』鬼王託言曰：『王母在筵中，問我眾仙在蓬萊山幹何事，我等曰煉天仙丹頭。王母曰：「你八仙每❹送我一顆何如？」我等諾之，今特回來取丹。你快拿日前天仙丹頭出來，我取八顆送去上壽。』仙童遂取出來。鬼王取了八顆出洞，跑回岩中去了，將丹吞吃七顆，留下一顆。鬼王去不多時，八仙即回來了。仙童迎而調曰：『拐李仙師才去就回，想那壽酒不曾得酣飲矣。』拐李曰：『我與眾仙一同飲之，何有此說？』仙童曰：『仙師才回說王母要丹，喚小徒取天仙丹頭出來拿去八顆，故所以有此問也。』拐李

---

❶ 弱水：小說戲曲中之神水。漢東方朔十洲記：「（鳳麟洲）四面有弱水繞之，鴻毛不浮，不可越也。」
❷ 天仙丹頭：即天仙丹。頭，為名詞詞尾。
❸ 拐李：即八仙之一的鐵拐李玄。
❹ 每：宋元口語，用法同們。

曰：『不消說，我知道了，是那弱水蟹精拐去了。他每每化作道童來此窺視，我幾次舉劍砍之，被他逃入弱水而去。此亦無甚緊要，我故不甚計較於彼。今日趕我等去赴蟠桃會，故又化作我身，進洞來騙去仙丹。今想起來，彼謂弱水一毛難載，深藏於內，眾仙入來不得，無奈其何，我今要捉此孽畜。』遂抛下數十個火葫蘆於弱水中燒之。霎時間，水乾數丈。

「巡潮使者見了大驚，急奏弱水龍王。龍王聞奏，驚慌無措，忙差夜叉出問：『天仙爺爺因何燒我居宅？』夜叉領旨出問拐李，拐李答曰：『你主不嚴設法度，容縱蟹奴來拐我仙丹，故此燒乾捉之。』夜叉聞說，復入龍宮奏知龍王。龍王曰：『汝去拜伏拐李天仙，乞將火葫蘆收了，隨即拘提上岩、中岩、下岩眾蟹來到，鞫出是那個拐了仙丹，鎖解送上洞來待罪。』夜叉奔忙出宮，依著龍王之言，啟上拐李。拐李遂將火葫蘆收了。龍王見拐李收了葫蘆，即差捕蟹使者三十名，前往三岩拘提蟹頭。捕蟹使者領令，不一時，盡將三岩頭目拿到龍宮。上岩蟹王名方用，中岩蟹王名方立，下岩蟹王名方美。龍王坐殿，蟹使將三岩蟹王推於堦下。三個蟹王齊曰：『主上拘提臣等，不知為著甚事？』龍王曰：『汝等那一岩蟹奴去拐了天仙之丹，惹得他將火葫蘆來燒吾居宅。汝等好好招認出來，送去還他，再遣巡使，送些禮物去領罪。』方立、方美應聲曰：『拐了天仙之丹，乃上岩方用之幼子也。』方用曰：『二弟何以知是吾之幼子？』方立曰：『哥王不知，你那方狗極惡，常恃他有力，殘虐在下之人。日昨有一跟隨他的被他凌辱，聲言要打死他。那奴逃走在弟之岩，說他三公子拐得天仙丹頭，已吞七顆，還有一顆在身。如今神通廣大，變化無窮。』龍王遂罵方用曰：『你緣何箝束❺不嚴，縱子為惡，做下此等大禍？』方用驚

❺ 箝束：鉗制約束。箝，音ㄑㄧㄢˊ，同鉗。

恐，連聲說道：『臣該萬死！臣該萬死！委係不知，待臣回岩，解來聽罪。』龍王曰：『快拿來送上蓬萊，免他又來纏害。』方用諾諾連聲。龍王遂將三岩蟹王放了。

「方用奔忙回到岩中，問左右曰：『方狗何在？』左右曰：『今在後街耍拳。』方用令左右快叫回來。左右即去喚得回來，方用喝曰：『不成器的畜生，這等膽大，去惹天仙來敗國亡家。』遂令左右將方狗綁縛，解送龍宮。左右解見龍王，龍王罵曰：『這賊子好無知識，圖汝一身之益，而惹人來破朕之國。』言罷，令巡海大使將大枷枷起，候解蓬萊：『朕再入龍庫取兩件寶物，送與天仙陪情。』龍王進去。方狗吃了仙丹，變化不測，遂將枷來龍宮柱上一撞，大響一聲，河翻海沸，遂不見了。巡海大使急奏龍王，龍王頓足搥胸叫苦。巡海大使奏曰：『方狗走了，一時難捉。莫若且修書懇求寬限幾時，拿獲解來。今將禮物待臣賚去領罪。』龍王遂將珍珠網衫八件，起死回生珠一顆，竟差巡海大使賚去獻上八仙。巡使領命，送上蓬萊，叩頭領罪。拐李接書看之，說方狗走了。乃開慧眼❻一照，見在西夏國，遂對巡使言曰：『汝主小心致恭❼我等，我等不加其罪。今送來禮物起死回生珠，鑒其誠意領之，餘者返璧。今方狗走入西夏國去了，吾自往擒之，不必汝主拘拿。汝歸拜伏。』言罷，巡使諾諾應聲，叩謝而去。拐李與眾仙曰：『吾去擒來烹之。』鍾離曰：『不必去。孽畜劫數未滿，亦下民有災，十萬性命應該死於他手。』拐李曰：『雖是如此，只可惜壞了八顆仙丹。』眾仙曰：『八顆仙丹結果了他性命，彼得甚便宜在那裡？』拐李遂未去拿之。」

---

❻ 慧眼：猶慧目，佛教所說五眼之一，能看到過去、未來。

❼ 致恭：表示恭敬。

文廣曰：「是誰告知姊姊？」宣娘曰：「我師萬壽娘娘，前月同拐李等於王母壽筵道及此事，大笑說仙家亦有人拐，可見世風偷矣。前日領兵來時，我去問他，曉得這鬼頭是甚麼妖怪，我師遂一一語其始終。」言罷，復問鬼王曰：「方狗奴！你說是不是？」鬼王低頭，嘿嘿無言答應。文廣曰：「今將何以處之，才斷送得他性命？」宣娘曰：「太上老君，我師之舅，待我去老君處借得鐵鉗、鐵罩、真火等件，來煉他七顆仙丹，然後結果得他。」文廣曰：「原他拐得八顆，今何只有七顆？」宣娘曰：「日前風雨、沙石、大水，皆是此顆丹頭變化來的，今已花費盡矣。」言罷，復曰：「賢弟少待片時，我去老君處，借得那些物件就來。」文廣曰：「老君在何處居住？」宣娘曰：「我不說，兄弟是不知之。老君在九天太清宮中居住。」言罷，朗然飛去。

約有兩個時辰，遂轉回來。文廣曰：「借得物件來否？」宣娘曰：「借來了。他說還要他打的太乙爐，才煉得出來。」文廣曰：「那裡去討此爐？」宣娘曰：「老君說他贈我一個太乙爐，著人送來。」文廣曰：「此爐煉了人，尚好煉丹？」宣娘曰：「說贈我矣，豈又要還？」言未罷，兩個金甲天將，三四丈長，抬得一爐放於帳前。三軍見之大驚，皆曰：「世上有此長大之人！」宣娘喝曰：「休得要大驚小怪！」乃令軍士把鬼王綁縛，放於爐中，將鐵罩罩倒。宣娘遶爐行走，畫符念呪畢，又令軍士將石頭垛起，蓋倒其爐。宣娘向袖中取出真火四圍燒之，口念呪語。只見四圍石頭燒得火焰騰騰，一連熬了九日，才見鬼王口角溜出一顆。宣娘即將老君鐵鉗鉗出，後又著了五十四日，才熬出六顆丹來。〔按仙譜記云：真火只煉得仙丹出來，非若凡火一樣，能燒壞物件，焚燬人屍骨也。〕畢，宣娘曰：「眾軍士將石搬了，今既鉗出七顆丹來，彼不能變化矣。汝等拿出來梟首。」眾軍士擁出寨外，與李王一齊斬了，只見鬼王屍首是隻大蟹。有詩為證：

　　沉沒斜陽裡，優游❽亂磧汀❾。
　　千秋完甲冑，豈受莫耶❿刑。

卻說軍士砍了李王、鬼王，報與文廣知道，說八臂鬼王是個螃蟹。文廣曰：「此孽畜拐了天仙之丹，變化成人，害了許多生靈，怨氣沖天，故今日受此磨剉⓫。」言罷，於是下令三軍，整備班師回京。復留鄧海、楊順鎮守白馬、莫耶關。鄧海等得令，修築莫耶城郭去訖。次日，文廣令三軍路途不許騷擾良民。一聲砲響，大軍離了白馬關，竟望汴京而回。

不數日到了京，文廣入朝奏道：「梟了李王、張奉國首級，今在皇城之外，未敢擅入。乞陛下勅令傳示四夷，以儆將來。」群臣皆進平定西番賀表。神宗大喜，下令傳遞二顆首級，遍示天下。遂封文廣為寧國公，宣娘為代國夫人，滿堂春等十一女將俱封為驃騎將軍，魏化為護國大將軍、守西侯；封公正一郎為定西伯，唐興為鎮西伯，彩保為撫夷伯，懷玉為無敵大將軍、平遠侯，孫立為殿前招討都指揮使，劉青為檢校大將軍，鄧海為莫耶指揮使，楊順為白馬指揮使。其餘文武，各陞有差。召文廣升殿，帝慰

---

❽ 優游：閒適自得。
❾ 磧汀：音ㄑㄧˋ ㄊㄧㄥ，沙石小洲。
❿ 莫耶：應作莫邪，古寶劍名。
⓫ 磨剉：折磨，斬截。剉，音ㄘㄨㄛˋ，斬截。

勞之，賜玉帶一條，黃金百斤。是日設宴，犒勞征西將佐，君臣盡歡而散。有詩為證：

明良昌運洗胡塵，楊府英賢屬帝臣。
弔伐奉天元不殺，至今麟趾⑫適振振⑬。

次日，文廣入朝謝宴。既出，逕往周王府中拜謝，辭別回府。周王亦往無佞府中慶賀。文廣於是令家人治酒款待周王，曲盡情懷。飲酒至半酣，論及張茂，周王曰：「此賊子聖上甚是寵愛，今日又被他夤緣⑭復了相位。」文廣曰：「法貴公也，不齊者以法齊之。其法不公，刑及無辜而不施於濫惡，國事日非，邦家漸漸危矣。」周王曰：「老國公金玉論也，其奈朝廷昏暗何！」是日周王開懷暢飲，直至漏下⑮三更，方辭回府去訖。

---

⑫ 麟趾：喻子孫眾多而賢能。因詩經周南有麟之趾篇，歌頌文王子孫宗族皆化於善，無犯非禮，後因以麟趾為頌揚宗族子弟之詞。
⑬ 振振：信實仁厚貌。
⑭ 夤緣：音一ㄣˊ ㄩㄢˊ，攀附以上升。
⑮ 漏下：更次。

第五十八回　懷玉舉家上太行

次日，文廣升廳坐定，四子一齊跪下稟曰：「告爹爹得知，可恨張茂排陷吾家，今夜兒等要把他家滿門老幼盡行誅之。」文廣喝曰：「方受皇恩，榮耀滿朝莫敵。若幹此等事，王法無情，豈相饒乎？那時莫說恩榮，免死亦難，決不可為。」公正等諾諾而退。懷玉曰：「三位哥哥在上，此事只宜暗暗行之，莫使爹爹知道。」於是商議已定，直至元豐二年端陽之夜，懷玉等將黑搽臉，扮作強人，打入張茂府去，將家屬盡皆殺之，止走了范夫人。范夫人次日進奏神宗。神宗大驚，命殿前檢點卞之勇滿城搜拿捕捉，十日不見些兒形跡。范夫人復奏神宗。神宗問群臣：「今捕拿了賊人否？」群臣奏曰：「不見下落。」神宗曰：「國之大臣被人殺死，訪拿不出，豈可置之不問而遂已乎？如此，即是沒了王法，安用朕為？」乃大怒，命欽天監官夜觀天象，看凶星落於何處。又命武士四門嚴捕。是夜，欽天監官劉江，上司天臺仰觀天象，看見大驚，星夜逕到楊府叫門。守門者問曰：「汝是誰？」劉江曰：「代稟國公，欽天監官有機密事來稟。」

卻說懷玉幹了此事，亦提防朝廷捕緝，乃出宿於府門廊下，聽見外面叩門，遂起來看之，正撞遇守門人進稟。懷玉曰：「稟甚麼事？」守門者曰：「欽天監官劉江，來稟甚麼機密事。」懷玉曰：「汝去看，只一人放他入來；如人多，回復明日來稟。」守門者出到門邊，從門縫裡一睄❶，只見是劉江一人，遂開門延入。劉江與懷玉相見，言曰：「小官領聖旨夜觀天象，殺死張丞相凶星，正照老爺府上，為此先來通報。」懷玉曰：「我家沒有是事，動勞大人愛厚，容日叩謝。」劉江辭別去了。

是夜，懷玉聚集兄弟姊妹商議，言曰：「適聞欽天監劉江到府來說，殺張茂凶星正照我家，彼未奏君，先來通聞。我想明早他奏知聖上，聖上定行拿問。朝廷聽信讒言，我屢屢被害，輔之何益？且佞臣何代無之，他每恃是文臣，欺凌我等武夫，受幾多嘔氣。依我之見，趁今聖上未曾下令拿問，鳩集家兵，悉行走上太行山，卻不斬斷愁根乎？只有一件：爹爹病重，驚動了他，必竟悶死，怎生區處？」宣娘曰：「那到無妨。我將安雲車一輛載之，猶如平地安穩，萬無一失。但汝父忠勇，聞知此事，必執汝等入朝待罪。」公正曰：「吩咐眾人，莫將此事告之。乞姑娘進去問病，誑爹爹入了安雲車內，我等即便起行。」言罷，宣娘入文廣臥房，問曰：「賢弟病勢何如？」文廣曰：「料不濟事。」宣娘曰：「賢弟起來，另還於淨室居臥，付大小事務於不聞，屏絕雞犬人言聲息，自可避無恆矣。」文廣不知是計，爬起來，隨著宣娘入於安雲車內訖。

是夜，懷玉命家人、眾護衛軍士，收拾寶物輜重，車載馬駝，整備停當，一聲砲響，竟望太行山進發。次早，范夫人又進奏曰：「妾訪得強賊乃無佞府楊懷玉等，搽黑其面，搶進妾府，殺了全家，乞陛下勅旨拿之。」蔡京曰：「若論仇隙，亦有可疑。但難拘定是他家殺了，必待欽天監官來奏，便知端的。」言未罷，劉江進奏說道：「凶星照著楊府。」神宗大怒，下命孫立領羽林軍三千，圍住楊府全家，拿來戮棄於市。旨意才下，巡守外邏城御史汪萬頃奏曰：「楊府舉家五鼓時候，城門一開，盡皆擁出，

❶ 睄：音ㄕㄠˋ，瞧，看。

竟望太行山去了。」周王大驚曰：「國有佞臣，忠良難立。曩者張茂有書冒奏欺君，陷害忠良，罪亦當斬。陛下寵嬖❷，不行究問，那時已不伏楊府眾人之心矣。今日茂死，罪人未獲，楊府知陛下畢竟不肯干休，恐禍及於彼，是以高蹈遠舉❸，全身遠害，飄然不戀爵祿，走上太行。但將來四夷叛亂，再遣何人討之？」神宗曰：「此事何以處之？」周王曰：「依臣之言，發下詔書，召回楊懷玉等，仍居無佞府中，勅賜重修第宅，彼張茂之死等情，俱罷不究，庶幾可以挽回其心。」神宗允奏，即修詔與周王，賫往太行召回楊懷玉等，赦除前罪。周王得旨，竟賫往太行山而去。

不日到了，懷玉等接見。周王曰：「聖上有詔，跪聽宣讀。」懷玉等忙排香案，整朝服接旨。周王讀罷，懷玉等接見詔，叩頭謝恩畢，於是整酒陪周王。周王席上問曰：「國公何在？」懷玉曰：「老父患病甚重，只在旦夕謝塵。」周王曰：「待我進去一看何如？」懷玉曰：「不敢勞動。」周王曰：「內家親眷，豈有此說？」懷玉曰：「殿下切莫言上太行山一事。倘若言之，老父必悶死矣。」周王曰：「又說鬼話。他今日身居太行，猶不知之，尚待我以告之乎？他既不知，當日怎生得他上來？」懷玉遂將安雲車一事告之。周王允諾，及見文廣，言曰：「老丞相病體何如？」文廣曰：「動勞殿下垂念，料不久歸泉下矣。只是報答殿下之恩，耿耿在懷。」言罷，兩淚交流。周王見其情詞真切，勢甚危篤，亦揮淚言曰：「老國公忍耐些兒。」其心亦恐驚傷文廣，遂將上太行山等事，隱而不言。乃辭出謂懷玉曰：「聖旨來召回汴，汝等可作急起行。」懷玉曰：「臣寧死於此而不回矣。」周王曰：「汝不回去，甘為背逆

---

❷ 寵嬖：音ㄔㄨㄥˇ ㄅㄧˋ，寵愛嬖幸之人。

❸ 高蹈遠舉：遠走高飛。一般指隱居。

之臣以負朝廷乎？」懷玉曰：「恕臣誑言之罪。略有苦情，一一啟殿下聽之：若以理論，非臣等負朝廷，乃朝廷負臣家也。始祖繼業，王侁排陷狼牙，撞李陵之碑而死；七郎遭逢仁美萬箭攢身而亡；六郎被王、謝之害，充軍充徒；迨及狄青、張茂，吾祖、吾父貶職削官。聖主不明，詞章之臣，密邇親信；枕戈之士，遼隔情疎，不得自達。讒言一入，臣等性命須臾懸於刀頭。此時聖主未嘗少思臣等交兵爭鬥之苦而加矜卹❹，豈臣造為虛謬之談以欺殿下乎？」有詩為證：

滄風宿露統軍時，萬種愁懷只自知。
剪髮接韁牽戰馬，拆衣抽線補旌旗。
爭雄授命耽饑餓，角力傷刀負痛歸。
聖主那憐征戰苦，讒言一入即分屍。

周王聽罷，問曰：「汝既不肯回朝，敢怕要去輔佐番邦？」懷玉曰：「『直道而事人，焉往而不三黜；枉道而事人，何必去父母之邦？』❺此古人之明訓也。臣家世代性俱剛介，不肯阿附權臣，故落落不合於朝臣。又想國國一轍，處處同風，大宋如此，彼番亦如此。臣既隱身遠禍，不輔大宋堂堂天朝，而肯輔腥臊之番乎？且盡心竭力，輔助國家，少中奸鋒，九族廟絕。嗚呼，哀哉！痛哉！輔人立朝，實

---

❹ 矜卹：即矜恤，矜憐撫恤。卹，音ㄒㄩˋ，同恤，一般寫作卹。

❺ 直道而事人四句：意思是，如果按照正道事奉君主，到哪裡不會被多次罷官呢？如果不按照正道事奉君主，為什麼一定要離開本國呢？這話出自論語微子。

閑且淡，若浮雲過太虛❻，竟歸無用矣。」有詩為證：

兔走烏飛疾若馳，人生何事苦謀為？
屢朝宰相三更夢，歷代君臣一局棋。
禹併九州湯得業，秦吞六國漢登基。
人人欲作千年計，爭奈天公不應機❼！

懷玉讀罷，又曰：「一賊滅，一賊興。誰輔佐人國，而使萬世之永安乎？」有詩為證：

世事若龍舟❽，古今爭不了。
勝負兩亡羊❾，天地一芻狗❿。

周王懇懇⓫千迴百遍強之，懷玉不聽。周王不得已，辭別而回。既至於汴，即入奏神宗，將懷玉所

---

❻ 太虛：天空。
❼ 應機：順應時機。這裡作隨應心機講。
❽ 龍舟：端午節競渡時，飾為龍形之船。
❾ 勝負兩亡羊：意思是，勝負都有所失。亡羊的典故，出自莊子駢拇：「臧與穀，二人相與牧羊，而俱亡其羊。」
❿ 天地一芻狗：意思是，天地萬物不過像輕賤無用的芻狗。芻狗，古代結草為狗，供祭祀之用，用後即棄。芻，音ㄔㄨˊ，餵牲口的草。語出老子：「天地不仁，以萬物為芻狗；聖人不仁，以百姓為芻狗。」

論之言，并懷玉吟詠之詩，一一敷陳。神宗聽罷，為問曰：「噫！寡人之過也。」感嘆不已。復謂周王曰：「勞卿再賚勅旨前往召之。朕想古之帝王，夢卜求賢⑫以理天下。朕今有此等賢良之士不能用之，聽其肥遁⑬林泉，不得與古明王媲美，使天下萬世，謂朕為無道昏庸之君也。卿速行焉，善為設辭⑭可也。」周王領旨，星夜復到太行山，見了懷玉等，剖盡衷曲，勸諭抵極⑮。懷玉等只付之一笑，亦不辯論短長。及見周王勸之不已，懷玉曰：「勞殿下情意殷殷，另有一深長之論轉達天聽⑯，且見殿下此來，亦不徒然。」周王曰：「有何論焉？」懷玉曰：「聖朝調遣，拜命而行。倘或來宣入朝受職，將臣碎尸萬段，決不遵依。」言罷，周王亦無奈，只得辭別而回。懷玉引領全家送至山下，再拜周王。周王含淚，怏怏⑰不忍離別。懷玉曰：「殿下勿憂。微臣不死，後會可繼。」周王遂揾淚⑱相別。懷玉回到山上，命手下伐木作室，耕種田地，自食其力。又出一告示，曉諭家兵不許下山，擄掠民財，為一清白百姓，遺留芳聲於後代，「使人皆稱我家是個忠臣，退隱岩穴；而非叛亂賊臣，不歸王化⑲者也。」有詩為證：

⑪ 懇懇：誠懇的樣子。
⑫ 夢卜求賢：相傳殷高宗因夢見傅說，周文王占卜得呂尚。傅說、呂尚，後俱為賢相。
⑬ 肥遁：即飛遁。肥，通飛。法言重黎：「至蠢策種而遁，肥矣哉。」劉師培補釋：「此肥字亦與飛同。」
⑭ 設辭：擬設言辭。
⑮ 抵極：竭盡，達到最大限度。
⑯ 天聽：天子的聽聞。
⑰ 怏怏：音一ㄤˋ 一ㄤˋ，心中不滿意、不快樂的樣子。
⑱ 揾淚：擦拭眼淚。揾，音ㄨㄣˋ，擦去。

塵視侯封上太行，祗緣社鼠暗中傷。
繁華過眼三春景，衰朽催人兩髩⑳霜。
宦海無端多變態，菜羹有味飽諳嘗。
浮生得樂隨時樂，何必耽憂駐汴梁。

後人覽罷此書，有詩讚懷玉知機云：

峻秩崇階㉑孰肯丟，知機平遠早回頭。
預期十事九如願，定不三平兩滿休。
知自足時還自足，得無憂處便無憂。
太行風月歸閑後，一任人間春復秋。

又詩讚云：

卸卻朝衣棄卻簪，浮雲富貴不關心。
連城玉㉒韞㉓太行潤，照乘珠㉔藏合浦㉕深。

---

⑲ 王化：帝王的德化。
⑳ 髩：音ㄅㄧㄣˋ，鬢的俗字。
㉑ 峻秩崇階：指高級官職。

明月花前宵酌酒，薰風㉖竹下晝鳴琴。
此身不復隨宣召，只恐西風短劍臨。

㉒連城玉：即連城璧，語出史記廉頗藺相如列傳：「秦王願以十五城易趙之和氏璧。」

㉓韞：音ㄩㄣˋ，包含，蘊藏。

㉔照乘珠：光亮能照明車輛的寶珠。語出史記田敬仲完世家：「梁王曰：『若寡人國小也，尚有徑寸之珠，照車前後各十二乘者十枚。』」

㉕合浦：合浦江，今廣西廉江，入東京灣，水深無礁，以產明珠著稱。

㉖薰風：和風，指初夏的東南風。相傳虞舜作五弦琴，歌南風：「南風之薰兮，可以解吾民之慍兮。」

世俗人情類

紅樓夢　曹雪芹撰　饒彬校注
脂評本紅樓夢　曹雪芹原著　脂硯齋重評　馬美信校注
金瓶梅　笑笑生原作　劉本棟校注　繆天華校閱
老殘遊記　劉鶚撰　田素蘭校注　繆天華校閱
平山冷燕　天花藏主人編次　張國風校注　謝德瑩校閱
品花寶鑑　陳森著　徐德明校注
野叟曝言　夏敬渠著　黃珅校注
綠野仙踪　李百川著　葉經柱校注
禪真逸史　方汝浩撰　黃珅校注
海上花列傳　韓邦慶著　姜漢椿校注
九尾龜　張春帆著　楊子堅校注
醒世姻緣傳　西周生輯著　袁世碩、鄒宗良校注

三門街　清・無名氏撰　嚴文儒校注
花月痕　魏秀仁著　趙乃增校注
孽海花　曾樸撰　葉經柱校注　繆天華校閱
魯男子　曾樸著　黃珅校注
遊仙窟　玉梨魂（合刊）　張鷟、徐枕亞著　黃瑚、黃珅校注
筆生花　心如女史著　黃明校注　亓婷婷校閱
浮生六記　沈三白著　陶恂若校注　王關仕校閱
玉嬌梨　天藏花主人編撰　石昌渝校注
好逑傳　名教中人編撰　石昌渝校注
啼笑因緣　張恨水著　束忱校注
歧路燈　李綠園撰　侯忠義校注

公案俠義類

水滸傳　施耐庵撰　羅貫中纂修
金聖嘆批　繆天華校注

兒女英雄傳　文康撰　饒彬標點　繆天華校注
三俠五義　石玉崑著　張虹校注　楊宗瑩校閱
七俠五義　石玉崑原著　俞樾改編
楊宗瑩校注　繆天華校閱
小五義　清・無名氏編著　李宗為校注
續小五義　清・無名氏編著　文斌校注
蕩寇志　俞萬春撰　侯忠義校注
綠牡丹　清・無名氏著　劉倩校注
羅通掃北　鴛湖漁叟較訂　劉倩校注
楊家將演義　紀振倫撰　楊子堅校注　葉經柱校閱
萬花樓演義　李雨堂撰　陳大康校注
粉妝樓全傳　竹溪山人編撰　陳大康校注
七劍十三俠　唐芸洲著　張建一校注
包公案　明・無名氏撰　顧宏義校注
謝士楷、繆天華校閱
海公大紅袍全傳　清・無名氏撰
楊同甫校注　葉經柱校閱
施公案　清・無名氏編撰　黃珅校注
乾隆下江南　清・無名氏著　姜榮剛校注

歷史演義類

三國演義　羅貫中撰　毛宗崗批　饒彬校注
東周列國志　馮夢龍原著　蔡元放改撰
劉本棟校注　繆天華校閱
東西漢演義　甄偉、謝詔編著　朱恒夫校注
劉本棟校閱
隋唐演義　褚人穫著　嚴文儒校注　劉本棟校閱
說岳全傳　錢彩編次　金豐增訂　平慧善校注
大明英烈傳　楊宗瑩校注　繆天華校閱

神魔志怪類

西遊記　吳承恩撰　繆天華校注
封神演義　陸西星撰　鍾伯敬評
楊宗瑩校注　繆天華校閱
濟公傳　王夢吉等著　楊宗瑩校注　繆天華校閱
三遂平妖傳　羅貫中編　馮夢龍增補　楊東方校注
南海觀音全傳　達磨出身傳燈傳（合刊）
西大午辰走人、朱開泰著　沈傳鳳校注

諷刺譴責類

儒林外史　吳敬梓撰　繆天華校注
官場現形記　李伯元撰　張素貞校注　繆天華校閱

文明小史　李伯元撰　張素貞校注　繆天華校閱
鏡花緣　李汝珍撰　尤信雄校注　繆天華校閱
二十年目睹之怪現狀　吳趼人著　石昌渝校注
何典　斬鬼傳　唐鍾馗平鬼傳（合刊）　張南莊等著　鄔國平校注　繆天華校閱

擬話本類

拍案驚奇　凌濛初撰　劉本棟校注　繆天華校閱
二刻拍案驚奇　凌濛初原著　徐文助校注　繆天華校閱
喻世明言　馮夢龍編撰　徐文助校注　繆天華校閱
警世通言　馮夢龍編撰　徐文助校注　繆天華校閱
醒世恒言　馮夢龍編撰　廖吉郎校注　繆天華校閱
今古奇觀　抱甕老人編　李平校注　陳文華校閱
豆棚閒話　照世盃（合刊）　艾衲居士、酌元亭主人編撰　陳大康校注　王關仕校閱
石點頭　天然癡叟著　李忠明校注　王關仕校閱
十二樓　李漁著　陶恂若校注　葉經柱校閱
西湖佳話　墨浪子編撰　陳美林、喬光輝校注
西湖二集　周楫纂　陳美林校注

型世言　陸人龍著　侯忠義校注

著名戲曲選

竇娥冤　關漢卿著　王星琦校注
漢宮秋　馬致遠撰　王星琦校注
梧桐雨　白樸撰　王星琦校注
琵琶記　高明著　江巨榮校注　謝德瑩校閱
第六才子書西廂記　王實甫原著　金聖嘆批點　張建一校注
牡丹亭　湯顯祖著　邵海清校注
荊釵記　柯丹邱著　趙山林校注
荔鏡記　明・無名氏著　趙山林等校注
長生殿　洪昇著　樓含松、江興祐校注
桃花扇　孔尚任著　陳美林、皐于厚校注
雷峰塔　方成培編撰　俞為民校注
倩女離魂　鄭光祖著　王星琦校注

小五義

清・無名氏／編著　李宗為／校注

本書是《三俠五義》的續書，前四十回情節主要是描述白玉堂誤入銅網陣而死，蔣平、智化等人到君山盜取其骨殖，並用計收服了君山寨主鍾雄；四十一回之後以諸俠聚集襄陽破銅網陣為網，在過程中依次引出諸俠的後代小五義。武打場面驚心動魄，鬥智情節扣人心弦，全書精彩不斷，高潮迭起，值得一讀。

國家圖書館出版品預行編目資料

楊家將演義／紀振倫撰; 楊子堅校注; 葉經柱校閱.－－三版一刷.－－臺北市：三民，2020
面；　公分.－－(中國古典名著)

ISBN 978-957-14-6800-6（平裝）

857.44　　109004077

中國古典名著
楊家將演義

作　者　紀振倫
校注者　楊子堅
校閱者　葉經柱

發行人　劉振強
出版者　三民書局股份有限公司
地　址　臺北市復興北路386號(復北門市)
臺北市重慶南路一段61號(重南門市)
電　話　(02)25006600
網　址　三民網路書店 https://www.sanmin.com.tw

出版日期　初版一刷 1998年2月
二版三刷 2017年3月
三版一刷 2020年6月
書籍編號　S854080
ISBN　978-957-14-6800-6